KB000037

문학어의 근대

조선어로 글을 쓴다는 것

지은이 **문혜윤**(文惠允, Moon Hye-Yoon)은 고려대학교와 고려대학교 대학원 국문과에서 공부했고, 2006년 8월 「1930년대 국문체의 형성과 문학적 글쓰기」라는 논문으로 박사학위를 받았다. 소논문으로는 「문예독본류와 한글 문체의 형성」, 「조선어 / 한국어 문장론과 문학의 위상」, 「국토 여행과 '조선시'의 형식」 등이 있다. 지금은 '독본(讀本)'과 '강화(講話)' 등의 자료를 통해 기존의 문학사 서술에서 배제되어 왔던 장르의 역사성을 복원함으로써 근대적 글쓰기의 장을 새롭게 인식하기 위한 연구에 관심을 두고 있다.

문학어의 근대 _ 조선어로 글을 쓴다는 것

2008년 2월 25일 1판 1쇄 인쇄
2008년 2월 28일 1판 1쇄 발행

지은이 _ 문혜윤
펴낸이 _ 박성모
펴낸곳 _ 소명출판
등록 _ 제13-522호
주소 _ 137-878 서울시 서초구 서초동 1621-18 (란빌딩 1층)
대표전화 _ (02) 585-7840
팩시밀리 _ (02) 585-7848

somyong@korea.com | www.somyong.co.kr
ⓒ 2008, 문혜윤
값 17,000원
ISBN 978-89-5626-294-9 93810

문학어의 근대

조선어로 글을 쓴다는 것

Modern Literary Language
Writing in Joseon Language

문혜윤

소명출판

  문학의 독특한 입장을 포기하지 않으면서도 작품의 내적인 질서를 찾기에만 골몰하지 않는 문학 연구의 방법은 없을까, 문학으로부터 너무 멀리 나가지 않으면서도 문학을 둘러싼 담론과 제도를 살필 수 있는 문학 연구의 방법은 없을까 고민하였다. 궁리 끝에 선택한 것은 '언어'였다. 그것은 문학을 성립하게 하는 근원이자, 사회로부터 태어나고 성장한다는 점에서 나의 의도에 꽤 적합한 주제처럼 보였다.

  문학의 언어가 사회의 언어, 일상의 언어를 뛰어넘는 무언가를 가졌다는 입장에서 시작하는 연구는 우리에게 익숙하다. 나 역시 상투성을 넘어서는 문학어의 힘을 전적으로 긍정한다. 그러나 나의 주된 관심은 '한국어'라는 구체적이고 특수한 도구를 사용하는 '한국의' 문학어에 있었다. '한국어'를 사용하는 한국의 문학은 '한국어'가 가리키는 범위와 지시하는 방식에서 자유로울 수 없을 것이다. '한국의' 문학어에 관심을 두었기에, 습관이나 관습으로부터 벗어나 그 언어의 한계를 뛰어넘는 문학어의 존재를 증명하기보다, 한국의 역사적인 국면을 함께 겪음으로써 갖게 된 흔적들을 드러내 보이는 문학어의 형성을 증명해야 했다. 무엇보다 '한국어'가 일제강점기 '조선어'이었어야만 했을 적의 흔적은 간과될 수 없다. 일제강점기 '조선어'는 '국어'가 될 수 없었음에도, 한

나라말의 기준이 되는 '표준어'가 되기 위해 고군분투했다. 여기에는 굵은 줄기로 이어져온 어문운동의 양상들과 이 운동에 직접 참여하거나 이를 뒷받침하려는 문학인들의 활동이 결합되어 있다. 이를 통해 형성된 국문체는 근대 한국 문학어의 기틀을 마련하였다. 이 역사의 갈피마다에 숨겨진 다종의 흔적들을 복원하여, 현재의 뿌리가 된 한국 문학어의 특수한 국면을 밝혀보고자 하는 것이 이 책의 의도이다. 그리고 이러한 의도는, 보다 멀리 확장하면 문체사적인 입장에서 문학사의 한 부분을 구성해 보려는 더 큰 계획과 맞닿아 있기도 하다. '문체(물론, 이때의 '문체' 역시 다르게 정의되어야 하지만)' 혹은 '문체사'라는 것은, 문학의 가장 본질적인 계기라고 할 수 있는 언어와 그것의 운용에 관한 것을 포함하기 때문이다.

처음의 계획이 실제의 작업으로 이어지면서 변형되거나 잘리고, 과도하게 넘치거나 뚜렷이 표현되지 못한 부분들이 많다. 우선 이것은 개인적인 아쉬움이다. 연구를 진행할수록 이 주제에 걸쳐 있는 복잡한 논제들은 서로 '여기에 이런 문제도 있다'고 목소리를 높이려 하였다. 일제강점기 조선어와 일본어 사이의 역학 구도, 국문체 형성의 방향과 그 과정에 개입되는 권력의 문제, 조선(어)문단의 특수한 위치, 근대문학의 형성과 발전 과정, 근대문학의 생산 구조, 민족성으로도 식민성으로도 환원할 수 없는 현실의 상황, 어문운동의 담론과 문학어 사이의 다리 놓기 등. 이것들은 매우 복잡한 문제였기에, 이 책은 이들 중 일부만을 해명하는 데 그쳤다. 이 책에는 다루려고 했으나 다루지 못한, 더 진전되었어야 했으나 그러지 못한 문제들이 단편적인 단어에, 조사와 추측성 서술어에 숨어 있다. 논문에서 괄호에 넣었던 부분들은 앞으로 계속 진행시켜야 할 연구 과제들이다. 보다 구체적인 작품들을 대상으로 한 연구는, 이제 이 책을 닫으면서 시작될 것 같다.

이 책에는 2006년 여름에 제출한 박사논문과 그 이후에 쓴 2편의 논문이 함께 묶여 있다. 2편의 새로운 논문은 별도로 나뉘지 않고 박사논문의 큰 체제 아래 편입되어 있다. 박사논문에서 다루고자 했던 문제들이 미진하게 해명되었다는 아쉬움을 달래보려는 마음에서였다. 하지만, 애초에 잡은 논문의 틀과 이미 써 놓은 문장들을 고치는 것은 쉬운 일이 아니라는 걸, 또다시 느꼈다. '언어'는 써 놓기만 하면 저절로 힘을 갖는가 보다.

글을 쓸 때의 나의 문제의식 대부분은 지도교수이신 김인환 선생님으로부터 온 것이다. 선생님은 나에게 '완전한 책'과 같은 분이다. 선생님께서 내 선생님이시니 기쁘다. 숱한 경구와 잠언을 남겨주신 모교의 선생님들께, 그리고 긴 논문을 읽어 주신 심사위원 선생님들께 감사하다. '역사/사실'을 다루는 데서 오는 의심과 자격지심만큼, 나는 언제나 선생님들께 창피하다. 여전히 고칠 엄두조차 내지 못하면서 질질 끌었을 이 원고는 김영민 선생님의 부드러운 격려에 힘입어 세상에 나올 수 있었다. 이 책이 지니는 한계로 인해 선생님께 안겨드리는 빚은, 더 나아진 다음을 통해 상쇄되었으면 좋겠다.

언제나 기도하고 격려해 주시는 부모님들께, 형제들에게 고맙다. 아이디어의 최초 청자이며, 논문의 최초 독자인 민이에게 고맙다. 그리고 어엿한 책으로 엮어준 소명출판 편집부 여러분께도.

이제 새 길을 갈 수 있으니, 설렌다
2008년 2월, 문혜윤

● 차례 ●

제4장
『문장강화』의 자장과 문학적 글쓰기

제5장
근대 문학어의 지평

제1장
문체와 문학의 사회사

1. 문체의 사회적 전개 그리고 문학

'조선의 문자를 사용하여 글을 쓴다'는 것은 1930년대엔 이미 익숙한 관념이자 습관이었다. 그러나 1900년대 초만 하더라도 그것은 전혀 보편적인 것이 아니었다. 조선시대 문어 체계의 중심에는 '한문'이 놓여 있었으며, 이러한 상황은 훈민정음 창제 이후에도 계속되었기 때문에, 우리의 언어생활에서 구어(口語)와 문어(文語)의 분리는 매우 뿌리 깊은 것이었다. 따라서 불과 30~40년이라는 짧은 기간 동안 한문체에서 국문체로 글쓰기의 주류 형식이 변화했던 '문체사적 사건'은, 임형택의 발언처럼, 놀라운 일이 아닐 수 없다.[1]

---

[1] "글을 잘 쓰기 위한 노력과 고심, 그런 경험의 축적은 오로지 한문으로 해왔을 뿐, 국문을 구사하는 문제는 별로 고려해본 바 있지 않았었다. 지금 돌아보건대 한문에 토

'국문(國文)'을 사용한 글쓰기는 조선이 '독립국'이자 '근대적 국가'가 되기 위해 '나'와 '남'을 구분하는 구역과 경계를 새롭게 설정하면서부터 시작되었다. 조선은 1876년 일본에 의해 강제 개항된 이후 조약의 체결이나 사신의 파견 등에서 "정치·문화적으로 자강(自强)하는 독립국 혹은 근대적 국가의 체모(國體)"2)를 갖출 것을 요구받았다. 때문에 임오군란(1882) 후 수신사(修信使)로 파견된 박영효는 '한문을 이용한 필담이 아닌 자국어로 연설하기', '한문이 아닌 조선어로 글쓰기'를 수행할 수밖에 없었다. 그의 사행(使行) 일기인 『사화기략』에는, 한자문명권에서 성장한 박영효가 자국어 글쓰기를 수행하는 단계에서 느꼈을 난감함이, 한문과 국한문혼용이 뒤섞인 혼종적 형태의 문장을 통해 여실히 드러나고 있다.3) 타자의 침입과 그에 대한 대응을 통해 근대 국민국가로 전환하는 이 과정에서, 한문을 보조하는 역할에 머물거나 부녀자·하층민의 문자로 사용 영역이 제한되어 왔던 훈민정음은 '국문'으로서 그 지위와 역할을 새롭게 부여받게 된다.

를 단 식의 애국계몽기 문체로부터 1930년대의 썩 세련되고 발랄하고 현대적 의사를 담은 문장으로 비약한 사실은 참으로 놀랍다."(임형택, 「해제—새로 내는 『문장강화』」에 부쳐」, 『문장강화』, 창작과비평사, 2003, 3면)

2) 황호덕, 「한국 근대 형성기의 문장 배치와 국문 담론」, 성균관대 박사논문, 2003, 22면. 이 논문은 자국어 글쓰기가 출현한 시점을 1876년, 좀 더 공식적으로는 1894년부터로 잡고, 당시 사신(使臣)의 기록이나 외국 견문기·조보(朝報)·신문 등의 사례를 통해, 새롭게 창출된 근대 네이션의 표상으로서 '국어'와 '국문'을 논하고 있다.

3) 위의 글, 73~89면 참조. 이 논문에 인용된 『사화기략』의 문장은 다음과 같았다. "오늘날 혼자리의 諸公을 뫼와 驪樂ᄒ미 이러한 慶事를아르시게 攢祝을ᄒ오며 우리朝鮮主上과 ᄯ 이왕사괸나라과 장찻 친헐나라 各帝王이 聖壽無疆 ᄒ셔 天下이 혼집갓치 昇平ᄒ기를 祝手ᄒ오며 兼ᄒ여 우리도 兄弟갓치 萬國에 太平혼 福을누리기 願ᄒ노이다. 讀畢 諸公亦皆擧杯攢賀 外務卿井上馨答頌曰, 日本과 朝鮮이 隣國이 되어(…후략…)" 이를 살펴보면, 발화된 구어를 옮길 때에는 국한문혼용이, 상황을 설명할 때에는 한문이 사용되었음을 알 수 있다. 황호덕은, 여기서의 국한문혼용이 한자가 존재하는 어휘는 대개 한자로 쓰고, 통사론적 구조와 부속성분, 그리고 서술어는 한글로 바꾼 형태라는 점을 지적하였고, 이것이 구어 상황과 문자 질서·교양을 절충한 결과로 나타난 새로운 쓰기 형태라는 점을 언급하였다. 자국어 글쓰기의 가장 초기적인 창안 단계를 반영하고 있는 예이다.

이러한 상황을 공식적으로 승인한 것은 1894년 11월 21일 갑오개혁의 일환으로 공포된 고종의 칙령 제1호 공문규정 제14조에서였다. "법률, 칙령은 모두 국문을 기본으로 하고 한문으로 번역을 붙이거나 혹은 국한문을 섞어 쓴다[法律勅令 總以國文爲本 漢文附譯 或混用國漢文]"[4]는 이 법조문에서는, '국문'이 훈민정음의 별칭이나 '어떤 한 나라의 글자'를 가리키는 용어로서가 아니라, 중국의 문자와 대비되는 조선의 문자로서의 지위를 획득하고 있다. '문자(文字)'라는 보통명사로 혹은 '진서(眞書)'라는 존칭으로 불렸던 중국의 글자가 '한문(漢文)'으로 자리를 잡고, '언문(諺文)'이며 '반절(反切)'이었던 우리글이 '국문(國文)'으로 승격되는, 문어 체계의 지각 변동을 알리는 상징적인 장면을 연출하고 있는 것이다.

근대국가의 출현과 자국어의 성립이 가지는 상관성을 논한 베네딕트 앤더슨은 "어떤 민족주의 이념가들처럼 언어를 국기, 의상, 민속무용과 같이 민족됨의 상징(emblem)으로 취급하는 것은 언제나 잘못된 것이다. 언어에 있어서 가장 중요한 것은 실제로 특별한 결속감을 만들며 상상의 공동체를 창조해낼 수 있는 능력이다"[5]라고 말한 바 있다. 이는, '자국의 언어'라는 것이 근대적인 국가 형성의 과정을 통해 부수적으로 얻어지는 '효과'로 그치지 않고, 그 자체로 국가 형성의 능동적인 '원인'이 된다는 점을 지적한 것이다. 더구나 인쇄자본주의의 영향이 미치는 지역, 즉 표준화된 활자어(print-languages)가 보급되는 지역 안에서 독자들은 자신들이 특정한 민족에 속해 있다는 상상의 관념을 가지게 된다는 지적을 고려할 때,[6] '국문'의 보급은 나라를 상상하기 위한 중요한 방편이었음을 알 수 있다. 이 시기에 창간된 『한성순보』(1883) 『한성주보』(1886) 『독립신문』(1896) 등은 조선시대의 조보(朝報)[7]와는 그 성격을 달리한,

---

4) 『CD-ROM 고종순종실록 국역·원전』, 서울시스템주식회사, 1998, 검색일 : 2004.12. 20. http://www.koreaa2z.com/silok5.
5) 베네딕트 앤더슨, 윤형숙 역, 『상상의 공동체』, 나남출판, 2004, 173면.
6) 위의 책, 65~76면 참조

'국민'과의 정보 공유를 목적으로 하는 근대적 형태의 신문이었다. 세 신문의 기사 표기가 창간 순서에 따라 한문·국한문·국문으로 변했다는 사실은, 국문체가 그 세력을 넓혀가는 당시의 상황을 반영하는 듯이 보이기도 한다.

그러나 우리글이 '국문'이라는 이름을 가지게 되었다고 해서 글쓰기가 곧장 국문 위주로 재편된 것은 아니었다. 조선시대의 상층계급은 훈민정음 창제 이후에도 조선어로 말을 하면서 한문으로 글을 짓는 '언문이치(言文二致)'[8]를 생활화하고 있었기 때문에, '인식론적 단절'에 비유할 수 있을 정도로 가치관과 사고방식에 혁신을 불러일으키는 '언문일치(言文一致)'로의 전환은 갈등을 불러일으킬 수밖에 없었다. 『한성순보』는 창간 당시 국한문체 표기 방식을 고려했었지만 지배층의 반대에 부딪혀 한문체를 그대로 사용할 수밖에 없었다. 『한성순보』의 후신인 『한성주보』에 이르러서야 국한문체가 채택되었고, 미국 유학을 마치고 귀국한 서재필이 『독립신문』을 창간하면서부터 국문체가 시도될 수 있었다. 그렇지만 『독립신문』 이후에 창간된 『황성신문』(1898)이 국한문체로 회귀했고, '국문을 기본으로 삼는다'고 공포했던 정부가 국한문체 교과서를 편찬했던 사실로 미루어 볼 때, 『독립신문』의 국문체는 획기적이며 급진적인 '실험'으로서의 의미에만 머물렀을 뿐이었다.

실제로 근대계몽기에 글쓰기에서 주도권을 잡고 있었던 것은 국한문체였다. 임형택은 국한문체에 대해, 계몽적 사상과 계몽주의 문학을 담기에 적합한 그릇으로 개발된 것이며, 언문일치의 자각과 함께 실제로

---

7) '조보'는 왕의 명령이나 벼슬아치들의 이동, 장주(章奏), 정부의 결의 사항, 유시·운음·상소 및 왕실의 동정 등을 적어서 상류계급에 배포한 대외 비밀의 성격을 띠었던 신문이다(이응호, 『개화기의 한글운동사』, 성청사, 1975, 212면 참조).

8) 이기문에 따르면, 개화기 사람들은 입으로 하는 말과 글로 쓰는 말이 서로 다른 상황에 대해 '언문이치(言文二致)'라는 표현을 사용하였다. '언문이치'란 말은 1909년 12월 28일 국문연구소가 학부대신에게 제출한 최종 보고서에 보인다(이기문, 「현대적 관점에서 본 한글」, 『새국어생활』, 국립국어원, 1996년 여름, 3면 참조).

그림 1 __ (왼쪽 위부터 시계 방향으로) 『한성순보』(1883.10.31), 『한성주보』(1886.1.25), 『독립신문』(1896.4.7), 『황성신문』(1898.9.5)의 창간호. 『한성순보』의 순 한문에서, 『한성주보』의 국한문으로, 『독립신문』의 순 국문으로 변했던 기사 표기는 『황성신문』에 이르러 다시 국한문으로 되돌아갔다.

부상한 것은 국문체가 아닌 국한문체였다고 지적한 바 있다.9) 국한문체

9) 임형택, 「근대계몽기 국한문체의 발전과 한문의 위상」, 『민족문학사연구』 14, 민족문학사연구소, 1999, 10 · 16면. 국한문체의 시대적인 역할과 위상의 문제를 전반적으로

는 한문을 사용하던 사람들과 국문을 사용하던 사람들 모두에게 계몽의 메시지를 전달하려는 욕구로 나타난 절충적인 문체였다는 점에서, 독자의 범위를 넓히기 위한 보다 현실적인 시도로 이해될 수 있다. 즉 국한문체를 국문체로 나아가는 과정에서 나타난 과도기적 문체로 인식하고 있었다고 보기는 어렵다는 것이다. 오히려 근대계몽기에는 '국한문체'라는 획일적인 용어로 단순하게 명명하기엔 부족할 만큼, '한문과 국문을 섞어 쓴 문체'가 다양한 편차를 드러낸 채 공존하면서, 단어의 표기, 조사와 어미의 개입, 문장 구성 등에서 여러 시험의 과정을 거치고 있었다.[10]

다루고 있는 논문으로는 임형택, 위의 글; 임형택, 「한민족의 문자생활과 20세기 국한문체」, 『창작과비평』 107, 창작과비평사, 2000년 여름이 있다. 근대계몽기의 잡지를 대상으로 하여 국한문체의 실제 양태를 살피고 이를 단계별로 유형화한 논문으로 임상석, 「근대계몽기 잡지의 국한문체 연구」, 고려대 박사논문, 2007이 있다. 한문체에서 국문체로의 이행 양상을 각종 문헌에 나타난 예문들을 통해 어학적으로 짚어본 논문으로는 김완진, 「한국어 문체의 발달」, 『한국어문의 제문제』, 일지사, 1983; 이석주, 「현대국어 문자 생활의 변천」, 『어문연구』 84, 한국어문교육연구회, 1994.12; 홍종선, 「개화기 시대 문장의 문체 연구」, 『국어국문학』 117, 국어국문학회, 1996 등을 들 수 있다.

10) 한문에서 국문으로 이동하기까지에는 순한문체 → 주요 구절은 한문의 문장 구성 방식을 따르면서 국문을 토로 다는 한주국종체 → 이보다는 국문의 쓰임새가 확대된 국주한종체 → 그리고 국문체 등 다양한 문체의 자장이 존재한다. 심재기는, 한문체 → 한문의 통사적 특성을 다른 중간문체보다 많이 보유하고 있어 한문체에 가장 근접한 제1중간문체 → 한문과 국문의 요소가 반반씩 혼합되어 있는 제2중간문체 → 한문의 통사적 구조는 간간이 잔영을 드러내는 정도에 그치고 거의 국문체로 순화된 제3중간문체 → 국문체 등으로 나누었다(『국어 문체 변천사』, 집문당, 1999, 62면 참조). 이들은 순차적으로 변화의 과정을 밟은 것이 아니라 동시대에 공존했기 때문에 문체의 통일과 정비를 위한 노력은 꽤 오랜 기간 동안 계속되어야 했다.

예를 들어, 다음과 같은 문장 구성 방식들은 근대계몽기에 함께 존재했다(아래의 예문들은 홍종선, 「개화기 시대 문장의 문체 연구」, 『국어국문학』 117, 국어국문학회, 1996, 43면에서 재인용).

○ 才慧聰明이 非女德이니 才勝則德薄이오 利口辯辭ㅣ 非女言이니 多言則多失이오(『초등여학독본』)
○ 愛國血誠으로 一分子之職을 各守하엿던들 豈至此境哉아(『부유독습』)
○ 我韓國民 된 者ㅣ 엇지 其苦心을 不知ㅎ오릿가(『유년필독』)
○ 食物에는 三種이 잇스니 穀物과 肉類와 茱蔬 等인듸(『초등소학』)
○ 지조와 지혜가 총명훈 거시 녀덕이 아니니 지조가 승훈 즉 덕이 엷고 닙이 지고 말 잘 ㅎ는 거시 녀언이 아니니 말은 만은 즉 실슈가 만코(『초등여학독본』)

그러나 결과적으로 보았을 때, 국한문체에 비해 제한적인 위치를 점했던 국문체는 국한문체의 세력을 앞서나간다. 국문체가 전파·확산된 데에는, '국민'이라는 이름을 부여하기 위한 언어의 민주화 과정과 '국가'의 통합을 위한 언어의 표준화 과정에서 한문이 배타적인 것으로 인식되었다는 점이 주요한 원인으로 작용하였다. 국문체의 확립을 주장했던 사람들은, 누구나 읽을 수 있다는 점에서 국문체가 국한문체에 비해 실용성이 떨어지지 않을 뿐더러, 우리 고유의 문자라는 점에서 그 의의가 크다고 역설하였다. 당시 문명의 표상이었던 서양에서는 표음문자(表音文字)의 진보성을 강조하고 있었기 때문에, 동아시아 3국의 공통 문어인 한문은 비과학적 문자로 폄하되는 상황이었다.[11] 표의문자(表意文字)가 교육이나 계몽의 과정에서 가지는 한계로 인해, 과학과 힘으로 무장한 서양을 따라잡기 위해서는 한문에서 벗어난 독자적인 표기법을 확립해야 한다는 분위기가 팽배했던 것이다.[12] 이미 조선은 음성 전사(轉寫) 능력이 우수한 문자를 갖고 있었으므로 이에 대한 자부심이 클 수밖에 없었지만, 15세기 이후로 공식적인 문자 체제의 정비가 이루어지지 않아 한글의 표기 방식이 상당히 문란했다는 문제를 안고 있었다. 이 때문에 '언문일치'의 문제[13]에 민감하게 집중하면서 우리말을 글로 옮기는 데 개입

11) "19세기 유럽에서 형성된 비교언어학은 언어는 음성이며 음운변화가 문자에 반영되어 있다는 입장에 서서, 음운변화가 문자에 반영되어 있지 않은 상형문자를 기초로 한 표의문자로서의 한자는 언어의 화석이라는 사이비자연과학적인 문자론을 구축하고 있었다."(코모리 요이치, 정선태 역, 『일본어의 근대』, 소명출판, 2003, 137면)
12) 동아시아 3국 중 가장 앞서 문명을 수입하고 국가의 체제를 정비한 일본에서는 19세기 후반 국자(國字)개량운동이 활발히 일어났다. 표음주의 입장을 표방한 단체, 역사적 카나 용법을 주장한 단체, 영어식 표음표기를 채용한 단체 등이 공유하고 있던 기본적인 인식은, 언어의 본질은 음성이므로 표의문자인 한자는 국자에서 배제해야 된다는 것이었다(위의 책, 135~146면 참조). 동아시아에서의 주도권을 일본에게 넘겨주게 된 중국도 일본의 선례처럼 한자를 폐기하고 표음문자 체계로 바꾸어야 한다는 견해가 지배적이었다. 그러나 중국의 경우 서구에서와 같은 자국어 획득 과정이 아닌, 자신의 언어를 부정해야 할 아이로니컬한 상황에 처해 있었다(이보경, 『근대어의 탄생』, 연세대 출판부, 2003, 1~6면, 102면 참조).
13) 이에 관해서는 이정원, 「언문일치운동의 재검토」, 『한국언어문학』 20, 한국언어문학

되는 제반 어려움을 해결하고자, 주시경을 중심으로 한 '어문운동'의 세력은 '어문정책'을 결정하는 데까지 영향력을 행사하고자 하였다.[14]

그런데 시기적으로 보면 국문체의 전면적인 확산은 식민지 이후, 특히 1920~30년대에 걸쳐 일어난다. 1920~30년대는 식민 지배가 문화정치로 선회되었던 시기이며, 공적 교육의 장에서 조선어 교육의 비중이 축소되어가던 시기이자, 주시경의 후계들이 이어받은 어문운동이 최고조에 이르렀던 시기이고, 문학사에 기록된 그 어느 때보다 풍성한 문학적 결과물이 산출되었던 시기이다. 이러한 모든 특성들은 계기적으로 연결되어 있다. 국문체로 전환되는 과정에서 국한문체가 기울였던 중요한 노력들 — 한문 전통의 재구성을 통한 수사적 실험과 새로운 논리의 추구, 근대 분과학문을 심도 있게 수용하려는 노력 — 이 대부분 계승되지 못했다는 사실은,[15] 근대적 '국민'과 '국가'의 성립이 실패로 돌아갔던 상황과 무

회, 1981.12; 구인모, 「국문운동과 언문일치」,『국어국문학 논문집』 18, 동국대 국어국문학부, 1998.2; 김채수,『한국과 일본의 근대언어일치체 형성 과정』, 보고사, 2002; 류준필, 「구어의 재현과 언문일치」,『문화과학』 33, 문화과학사, 2003.3; 류준필, 「근대계몽기 매체와 언어의 재현」,『근대어·근대매체·근대문학』, 성균관대 대동문화연구원, 2006 등을 참조할 수 있다.

14) 어문운동의 전개 양상과 어문정책의 수립·변화 과정을 살핀 연구로는 이기문,『개화기의 국문연구』, 한국문화연구소, 1970; 박성의, 「일제하의 언어·문자정책」,『일제의 문화침투사』, 민중서관, 1970; 김민수,『국어정책론』, 고려대 출판부, 1973; 이응호,『개화기의 한글운동사』, 성청사, 1975; 박병채, 「일제하의 국어운동 연구」,『일제하의 문화운동사』, 현음사, 1982; 고영근,『한국어문운동과 근대화』, 탑출판사, 1998; 고영근, 「개화기의 한국어문운동」,『한국의 언어연구』, 역락, 2001; 허재영, 「근대계몽기의 어문 정책」,『국어교육연구』 10, 서울대 국어교육연구소, 2002; 허재영, 「근대계몽기의 어문 문제와 어문운동의 흐름」,『국어교육연구』 11, 서울대 국어교육연구소, 2003 등이 있다. 특히 1920년대 후반부터 1930년대로 이어지는 조선어학회의 활동 및 조선어학회를 둘러싼 어문운동의 맥락을 짚은 연구로는 한글학회 50돌기념사업회,『한글학회 50년사』, 한글학회, 1971; 박병채, 「1930년대 국어학 진흥운동」,『민족문화연구』 12, 고려대 민족문화연구원, 1977; 김민수, 「조선어학회의 창립과 그 연혁」,『주시경학보』 5, 주시경연구소, 1990.7; 이중식, 「일제침략기 한글운동 연구」,『사회변동과 성·민족·계급』, 문학과지성사, 1996; 조태린, 「일제시대 언어정책과 언어운동에 관한 연구」, 연세대 석사논문, 1998; 정순기 외,『조선어학회와 그 활동』, 한국문화사, 2001 등을 들 수 있다.

15) 임상석, 「근대계몽기 잡지의 국한문체 연구」, 고려대 박사논문, 2007, 167면.

관하지 않을 것이다. 또한, 근대 국민국가를 향한 사회적 열망에 기초한 '민족적 지식'이, 악화된 정치 상황으로 인해 전면화되거나 보편화되지 못하고 문학을 통한 '심미적 지식'을 요구하기에 이름으로써 문학의 위상이 상승되었다는 점16)도 국문체의 진작으로 이어지는 주요한 원인이었다. 최근의 연구들이 사회의 언어와 문학의 언어가 교섭의 관계에 있다는 점을 인식하면서, 글쓰기의 전반적인 양상 속에서 '문학적인 글쓰기'가 분화되기 시작하는 지점을 살폈던 것17) 역시, 문학적인 지점에 초점을 맞추었기 때문에 나타난 결과라기보다 한국의 근대적 글쓰기가 문학적 글쓰기의 강화로 이어졌음을 반영하는 결과였다고 할 수 있다.

이 연구는 일제강점기 전반의 언어와 글쓰기 상황에 대해 언급하되, 특히 1920년대 후반~1930년대에 걸친 시기, 즉 어문운동의 성과와 문학적 성과가 풍부하게 산출되었던 시기를 대상으로 삼아, 국문체가 세력을 넓힌 상황이 문학적인 표현의 세련화과 어떠한 방식으로 관계를 맺고 있었는지를 고찰하고자 한다.

표기 체계의 전환은 글쓰기 방식의 전환을 예고하는 것이면서, 이를 통해 나타나는 문체의 변화는 가치관과 세계관의 변화를 동반한다. 작가가 작품 속으로 가져오는 언어들이 그 사회 속에서 태어나 성장한 것이라는 점을 감안할 때, 문학적인 표현의 분화·발달이 작가의 외로운 분투로만 이루어졌다고 말하기는 어렵다. 그 시대의 언어가 가지는 한계 안에서 문학적인 표현의 가능성이 결정되며, 동시에 문학의 확대된 언어 구사의 방식이 일반의 문체 의식을 증진시키는 것이다. 김윤식·김현은 『한국문학사』에서 어문운동의 중요한 역할 중 하나를 "문인들

---

16) 한기형, 「근대 잡지와 근대문학 형성의 제도적 연관」, 『근대어·근대매체·근대문학』, 성균관대 대동문화연구원, 2006, 278~295면 참조.
17) 권보드래, 『한국 근대소설의 기원』, 소명출판, 2000; 권용선, 「1910년대 '근대적 글쓰기'의 형성 과정 연구」, 인하대 박사논문, 2004; 신지연, 「근대적 글쓰기의 형성과 재현성」, 고려대 박사논문, 2006 등이 여기에 해당한다.

의 한국어의 훈련"18)이라고 말한 바 있다. 당시 문학인들은 누구보다도 절실하게 표준어와 표기법 확립의 필요성을 느끼고 이를 시급히 해결할 것을 요구하고 있었을 뿐만 아니라, 어문운동의 방향에 대해 적극적으로 의견을 표명하기도 하였다. 특히, '한글 맞춤법 통일안'이 발표된 이후 박승빈 파(派)의 반대운동이 거세지자 문인 78명의 연명(連名)으로 통일안 지지 성명을 발표하기도 하였다.

한국어 문장 성립의 과정과 문학적 문장 성립의 과정 사이에 개재된 연관성을 설명해 줄 수 있는 중요한 사례는, 1920년대 후반부터 1930년대에 나타났던 문인들의 문장론이다. 문장의 구성과 그 구성 요소들 사이의 관계나 배열, 그리고 그에 따른 문장의 종류 등을 연구하는 언어학의 한 분야인 문장론(월갈)은, 우리의 말을 '민족어'로서 독립적으로 인식하게 된 이후 일본과 서양 이론의 영향을 받으면서 학문적인 체계를 갖춰 갔다. 하지만 그 시기의 문법 모형이 "품사론 중심을 지향"19)하고 있었다는 점에서 학술적인 저술에서 문장론의 비중은 상대적으로 협소했다고 할 수 있다.20)

이에 비해, 유난히 1930년대에는 '문장을 어떻게 써야 할까'를 고민하거나, '문장은 이렇게 써야 한다'고 가르치는 작가들의 글이 많이 발표된다. 이 시기 작가들의 주요 관심사는 '무엇을 쓸 것인가'에서 '어떻게 쓸 것인가'로 옮겨가는 듯이 보인다. 국문체의 규범이 확립되던 시기와 문학적인 표현의 영역이 확대되던 시기가 겹친다는 점을 간과하지 않을 때, 문장론이 다량으로 생산될 수 있었던 동인을 어문운동의

---

18) 김윤식·김현, 『한국문학사』(1993년 판), 민음사, 1973, 181면.

19) 고영근, 『최현배의 학문과 사상』, 집문당, 1995, 387면.

20) 고영근은, 최현배의 『우리말본』(연희전문대 출판부, 1937)이 현대의 문법서술과 달리 통사론 부분의 분량이 품사론의 1/3에도 미치지 못한다고 하면서, "이런 사실을 통하여 우리는 외솔이 『우리말본』을 통하여 부각시키고자 하였던 기본의도가 품사체계를 확립하고 용언의 활용법을 중심으로 한 형태론적 주제에 관심이 있었음을 확인할 수 있는 것"(위의 책, 같은 곳)이라고 하였다.

맥락과 연결 짓는 것은 자연스럽다. 다시 말해, 국어의 정비 과정이 전 사회적인 관심과 조명을 받았던 당시 조선의 상황은, 그 언어로 글을 짓는 문학인들에게도 언어 구사의 방식을 되돌아보게 하는 기회를 제공하였을 것이며, 이에 대한 인식이 심화됨에 따라 문장에 관한 담론들이 양산될 수 있었다는 것이다.

문학의 성립 근거인 언어, 특히 일제강점기의 '조선어'에는 다양한 층위의 사회적이며 역사적인 맥락들이 관통하고 있다. '자국어'의 성립에 동반되는 언어 통일(근대화)의 과정은, 일본어에 '국어'의 자리를 내주는 식민지 상황과 만나면서 한층 복잡한 구도로 전개된다. 때문에 당시의 문학인들이 어문운동의 대의에 공감하며 적극적인 태도로 그것에 동참하려 했던 사실은, 한국어 문장의 성립과 문학의 언어 문제에 대한 새로운 방식의 고찰을 요구한다. '사회어'와 '문학어'의 상관성에 주목하는 이 연구의 문제의식은 바로 이러한 지점에서 나왔다.

따라서 이 연구는 1920년대 후반~1930년대 우리말글의 정비 과정에서 재편된 '사회 언어의 장(場)'과, 작가 개성의 표출이라고 여겨지는 '문학 언어의 장'이 맞닿는 지점을 탐색함으로써, 한글 문장 쓰기의 근거와 그것의 문학적인 확장을 논하는 데 목적이 있다. 이는 한국어문(語文)의 중요한 성과들이 나타나는 과정, 즉 근대계몽기 이래 이어져온 어문운동이 한국어 구사에 필수적인 규범들을 확립하면서 국문체를 안정시켜 나가던 과정과, 형성기를 지난 한국문학이 양적인 팽창과 더불어 질적인 심화를 이루어가는 과정을 함께 고려하여, 국어 문장 표현의 세분화와 이에 기반을 둔 문학적인 문체(文體)의 발달을 살피려는 시도이다.

2. 문학성을 존중하는 문학의 사회사

문체 연구는 '문체는 곧 그 사람이다'라는, 뷔퐁의 유명한 명제가 드러내는 시각을 기본 전제로 삼는 경우가 많았다. 언어의 씨실과 날실을 풀어헤치는 작업으로 추출된, 어휘의 선택·결합의 방식은 글쓴이의 특수성과 연관되는 문제로 여겨지곤 했다. 그러나 글쓰기는, 그것이 비록 문학적인 글쓰기일지라도, 사회적이며 시대적인 어휘의 창고와 문장의 패턴에 의지하는 행위임을 간과할 수 없다. 개인적 문체의 밑바탕에는 역사적인 한 시기에 공유되는 글쓰기의 형식이 작동하고 있는 것이다. 한국어는 나라의 통합, 전쟁과 외침(外侵), 한문의 수입, 훈민정음의 창제 등 다양한 정치적·사회적·문화적 맥락과의 교섭을 통해 작고 큰 변화를 겪으면서, 하나의 체계와 그 체계의 조정, 혹은 앞선 체계를 뒤엎는 새로운 체계의 탄생을 그 역사로 간직하고 있다. 때문에 작가와 독자는 같은 시대의 한국어를 사용한다는 점, 그리고 이해 가능한 형식의 문장과 대체로 유사한 감정과 인식의 체계를 공유한다는 점 등을 통해 서로 소통할 수 있는 기반을 마련할 수 있는 것이다.

이 연구는 작가 개인의 문체 분화가 시대의 전반적인 문체 진전과 보조(步調)를 같이해 왔다는 점을 이해하고자, 어문운동의 맥락을 끌어들이고자 한다. 1900년대 초부터 이어져 온 어문운동은 1930년대 들어 집약적인 결실을 맺으면서 국문체의 안정적 확립을 위한 중요한 기반을 다졌다. 국문이 지니는 시대적인 사명을 인식하면서 국문의 보급, 표기법의 제정, 문법의 정비, 사전 편찬 등의 운동을 펴는 데 주시경이 미친 영향력은 지대했다. 그런데 주시경은 서재필의 조필(助筆)로 『독립신문』의 한글전용에 중요한 역할을 담당하고, 국문연구소 활동에 열정적으로 참여하여 최초의 통일안이라고 할 수 있는 국문의정안을 만들고, 상동강습소를 통해 후진을 양성하는 등 왕성한 활동을 벌였지만, 경술국치로 인해 이러한 활동들이 결실로 이어지기까지에는 많은 시간이 소요될 수밖에 없었다. 1914년 주시경이 갑작스럽게 타계하고, 1919년 그의 직속제자였던 김두봉이 망명의 길에 오르면서 어문운동은 소강상태에 접어든다. 그러다 식민 정책이 어느 정도 유화된 1921년 주시경의 제자들이 '조선어연구회'로 다시 결집함으로써, 그리고 보다 본격적으로는 훈민정음 반포 480주년인 1926년 '가갸날'을 제정·선포함으로써 대중적이고 실천적인 어문운동이 다시 이어지게 되고, 1930년대에 들어서면서 어문운동의 중요한 결과물들이 속속 산출된다. 1933년엔 대다수 조선인들의 관심과 지지 속에서 맞춤법 통일안이 발표되었고, 1936년에는 표준어 사정(查定)이 이루어졌으며, 1940년에는 외래어 표기법을 비롯해 일본 말소리 표기법, 로마자 표기법, 만국음성기호 표기법 등이 동시에 공포되었다.

근대계몽기 이래 문체의 형성 과정은 국한문체 대(對) 국문체의 문제, 즉 한자를 어떠한 방식으로 사용할 것인가에 관한 것과, 국문체 내의 표준 대(對) 비표준의 문제를 쟁점 사안으로 포함하고 있다. 한자의 문제를 어떻게 처리하느냐에 따라 우리글의 문체는 변화를 겪는다. 어문정책이 어떠한 방향으로 수립되느냐에 따라 교과서나 개인 저서 등의 출판물은 다른 형식의 글을 생산한다. 역사의 방향을 이미 알고 있는 현재의 시각에서는 우리가 '가지 않은 길'에 대해 별다른 감상이 일지 않겠지만, 어문운동이 벌어지고 있던 역사의 현장에서 이루어진 '선택'과 '배제'는 매우 결정적인 것이었다.

예를 들어, 우리가 지금과 같은 표기 체제를 이루는 과정에는 무수한 착오와 실패와 대립, 그리고 우연의 기나긴 역사가 감춰져 있다. 'ㆍ'를 폐지하는 대신 'ㅣㅡ'의 합음을 나타내는 모음 'ᆖ'를 새롭게 만들 것을 주장한 지석영의 「신정국문」이 '착오'의 예에 해당한다면,21) 「신정국

---

21) 지석영, 「신정국문」, 『관보』, 1905.7.25; 하동호 편, 『역대한국문법대계 ③ 06 국문론집성』, 탑출판사, 1985, 42~43면; 이기문, 『개화기의 국문연구』, 한국문화연구소, 1970, 26~30면 참조.

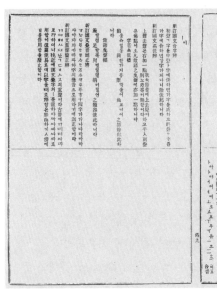

신정국문

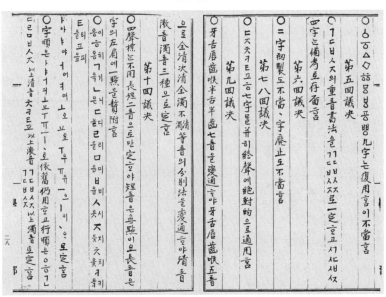

국문의정안

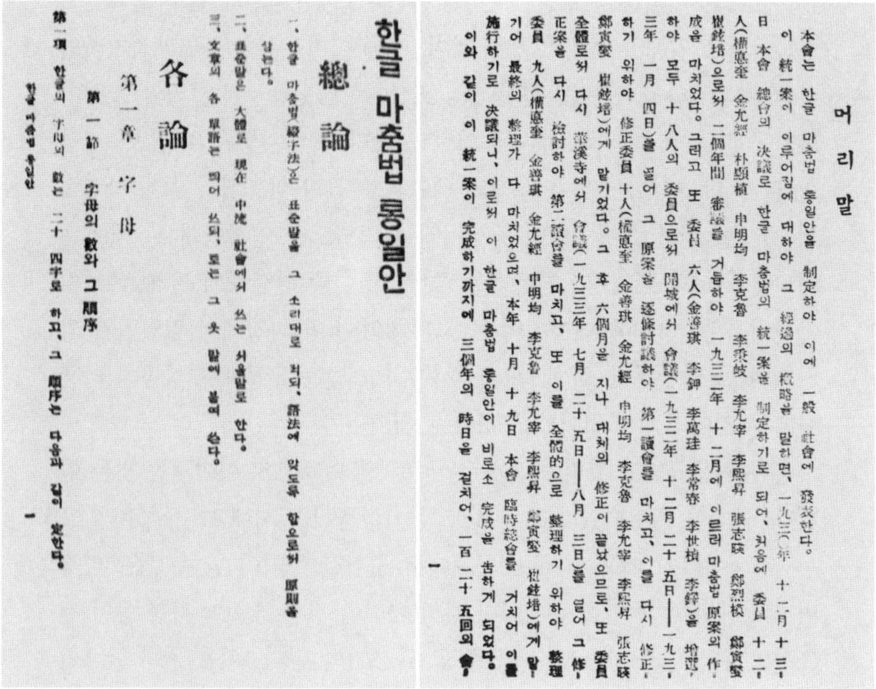
머리말

本會는 한글 마춤법 통일안을 制定하야 이에 一般 社會에 發表한다.

이 統一案이 이루어짐에 대하야 그 經過의 槪略을 말하면, 一九三○年 十二月 十三日 本會 總會의 決議로 한글 마춤법의 統一案을 制定하기로 되어, 처음에 委員 十二人(權悳奎 金允經 朴顯植 申明均 李克魯 李秉岐 李允宰 李熙昇 張志暎 鄭烈模 鄭寅燮 崔鉉培)으로써 二個年間 審議를 거듭하야 一九三二年 十二月에 이르러 마춤법 原案의 作成을 마치었다. 그리고 또 委員 六人(金善琪 李鉀 李萬珪 李常春 李世楨 李鐸)을 增選하야 모두 十八人의 委員으로써 開城에서 會議(一九三二年 十二月 二十五日——一九三三年 一月 四日)를 열어 그 原案을 逐條討議하야 第一讀會를 마치고, 이를 다시 修正하기 위하야 修正委員 十人(權悳奎 金善琪 金允經 申明均 李克魯 李允宰 李熙昇 張志暎 鄭寅燮 崔鉉培)에게 맡기었다. 그 후 六個月을 지나 대체의 修正이 끝났으므로, 또 委員 全體로써 다시 華溪寺에서 會議(一九三三年 七月 二十五日——八月 三日)를 열어 그 修正案을 다시 檢討하야 第二讀會를 마치고, 또 이를 全體的으로 整理하기 위하야 整理委員 九人(權悳奎 金善琪 金允經 申明均 李克魯 李允宰 李熙昇 鄭寅燮 崔鉉培)에게 맡기어 最終의 整理가 다 마치었으며, 本年 十月 十九日 本會 臨時總會를 거치어 이를 施行하기로 決議되니, 이로써 이 한글 마춤법 통일안이 비로소 完成을 告하게 되었다.

이와 같이 이 統一案이 完成하기까지에 三個年의 時日을 걸치어, 一百 二十 五回의 會

一

한글 마춤법 통일안

總論

一、한글 마춤법(綴字法)은 표준말을 그 소리대로 적되, 語法에 맞도록 함으로써 原則을 삼는다.

二、표준말은 大體로 現在 中流 社會에서 쓰는 서울말로 한다.

三、文章의 各 單語는 띄어 쓰되, 토는 그 웃 말에 붙여 쓴다.

各論

第一章 字母

第一節 字母의 數와 그 順序

第一項 한글의 字母의 數는 二十 四字로 하고, 그 順序는 다음과 같이 定한다.

한글 마춤법 통일안

一

한글맞춤법통일안

그림 2＿지석영의 「신정국문」은 1905년 7월 학부의 재가를 거쳐 법령으로 반포되지만 논란이 커서 실행에 이르지는 못한다. 국문에 관한 여러 문젯거리를 논의하기 위해 개설된 국문연구소는 1909년 12월 「국문연구의정안」을 제출한다. 보다 본격적인 이 맞춤법 통일안은, 그러나, 경술국치로 빛을 보지 못한다. 총독부의 언문철자법을 거쳐 1933년 10월 조선어학회의 '한글 맞춤법 통일안'이 공포된다.

문」에 대한 이의 제기로 개설된 '국문연구소' 위원들의 연구 합의안이 경술국치로 인해 공포되지 못한 것이 '실패'이며, 우리 민족의 독자적인 맞춤법 통일안을 만드는 과정에서 조선어학회(일명 주시경 파)와 조선어학연구회(일명 박승빈 파) 사이에 있었던 학리적인 논쟁이 '대립'에 해당할 것이다. 그리고 수많은 주장과 제안과 논란의 와중에서 일개 학회에서 제시한 맞춤법 통일안이 공식적인 표기법으로 인정받게 된 데에는, 어쩌면 역사의 '우연'이 작용했을 수 있다. 아주 간단하게 말해, 19세기 후반에서부터 1930년대까지의 표기 체제의 정비 과정에서 있었던 합의의 방향이 달랐다면, 현재 우리가 사용하고 있는 국문체도 상당히 다른 형태일 것이라는 가정이 가능하다는 것이다.22)

물론 어문규범의 확립이 곧바로 국문체의 안정으로 이어지는 것은 아니다. 규칙이 제정되었다고 해서 모든 사람들이 일시에 그 규칙을 따르는 것은 아니기 때문이다. 이 문제에서 중점을 두어야 할 부분은, 맞춤법 제정에 관한 격렬한 논쟁이나 여러 차례에 걸친 표준어 사정 등이 전 조선의 관심사가 됨으로써, '표준적' 글쓰기의 장이 '비표준적' 글쓰기의 장을 배제하면서 중심으로 부각되는 과정을 겪은 '동시대적 체험'에 대한 이해이다. 그리고 그 시대의 언어를 사용하여 작품을 창작하는 문인들에게 이러한 '체험'은 누구에게보다 민감한 사안이었음을 고려하는 것이다.

조선어문의 표준화에는 간과할 수 없는 역사적인 문제가 개입되어 있다. 일제강점기는 조선시대와는 다른 의미에서 이중 언어의 상황, 즉 '일본어'가 '국어'의 지위를 차지하고 '조선어'는 '모어(母語)'의 영역에 머물렀던 상황이었다. 일본어가 사용되는 범위와 세력이 넓어지면서,

---

22) 물론 광복 이후 정부 차원에서 시행한 새로운 언어 정책들, 철자법을 간편하게 만들자는 취지로 일어난 한글 간소화 파동, 한글학회에서 주도한 한글만 쓰기 운동이나 우리말 도로 찾기 운동 등도 우리의 언어생활에 어떤 변화를 주었을 것이다. 그러나 현재 언어생활의 근간은 1930년대에 이룩되었다고 할 수 있다.

1930년대 후반에 이르면 일본어로 창작을 하는 조선인 작가가 생겨나기도 하였다. 따라서 '조선어문' 운동이라든가 '조선어' 문단은 지금의 생각과는 다른 '특이한' 위치를 점하고 있었다는 점을 인식할 필요가 있다. 조선어문 운동과 조선어 문단은, 한쪽은 조선어를 '연구'하고 다른 한쪽은 조선어를 '사용'한다는 점에서 차이가 있지만, '조선어'를 그 존립의 기반으로 삼고 있었다는 점에서 공통적이다. 이로 인해 보다 '자각적으로' 조선어의 문제가 인식되고 다루어질 수 있었던 것이다.

우리 문학사의 중요한 시기인 1930년대에는 사회 언어의 장에서 이룩된 성취를 밑바탕으로 삼아 다양한 문학 언어의 실험이 감행되었다. 어문운동의 과정에서 통합과 배제의 역사를 거친 조선어문은, 문학어의 영역에 있어서도 '이런 문학어가 아니라 저런 문학어가 됐을지도 모르는 가능성'을 함축하게 되었다. 사회어의 규범은 언어를 선택하거나 문장을 구성하는 데 민감하게 작용한다. 코모리 요이치에 따르면, 1920년대 후반 일본의 '순문학'을 대표하는 '신감각파' 동인들은 그때까지 표준어로 쓰인 일본어 산문과는 다른 문체를 구사했다고 한다. 아마도 그들은 현재의 문체 연구에서 강조하는, 작가의 개성이 표출된 독특한 비유법을 창조했을 것이다. 그러나 이것 역시 표준어와의 의식적이거나 무의식적인 거리 재기의 산물이라는 코모리 요이치의 지적은 시사하는 바가 크다.

그렇지만 '신감각파'의 새로움은 '문학'을 생산하고, 소비하며, 재생산할 수 있는 층에서 본 새로움일 수밖에 없었다는 점도 고려해야 할 것이다. 왜냐하면 정말이지 '모던 타임즈'에 어울리는 '신감각파'적 문체의 창조는 무엇보다도 정전화한 '표준어'의 일본어로 씌어진 산문에 대한 자기차이화(自己差異化)로서만 가능했을 것이기 때문이다. '문단' 내부에서 '불평과 불만으로 가득찬' '투쟁'을 전개할 수 있기 위해서는 그 속에서 유통되고 있는 '표준어'로서의 '국어'가 존재하고, '국어'를 완전하게 다룰 수 있는 능력을 갖고서 그것을 개변(改變)할 수 있는 특권적인 '문학' 능력을 소유하고 있어야만 하며, 그 새로움의 인지는 '문단' 내부에서 형성되어온 일정한 독서의 실천을 전제로 하면서 동시에 그것으로부터의 일탈을 발견함으로써 이루어질 수밖에 없다.[23]

1920년대 후반~1930년대를 통과하면서 확립된 국문체의 여러 원칙들은 글을 쓰는 문제에서나 문체의 분석에서 중요한 기준이 된다. 서울말을 표준으로 삼았기 때문에 방언의 효과가 두드러져 보이고, 이전에는 없던 띄어쓰기 규정을 삽입함으로써 띄어쓰기를 무시하는 이상(李箱)의 시가 어떤 '의도'를 가지고 있다고 생각되는 것이다. 또한, 문장부호가 정비됨으로써 지문과 대사의 분리, 말과 생각의 분리, 언술 주체의 분리 등 좀 더 세밀한 부분까지 글로 표현할 수 있게 된다.

사회적 공용어의 장을 형성하는 데 있어 표준어는 "확고한 핵"[24]의 역할을 수행한다. 이러한 "확고한 핵", 즉 '표준(코드 / 상징적 체계)'이 존재하여야만 문학적 표현의 '개성(탈코드 / 상상적 체계)'이 의미를 가질 수 있는 것이다. 문학 작품이 드러내는 언어적 다양성은, '표준'의 장이 형성되면서 배제되어야 했던 '비표준적' 언어 형식들, 가령 "언어학적 방언들뿐 아니라, 사회·이념적 언어들, 즉 여러 사회집단의 언어들이라든가 여러 가지 '직업적' '장르적' 언어들, 여러 세대들의 언어들"[25]의

---

23) 코모리 요이치, 정선태 역, 『일본어의 근대』, 소명출판, 2003, 294면.
24) 미하일 바흐찐, 전승희·서경희·박유미 역, 『장편소설과 민중언어』, 창작과비평사, 1998, 77면. 바흐찐은 '단일언어'를 언어·이념적 세계를 통일시키고 집중시키는 원천이라고 정의 내리면서, 모든 발언은 '단일언어'(구심적인 힘)에 참여하면서 동시에 사회·역사적인 언어적 다양성(원심적이고 분리적인 힘)을 공유한다고 말하였다.
25) 위의 책, 78면. 바흐찐이 언급하는 소설의 다성성(多聲性)이란 소설이 지닌 원심적 언어 표현 능력에 초점이 맞추어진 것이라 생각하기 쉽지만, 그의 책에서 서술의 목소리가 다성적일 수 있는 이유로 깊이 있게 거론되는 것은 지배적인 담론의 형성과 그것으로부터 배제된 언어들 사이의 관계이다. 이런 점에서 본다면, '다성성'이라는 것은 소설이란 장르의 '본래적인 속성'이 아니라 장르의 형성 과정에서 서로 다른 수준과 서로 다른 단계의 목소리들이 잔존함으로써 빚어진 '역사적인 속성'이라고 할 수 있다. 그리고 이는 비단 소설에만 한정되는 문제는 아닐 것이다. 문학적 표현에 드러나는 언어의 다양성은 '규범'과 '개성'의 어긋남을 드러내는 표지이며, 이는 한국의 문학어가 발달하는 모습을 통해서도 확인할 수 있다.

분출에 다름 아니다. 따라서 자율적이며 개성적인 문학의 창작은 시대와 상호작용한다는 점을 암시하는 다음과 같은 지적에 귀 기울일 필요가 있다.

통속적인 말이니, 비문학적 말이니, 한 시대의 여러 가지 사회 용어니 하는 것이 어떠한 것인가를 모르면 문체론은 인상주의를 초월할 수는 거의 없으리라. 특히 과거 시대의 경우에는 우리들이 통속적인 말과 예술성이 이탈된 말과의 사이의 구별을 알고 있다고 하는 가정은 유감스럽게도 전연 근거가 없는 가정이다. 우리들이 어떠한 작가나 어떠한 문학운동의 어법에 관하여 판단을 내릴 정당한 배경을 얻게 될 때까지는, 과거 시대의 여러 층을 이루고 있는 언어를 훨씬 더 정밀하게 연구할 필요가 있는 것이다.[26]

기본적으로 "문학이라는 관념과 체계는 그 자체로 본질적이거나 영속적인 것이 아니라 역사적으로 구성된 근대적인 제도 또는 역사적으로 제도화된 관념의 체계"[27]이다. '문학'이라는 용어 자체가 이전 시대의 문학과는 그 개념을 달리한 "개화의 물결을 타고 유포된 새로운 문물의 명칭"[28]으로서 "좀 더 정확히 말하면 서양문화가 일본에서 수용되는 과정에서 만들어진 영어 리터래처의 역어(譯語)"[29]라는 점은, 문학에 대한 현재의 인식이 사회적이며 역사적인 그물망을 통해 새롭게 형성된 것임을 알게 한다. 때문에 사회적이며 역사적인 '문학'의 의미를 탐구하는 연구들은, 문학을 향유할 수 있게 만든 물적 기반, 즉 인쇄 매체의 발달, 출판물의 증가, 근대적 교육의 시행, 전문적 독자층의 형성 등, 제도와 매체의 문제를 끊임없이 사고할 수밖에 없었다. 이 책에서, 작가가 어휘를 선택하고, 문장을 조합하고, 글을 구성하는 과정이 그 시대의

---

26) 르네 웰렉 · 오스틴 워렌, 이병철 역, 『문학의 이론』, 을유문화사, 2000, 274~275면.
27) 김동식, 「한국의 근대적 문학 개념 형성 과정 연구」, 서울대 박사논문, 1998, 1면.
28) 황종연, 「문학이라는 역어」, 『한국문학과 계몽 담론』, 새미, 1999, 10면.
29) 위의 글, 같은 곳.

보편적인 문법(문장의 작법, 혹은 언어 구성과 운용의 방식)에 영향을 받을 수밖에 없다는 점을 고려하면서 어문운동의 양상을 살피는 것도 이러한 문제의식에서 크게 벗어나지 않는다. 이에 대해 롤랑 바르트는 "개별 작가가 시도할 수 있는 글쓰기의 양식들은 바로 역사와 전통의 압력 아래에서 형성된다"[30]고 직접적으로 말한 바 있다.

그러나 이러한 관점이 비단 문학 개념의 역사적인 변천을 승인하는 데에서만 멈추는 것은 아니다. 이때의 통시성은 한 시대가 공유하는 글쓰기의 양식들 혹은 패턴들의 연속이라는 점에서, 언어로 이루어진 심미적 구조물이라는, 문학의 가장 본질적인 정의를 여전히 만족시킨다. "글쓰기의 변동에는 정말로 역사적인 리듬이 존재한다. 하지만 이 리듬은 가능성의 총체 내에서만 실현된다. 문학적인 것의 원칙을 존중해야만 한다"[31]는 지적은 이에 대한 주석이다.

이러한 관점은, 기표와 기의의 결합으로 이루어진 공시적 구조체이자 세계의 흔적을 반영하는 통시적 역사물인 '언어'의 태생적 존재 방식으로부터 비롯되었다. 문학이라는 매체는 근본적으로 '언어'를 매개로 하여 대상 혹은 세상과 연결되기 때문에, 내면적인 기질의 투영으로서만 문체를 논하거나 사회적 현실과의 즉자적인 대응으로서 문체를 논하는 방식은 지양되어야 한다. 이 연구는 "문학의 문학성을 존중하는 문학의 사회사"[32]를 지향한다. 여기서 추적하는 문학의 문체는 언어 형

---

30) Roland Barthes, *Writing Degree Zero*, trans. Annette Lavers and Colin Smith, New York : HILL and WANG, 1980, p.16. 'écriture'의 영어 번역어인 'writing'은 롤랑 바르트가 강조했던 '역사와의 결속 행위'의 측면을 제대로 반영하지 못한다. 그러나 한국어 번역 역시 '글쓰기'로 되어 있다는 점에서 편의를 위해 이 용어를 그대로 사용하였다.

31) 뱅상 주브, 하태완 역, 『롤랑 바르트』, 민음사, 1998, 46면.

32) 김인환, 「한국문학의 사회사 문제」, 『기억의 계단』, 민음사, 2001, 33면. 여기서 '문학의 사회사'란, 문학 자체의 자료를 중시하는 문학의 연대사나 문학 자체의 성격을 숙고하는 문학의 형식사와는 대조되는 문학사 기술의 한 방법으로서, 사실과 문제의 분리나 어느 한 문제의 고립을 부정하는 포섭의 문학사이다(위의 글, 13면, 22~23면 참조).

식(form)의 변천 과정에서 나타나는, 문학의 '본질'과 문학의 '역사'의 접합 지점에 대한 고찰이다.

따라서 이 책은 '사회어'와 '문학어'의 상호 소통 양상을 중심으로, 일제강점기 창작의 지반이 되었던 언어의 장(場)을 재구성하여 조선어 글쓰기의 형성 과정과 문학적 글쓰기의 분화 양상을 탐구하려고 한다. 그 순서와 내용을 개괄적으로 소개하면 다음과 같다.

제2장에서는 1920년대 후반~1930년대의 조선어문이 처했던 상황을 살피면서 그 역사적인 지형을 조감한다. 이 시기의 어문운동은 근대계몽기로부터 이어져온 어문민족주의의 정신과 어문정비의 실제적인 과제들을 이어받으면서도, 달라진 운동의 토양으로 인해 '민족국가의 설립'에서 '문화의 발전'으로 그 지향점을 옮겨두고 있었다. 특히, 언어와 민족의 긴밀한 관계를 강조함과 더불어, 언어를 '통하여' 사회가 변화하고 민족이 발전할 수 있다는 언어관이 퍼져 있기도 했던 때이므로 어문 표준화의 문제에 더욱 집중하게 되었다. 조선어 글쓰기에 민감한 자각을 가질 수밖에 없었던 문학인들이 어문운동에 대해 가졌던 태도를 살피면서, 당시의 문학인에게 요구되었고, 또 그들 스스로 강제했던 역할의 문제에 대해 다룰 것이다. 조선어를 표준화하는 작업과 조선어를 사용하여 글을 짓는 작업이 가지는 공통분모를 인식했던 어문학자들과 문학자들이 상호 소통한 양상을 전반적으로 살피고자 한다.

제3장에서는 1920년대 후반~1930년대 어문 표준화 운동의 실질적인 내용과, '한국어(조선어) 문장'이란 어떤 것이어야 하는지에 대한 의식의 분화·심화 과정을 다룬다. 근대계몽기의 주시경과 조선어학회의 활동을 통해 그들이 언문일치 문장의 제도화 과정에 어떤 방식으로 개입했는지 통시적으로 조감하고, 1930년대에 벌어졌던, 조선어학회와 조선어학연구회 사이의 논쟁을 공시적인 관점에서 다룰 것이다. 이 두 학회 사이의 논쟁은 표면적으로는 표기법 확립에 있어서의 의견 차이로 비춰지지만, 그 이면에는 국문체의 수립 방향에 대한 근본적인 생각의 차

이를 내포하고 있다. 그리고 이러한 어문운동으로 촉발된 문학인들의 반응과 문학적인 장 안에서의 논의들을 다루고자 한다. 이를 통해 한글을 위주로 한 새로운 문장어가 성립되는 과정과, 문학의 형식과 내용이 분화되는 과정을 살필 수 있다. 이에 관한 중요한 예시로 최남선의『시문독본』과 이윤재의『문예독본』의 문체를 분석할 것인데, 이 두 책은 조선어 글쓰기가 분화되는 단계적 과정에 대한 시사점을 제공해 줄 수 있을 것이다.

　제4장에서는 1930년대에 특히 융성하였던 문장론의 양상과 문학적인 문체의 분화를 연관 지어 설명한다. 이 부분이 조선어학 발달의 외재적인 결과가 어떤 방식으로 문학의 문장에 침투하였는지를 점검하는 실제적인 항목이다. 어문운동은 문학인들의 말과 글에 대한 의식을 새롭게 하였다. 이러한 분위기는 당시의 문단에서 문장론과 관련된 논의가 융성하였던 이유를 설명할 수 있는 근거가 된다. 어문운동이 문장론에 미친 영향을 중심으로 문장론 전개 과정에서 나타난 논의의 범주들과, 문장론의 활성화가 문학적 문체의 분화에 끼친 영향을 다룰 것이다. 1930년대 문장론의 대표격인 이태준의『문장강화』를 중심적인 자료로 삼되,33) 이와 연결되는 어학자와 문학자들의 언어와 문장에 대한 논의

---

33)『문장강화』는 1940년 문장사에서 출간되었다. 이 단행본에는, 이태준이 주재했던 잡지인『문장』창간호(1939.2)부터 통권 9호(1939.10)까지 9회에 걸쳐 연재되었던 글과, 통권 16호(1940.3)의「문장의 고전, 현대, 언문일치-『문장강화』노트에서」라는 글이 함께 실려 있다.「문장의 고전, 현대, 언문일치」부분은 단행본으로 옮겨지면서 많은 양의 예문과 그에 대한 해석이 덧붙었다. 또한, 단행본으로 묶이는 과정에서, 잡지에는 연재되지 않았던 새로운 장이 세 개나 첨가되었다. 이는 9회까지의 연재를 일단락 지으면서 이태준이 편집후기인「여묵(餘墨)」을 통하여 "내가 쓰던「문장강화」는 우선 이번 호로 붓을 쉬인다. 쓰려고 생각한 것을 반이나 썼을까 하는 정도다. 시간을 얻는 대로 좀 더 실제적인 데로 문제를 잡아가지고 마저 쓸 것을 약속한다"(『문장』, 1939.10, 285면)라고 말했던 부분에 해당할 것이다. 원고가 상당량 첨가되었다는 것 이외에, 전체적으로 글의 주제나 방향은 수정되지 않았다. 현재 유통되고 있는, 창작과비평사(1988년, 2005년 개정판)의『문장강화』와 깊은샘(1997)의『아버지가 읽은 문장강화』는 각각 박문서관의 1947년과 1948년 증정판을 텍스트로 삼고 있다. 문장사 초판과 박문서관의 증정판을 비교해 보면, 내용은 전반적으로 동일하나 채택하고 있는 예문이 대

들도 함께 다루어 당시 문장론의 구체적인 양상을 점검하려고 한다. 특히, 이때 중요한 자료가 되는 것은 직접적으로 '문장'에 대해 다룬다고 표방한 글들뿐만 아니라, 신문이나 잡지를 통해 발표된 여러 작가 및 평론가들의 창작 월평이다. 여기에 동원되는 설명에는 '문장이 포함하고 있어야 한다고 생각하는 기준들'이 들어 있다. '어떻게 쓸 것인가'에 대한 관심, 그리고 문장론과 문학적인 문체의 조응 관계를 살피는 구체적인 예문은 『문장강화』에서 문범(文範)으로 제시했던 글에서 가져오려고 한다. 이태준이 『문장강화』에서 내린 "문체란 사회적인 언어를 개인적이게 쓰는 그것이다"[34]라는 정의는 여기에서 유용한 분석의 기준으로 사용될 수 있다. 또한 『문장강화』가 1920~30년대 사회 언어의 장에 영향을 받거나 그 영향에서 탈피하면서 문학 언어의 개성을 개발하는 데 기여했던 바에 대해서는, 해방 이후의 『문장론신강』과 비교하면 좀 더 면밀히 드러날 것이다.

체된 경우를 몇 군데에서 확인할 수 있다. 이혜령은, 일견 사소해 보이는 이러한 차이들 속에서 해방 전의 『문장강화』와 해방 후의 『문장강화』가 놓인 역사적 맥락이 그것의 역할 역시 확연하게 변모시켰음을 고찰해 낸 바 있다(「이태준 『문장강화』의 해방 전 / 후」, 『이태준과 현대소설사』, 깊은샘, 2004, 350~365면). 따라서 일제강점기의 언어 사용 방식을 묻는 이 글은 1940년 문장사판을 텍스트로 삼는다.
34) 이태준, 『문장강화』, 문장사, 1940, 312면.

제2장
조선어문의 역사적 지형

    근대계몽기에 '국어'로서의 지위를 공식적으로 인정받았던 '조선어'
는, 1910년 일제강점과 함께 '국어'의 자리를 '일본어'에 내주고 다시
'지방어'로 물러나야만 했다.[1] 훈민정음이 창제된 이후에도 구어와 문
어가 일치하지 않았던 뿌리 깊은 이중 언어의 상황은, 식민지로의 전락
과 함께 한층 복잡한 양상을 띠게 되었다. 일본어가 차지하는 공적인

---

1) 통감부 하에서 공포된, 1906년의 보통학교령 시행세칙에는 '일어'가 필수과목으로
새롭게 등장하고 있고, 1909년의 개정 보통학교령 시행세칙에서는 '국어'인 조선어가
'국어 급 한문'의 통합교과로 그 지위가 격하되었다. 그리고 1910년 일제강점 이후 '국
어 급 한문'은 '조선어 급 한문'으로, '일어'는 '국어'로 교과 명칭이 변경되었다. 식민
지배 체제 하에서 일본어의 영향력은 점점 커져 갔으며, 조선어는 일본어를 보조하는
역할에 머물렀다. 이 책에서는 '일본의 언어'를 가리키는 데 '일본어'라는 용어를, '조
선의 언어'를 가리키는 데 '조선어'라는 용어를 사용할 것이며, 문맥에 따라 '국어'가
가리키는 지시 대상이 변화되기도 할 것이다. 우리의 언어를 '국어'로 부르지 못했던
당시의 정치적 억압상태를 고려했을 때, '조선어'라는 용어 사용에는 문제의 소지가
있을 수 있다. 하지만 이는, 이 시기의 자료를 인용하는 데 혼란을 주지 않기 위한 편
의적인 선택이자, 각 나라의 언어가 가지는 상대적인 관계를 염두에 둔 것이다.

영역과 조선어가 차지하는 사적인 영역이 분리되면서 언중들의 언어 사용 능력은 '조선어만을 말할 수 있는 자', '조선어로 말하고 쓸 수 있는 자', '조선어로 말하고 쓰면서 일본어로 말은 할 수 있는 자', '조선어와 일본어 모두를 말하고 쓸 수 있는 자' 등으로 더욱 세분되었다. 일본어의 비중은 교육 과정 내에서 점점 더 강화되었고[2] 일본어 구사 능력이 생활의 편의나 사회적인 출세의 문제와 직결되었으므로, 1920년대 후반~1930년대에 나타난 조선어 연구와 조선어 창작의 풍성화가 단순히 모어(母語)에 대한 무의식적인 반응이라고만 간주하기는 어려운 것이다. 조선어 연구와 조선어 문학의 풍부한 성과물이 일본어의 지위가 가장 공고했던, 그리하여 일본어와의 경쟁관계가 가장 치열했던 시기에 산출되었다는 점은 남다른 의미를 지니고 있다.

---

2) 보통학교를 기준으로 하여 일제강점기 '국어'와 '조선어(及한문)'의 교육시수 변화를 살피면 다음과 같다(박붕배,『국어교육전사』上, 대한교과서주식회사, 1987, 264·271·316면 참조).

시기	제1차 조선교육령(1911~)		제2차 조선교육령(1922~)		제3차 조선교육령(1938~)	
	국어	조선어급한문	국어	조선어	국어	조선어
1학년	10	6	10	4	10	4
2학년	10	6	12	4	12	3
3학년	10	5	12	3	12	3
4학년	10	5	12	3	12	2
5학년	—	—	9	3	9	2
6학년	—	—	9	3	9	2

더구나 1911년 제1차 조선교육령 시행세칙에 의하면 '교과서는 조선어, 한문 이외에 전부 국어로 기술한다. 단, 보통학교 수신서 교사용은 교수상의 참고로 조선 역문(譯文)을 병기한다'라고 되어 있어, 교수상의 용어도 일본어를 사용할 것이 명시되었다. 결국 일본어를 모르면 수업을 알아들을 수 없었던 것이다. 그럼에도 불구하고 "황민화 교육이 강화되는 가운데서도 조선인은 더욱 교육에 열심이었다. 이런 경향은 1930년 보통학교 입학경쟁이라는 기현상으로 나타났다. 1910년대 보통학교 취학률은 5퍼센트를 넘지 못했으나, 1920년부터 상승하기 시작하여 1933년부터 비약적으로 늘어났다. 1942년에는 남자취학률이 66.1퍼센트, 여자취학률이 29.1퍼센트나 되었다."(김도형,「배워야 산다」,『우리는 지난 100년 동안 어떻게 살았을까』1, 역사비평사, 2002, 50면) 이러한 열기는 식민지의 억압 구조에도 불구하고, 교육만이 조선인으로서 사회적인 지위 상승을 이룰 수 있는 유일한 통로였기 때문일 것이다.

언어의 존재 증명은 그 언어를 사용하는 화자가 생존하고 있을 때에만 가능하다. 마지막 화자가 사망하는 순간 그 언어에도 사망 선고가 내려진다. 식민지 시대에 조선어를 표기하는 '과학적인' 기준을 만들고자 했던 것, 그것을 교육하려고 했던 것, 그리고 조선어로 된 문학의 생산을 독려했던 것은, 위태로운 '조선어'를 보존하기 위한 방편이었다고 할 수 있다. 그러나 엄밀하게 말해, 말이나 글은 그 자체로 어떠한 특성을 포함하지는 않는다. 상황에 따라 민족성의 반영으로서, 혹은 근대성의 반영으로서 여겨지기도 하는 것이다. 1920~30년대 조선어문을 정비하거나 조선어 문학을 창작했던 일 자체가 '민족적인' 의미로 해석되어질 수는 없다. 다만, 어학자와 문학자의 운동과 지향을 살핌으로써 '국가'와 '민족'을 사고했던 방식을 추출해 낼 수 있을 것이다. '국가'와 '민족'은 허구의 관념이지만, '조선어문'은 실체로서 존재했다.

이 책에서 자주 사용할 '한글'이란 말은, 이혜령이 지적했듯이, "국문(國文)이란 명칭을 쓸 수 없는 데서 나온 용어이다."[3] 근대계몽기에 우리글을 가리키는 데 사용되었던 '국문'이란 용어는 식민지에 접어들면서 '한글'로 대체되었다.[4] 우리말이 '조선어'로 불릴 때 우리글을 지칭하는 말은 '조선문'이어야 할 것이다. 그런데 '조선문'이란 당연한 술어보다 훨씬 빈번하게 '한글'이란 술어를 사용하면서, 거기에 '크고[大]+

---

3) 이혜령, 「한글운동과 근대 미디어」, 『한국 근대문학의 형성과 문학 장의 재발견』, 소명출판, 2004, 39면.

4) '한글'이란 말을 언제, 누가 지었는지에 관해서는 여러 가지 설이 있다. 고영근은 '이종일'설을 주장한 남광우의 견해와 '최남선'설을 주장한 임홍빈에 반대하면서 '한글'이란 용어를 처음 짓고 보급한 사람은 '주시경'이라고 주장한다. 주시경이 '한글'이란 말을 처음 사용한 것은, 김민수가 1912년 경 나왔다고 추정하는 유인본 『소리갈』에서이며, 그 이후의 '한글'에 대한 기록은 1913년 3월 23일에 창립된 '한글모'에서 확인할 수 있다. 처음에 '한글'은, 대한제국(大韓帝國)의 '韓'을 따서 '한나라의 글'이란 의미로 만들어지게 된 것이다. 만약 '한문(韓文)'으로 쓰면 '한문(漢文)'과 발음상의 구별이 어렵다는 점도 '한글'이 사용된 이유 중 하나이다(고영근, 「'한글'의 작명부는 누구일까」, 『새국어생활』, 국립국어원, 2003년 봄 참조). 즉 '한글'은 일제강점기로 접어들면서 우리글을 지칭하는 데 사용된 용어인 것이다.

바른[正] 글'이란 의미를 부여했던 것은 식민지라는 현실과 관련이 깊다. '한글'에는 '국문'이란 말을 사용하지 못하는 명백한 현실 상황이, 그리고 '한(韓)글'을 '한(大+正)글'로 변화시키고자 했던 정신적 지향이 동시에 공존한다. '조선어문'이 존재했던 맥락을 통해 일제강점기의 복잡한 문제들과 조우할 수 있을 것이다.

1. 어문운동과 사회어의 재편 – 표준화에 담긴 어문민족주의

1920년대 후반에서 1930년대에 걸친 시기에 조선은 그야말로 어문의 표준화에 대한 강한 열망에 사로잡혀 있었다. 그런데 이 시기는 자생적인 근대 국민국가 수립이 좌절된 상황이라는 점에서 이때 발산되었던 조선어문의 표준화에 대한 열망은 해석의 여지가 있다. 근대계몽기와의 비교를 통해 어문 표준화 운동의 성격과 의미에 대해 알아보고자 한다.

근대계몽기 대부분의 어문 관련 글들은, 국어와 국문의 존재 자체가 민족적 변별성과 독자성을 획득하는 중요한 기준이 된다는 '어문민족주의' 사상을 담고 있었다. 주시경의 제자들5)을 구심점으로 하는 1920 ~30년대 어문운동은 그들의 스승이 지녔던, 그리고 스승의 시대가 지녔던 어문민족주의의 입장을 이어받고 있다. 그러나 근대계몽기와는 달리 일본의 식민지로 편입된 상태였다는 점에서, 어문운동의 환경이 근본적으로 변화되었다는 점은 고려될 필요가 있다. 어문민족주의로부터 파생된 구체적인 실천 전략들은 시대에 따라 그 효과를 다르게 발산한

---

5) 조선어강습원에서 수학한 학생들의 명단, 주소, 성적 등이 기록된 『한글모죽보기』를 통해, 1921년 '조선어연구회'를 결성한 회원 중의 대다수가 주시경의 제자임을 확인할 수 있다(『한글모죽보기』, 『한힌샘연구』 1, 한글학회, 1988).

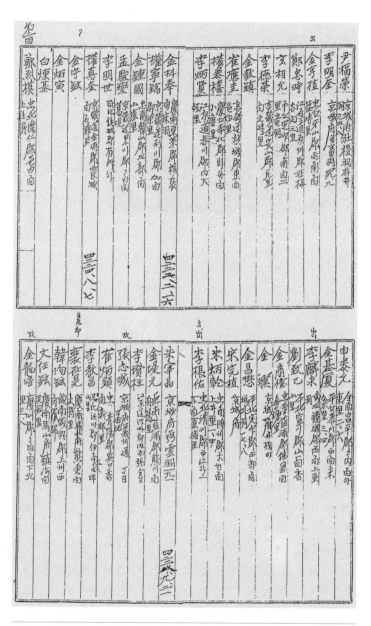

그림 3 ── 조선어상습원의 출석부이자 성적표였던 '한글모죽보기'는 어떻게 띄어 읽어야 할까? '한글모죽
∨보기'가 아니라 '한글모∨죽보기'이다. 여기에서 주시경의 제자였던 근대의 학자와 문인의 이름을 여럿
확인할 수 있다.

그림 4_ 주시경을 실제적·정신적 스승으로 삼고 있던 조선어학회는 1936년 11월 7일 이미 고인이었던 주시경의 환갑 기념식을 연다. 칠판 위에 주시경의 사진이 걸려 있는 것이 보인다.

다. 주시경의 시대와 제자들의 시대에는 공통점과 더불어 차이점이 존재하는 것이다.

① 宇宙自然의 理로 地球가 成하매 其面이 水陸으로 分하고 陸面은 江海山岳沙漠으로 各區域을 界하고 人種도 此를 隨하여 區區不同하며 그 言語도 各異하니 此는 天이 其域을 各設하여 一境의 地에 一種의 人을 産하고 一種의 人에 一種의 言을 發하게 함이라/② 是以로 天이 命한 性을 從하여 其域에 其種이 居하기 宜하며 其種이 其言을 言하기 適하여 天然의 社會로 國家를 成하여 獨立이 各定하니 其域은 獨立의 基요 其種은 獨立의 體요 其言은 獨立의 性이라 此性이 無하면 體가 有하여도 其體가 안이요 基가 有하여도 其基가 안이니 其國家의 盛衰도 言語의 盛衰에 在하고 國家의 存否도 言語의 存否에 在한지라/③ 是以로 古今天下列國이 各各 自國의 言語를 尊崇하며 其言을 記하여 其文을 各制함이 다 此를 爲함이라/①′我國은 亞洲東方溫帶에 在하여 北으로 靈明한 長白山이 特秀하고 東西南으로 溫和한 三面海가 圍繞한 半島니 古時에는 長白山이 中央이요 北은 滿野를 盡하고 其餘 三面은 곳 東西南海라 天이 此域을 界하고 我人種을 祖産하고 其音을 命하매 此域에서 此人種이 此音을 發하여 言語를 作하고 其言語로 思想을 相達하여 長白四疆에 繁衍하더니 許多年代를 經하여 檀聖이 開國하신 以來로 神聖한 政敎를 四千餘載에 傳하니 此는 天然特性의 我國語라/①″本朝 世宗朝게서 天縱의 大聖으로 國語에 相當한 文字가 無함을 憂慮하사

國文二十八字를 親制하시매 字簡音備하여 轉換記用에 不通함이 無하니 此는 天然特性의 我國文이라[6]

② 이럼으로 말과 글은 한 社會가 組織되는 根本이요 經營의 意思를 發表ㅎ여 그 人民을 聯絡케 ㅎ고 動作케 ㅎ는 機關이라 이 機關을 잘 修理ㅎ어 精鍊ㅎ면 그 動作도 敏活케 홀 것이요 修理치 안이ㅎ어 魯鈍ㅎ면 그 動作도 窒礙케 ㅎ리니 이런 機關을 다스리지 안이하고야 엇지 그 社會를 鼓振ㅎ어 發達케 ㅎ리오 그뿐 안이라 그 機關은 漸漸 綠쓸고 傷ㅎ어 畢竟은 쓸 수 없는 地境에 至ㅎ리니 그 社會가 엇지 혼자 될 수 잇스리요 반듯이 敗亡을 免치 못홀지라 이런즉 人民을 가르쳐 그 社會를 保存ㅎ며 發達케 ㅎ고자 ㅎ는 이야 그 말과 글을 닦지 안이ㅎ고 엇지 되기를 바라리요[7]

①을 통해 주시경의 어문민족주의가 포함하고 있는 논리의 순서를 따져보면 다음과 같다. ① 우주자연의 이치에 따라 지구가 생겼고→여기에서 물과 육지가 나뉘었으며→이것이 다시 분절되어 강, 바다, 산, 사막 등으로 갈렸고→각 지역의 자연환경에 알맞은 인종이 형성되었으며→그 인종에 적합한 언어가 나타났다.→①′ 우리나라는 우리의 자연환경에 적합한 언어를 낳았다.→①″ 그리고 우리의 언어에 적합한 문자가 세종대왕에 의해 창제되었다. 결국 ① ①′ ①″에 입각하면, 한 나라의 언어와 문자가 생성되는 근본 원리는 하늘에 있는 것이므로, 언어와 문자의 탄생은 '하늘이 부여한' 이치에 따르는 필연적인 과정일 수밖에 없다.→② 하늘이 나누어준 구역은 독립의(나와 남을 경계 짓는) 기본적인 터전이며, 그 구역에 사는 민족은 그 터전을 채우는 실체이고,

---

6) 주시경, 「序」, 『국어문법』, 박문서관, 1910; 이기문 편, 『주시경전집』下, 아세아문화사, 1976, 221면. 이 책의 인용문에서 사용되는 여러 가지 강조 표시는, 별다른 언급이 없을 경우 모두 인용자에 의한 것임을 밝혀둔다. 또한 인용문의 표기와 맞춤법은 원문 그대로 따오되, 띄어쓰기만은 가독성(readability)을 감안하여 현대식으로 고칠 것임을 아울러 밝힌다.
7) 주시경, 「발문」, 『대한국어문법』, 油印本, 1906; 이기문 편, 『주시경전집』下, 아세아문화사, 1976, 143면.

그 민족이 사용하는 언어는 그 실체를 실체이게 하는 본질이다. 그러므로 ②에 의하면, 언어는 하늘의 필연적인 이치가 쌓이고 쌓여 만들어진 가장 궁극적인 지점이 되어, 민족의 운명을 좌우하는 중요한 위치를 차지하게 된다. 언어를 가지고 있다는 것 자체가 그 민족의 "독립"을 보장할 수 있는 중요한 징표인 것이다. → ③ 이런 까닭으로, 모든 국가들은 자국의 언어를 존숭하여 그 언어를 제대로 기록할 수 있는 문자를 만들었다.

따라서 주시경 논리는, ②에 드러나는 것처럼, 언어와 문자를 "잘 수리"하고 "정련"하여 국가(주시경이 생각하는 국가는 기본적으로 '민족'국가의 개념인 것으로 보인다)의 발전을 이루자는 데로 모아진다. 언어와 문자를 강조한 이면에는 국가가 바로 서야 한다는 시대적인 인식이 깔려 있었다. 언어와 문자를 "기관(機關)"이라고 지칭한 부분에서 명확히 드러나듯이, 주시경은 '운명'과 '필연'을 강조하던 발생학적 관점에서와는 달리 언어와 문자의 사회적 '작용' 혹은 '기능'을 강조하는 공리적인 관점을 드러내고 있었다.

주시경의 어문민족주의 사상은, 위의 연쇄에서 알 수 있는 바와 같이, 가장 추상적인 관념으로부터 논리의 첫 단계를 시작해 '조선["我國"]' '조선말["我國語"]' '조선글["我國文"]'이라는 구체와 특수를 도출해 내었다. 그러나 실제로 그의 사상은 이와 정반대의 과정을 거친, 다시 말해 제국주의 열강이 '조선'을 위협하며 이권을 강탈했던 당시의 구체적이고 특수한 현실로부터 연원하여 "단군신화에 대한 민족주의적 해석"8) 이라는 평을 받을 정도의 추상적인 논리에 도달했다는 점을 기억할 필요가 있다. 이러한 추상성이, '우리'와 '타자'가 다를 수밖에 없는 필연적이고 절대적인 원인, 즉 민족 관념이다. 외부의 타자가 침입한 경험을 통해 내부가 발견된다는 점을 고려할 때, 주시경은 열강의 세력 관계에

---

8) 이병근, 「애국계몽주의시대의 국어관」, 『한국학보』 12, 일지사, 1978, 179면.

편입된 조선의 현실을 통해 '민족'이라는 관념을 형성해 낼 수 있었던 것이다.

그런데 주시경이 '자국어문'의 형성 과정에서 한문을 배척해야 하는 이유로 제시했던 것은, 제국주의 열강이 가진 '문명'을 조선은 가지지 못했다는 점이었다. '문명'의 신속한 전달·전파를 위한 도구로서 어문의 역할을 부각시키면서, 배우는 데 많은 시간을 소비하게 하여 조선을 문명화에 뒤지게 한(했다고 여겨진) 한문 대신, 말하는 그대로 글로 옮길 수 있는 우리 문자의 우수성을 강조했던 것이다. 주시경이 언어의 기본적인 기능을 "사회구성원 사이에서의 의사소통이라는 communicative function"9)로 인식하면서 "언어의 전달성을 강조"10)한 것은 이러한 맥락에서이다. 그리하여 주시경은 문명을 담는 그릇으로서의 문자의 표기 방식을 정비하는 일을 논리의 귀결점으로 삼았다. 『독립신문』에 발표한 「국문론」에서, 한 나라의 언어를 정비하는 과정에서 시급히 해결해야 할 필수적인 사안으로 다음과 같은 것을 들고 있다.

③ 이때ᄭᆞ지 죠션 안에 죠션 말의 법식을 아는 사름도 업고 또 죠션 말의 법식을 비으는 칙도 몬들지 아니 ᄒᆞ엿스니 엇지 붓그럽지 아니ᄒᆞ리요 그러나 다ᄒᆡᆼ이 근일에 학교에서 죠션 말의 경계를 궁구ᄒᆞ고 공부ᄒᆞ여 젹이 분셕ᄒᆞᆫ 사름들이 잇스니 지금은 션셩이 업셔셔 비으지 못ᄒᆞ겟다는 말들도 못홀 터이라 문법을 몰으고 글을 보던지 짓는 것은 글의 뜻은 몰으고 입으로 닑기만 ᄒᆞᄂᆞᆫ 것과 쏙 ᄀᆞᆺᄒᆞ지라 바라건디 지금 죠션 안에 학업의 직임을 맛ᄒᆞᆫ 이는 다믄 한문 학교나 또 그외에 외국 문ᄌᆞ ᄀᆞᄅᆞ치는 학교 몃들만 ᄀᆞ지고 이 급ᄒᆞᆫ 셰월을 보니지 말고 ①죠션 말노 문법 칙을 졍밀ᄒᆞ게 몬드러셔 남녀 간에 글을 볼 때에도 그 글의 ᄯᅡᆺ을 분명이 알아 보고 글을 지을 때에도 법식에 맞고 남이 알아 보기에 쉽고 문리와 경계가 붉게 짓도록 ᄀᆞᄅᆞ쳐야 ᄒᆞ겟고 ②또는 불가불 **국문으로 옥편을 몬드러랴 홀지라** 옥편을 몬드쟈면 각식 말의 글ᄌᆞ들을 다 모

9) 위의 글, 같은 곳.
10) 위의 글, 같은 곳.

으고 글ㅈ들마다 뜻들도 다 ㅈ셰히 낼연니와 불가불 글ㅈ들의 음을 분명ㅎ게 표ㅎ여야 홀 터인디 그 놉고 나즌 음의 글ㅈ에 표를 각기 ㅎ쟈면 음이 놉흔 글ㅈ에ᄂᆞᆫ 뎜 ㅎ나를 치고 음이 나즌 글ㅈ에ᄂᆞᆫ 뎜을 치지 말고 뎜이 업ᄂᆞᆫ 것으로 표를 삼아 옥편을 꿈일 것 ㅈㅎ면 누구던지 글을 짓거나 칙을 보다가 무슴 말의 음이 분명치 못ㅎ 곳이 잇ᄂᆞᆫ 째에ᄂᆞᆫ 옥편ᄆᆞᆫ 펴고 보면 환ㅎ게 알지라11)

④ ③쏘 아즉 글ㅈ들을 올케 쓰지 못ㅎᄂᆞᆫ 것들이 만으니 설령 이것이 홀 말을 이것이 이러케 쓰는 사름도 잇고 이거시 이러케 쓰는 사름도 잇스니 이는 문법을 몰으는 연괴라 가령 엇던 사름이 엇던 칙을 가르치며 이것이 나의 칙이다 홀 것 ㅈㅎ면 그 물건의 원 일홈은 칙인디 이것이라고 ㅎᄂᆞᆫ 말은 그 칙을 디ㅎ야 잠시 디신 일홈 홈이니 그런즉 **이것** 이 두글ㅈᄂᆞᆫ 그 칙을 디ㅎ야 디신 일홈된 말이요 이 한글ㅈᄂᆞᆫ 그 디신 일홈된 말 밋헤 토로 드러 가는 것인디 그 토이 ㅈ들 쎼고 닑어 볼 것 ㅈㅎ면 사름마다 **이것** 이러케 불으고 **이거** 이러케 불으는 사름은 도모지 업는디 토이ㅈᄭᆞ지 합ㅎ야 놋코 닑어 볼 것 ㅈㅎ면 음으로는 **이것이** ㅎᄂᆞᆫ 것과 **이거시** ㅎᄂᆞᆫ 것이 두 가지가 다 음은 죠곰도 달으지 아니 ㅎ니12)

③과 ④에서 어문 정비의 당면과제로 제시하고 있는 ①문법책 간행, ②사전 편찬, ③맞춤법 제정은, 당시의 많은 국문 관련 글들에서 공통적으로 언급하던 내용이었다. 그리고 문법책과 사전을 만들기 위해 선결되어야 할 사안이 표준어의 제정과 표기법의 확립이라는 점 또한 사회적인 합의를 이루고 있었다. ④에서 예로 들고 있는 "이것이"와 "이거시"의 경우는 주시경의 새로운 관점인 표의주의(表意主義)와, 전통적으로 이어져 내려오던 표음주의(表音主義)에 관련되는 문제로서, 이후 1930년대의 표기법 통일에 관한 논쟁에서 첨예한 쟁점 사항이 되기도

---

11) 주상호, 「국문론」, 『독립신문』, 1897.9.25; 하동호 편, 『역대한국문법대계』 ③ 06 국문론집성』, 탑출판사, 1985, 26~27면.
12) 주상호, 「국문론」, 『독립신문』, 1897.9.28; 하동호 편, 『역대한국문법대계』 ③ 06 국문론집성』, 탑출판사, 1985, 29~30면.

하였다. 주시경이 주장했던 실천적인 문제들 중에 그의 시대에 이루어진 것은 ① 문법책이 간행되기 시작했다는 것뿐이었다. ② 최남선이 만든 조선광문회에서 주시경·김두봉·권덕규·이규영 등이 주축이 되어 편찬하기 시작한 '말모이(=사전)'는 발간에까지 이르지 못하였고, ③ 주시경이 참여하여 표의주의 표기 방식을 대거 관철시켰던 '국문의정안(=맞춤법 규정)'은 경술국치로 인해 공포되지 못하였다.

1920년대와 1930년대 어문운동의 중심에 있었던 주시경의 제자들은[13] 스승의 어문민족주의를 계승하면서 스승의 시대에 이루어지지 못했던 과제들을 해결하고자 노력하였다. 그런데 이 시기의 운동은, 주시경의 시대와는 그 상황을 달리한다는 점에서, 표면적으로는 동일한 운동의 형태를 취한 듯 보이지만 심층적으로는 변화의 맥락을 포함하고 있었다. 무엇보다 언어와 민족의 밀접한 관계를 중요한 전제로 삼고 있었다는 점에서는 같지만, 언어와 민족의 관계를 사고하는 방식에 일종의 '전도'가 내포되어 있었다. 주시경은 "언어를 국가의 독립자존의 필수요소"[14]로 보았던 데 비해, 1930년대의 많은 논의들에서는 "언어를 통하여 민족정신을 엿볼 수 있다든지 언어가 민족정신을 도야한다고 하는 생각"[15]이 자주 나타났다. 다시 말해, 주시경이 언어와 민족의 관계를 강조했던 바탕에는 언어가 국가의 '독립'을 알리는 표지일 수 있었던 시대 배경, 즉 자국어의 획득이 민족국가 건설이란 과제와 긴밀한

---

13) 주시경으로부터 시작된 어문연구 단체의 계보는, 독립신문사 안에 설치되었던 국문동식회(1896) → 국어연구학회(1908) → 조선언문회(1911) → 조선어연구회(1921) → 조선어학회(1931) → 한글학회(1949)로 이어진다(최경봉, 『우리말의 탄생』, 책과함께, 2005, 91면 도표 참조). 김민수는 「조선어학회의 창립과 그 연혁」, 『주시경학보』 5, 주시경연구소, 1990.7에서 이 연구 단체들이 설립된 연도를 역사적인 근거에 기대어 고구하고, 이들 연구 단체가 개별적으로 생겨난 것이 아니라 하나의 계보로 이어진다는 점을 밝힌 바 있다.
14) 고영근, 「공리적 국어관의 형성·발전과 훔볼트 언어관의 수용양상」, 『강신항교수 화갑기념국어학논문집』, 태학사, 1992, 15면.
15) 위의 글, 같은 곳.

관련을 맺었던 역사적 상황이 존재한다. 그렇지만, 민족국가 건설의 과제가 사라진 시대에 주로 논해진 언어와 민족의 관계는, '언어를 통하여' 민족성이 개조·계발된다는, 그리하여 '언어와 문자를 어떻게 정비하는가에 따라' 민족정신도 변화된다는 방식이었다. 다음의 인용문들을 통해 좀 더 자세히 이야기해 보자.

⑤『言語는 個人에게 잇어서는 그 사람의 性格을 말하고, 民族에게 잇어서는 그 民族性을 말한다.』

　그 사람이 現在 쓰고 잇는 言語는 그 사람의 過去와 現在와 未來를 表示하여 준다. 그리고 그 사람의 音調까지라도 그 性格의 强弱 等을 알려 준다. 똑같은 事情에 똑같은 경우를 당하여서는 사람마다 그 同一한 感情을 表示하는 말이 各各 그 사람됨에 따라 다르다. (…중략…)

　言語와 國民性은 곧 서로 反映되는 密接한 關係가 잇으니, 美麗한 音調로 짜아지는 佛語를 가진 佛의 國民性, 簡潔明瞭한 英語를 가진 英의 國民性, 素朴하고 튼튼한 獨語를 가진 獨의 國民性, 치렁치렁하고 떠들먹하며 豪風이 굉장한 淸語를 가진 支那 國民性 等을 살펴볼 때에, 言語와 國民性의 關係를 더욱 切實하게 느낀다.[16]

⑥ 한 民族의 言語는 그 民族과 盛衰를 함끠 하는 것이라 文化가 노픈 民族은 發達된 合理的 言語를 가젓고 未開한 民族은 幼稚한 言語를 使用하며 武勇한 民族은 그 言語가 健實하고 文弱한 民族은 그 言語가 浮虛하며 平等制度를 尙하는 民族은 그 言語가 普遍的으로 成立되고 階級制度를 尙하는 民族은 그 言語가 差別的으로 組織됨이라 이와 같이 言語는 그 社會의 實質的 事物을 外形에 表現하는 것이며 오히려 그뿐 안이라 言語는 그 社會의 實質的 事物을 誘導하며 牽制하는 效能이 이스니 發達된 言語는 文化의 增進을 促하고 幼稚한 言語는 이를 妨碍하며 健實한 言語는 武勇의 性格을 涵養하고 浮虛한 言語는 이를 妨碍하며 普遍的 言語는 平等思想을 誘導하고 差別的 言語는 이를 妨碍하는 것이라 以上과 같히 한 社會의 實質的 事物과

---

16) 유근석, 「언어와 인간」, 『한글』 2호, 1932.6; 영인판, 『한글』 1, 박이정, 1996, 249~250면.

言語와는 互相으로 表裡가 되야서 그 社會의 盛衰에 互相으로 原因과 結果
가 되는 것이니 言語는 民族的 生活에 至極히 重要한 關係를 가진 것이라
이러한 關係에 依하여서 또한 敬虔의 態度로써 이에 臨함이 가함이라[17]

⑤는, 어떤 사람이 사용하는 단어나 음조 등으로 그에게 체화되어 있
는 성격을 알 수 있듯이 한 민족이 사용하는 언어는 그 민족의 민족성
을 대변한다고 말하고 있다. "미려한 음조"의 불어를, "간결명료한" 영
어를, "소박하고 튼튼한" 독어를, 그리고 "호풍이 굉장한" 중국어를 가
진 민족의 민족성이 그 언어들로부터 유추된다는 것이다. ⑥의 앞부분
에도, 언어의 특질과 민족성이 서로를 직접적으로 반영한다는 관점이
나타나 있다. 근대계몽기에 나타나는 언어와 민족의 상관성에 대한 논
의에서는, 언어와 민족성이 추상적인 것으로 다루어질 뿐 문화의 "발
달"이나 "미개" 등의 구체적인 형태로까지 언급되지는 않는 것 같다.
보다 더 확실히 구분되는 지점은 ⑥의 뒷부분에서 드러나는데, "발달
된" "유치한" "건실한" "부허한" "보편적" "차별적" 등으로 표현되는 언
어의 속성에 '따라' 그 사회의 실제적인 양태가(물론 민족성까지도) 촉진되
어 나타나거나 방해받고 위축되거나 한다는 것이다.

이 두 인용문은 각 나라의 언어가 지니는 성질 하나하나를 구체적인
예로 들어 설명하고 있지만, 조선의 언어는 어떠하며 조선의 민족성은
어떠한지에 대한 언급은 보이지 않는다. 이는 은연중에 조선의 언어를
갈고 닦아 조선 민족 혹은 민족성도 더 나은 상태로 변화시켜야 한다는,
아직 '현재'가 되지 않은 '미래'의 지향을 상정하고 있는 것이라 할 수
있다. 특히 ⑥은, ⑤에서처럼 각 언어들을 중립적이고 병렬적인 위치로
상정하지 않고, '문화가 높은 민족은 발달된 합리적 언어를 가졌고 미
개한 민족은 유치한 언어를 사용한다'는 분명한 우열관계를 설정하면서
언어가 가지는 "유도"와 "견제"의 작용을 말하고 있기 때문에, 현 상태

---

17) 박승빈, 「서문」, 『조선어학』, 조선어학연구회, 1935, 1~2면.

가 아닌 발전해 나아가야 할 당위적인 상태를 상정하고 있다는 점이 분명하게 드러난다. ⑥의 필자인 박승빈은 1930년대에 표기법 통일의 방식을 두고 조선어학회와 첨예한 대립을 벌였던 조선어학연구회의 수장이었다. 비록 박승빈이 통일안의 원칙을 세우는 데 있어서는 조선어학회와 정면으로 대립했지만, 그의 책 서문에서 드러나는, 언어가 민족성의 반영이자 구체화라는 관점은 1920~30년대의 어문연구자들 대부분이 공유했던 인식이었다는 점을 짚어둘 수 있다.

주시경이 어문의 정비를 위해 제시했던 세 가지의 실천 안건 중 여전히 미해결의 상태로 남아 있던 사전 편찬과 맞춤법 제정에 관한 논의가 1920년대 후반부터 활발하게 이루어지기 시작하였다.[18] 1921년 주시경의 학설과 이론을 이어받은 제자들이 다시 모여 조직한 '조선어연구회'의 설립 당시 규약을 살펴보면 "조선어의 정확한 법리를 연구함을 목적으로 한다"[19]라고 나와 있다. 20년대 초반만 하더라도 '조선어연구회'는 대중적이고 실천적인 활동보다는 이론적인 정비나 학리적인 연구에 치중하는 경향이 강했다.[20] 그러다 1926년 '가갸날(=한글날)'을 제정·반

---

18) 김윤경은 조선의 어문생활을 혁신시키기 위해 해결해야 할 과제들을 다음과 같이 종합적으로 제시하였다. 그 항목들을 간단하게 나열해 보면 ① 사토리가 없이 말을 통일하고 문체를 통일하여 말과 글이 일치하게 할 것, ② 본보기말(標準語)을 세울 것, ③ 본보기글(標準文)을 세울 것, ④ 한문과 섞어 쓰는 버릇을 깨트릴 것, ⑤ '낯내(個音)'를 한 덩이로 하지 말고 '씨(單語)'를 한 덩이로 할 것, ⑥ 씨의 소리 모이를 한갈같이 할 것, ⑦ 한문은 말의 소리대로 그 소리를 적을 것, ⑧ 소리 나는 동안의 길고 짜름을 보람할 것(긴소리와 짧은소리를 표기상으로 구분하자는 것) 등이다(한결, 「조선말과 글에 바루 잡을 것」, 『동광』 5호, 1926.9; 하동호 편, 『역대한국문법대계 ③ 23 한글논쟁논설집』 下, 탑출판사, 1986, 159~169면 참조). 이것들은 모두 문법 정비, 표기법 제정, 표준어 확립 등과 관련되는, 조선어문 표준화의 문제를 다루고 있다. 여기에는 국문체를 정비하고 완성하려는 궁극적인 목표가 담겨 있다. 이 문제들은 『신생』『동광』『한글』 등의 잡지를 통해 동시적으로 다루어지고 있었지만, 1920년대 후반부터 1930년대 중반까지 조선어학회가 학회의 차원에서 집중했던 사업은 표기법 제정의 문제였다.

19) 한글학회 50돌기념사업회, 『한글학회 50년사』, 한글학회, 1971, 5면.

20) 1930년대 들어 '조선어연구회'의 후신인 '조선어학회'는 '조선어학연구회'와 맞춤법 통일의 방식을 두고 대립한다. 이 '조선어학연구회'의 전신(前身)이 1921년에 설립된 '계명구락부'이다. 계명구락부는 『계명』이란 잡지를 발간하면서 발간의 목적을 '언문

포하여 우리말과 우리글에 대한 조선인들의 관심을 불러일으키면서 어문 정비의 문제가 조선인 모두의 문제로 확산되어 가는 듯했다. 그러나 1927년에 창간된 『한글』은 주로 동인들의 연구 결과물을 싣는 역할을 맡았기 때문에, '조선어연구회'가 전 조선적인 어문운동을 선도할 위치에 있었다고 보기는 어려웠다.

보다 논쟁적인 지점들을 생산해내면서 어문의 표준화를 촉진한 것은 1931년 '조선어연구회'에서 '조선어학회'로 학회의 명칭을 바꾸고, 맞춤법 통일의 우선적인 해결에 학회의 힘을 결집시키면서부터라고 할 수 있다.[21] 1932년 5월에 조선어학회의 '동인지'가 아닌 '기관지'로 재창간된 『한글』은 책의 앞머리에 실린 「철자법에 대한 본지의 태도」를 통해 "본지를 통하야 철자법에 관한 연구가 많이 발표되어 토론되어서, 하로라도

예의 기타 생활개선'에 두었는데, 어문 관계 글은 주로 박승빈이 담당하였다. 그런데 이 단체 역시 친목단체로서의 성격이 짙었으므로 본격적인 어문운동을 전개했다고 보기는 힘들다.

21) 최경봉은 조선어연구회의 본격적인 활동을 1929년 조선어사전편찬회의 결성 시점 전후로 본다. "주로 교사들이 중심이 된 조선어연구회의 연구 활동은 우리말의 문법적 원리를 규명하고, 그 결과를 조선어 교육에 응용하는 데로 모아졌다. 그러나 회원 수가 그리 많지 않아 연구회는 대개 8~10명 정도의 사람들이 모여 발표회를 갖는 것이 고작이었다. 조선어연구회가 조금이나마 연구단체로서 제 모습을 갖추기 시작한 것은 연구회 창립 6년 후인 1927년 2월 10일 동인지 형식으로 『한글』을 발간하면서부터이다. 그러나 그것도 다음 해 10월 이후 자금 사정으로 휴간을 하였다. 어문 정리 과정에서도 조선어연구회는 영향력을 행사할 수 없었다. 주시경의 제자이자 조선어연구회 발기인이었던 권덕규가 1921년 조선총독부의 철자법조사회에 위원으로 참여하였지만, 그해 개정된 철자법은 총독부의 『조선어사전』 출간에 맞춰 개정된 철자법이었기 때문에, 주시경의 철자법 안을 기본으로 한 조선어연구회의 철자법 안과 거리가 멀었다. 이처럼 문법 연구의 측면에서나 언어 규범 문제에 있어서나 조선어연구회의 활동은 미미한 수준에 불과했다. 이런 점에서 조선어연구회의 본격적인 활동은 조선어사전편찬회의 결성 시점을 전후해 시작되었다고 해도 과언이 아니다. 조선어사전 편찬사업을 계기로 조선어연구회는 이제 단순히 조선어를 연구하는 학술 모임이 아니라 조선어문의 통일을 위해 활동하는 단체로 거듭나게 된 것이다."(『우리말의 탄생』, 책과함께, 2005, 88~89면) 어문운동이 전 조선적인 활동으로 거듭난 것이 1920년대 중·후반의 일이라는 점은 확실하다. 다만, 조선어문의 표준화를 위한 활동에 일반 대중들까지 참여하게 된 것은 1930년대에 들어서라는 것이다.

그림 5 1932년 5월 『한글』은 조선어학회의 기관지로 재창간된다. 이윤재는 한힌샘 스승이 열어주신 바른 길을 따라서, 한글의 정리와 통일을 완성하겠다고 다짐한다.

속히 통일안이 성립되기를 기대하자 함이 본회의 결의였다"[22]고 하면서 맞춤법 통일안의 제정을 당분간의 학회의 목표로 잡고 있다. 또한 조선어학회의 규칙은, "조선어의 정확한 법리를 연구함을 목적으로 한다"에서 "본회는 조선어문의 연구와 통일을 목적으로 함"[23]으로 변경되었다.

그 당시에 해결해야 했던 "한국어문의 표준화 과제로는 철자법과 표준어, 외래어와 로마자 표기법, 한자폐지 / 한글전용, 가로풀어쓰기, 구

---

22) 「철자법에 대한 본지의 태도」는 『한글』 1호(1932.5)뿐만 아니라 2호(1932.6), 3호(1932.7), 4호(1932.9), 6호(1932.12), 7호(1933.5)에 연달아 실렸다. 철자법 통일이 당시의 현안임을 강조하고 있는 것이다.

23) 「조선어학회규칙」, 『한글』 1호, 1932.5; 영인판, 『한글』 1, 박이정, 1996, 228면.

두점, 속기법이 포함되며, 국제공통어문제 등 외국어 학습도 이 범주에 넣을 수 있다."[24] 그렇지만 이 중에서도 표기법의 통일, 즉 맞춤법의 제정이 표준어 사정이나 사전 편찬에 앞서는 급선무로 인식되었기 때문에 1920년대 후반에서부터 1933년 '한글 맞춤법 통일안'이 발표되기까지, 그리고 그 이후 조선어학연구회와의 논쟁이 격화되는 1934~35년경까지는 표기법의 통일과 관련된 담론들이 다량으로 쏟아져 나왔다.

조선어학회와 조선어학연구회 등의 어문연구단체가 표기법 제정을 서둘렀던 것, 그리고 신문과 잡지 등의 언론뿐 아니라 사회 대부분의 인사들이 조선어학회의 '한글 맞춤법 통일안'에 절대적인 지지를 보냈던 것은, 주시경 시대부터 절박하게 주장되어온 문제를 그때껏 해결하지 못했던 것에 대한 조급한 마음이 일차적인 원인이겠지만, 다른 한편으로는 조선어문의 정비 정도가 조선민족의 수준을 결정한다는 '전도된' 어문민족주의의 경향도 주요한 원인이었다고 할 수 있다. 본래 궁극적인 목표는 '민족의 발전'이었겠지만, "한 겨레의 문화창조의 활동은, 그 말로써 들어가며, 그 말로써 하여 가며, 그 말로써 남기나니 : 이제, 조선말은, 줄잡아도 반만 년 동안 역사의 흐름에서, 조선사람의 창조적 활동의 말미암던 길이요, 연장이요, 또, 그 성과의 축적의 끼침이다"[25]라는 관점이 강화되면서, 어느 순간부터 어문'민족'주의가 아닌 '어문'민족주의로 경사하는 경향이 드러나기도 하였다. 문명을 전달하는 도구인 어문을 표준화시켜, 좀더 정확하고 수월하게 문명의 전파를 이루어 나라의 '독립'을 보존하려는 것이 주시경의 지향점이었다면, 1930년대 어문학자들에게는 어문의 표준화 '자체가' 문화의 발전 정도를 재는 척도와 동일시되었던 것이다.

7 人類의 幸福은 文化의 向上을 따라 增進되는 것이요, 文化의 發展은 言語 및

---

24) 고영근, 「한국어문 표준화의 내력을 밝히며」, 『한국어문운동과 근대화』, 탑출판사, 1998, 3면.
25) 최현배, 「머리말」, 『우리말본』, 연희전문대 출판부, 1937, 1면.

文字의 合理的 整理와 統一로 말미암아 促成되는 바이다. 그러하므로 語文의 整理와 統一은 諸般 文化의 基礎를 이루며, 또 人類 幸福의 源泉이 되는 바이다. (…중략…)

朝鮮의 言語는 上述한 것처럼 言語, 語意, 語法의 各 方面으로 標準이 없고 統一이 없으므로 하여, 同一한 사람으로 朝夕이 相異하고 同一한 事實로도 京鄕이 不一할 뿐 아니라, 또는 語意의 未詳한 바가 있어도 이를 質正할 만한 準據가 없기 때문에, 意思와 感情은 圓滿히 疏通되고 完全히 理解될 길이 바이 없다. 이로 말미암아 文化의 向上과 普及은 莫大한 損失을 免할 수 없게 되는 것이다. 今日 世界的으로 落伍된 朝鮮民族의 更生할 捷路는 文化의 向上과 普及을 急務로 하지 않을 수 없는 것이요, 文化를 促成하는 方便으로는 文化의 基礎가 되는 言語의 整理와 統一을 急速히 꾀하지 않을 수 없는 것이다.[26]

⑧ 우리가 文化的으로 우리의 前途를 開拓하여서 最後의 勝利를 얻을 唯一한 武器는 이 글이 있을 뿐이다. 우리의 글이 그 생긴 紀元으론 매우 오래다고 이를 수 있으나 文化的 實用으론 그 歷史가 그다지 오래지 못하였고 또 글로서도 오늘날까지 아무 硏磨를 받지 못한 까닭으로 글에 一定한 標準이 없어서 그 記錄하는 方式이 사람마다 다르고 같은 사람으로도 아침저녁이 不一한데다가 (…중략…)

본대 말과 글은 생각을 나타내는 그 民族의 한 公約이다. 그러므로 英語와 英文은 英民族의 公約이오 漢語와 漢文은 漢民族의 公約인 때문에 民族이 다르면 딸아서 이 公約이 다르므로 하여서 생각의 文換이 되지 못하는 까닭으로 비로소 外國語의 必要를 늣기는 것이오 만일 같은 民族으로서 이 公約이 다르다면 그것은 文化上으로는 勿論이오 政治上 經濟上 民族精神上 莫大한 關係가 있기 때문으로 나라나라이 많은 費用과 勞力을 들여가며 國語와 國字의 統一을 꾀하는 것이다.[27]

---

26) 「조선어사전편찬회취지서」, 『한글』 31호, 1936.2; 영인판, 『한글』 2, 박이정, 1996, 577~578면.
27) 신명균, 「조선글 마침법 1」, 『한동』 8호, 1928.1; 영인판, 『한글』 1, 박이정, 1996, 168~169면. 앞으로 『한동』으로 표시되는 경우는 '조선어연구회'의 동인지 『한글』을 가리키는 것이며, 『한글』로 표시되는 경우는 '조선어학회'의 기관지 『한글』임을 밝혀둔다.

어떤 점에서 보면, 말과 글의 정리와 통일이 문화 발전(혹은 발전된 문화)의 토대라는 위의 두 인용문은 언어와 문자의 효용성을 강조한다는 점에서 주시경이 '문명'을 이야기했던 관점과 비슷해 보인다. 그러나 주시경이 문명을 실어 나르는 도구로서의 언어와 문자의 정비를 요청하는 것과 1930년대 어문연구자들이 문화 발전의 토대로서의 언어와 문자의 통일을 강조하는 것은 다르다. 언어의 "작용하는 힘(energeia)"28)을 믿었다는 것이 근대계몽기의 언어관과 대비되는 1920~30년대 어문운동의 특성이다. 즉 주시경은 민족의 존립을 위해 언어가 문명을 담는 그릇이 되어야 하며 '이를 위해' 언어가 정비되어야 한다고 생각했지만, 후대의 어학자들은 언어 발달(정비)의 정도로 그 민족의 문화, 제도의 발달을 측정할 수 있을 뿐 아니라 '언어를 통해' 문화와 제도의 발달을 가져올 수 있다고, 다시 말해 "문화의 발전은 언어 및 문자의 합리적 정리와 통일로 말미암아 촉성되는 것"이라고 여겼던 것이다. 이것이 1920~30년대의 어문운동이 어문 표준화 문제에 '지나치게' 집중했던 근거이다. 이는 국가건설이라는 급선무가 놓여 있던 시대와 국가건설이라는 목표를 잃어버린 상태에서의 운동의 지향을 반영하는 것이기도 하다. 이로 인해, 주시경이 강조했던 '문명'은 실제적인 결과물의 도출을 목표로 한다면, 1930년대 강조되었던 '문화'는 '조선적인 것'에 대해 천착했으면서도 정신적인 발달 정도를 지칭하는 어떤 것으로 환원되었다는 차이점이 나타난다.

상당히 관념적이었던, 주시경 논리의 최초의 가설은 민족의 당면과제를 어문의 정비를 통해 해결하겠다는 실천적인 의지를 추동한 데 비해, 1930년대의 어문민족주의는 어문 표준화 자체를 민족의 발전으로 호도하는 태도를 드러내고 있음을 보여주는 대표적인 예가 1920년대

---

28) 고영근, 「공리적 국어관의 형성·발전과 훔볼트 언어관의 수용양상」, 『강신항교수 화갑기념국어학논문집』, 태학사, 1992, 12면.

후반부터 1935년경까지 지루하게 끌어오던 맞춤법 통일안에 대한 논쟁이다. 1930년대의 언어관을 설명하는 데 있어, 1932년 『한글』에 발표된 「피히테의 언어관」이란 글이 자주 소개된다.[29] 피히테는 분명 언어와 민족을 불가분의 관계로 취급하였다. 때문에 1930년대 어문운동이 지닌 민족의식을 논하기 위해서는 매우 적절한 논거였다고 할 수 있다. 그러나 김하수가 지적하고 있듯이, 물질세계와 관념세계를 철저히 분리하는 피히테의 주관적 관념론은 "언어의 정신적 면모를 더욱 강조해서 제국주의라는 외부 조건보다 오히려 우리 민족의 정신적 각성이라는 내부 조건을 중심으로 사물을 보려는 한계를 나타낸다"[30]는 점에서, 인식의 오류로 이어질 가능성이 있는 것이다.

1942년의 조선어학회 사건, 그리고 그로 인한 이윤재와 한징의 옥사 등의 이유로, 오랜 세월 동안 조선어학회는 민족저항운동단체로 인식되어 왔다.[31] 그리고 그들이 언어와 민족의 밀접한 관계를 염두에 두고 있었다는 점도 간과할 수 없는 사실이기는 하다. 그러나 어문 표준화에 대한 지향이 강화되면서, 그들은 조선어학회 식(式)의 통일안을 광범위하게 유포시키기 위해 총독부의 권력을 '이용'하기도 했다는 점을 언급해 둘 필요가 있다. 가령, ① 총독부는 계속해서 문제점을 지적받아 온 언문철자법을 개정하기 위해 대중적인 인지도를 갖췄던 조선어학회 인사들을 대거 참여시켜 철자법을 수정하였다. 당연한 결과로 1930년 2월에 공포된 제3회 언문철자법에는 조선어학회의 이론이 많은 부분 관철되어 있다. 따라서 ② 조선어학회는 『한글』을 통해, 총독부가 새로 발표

---

29) 김선기 역, 「피히테의 언어관(상)~(하)」, 『한글』 1호, 1932.5~『한글』 2호, 1932.6; 영인판, 『한글』 1, 박이정, 1996, 209~211면, 256~258면.
30) 김하수, 「제국주의와 한국어 문제」, 『언어 제국주의란 무엇인가』(미우라 노부타카·가스야 게이스케 편, 이연숙·고영진·조태린 역), 돌베개, 2005, 489면.
31) 해방 이후 조선어학회 인사들은 독립운동가로서 추앙받으며 새롭게 국어를 정비하는 과정에서 주도적인 역할을 수행할 수 있었다. 이를 통해 형성된 해방 이후의 언어의 장(場) 역시 연구해볼 필요가 있다.

한 '신철자법'이 미흡한 점도 있지만 그것을 따라야 한다고 선전했었고,[32] ③ 총독부가 새롭게 편찬한 교과서에 조선어학회 안이 반영됨으로써 조선어학회는 자신들의 이론을 대중적으로 널리 유포하고 선전할 수 있는 중요한 매체를 얻게 되었다. 그리고 또 매우 당연한 일이겠지만 ④ 조선어학회에서 독자적으로 마련한 1933년 '한글 맞춤법 통일안'은 총독부 제3회 언문철자법과 겹치는 부분이 많다.

①~④는 하나의 결과가 그 다음 일의 원인이 되면서 이어지는 과정을 보여준다. 조선어학회의 활동은 기본적으로 문화운동의 색채를 띠었으므로 식민 당국의 동조와 허용이 있으면 계속 진행될 수 있는 반면 식민당국이 더 이상 허용하기를 원하지 않을 때에는, 그러니까 조선어학회사건처럼 협력에서 탄압으로 그 입장을 바꿔버리면 그 운동도 계속될 수 없었다.[33]

---

32) 예를 들어, "여러 해를 두고, 문제가 되고, 현안이 되엇든, 한글 철자법이 당국의 열성과 용단으로 이미 해결되어, 다소 불완전은 하나마, 학리와 실용에 적합한 신철자법이 실시되었다. 그리고 이 신철자법을 사용한 새 교과서가 벌서 권3까지 나고, 그 내용이라든지 체재라든지 종래의 독본에 비하야 확실히 진보적이라고 할 수 있다. 실로 우리 반도의 조선어 교육이 이로써 일(一)신기원을 획(劃)하게 되엇다 하여도 과언이 아닐 것이다"(이호성, 「한글 교수에 대하여 1」, 『한글』 2호, 1932.6; 영인판, 『한글』 1, 박이정, 1996, 252면)와 같이 총독부가 제정한 신철자법 사용을 권장하는 발언들이 많았다.

33) 조태린, 「일제시대의 언어정책과 언어운동에 관한 연구」, 연세대 석사논문, 1998에는 이를 설명하는 흥미로운 자료가 대비되어 있다. 조선어학회사건 변호인단의 반론과 예심종결결정문이 그것이다. 조태린은, 1930년대의 어문운동에는 언어사상일체관과 언어도구관이 같이 드러나 있는데, 이는 조선총독부의 언어정책에서 파악되는 대표적인 두 가지 언어관이기도 하다고 말한다. 때문에 조선어학회도, 조선총독부도 어떤 언어관을 표면에 두느냐에 따라 실제적인 운동이나 정책의 방향이 달라질 수 있다는 것이다. 조선어학회사건 이전까지 조선총독부가 어문운동을 허용하게 만들었던 근거인 언어도구관은 변호인단의 반론에서 찾을 수 있고, 조선어학회사건을 일으키면서 조선총독부가 적용한 언어사상일체관은 예심종결결정문에 드러나 있다.

　* 변호인단의 반론 : "민족고유의 어문의 소장(消長)이 그 민족 자체의 소장에 대하여 결정적인 요인이라는 판정은 부당하다. 오히려 본말전도(本末顚倒)라고 생각된다. 본인이 보는 바에 의하면 그와 반대로 민족 자체의 소장·발전은 오직 그 민족의 정치·경제·과학·사회·종교 등 넓은 의미의 문화에 의한 것으로 단순한 어문정리·통일·보급 등은 민족의 소장·발전의 원인이 아니라 오히려 그 결과에 불과하다. 예

조선어문의 표준화는 '근대화의' 혹은 '근대적인' 표지로 작동하였다. 이는 근대지(知)의 형성과 보급을 위한 '선행 조건'이자, 조선의 문화수준을 역설해주는 '결과적인 징표'이기도 했다. 때문에 여기에는 '민족'의 울타리를 공고히 하려는 원리가 작동하면서도, 표준화 운동의 목표를 성취하기 위해 식민당국과 타협해야 하는 딜레마도 안고 있었다. 1920~30년대 어문운동에는 민족 혹은 식민의 문제가 근대성의 지향 아래에서 복잡하게 결부되어 있는 것이다.

〈표 1〉 일제강점기의 어문운동과 어문정책[34]

연도	어문운동 / 어문정책
1910	10월 : 조선광문회 창립. 『신자전』 편찬에 곧 착수한 듯.

를 들면 고대 세계 민족국가사상 찬란한 어문을 가진 나라는 중국·인도·그리스 등인데 이 여러 나라들은 찬란한 어문을 가졌기 때문에 민족국가가 번영한 것이 아니고 오히려 이 나라들의 정치·과학·사회·종교 등의 소위 넓은 의미의 문화가 그 민족의 노력에 의하여 번영했기 때문에 좁은 의미의 문화라고 말할 수 있는 어문의 발달을 초래했던 것이다."(38면)

　＊ 예심종결결정문 : "언어는 인간의 지적 정신적인 것의 원천됨과 동시에, 인간의 의사·감정을 표현하는 외 그 특성까지도 표현하는 것으로써 민족 고유의 언어는 민족 내의 의사소통은 물론이요, 근본적으로 민족감정 및 민족의식을 양성하고 이에 굳은 민족 결합을 낳게 하여, 이를 표기하는 민족 고유의 문자가 있어 이에 민족문화를 성립시키는 것으로써, 민족적 특질은 그 언문을 통해 다시 민족문화의 특수성을 파출(派出)해서 향상·발달하고, 그 고유문화에 대한 과시·애착은 민족적 우월감을 낳고 그 결합을 다시 더 공고히 하고 민족은 생생발전한다. 그렇다면, 민족고유의 어문의 소장(消長)은 이에 기인하여 민족 자체의 소장에 관한 것으로서, 약소민족은 필사적으로 이것의 보지(保持)에 노력함과 동시에 이것의 발전을 책하여 방언의 표준화, 문자의 통일 및 보급을 희구하여 쉬지 않는다."(37면)
34) 위의 표를 작성하는 데 참고한 문헌은 다음과 같다.
　김민수, 「『말모이』의 편찬에 대하여」,『주시경 연구』, 탑출판사, 1986; 박병채, 「일제하의 국어운동 연구」,『일제하의 문화운동사』, 현음사, 1982; 박붕배,『국어교육전사』上, 대한교과서주식회사, 1987; 박성의, 「일제하의 언어·문자정책」,『일제의 문화침투사』, 민중서관, 1970; 이기문,『개화기의 국문연구』, 한국문화연구소, 1970; 이응호,『개화기의 한글운동사』, 성청사, 1975; 정순기 외,『조선어학회와 그 활동』, 한국문화사, 2001; 조선어학회, 「본회중요일지」,『한글』1호, 1932.5; 영인판,『한글』1, 박이정, 1996; 한글학회 50돌기념사업회,『한글학회 50년사』, 한글학회, 1971.

연도	어문운동 / 어문정책
1911	4월 : 총독부, 『조선어 사전』 편찬 시작. 9월 : 총독부, 제1차 조선교육령 공포(제1장 제5조−보통교육은 보통의 지식과 기능을 가르치고, 특히 국민된 성격을 함양하며, 국어를 보급함을 목적으로 한다.) ○월 : 조선광문회, 주시경, 김두봉, 권덕규, 이규영 등이 주축이 되어 『말모이』 편찬 시작(간행에는 실패함).
1912	4월 : 총독부, 제1회 언문철자법(=보통학교용 언문철자법) 공포 조사원으로 일본인 4명과 현은, 유길준, 강화석, 어윤적 등 조선인 4명 참가. 6월 : 총독부, 교과용 도서 검정 규정 및 발매 규정 공포
1915	12월 : 조선광문회, 『신자전』(대역사전) 간행.
1918	1월 : 계명구락부 창립.
1920	3월 : 총독부, 『조선어 사전』(일본어로 풀이한 대역사전) 간행. 　　　조선일보 창간. 4월 : 동아일보 창간.
1921	3월 : 총독부, 제2회 언문철자법(=보통학교용 언문철자법 대요) 공포 5월 : 계명구락부, 기관지 『계명』 창간. 12월 : 조선어연구회 창립.
1922	2월 : 총독부 제2차 신교육령 공포(제2조−국어를 상용하는 자의 보통교육은 소학교령, 중학교령 급 고등여학교령에 의함. (…후략…) / 제3조−국어를 상용하지 아니하는 자에 보통교육을 하는 학교는 보통학교, 고등보통학교 급 여자고등보통학교로 함. / 제4조−보통학교는 아동의 신체의 발달에 유의하여, 이에 덕육을 베풀어 생활에 반드시 필요한 보통의 지식, 기능을 가르쳐 국민된 성격을 함양하고, 국어를 습득케 함을 목적으로 함.)
1923	11월 : 대학창설준비위원회 구성
1924	5월 : 총독부, 경성제국대학 관제 공포 경성제국대학 예과 개설. 9월 : 보통학교에서의 학습 용어와 생활 용어로 조선어를 사용해야 한다는 주장이 언론을 통해 쟁점화됨.
1925	9월 : 조선사정연구회 결성. 10월 : 심의린, 『보통학교용 조선어사전』 간행.
1926	4월 : 총독부, 경성제국대학 설립. 5월 : 수양동우회, 기관지 『동광』 창간(편집 주요한). 11월 4일 : 조선어연구회, 훈민정음 반포 480주년 기념축하회를 개최하면서 음력 9월 29일을 '가갸날'로 선포(『동아일보』, 『조선일보』 등은 일제히 기념사설을 싣거나, 한자 폐지론을 주장하거나, 한글의 가치를 선전함. 『동광』, 『진생』, 『신생』 등의 잡지들도 새 철자법을 실행함) 12월 27일~30일 : 조선어연구회, 보성고등보통학교에서 4일간 강연회 개최.
1927	1월 : 조선일보사, '한글난'을 창설하여 새 철자법에 따라 글을 쓰도록 유도함. 2월 : 조선어연구회, 동인지 『한글』 창간(권덕규, 이병기, 최현배, 정열모, 신명균 등 동인 5명). 5월 : 계명구락부, 조선광문회의 사전편찬 작업을 인수받아 최남선, 박승빈, 정인보, 한징, 임규, 양건식, 이윤재, 변영로 등의 참여로 사전편찬 착수.
1928	10월 : 조선어연구회, '가갸날'이란 명칭을 '한글날'로 바꿈. 12월 : 조선어연구회, 동인지 『한글』을 9호까지 간행하고 재정난으로 휴간.
1929	7월(~1931) : 조선일보사, 문자보급운동을 벌임. 10월 31일 : 조선어연구회, 483주년 한글날기념식을 갖고 각계 사회 인사 108인의 발기로 조선어

연도	어문운동 / 어문정책
	사전편찬회 결성.
1930	2월 : 총독부, 제3회 언문철자법 공포(심의위원 14명 중 장지영, 이세정, 권덕규, 정열모, 최현배, 신명균, 심의린 등 7명이 조선어학회 관련 인사) 3월 : 개정된 언문철자법에 의해 『보통학교 조선어독본』의 개정판 1권 나옴.(1935년 3월까지 6권 나옴.) 12월 : 조선어연구회, 총회에서 사전 편찬의 기초가 되는 ① 한글맞춤법 통일, ② 표준말 사정, ③ 외래어표기법 제정을 결의. 12월 13일 : 조선어연구회, 철자법 정리에 착수.
1931	1월 : 조선어연구회, 조선어학회로 명칭 변경. 1월 : 조선어학회, 어학전문가 · 출판보도계 종사자 · 문학예술부문 종사자 · 대학교원 · 사회 유지 등 45인의 참가로 '외래어표기법 및 부수문제협의회'를 열고, 이 협의회의 결의에 따라 조선어학회가 사업을 전적으로 맡아보게 되었으며, 어학회 안에 전문가를 포함한 사무소를 두기로 결정하였으며, 책임위원 3인을 임명. 1월 : 조선어사전편찬회, 사전 편찬에 착수. 6월 : 조선어문연구회 발족. 경성제국대학이 설립된 뒤 제한된 수로나마 입학했던 한국인 중 '조선어학及문학과'의 제3회(1931년졸) 졸업생인 김재철의 주동으로, 조윤제(제1회), 이희승(제2회), 이재욱(제3회) 등 4인이 발족한 동인연구단체. 7월 : 박승빈, 『조선어학강의요지』 출판. 7월(~1934) : 동아일보사, 제1회 학생 하계 브나로드운동 개최 7월(~1933) : 조선어학회, 전 회원이 지방을 분담하여 한글순회강연 실시. 7월 : 조선어문연구회, 동인지 『조선어문학회보』 창간. 8월(~1933) : 동아일보사, 조선어학회 후원을 얻어 제1회 조선어강습회 개최. 조선어학회 회원을 강사로 하여 전국 40여 개 도시와 지방을 분담 · 순회. 8월(~1934) : 조선어학회, 조선일보사 주최 문자보급반의 한글교재 만듦, 동아일보사 주최 학생계몽대(브나로드운동) 한글교재 만듦. 9월 : 만주사변 발생. 12월 : 조선어학연구회 창립. 박승빈의 국문기사법(國文記事法)에 동조하는 인사들이 모여 만든 단체. 12월 : 조선어학회, 외래어표기법 및 부수문제협의회 개최.
1932	1월 : 조선어학회, 제12회 정기총회에서 회칙을 개정하여 제2조 "본회는 조선어문의 연구와 통일을 목적함"이라고 하여, 어문의 연구와 더불어 표기법의 통일이라는 실제적 당면 과제 수행을 학회 설립 목적의 하나로 분명히 함. 회지 발행을 결의함. 5월 : 조선어학회, 기관지 『한글』 창간. 6월 : 계명구락부, 『조선어사전』 10만 카드 작성. 9월 : 조선어학회, 물리 · 수학 · 화학 용어 531낱말 제정 발표. 10월 26일 : 조선어학회, 한글날 양력 환산, '한글글씨노래' 지음. 11월 7~9일 : 동아일보사, 맞춤법 통일안에 대해 사회적인 여론에 호소하기 위해 조선어학회와 조선어학연구회 양측의 3명의 연사를 초청해 새 맞춤법에 대한 공개토론회를 엶. 12월 22일 : 조선어학회, '한글 맞춤법 통일안' 초안 작성 완료. 12월 26일~1933년 1월 4일 : 조선어학회, '한글 맞춤법 통일안' 원고에 대한 제1차 토의.
1933	1월 : 조선문흥회 창립. 김극배 · 권상노 · 장지영 등이 주동이 되어 한국문화 연구와 그 진흥을 목적으로 창립하여, 문헌수집 · 도서출판 · 강습회개최 · 잡지발행 등을 계획하였으나 별로 성과를 거두지 못한 채 사라짐. 7월 : 조선어문연구회, 창립 멤버 이외에 김태준, 방종현, 이승녕 등이 참여하면서 그 앞날이 기대되었으나, 김재철이 1933년 1월 서거하자 같은 해 7월 15일자로 발행된 『조선어문』(『조

연도	어문운동 / 어문정책
	선어문학회보』가 개칭된 것)을 마지막으로 회지 발행이 중단되고, 회도 소멸함.
	7월 26일~8월 3일 : 조선어학회, '한글 맞춤법 통일안' 제2차 토의. 토의 끝에 9명의 정리위원을 뽑아서 원안 45항목, 부록 10항목으로 작성한 것을 다시 소위원회에서 원안 65항목, 부록 9항으로 고쳤으며, 이것을 정리위원이 최종적으로 다시 수정·보충하여 완성.
	8월 : 조선어학회, 이윤재를 한글 강사로 간도 파견.
	10월 19일 : 조선어학회, '한글 맞춤법 통일안' 최종 위원회에서 통과시킴.
	10월 29일 : 조선어학회, '한글 맞춤법 통일안' 발표(동아일보와 조선일보는 이날 통일안을 특별부록으로 만들어 독자들에게 배포).
	12월 19일 : 「철자법 통일, 조선문 발달의 기초 조건」(『동아일보』 사설)에서 조선어학회의 결정을 따르자고 함. 새 맞춤법에 대한 적극적인 지지, 찬동.
	12월 27일 : 「철자문제」(『조선일보』 시평)에서 맞춤법 통일이 가지는 중요성 강조 (여운형이 사장으로 있던 『조선중앙일보』의 경우는, 통일안이 발표되기 전인 1월 23일에 이미 새로운 맞춤법을 받아들일 것을 선포하고 2월 1일부터 부분적으로 도입하기 시작하였으며, 통일안이 발표되자 새 활자의 준비와 기자의 준비 관계로 신문사설과 그 밖의 중요한 기사에만 새로운 맞춤법을 적용하다가 12월부터 신문의 전면을 다 통일안대로 기사를 냈음. 여운형은 개인적으로 한글 잡지에 「횡서철자까지 하였으면」이란 담화를 발표한 적 있음.)
1934	2월 : 조선어학연구회, 기관지 『정음』 창간. '한글 맞춤법 통일안'이 정식으로 확정·발표되자, 박승빈 학설의 이론적 주장과 '통일안'에 대한 반대운동을 조직화하기 위한 것.
	5월 : 진단학회 발족. 24인의 발의로 어학·문학·역사 등 한국 및 인근 문화의 학술연구기관으로 조직된 단체. 회칙 제2조 "본회는 조선及인근문화의 연구를 목적으로 함." 창립취의서에 따르면 "자문자진하여 또 서로 협력하여 조선문화를 개척 발전 향상시키지 않으면 안 될 의무와 사명감"을 가지고 집결한 것.
	6월 : 조선어학연구회, '조선문기사정리기성회'라는 기구 조직.
	7월 10일 : 『동아일보』에 문필가 78명의 연명으로 「한글 철자법 시비에 대한 성명서」 발표.
	7월 : 조선문기사정리기성회, '한글 맞춤법 통일안 반대성명서' 발표하고 조선어학회와 정면으로 대립.
	7월 : 조선어학회의 이희승, 심양에 살고 있는 조선 사람들의 초청을 받아 가서 한글강습회 개최.
	7월 : 조선일보사, 1932년과 1933년에 중단되었던 문자보급운동 재개.
	10월 : 조선어학회, 제1회 조선어학도서전람회 개최.
	11월 : 진단학회, 기관지 『진단학보』 창간.
1935	1월 2일~6일 : 조선어학회, 표준어 사정 제1차 토의.
	2월 : 조선어학회, 조선어학연구회측에 대항하는 「한글통일운동에 대한 반대음모 공개장」 발표.
	4월 : 조선음성학회 창립. 조선어학회를 중심으로 국어운동이 많은 성과를 거두던 시기에 세계 학회와의 유대를 강화하기 위해 이극로·홍기문·이희승·정인섭·김선기 등을 비롯한 20여 명의 발기로 창립된 음성학 연구의 학술 단체.
	7월 : 박승빈, 『조선어학』 출간.
	7월 : 조선음성학회, 영국 런던에서 개최된 제2회 '만국음성대회'에 김선기를 대표로 참석시킴.
	7월 : 총독부, 조선일보사와 동아일보사가 벌이고 있는 문자보급운동 중지시킴.
	8월 5~9일 : 조선어학회, 표준어 사정 제2차 토의.
	10월 : 조선어학회, 『한글』을 통해 방언 수집 시작.
	12월 : 조선음성학회, 아동들의 한국어 교육에서 정확한 발음과 독법을 지도하기 위해 보통학교 교재를 취입한 교육레코드 12장 발매.
1936	3월 : 사전편찬후원회 결성. 『한글』의 편집비를 담당하는 등 조선어학회를 재정적으로 지원해

연도	어문운동 / 어문정책
	오던 이우식을 중심으로, 사전편찬회 발기인이었던 인사 14명이 모여 사전편찬을 촉진키 위한 비밀후원회 조직. 3월 : 조선어학회, 조선어사전편찬회의 업무 인수. 4월 : 조선어학회, 사전편찬 시작. 6월 : 조선어학회, 사전편찬 실무 개시. 7월 30일~8월 1일 : 조선어학회, 표준어 사정 제3차 토의. 8월 : 조선음성학회, 덴마크 코펜하겐에서 열린 '세계언어학회'에 정인섭을 참석시켜 「조선어 문과 구미어문과의 비교」를 발표케 하는 한편, 의안도 제출하여 세계 학계와의 유대를 강화하고 조선어에 대한 세계적 관심을 환기시킴. 10월 28일 : 조선어학회, '사정한 조선어 표준말 모음' 발표 '사정한 조선어 표준말 모음'에 준하여 '한글 맞춤법 통일안' 제정 당시 잠정적으로 정하였던 〈부록 1. 표준어〉의 제7항과 제8항의 표준말 어휘 전부를 삭제하고 용어와 어례(語例)들을 모두 새로 사정한 표준말로 바꿈.
1937	2월 : 최현배, 『우리말본』 출간. 3월 : 조선어학회, '한글 맞춤법 통일안' 1차 수정. 3월 15일 : 조선어학회 부설 조선기념도서출판관 설립. 6월 6일 : 수양동우회 사건. 이윤재와 김윤경이 검거됨. 7월 : 조선어학회, 『한글』을 통해 표준말 계몽 시작. 7월 : 중일전쟁. ○월 : 보통학교에서 조선어 수의과목으로 전락. 9월 : 조선어학연구회, 계명구락부의 사전편찬 사업을 인수(그러나 자금난과 기타 사정으로 결국 중지됨). 11월 : 조선어학회, '한글가로풀어쓰기안' 채택. 12월 : 조선기념도서출판관, 첫 사업으로 김윤경의 『조선문자급어학사』 간행.
1938	3월 : 총독부, 제3차 개정교육령 공포 '국체명징, 내선일체, 인고단련'의 3대 교육방침에 따라 학교 이름을 일본 학교와 똑같게 하는(보통학교→심상소학교, 고등보통학교→중학교, 여자고등보통학교→고등여학교) 등의 표면적인 조치를 취했으나, 중등학교 이상에서 조선어 과목은 폐지되었고, 소학교에서는 수의과목으로 남겨두었으나 사실상 1939년부터 는 가르치지 않음. 4월 : 총독부, 조선어과 폐지. 5월 : 흥업구락부 사건. 이만규와 최현배가 검거됨. 10월 : 문세영, 『조선어사전』 발간. 10월 : 조선어학회, 8년 동안 연구과 심의를 거듭한 결과 가을에 이르러 ① 외래어표기법, ② 일본어음표기법, ③ 한국어 로마자표기법, ④ 한국어음 만국음성기호 표기법에 대한 원안이 만들어짐. 그 후 2년 동안 학회에서 발간되는 월간잡지, 기타 간행물에 시험 삼아 적용해본 뒤 원안전문을 등사하여 각계 인사 3백여 명에게 보내어 비평과 수정을 받음.
1939	○월 : 조선어학회, 비밀후원회에서 지원을 받기로 약속한 3년이 지났지만, 어휘에 대한 주해 진도가 늦어져 1년을 더 연장하기로 하고 3천원 추가로 지원받음. 11월 : 총독부, 일본식 창씨개명 요구. 12월 : 조선어학회, 사전 원고의 일부(전체의 1/3)를 조선총독부 도서과에 넘김.
1940	3월 : 조선어학회, 『조선어대사전』 일부 출판 허가 받음. 6월 : 조선어학회, '한글 맞춤법 통일안' 2차 수정. '외래어표기법통일안' 발표. 이와 함께 '일본말소리표기법' '우리 말소리의 로마자표기법' '우리 말소리의 만국음성기호 표기법' 등 4개의 원안이 동시에 작성되어 동시에 공포됨.

연도	어문운동 / 어문정책
	7월 : 훈민정음 해례본 발견. 8월 : 총독부, 조선일보와 동아일보 강제 폐간.
1941	1월 : 조선어학회, '외래어표기법통일안' 책자로 간행. 3월 : 총독부, 조선교육령 개정. 4월 : 조선어문연구회, 기관지 『정음』 37호로 폐간됨.
1942	4월 : 최현배, 『한글갈』 출간. 5월 : 조선어학회, 기관지 『한글』 발간 중단됨. 10월 1일 : 조선어학회사건, 조선어학회 회원 다수 피검. 사전 발간 중단됨.(『조선어사전』은 『조선말 큰 사전』이란 이름으로 해방 이후~6.25 전쟁 이전에 1, 2, 3권이 출판되었고, 4, 5, 6권은 1957년 한글날까지 완간되었음.)
1943	3월 : 총독부, 조선교육령개정. 조선어과목이 교육 과정에서 완전히 제외됨. 9월 : 조선어학회 사건에서, 12명은 기소 유예되어 함흥 형무소에서 석방되고 16명은 예심에 회부됨.(1943년 12월 이윤재 옥사, 1944년 2월 한징 옥사) 9월 : 총독부, 진단학회 강제 해산.

2. 조선문단과 문학어의 건설 – 조선어와 문학의 상관관계

1920년대 후반에서 1930년대를 거치면서 조선의 문학은 양적인 팽창과 질적인 성장을 함께 이루었다. 조선에서 '근대적 의미의 문학'은 조선어를 글로 옮기는 방식을 고안하는 일로부터 시작되었으며, 식민지로 접어들면서 조선어와 문학은 더욱 뗄 수 없는 관계가 된다. 일제강점기 조선어 작가의 위치와 역할을 살핌으로써 조선어와 문학이 맺었던 관계는 어떠했는지 알아보고자 한다.

김동인이 「약한 자의 슬픔」을 쓰면서 "조선말로 글을 쓰려고 막상 책상에 대하니 앞이 딱 막"[35]히는 기분을 느꼈다고 고백했던 것은 비단 그만 맞닥뜨린 문제는 아니었다. 완벽한 구어체의 확립, 과거시제의 활용, 3인칭 대명사 '그'의 사용, 새로운 단어의 발굴 등[36] 김동인이 자신

---

35) 김동인, 「문단 30년의 자취」, 『신천지』, 1948.4; 『동인전집』 8, 홍자출판사, 1967, 394면.

의 문학적 업적으로 자부하는 대부분의 문제들은 조선어 문장을 어떠한 방식으로 확립할 것인가의 문제와 맞닿아 있다. 새로운 문장체를 개발하기 위한 노력은 비단 어학자나 문학자의 범위에만 머물지 않는, 조선어로 글을 쓰려고 시도했던 사람들 모두에게 해당하는 문제였던 것이다. 특히, 글쓰기를 직업으로 삼았던 문학자들은 표기 체제의 정비 문제, 어휘 선택의 기준 문제, 통사 구조 인식 문제 등 국문체 형성과 관련된 제반 사항들에 대해 민감하게 자각하고, 반응하고자 했다.

'사문자(死文字)는 결코 활문학(活文學)을 산출하지 못한다'는 중국 호적(胡適)의 선언은 1920년대와 1930년대에 한문이 아닌, 국문의 문학을 창조하고자 했던 조선의 문학자들에게 깊은 울림을 주었던 듯하다. 이 선언이 담겨 있는 호적의 「건설적 문학혁명론」은, 훗날 조선어학회에서 맞춤법 통일운동을 주도할 이윤재에 의해 1923년 초역(抄譯)의 형태로 조선에 소개된다.37) 이 글에 부제로 달린 "국어의 문학＝문학의 국어(『동명』의 원고에서 '국어의 문학'과 '문학의 국어' 사이에는 등호보다는 긴 두 개의 줄이 그어져 있다)"란 문구는 호적이 「건설적 문학혁명론」에서 주장하는 핵심에 해당한다. '국어를 사용하여 쓰인 문학'인 "국어의 문학"과, '문학을 통하여 이루어진 국어'인 "문학의 국어"는 서로 밀접한 연관을 맺고 있다. 이 두 가지 명제는 '문학에는 국어가 사용되어야 하는데, 그 국어는 문학을 통하여 형성된 것이어야 한다'라는 중요한 의미를 전달하고 있다. 호적의 발언을 잠깐 빌려보기로 한다.

---

36) 위의 글, 382~383면 참조.
37) 이윤재, 「호적씨의 건설적 문학혁명론—국어의 문학, 문학의 국어」, 『동명』, 1923.4. 15~1923.5.6. 이윤재의 번역본에는 "북경 이윤재"라고 적혀 있다. 그 당시 이윤재의 상황을 보다 구체적으로 말하면, "이윤재는 1921년부터 3년 동안 북경대학을 근거로 삼아 동양학을 연구하였는데 주로 1922년 11월부터 중국의 문자개혁운동, 문학운동 등 당시의 중국의 정정(政情)에 관련된 각종 정보를 『동명』지상에 보내왔다."(고영근, 『한국어문운동과 근대화』, 탑출판사, 1998, 28면)

① 우리가 文學革命을 提唱하는 것은 다만 中國으로 하야금 一種 國語의 文學을 創造코저 함에 잇나니, **國語의 文學이 잇서야 文學의 國語가 잇슬 것이며, 文學의 國語가 잇서야** 우리의 國語가 眞正한 國語로 될 수 잇슬 것이요, 國語에 文學이 업스면, 生命이 업고 價値가 업고 成立될 수 업고 發達할 수 업슬 것이다. 이것이 곳 나의 一篇 文學革命論의 大旨다.38)

①에서 호적은 국어의 표준이 성립된 '이후'에야 "국어의 문학"이 이루어지는 것이 아니라, 문학자들이 갈고 닦은 그들의 언어를 통해 국어가 창조되는 것임을 분명히 한다. 그리고 그러한 예로 각국의 많은 작가들을 언급하였다. 이탈리아의 단테는 라틴어 아닌 이태리어로 작품을 썼고, 이후 보카치오, 로렌초 데 메디치가 역시 그렇게 함으로써 이태리의 국어가 성립되었으며, 영국에서는 초서와 위클리프가 런던 지방의 방언을 사용하여 글을 씀으로써 영국의 표준어를 만들었고, 프랑스와 독일 등도 문학의 힘을 빌어서 표준어를 구성했다고 한다.39) 그런데 우리나라에서도 호적의 글에서와 같은 방식으로, 국어의 창조에 문학자의 노력이 중요함을 지적하며 외국의 문학자들을 예로 들어 조선문학자의 자각을 고취시키는 발언들이 빈번하게 나타났다.

② 言語의 發達은 文學을 힘입음이 가장 많다. 偉大한 文學은 그 말을 精練하며 生氣 있게 하며 豊富하게 하며 正確하게 하며 感發力이 세게 하는 힘을 가졌나니 偉大한 文學이 없고는 그 國語의 高等의 發達을 바랄 수 없는 것이다. 우리가 世界各國의 國語史를 살펴보건대 그 各 國語가 오늘의 發達을 일운 것은 갸륵한 文學者의 獨創力에 依한 愛護 培養 精練 普及의 結果—아닌 것이 없다. (…중략…)

이때에 近世 英詩의 할아버지라는 큰 詩人이 났으니 그는 곧 제쯔리 초-서(Geoffray Chaucer 1340~1400)이다. 그는 일즉 쯔랑스 文學에 醉한 일도 있었으며 또 이탈리 文學의 感化를 받기도 하였지마는 그 晩年의 作은 純然히

---

38) 이윤재, 「호적씨의 건설적 문학혁명론—국어의 문학, 문학의 국어 1」, 『동명』, 1923.4.15.
39) 이윤재, 「호적씨의 건설적 문학혁명론—국어의 문학, 문학의 국어 2」, 『동명』, 1923.4.22.

英國精神을 나타내어 훌륭한 自家 獨創의 風格을 갖후니 그 一代의 傑作인 캔터베리 이야기(Canterbury Tales)는 그 詩的 價値에 있어서 近世 英文學의 劈頭에서 不朽의 功塔인 것은 勿論이지마는 초-서-로써 近世 英詩의 할아버지라 하는 까닭은 이 不朽의 大作을 英國 中部 方言으로 노래하여서 이 英文學의 標準말로 確定한 때문이다.[40]

②에서 최현배는 "위대한 문학"이 "그 국어의 고등의 발달"을 가져온다고 하면서, 영국의 초서가 자신의 시에서 사용한 언어가 영국의 표준말이 되었다는 점을 언급하고 있다. 그런데 이 글의 많은 부분은, 호적의 방식으로, 문학자들의 이름을 열거하는 데 할애된다. 최현배는 영국의 초서에 이어, 독일의 루터, 프랑스의 발자크와 데카르트, 스페인의 세르반테스 등을 열거하면서 그들의 시, 소설, 성경 번역, 철학서 등에 의해 각 나라의 언어가 발달하여 왔으며, 이렇게 발달한 언어가 표준어의 확립에 크게 기여했다는 점을 지적한다. 사회명사에게 조선문단의 현재와 장래에 대한 의견을 듣기 위해 마련된 『문예공론』(1929.5)의 특집에서, 김윤경은 "이태리의 국어가 쏘카치오나 딴테 가튼 문학자의 문장을 표준삼아 통일 발전되엇고 영국의 국어가 쵸서나 쉑스피아 가튼 문학자의 문장을 표준삼아 통일 발전된 것"[41]처럼 우리 문단에서도 문학자들의 조선어에 대한 뚜렷한 인식이 요구된다고 말하였고, 김윤경 바로 다음에 실린 이병기의 글에도 "다른 나라말들과 갓치 아즉 정돈되지 못한 우리말이니 문예작가는 누구보다도 먼저 이걸 정돈하고 법 잇게 써내야할 것이며 써낸 그것이 문예 이외 인(人)에게 조흔 궤범(軌範)이 되도록 하여야 할 것 아닌가 이태리 국어는 딴테 복캐쵸 로렌소 등 문호의 손을 거쳐 완성되엇다 하며 영길리 국어는 쵸서 위클리프 등 문호의 손을 거쳐 완성되엿다 하지 안는가"[42]라는 구절이 보인다.

---

40) 최현배, 「조선문학과 조선어 3」, 『신생』, 1929.5, 20면.
41) 김윤경, 「사회명사의 조선문단관―동문서답이지만」, 『문예공론』 1호, 1929.5; 하동호 편, 『역대한국문법대계 ③ 23 한글논쟁논설집』 下, 탑출판사, 1986, 335면.

어학자와 문학자의 역할 구분이 본래부터 그렇게 뚜렷했던 것도 아니다. 또한, 조선문단이 안정을 이루었던 1920년대 중·후반부터 1930년대에 이르는 시기에도 어학자가 문학적인 작업에, 그리고 문학자가 어학적인 작업에 참여하는 양상은 흔하게 찾아볼 수 있다. 1910년대 주시경의 상동청년강습소에 출석한 인물들의 명단에는 현상윤·염상섭 등과 같은 근대 문인의 이름이 보인다.[43] 그리고 그 당시 작가 생산의 주요한 시스템 중 하나였던 『청춘』의 현상문예 공모에는 주시경의 제자들이 대거 응모했었다고 한다.[44] 조선광문회에서 주시경·김두봉·권덕규·이규영 등이 맡아 보았던 사전 편찬 작업은 1927년 계명구락부로 넘어갔는데, 이 일에 많은 문학가들이 참여하고 있다. "집필 분담 상황을 보면 **최남선**이 역사·지리·제도·종교·철학 등에 관한 말을, **정인보**가 한자에 관한 말을 **임규**가 동사와 형용사를, **양건식**이 신어를, **이윤재**가 고어를, **변영로**가 외래어를 맡았다."[45] 또한 1929년 발표된 조선어사전편찬회 취지서의 문안을 작성한 사람은 이은상으로 알려져 있다고 하며,[46] 조선어사전편찬위원회 준비 위원으로 방정환·이광수·이병기·

---

42) 이병기, 「사회명사의 조선문단관─조선어연구가 필요」, 『문예공론』 1호, 1929.5; 하동호 편, 『역대한국문법대계 ③ 23 한글논쟁논설집』 下, 탑출판사, 1986, 337면.

43) 『한글모죽보기』, 『한힌샘연구』 1, 한글학회, 1988.

44) "주시경의 제자들이 『청춘』 현상문예의 주요 투고자였다는 점도 특기할 만한 일이다. 김윤경, 배재황, 주병건, 이재갑, 엄항섭 등이 주시경과 직·간접적으로 연결된 인물들이다. 이들이 『청춘』 현상문예에 적극적이었던 것은 우선 조선광문회 운영진의 한 사람이었던 주시경과 최남선의 밀접한 관계, 1910년대 국내 민족운동에서 상당한 세력을 형성했던 주시경 그룹과 최남선 그룹의 친연성, 국문운동의 참여로 근대적 글쓰기에 익숙했던 점 등이 작용했을 것이다."(한기형, 「최남선의 잡지 발간과 초기 근대문학의 재편」, 『근대어·근대매체·근대문학』, 2006, 339~340면) 또한, 이 논문의 부록인 「『소년』『청춘』 소설작품 목록」과 「『청춘』 현상문예 당선자와 작품목록」에서 그 구체적인 사항을 확인할 수 있다.

45) 최경봉, 『우리말의 탄생』, 책과함께, 2005, 135·141면.

46) 위의 책, 96면. 최남선이 3·1운동의 선언서를 기초했다는 점은 익히 알려져 있거니와, 이은상이 사전편찬회취지서의 문안을 작성했다는 점은 새롭다. 이는 단순히 '글 잘 쓰는' 문인이 도움을 주는 측면은 아니었다고 여겨진다. 최남선에게 있어 문학은, 근대지(知)의 형성이라는 거대한 기획의 일부분이었으며, 문인들의 '조선어' 사용은

주요한 등이 이름을 올리고 있다.[47] '조선어연구회' 시절부터 어문운동에 종사하며『조선문법강화』『조선어강화』등의 문법서를 발간한 이병기가 1930년대 들어 시조 창작에 전념하면서 내간체 문장 보급에 힘쓴 것은 익히 알려진 사실이다.[48] 조선어학회의 이윤재는 모범적인 조선문을 보여주기 위한 수단으로 문학 작품들을 모은『문예독본』상·하권을 출판했는데, 이태준·이은상·변영로 등이 작품 선정을 도와주었다고 머리말에 적혀 있다. 조선어학회의 자매기관으로 1935년 설립된 조선기념도서출판관의 운영진으로 이은상·주요한 등이 참여했고,[49] 같은 해 세계 학회와의 유대를 강화하기 위하여 설립된 조선음성학회에는 조선어학회 회원들 이외에 정인섭·김억·서항석·이하윤·이헌구·조용만 등의 문인들이 대거 참여하고 있다.[50] 그리고 1936년 조선어학회의 표준말 사정에는 서항석·이병기·이태준·함대훈·김동환·염상섭·유진오·이헌구 등의 문인이 참여하

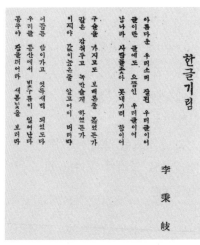

그림 6_ 이병기의 「한글기림」,(『한동』 1호, 1927.2). 시조 시인으로서의 이병기의 활동은 한글 문장에 대한 애착에서, 어학자라는 위치에서 시작된 것이었다.

넓은 범위에서 사회적인 '운동'과 결합되고 있었다.

47) 한글학회 50돌기념사업회, 『한글학회 50년사』, 한글학회, 1971, 264~265면 참조.
48) 허윤회, 「조선어 인식과 문학어의 상상」, 『한국 근대문학의 형성과 문학 장의 재발견』, 소명출판, 2004에서, 어문운동의 성과를 조선문학의 건설로 이어가려 했던 이병기의 예를 면밀히 살필 수 있다. 조선어학회의 일원이기도 했던 이병기는 1920년대와 1930년대에 시조를 통한 '한글의 문학적 표현'을 실험했으며, 이는 호적이 주장한 '국어의 문학, 문학의 국어'를 조선에서 이루려는 거시적인 목표의 일부였다는 점이 잘 언급되어 있다.
49) 이중연, 『'책'의 운명―조선~일제강점기 금서의 사회·사상사』, 혜안, 2001, 478~479면 참조.
50) 박병채, 『일제하의 국어운동 연구』, 현음사, 1982, 462면 참조.

였다.

어문의 규범을 확립시키는 일과, 이를 전반적인 문체의 진전으로 이끄는 일은 시간의 선(先)과 후(後)로 연결되는 문제라기보다 동시적으로 진행되어야 할 일이었다. "국어의 문학" "문학의 국어"라는 호적의 용어로 구체적인 구호를 얻게 되었지만, 박영희가 "조선어의 어휘도 우리들의 문학에서 찾게 되며, 그 철자법도 그 문장도 문법도 우리들의 문학에서 찾도록 하지 않으면 아니 된다"[51]라고 피력했던 국어와 문학의 교섭관계에 대한 인식은, 그리고 그것에 대한 기획은 조선이 근대 국민국가로의 전환을 시작하던 시점, 즉 보편 문어의 자장에서 벗어나 자국어 글쓰기의 체제를 확립해 나가려는 최초의 단계에서부터 내재되어 있는 지향이었을 것이다. 적어도 근대의 '문학'은 조선어 글쓰기가 분화되어 나오는 과정에서 발생한 역사적인 개념이기 때문이다.

호적의 글에서 제창되었던 '사문자(死文字)는 결코 활문학(活文學)을 산출하지 못한다'는 선언은, 호적의 글이 조선에 소개되었던 것과 같은 해에 발표된 양명(梁明)의 글에서 직접적으로 발견된다.[52] 호적의 글에 영향을 받은 양명은, 자신의 글에서 조선어 문학이 기본적으로 성취해야 할 문체의 대략에 관해 언급하면서 조선문학의 건설 방안을 제시하고 있다. 이 글은, "중국의 한문은 진서(참글)이라 하면서 우리의 정음은 언문(상말글)이라"[53] 하였던 글쓰기 역사에 대한 문제 제기로부터 시작

---

51) 박영희, 「조선어와 조선문학」, 『한글』 21호, 1935.2; 영인판, 『한글』 2, 박이정, 1996, 197면. 원래 『신조선』, 1934.10에 발표되었던 것인데 다시 『한글』에 게재되었다.

52) 양명, 「신문학건설과 한글정리」, 『개벽』, 1923.8. 양명이 이윤재의 번역본을 보았다는 말은 아니다. 양명 역시 이윤재처럼 글을 기고했던 시점에 북경에 머물러 있었으며, 호적의 글을 인용하면서도 이윤재의 것과는 번역이 다르다. 두 사람 모두 중국에서 호적의 글을 접하고 나서, 호적의 글이 조신문학의 상황에 좋은 암시가 될 것이라 생각하고 소개하거나(이윤재), 호적의 글에 영향을 받아 조선문학의 실천방향을 설정하였던 것이다(양명).

53) 양명, 「신문학건설과 한글정리」, 『개벽』, 1923.8; 하동호 편, 『역대한국문법대계 ③ 23 한글논쟁논설집』 下, 탑출판사, 1986, 127면.

하고 있다. 일상적으로 사용하는 문자와 관계없는 "사문자(死文字)", 즉 한자를 사용하여 글을 짓는 "소위 국한문이라는 혼용문, 병문식(駢文式)의 문체, 자의(字意)와 어의(語義)가 부합되지 안는 고전(古典)—문자, 궁벽한 한자—이 모든 것을 전부 버리고 우리 현재의 언어를 표준하야 완전한 국어문—활문자(活文字)—를 건설하여야겠다"[54]는 것이 전체의 요지이다. 그러나 한자를 사용하지 않는 것만으로 문제가 해결되는 것이 아니라, 오랫동안 방치해둔 조선어의 체제를 정비해야만 한다는 점을 지적하면서, 이에 대한 실천방안으로 다음과 같은 여섯 가지 방침을 제시하고 있다.

3 一. 現在의 우리말로 쓸 것.
二. 漢字를 制限할 것.
三. 文法에 마추어 쓸 것.
四. 句點과 符號를 사용할 것.
五 글을 爲하야 글을 쓰지 말 것.
六. 飜譯은 飜譯으로 創作은 創作으로 할 것.[55]

첫째는, 고어가 되어버린 옛말은 배제하고 이미 우리말이 된 외래어는 포함하는, "현재"의 "우리말"로 글을 지어야 한다는 것이다. 둘째는, 통용하는 한자를 1천자 내외에서 제한하여, 통용자만의 자전을 만들고 통용자를 보통학교 교과서에 편입시키는 정도의 해결 방법이 좋을 것이나, 이는 정책에 관련된 문제이므로 우선 개개인이 "한자"의 양을 "제한"하도록 노력해야 한다는 내용이다. 셋째는, '사람'이 '사람, 살암, 스룸, 술음, 사름, 살음, 스람, 술암' 등의 여덟 가지로 표기될 수 있는 표기법의 문란과 '나는 학교에 간다'를 '나는학교에간다', '나는학교에

---

54) 위의 글, 128~129면.
55) 위의 글, 129면.

간다', '나는 학교에간다', '나는 학교에 간다', '나는 학교 에 가 ㄴ 다' 등으로 제멋대로 쓰이는 띄어쓰기 혼란을 지적하면서, 그때까지 간행된 김두봉·주시경·이규영 등의 문법서로 "문법"에 대한 연구와 이해에 몰두해 줄 것을 당부하는 것이다.[56] 또한 "숨엇던 진리 숨엇던 규칙을 발견하는 것은 문법 전문가의 사업이라 할려니와 이것을 일반에게 보급식히는 것 특히 쓰는 방법을 통일케 함에는 문학가의 노력이 무엇보다도 필요한 것이다"[57]라고 하면서 문학인들의 각성을 촉구하였다. 넷째는, 문자만으로 표시할 수 없는, 즉 글의 부족한 면을 문장부호("구점과 부호")를 사용하여 보충하라고 하면서, 마침표·쉼표·물음표·느낌표·말줄임표 등의 사용 방법을 예를 들어 설명한다. 다섯째는, 문학의 진정한 가치는 그 내용에 있음을 말한다. 여섯째는, "번역"을 할 때는 원작의 뜻을 위배하지 않는 범위에서 해야 하며, "창작"을 할 때는 자신의 의사를 충실히 반영해야 한다고 한다. 번역과 창작이 우리 신문학 운동에 꼭 같이 필요한 두 가지 사업임을 말하고 있다.

이상과 같이 정리해본 양명의 글은, "국어의 문학"과 "문학의 국어"가 조선어 문장의 발달을 위해 반드시 실현되어야 할 전략임을 명백하게 보여준다.[58] 다섯째와 여섯째 항목을 제외한다고 하더라도, 나머지의 예들은 어문운동에서 꾸준히 다루어 오고 있던 논점들이다. 이를 새로운 문학의 건설과 더불어 논하는 것은, 조선어문이 해결해야 할 제반 문제가 결국은 조선문학의 문제와 연결되는 것임을 인식했다는 것이다. 양명이 1920년대에 조선문학의 건설 방안으로 제시한 현재의 조선어 사용, 한자의 제한, 정확한 문법, 문장부호의 사용 등은 1930년대에도

---

56) 고영근은 이 글의 띄어쓰기에 관한 언급이 "띄어쓰기에 대한 최초의 공식적 논의"(『한국어문운동과 근대화』, 탑출판사, 1998, 30면)인 듯하다는 평가를 내렸다.

57) 양명, 앞의 글, 134면.

58) 김인환은 양명의 글에 대해 "문학과 언어의 관계를 구체적으로 논의한 최초의 시론이 될 것"이라는 평가를 내린 바 있다(『문학과 문학사상』, 한국학술정보(주), 2006, 83면).

여전히 해결되어야 할 문제들이었다. 조선어로 글을 쓰는 작가들이 느꼈던 현실은 다음과 같은 예에 집약적으로 드러난다.

④ 어떤 西洋婦人의 말

『나는 조선글이 훌륭하다고 생각할 수 없오 보시오 두 敎員에게서 온 편지가 같은 말일 터인데 모다 다르오 하나는 「교장님에 기체」, 하나는 「교장님의 기체」, 또 하나는 「알령하십니까?」 하나는 「안녕하십닛가?」 하엿스니 어느 것이 옳소? 당초에 정신을 차릴수가 없오』

우리는 웃어버릴 것이 아니다. 英語에 잇서서는 『투』와 『오쁘』를 分明히 가려 쓸줄 알면서 왜 우리글에선 『에』와 『의』를 區別하지 못하는가? 原因은 뻔―하다. 우리는 우리글을 넘우 지어보지 안키 때문이다.59)

④는 이태준이 작문의 방법을 설명한 「글 짓는 법 ABC」라는 글의 도입 부분에 해당한다. 여기서 "어떤 서양부인"이 든 예는, 글을 쓰려고 할 때 부딪혔던 당시의 제반 문제들을 보여주고 있다. 첫째는, "에"를 사용할 곳과 "의"를 사용할 곳을 구별하지 못하는, 문법이 제대로 정비되지 못한 현실(혹은 문법이 제대로 보급되지 못한 현실)이다. 둘째는, "알령"과 "안녕"이라는 예에서 드러나듯이 같은 단어에 대한 발음이 표준화되지 않은, 표준어가 정비되지 않은 현실이다. 표준어는 비단 방언과 구별 짓기 위한 개념만은 아니다. 품위 없는 발음을 품위 있는 발음으로 변화시키려는 노력도 표준어 선정(제정)의 중요한 기준이었다. 셋째는, "니까"와 "닛가"에서 드러나듯이 된소리 표기를, 뒷말을 병서화함으로써 표기할 것인가 앞말에 사이시옷을 첨가함으로써 표기할 것인가에 해당하는, 표기법의 기준이 제정되지 않은 현실을 가리킨다. 이 세 가지는, 글을 쓰려고 하는 순간 맞닥뜨리게 되는 문제들이다. 때문에 글 쓰는 일을 직업으로 삼았던 문학가들의 경우는 그 누구보다도 조선어의 현

---

59) 이태준, 「글 짓는 법 ABC 1」, 『중앙』 2권 6호, 1934.6, 132면.

실에 민감한 자각을 가지고 있을 수밖에 없었다. 조선어의 규범들이 정비되지 않았으니 '잘 몰라서' 글쓰기를 꺼리게 되거나 '기준이 없어서' 글쓰기의 혼란이 가중되거나 했기 때문에, 결과적으로는 조선어로 글을 짓는 것은 어려운 일이 되어 버리고 말았다.

이러한 이유들로 인해 문학인들이 어문 표준화 운동의 대의에 공감하고, 그 필요성을 역설하는 데 동참하게 되었다. 1933년 '한글 맞춤법 통일안'이 발표되자, 사회 각계 인사들이 이에 대한 축하의 인사를 보냈는데, 여기에 대해 개인의 자격으로 '한글 맞춤법 통일안'을 지지하자는 문학인의 글들도 실리기 시작하였다. 주요한은, 통일안이 발표된 그해 12월에 '한글 맞춤법 통일안'이 차후에 부분적인 수정이 가해질지라도 모두 이를 준용해야 한다는 요지의 글을 발표한다. 주요한이 들고 있는 근거는, 재래식 표기법이라는 것을 들어 이를 따르지 않으려는 세력이 있지만 소위 재래식이라는 것은 '용비어천가' 식도, '최세진' 식도, '성경' 식도, '교과서' 식도, 사이비 문필가의 엄청난 혼잡식도 아닌, 식(式)이라는 게 존재하지 않았던 것이니, 이제 발표된 통일안은 "현하의 혼란을 구제하려는 통일안이요, 실제안"이므로 "이 안을 실용하든가 그렇지 아니하면 아무 안도 없이 함부로 쓰든가 두 가지 중의 하나"라고 하였다.[60] 또한, 스스로 소설 문체의 개척자로 자임했던 김동인도 「한글의 지지와 수정」에서 '한글 맞춤법 통일안'을 지지하되 그것이 완전무결한 것이라고 생각지 말고 끊임없이 수정해 나가야 한다는 점을, 여러 문법 지식들을 동원하여 설명하고 있다.[61]

그러나 통일안이 발표된 직후부터 통일안이 어렵다는 것과 재래에 써오던 대로의 평이하고 대중적인 철자법을 써야 한다는 반대운동이 거세지자, 문학인들은 78명의 연명으로 '한글 맞춤법 통일안'에 대한 지

---

60) 주요한, 「철자법 통일안에 대한 잡감」, 『학등』, 1933.12, 26~27면 참조.
61) 김동인, 「한글의 지지와 수정」, 『조선중앙일보』, 1934.8.14~8.24; 하동호 편, 『역대한국문법대계 ③ 22 한글논쟁논설집』 上, 탑출판사, 1986, 485~502면.

지 성명서를 발표하게 된다. 이는 조선의 문학인들이 조선어학회 안(案)을 승인해 주었다는 중요한 의미를 담고 있다. 다음과 같은 내용이다.

⑤ 대개 朝鮮文 綴字法에 對한 關心은 다만 語文 硏究家뿐 아니라, 朝鮮 民族 전체의 마땅히 가질 바 일이다.

그러나 그 중에서도 日日千言으로 글 쓰는 것이 天興의 職務인 우리 文藝家들의 이에 對한 關心은 어느 누구의 그것보다 더 切實하고 더 緊迫하고 더 直接的인 바 있음을 自他가 共認할 것이다.

그러므로 우리는 우리 語文의 記事法이 不規則 無整頓함에 가장 큰 苦痛을 받아왔고, 또 받고 있으며, 이것이 歸一統全되기를 누구보다도 希求하고 또 渴望한 것이다.

보라! 世宗 聖主의 朝鮮 民族에게 끼친 이 至大至貴한 寶物이 半千載의 日月을 經하는 동안, 慕華輩의 毒手的 議謗은 얼마나 받았으며, 詭辯者의 誤導的 戕害는 얼마나 입었던가.

(…중략…)

그리다가 故 周時經 先覺의 血誠으로 始終한 畢生의 硏究를 一劃期로 하야, 眩亂에 들고 蕪雜에 빠진 우리 言文 記事法은 步一步 光明의 境으로 救出되어 온 것이 事實이요, 마침내 斯界의 權威들로써 組織된 朝鮮語學會로부터 去年 十月에 『한글 맞춤법 통일안』을 發表한 爾後 周年이 차기 前에 벌서 都市와 村廓이 이에 對한 熱心한 學習과 아울러 漸次로 統一을 向하여 促步하고 있음도 明確한 現象이다.

그러함에도 不拘하고 近者의 報道에 依하여 巷間 一部로부터 畸怪한 이론으로 이에 對한 反對運動을 이르켜, 公然한 攪亂을 꾀한다 함을 들은 우리 文藝家들은 이에 默過할수 없음을 깨달은 것이다.

그 所謂 反對運動의 主人公들은 일즉이 學界에서 들어본 적 없는 夜間叢生의 『學者』들인만큼, 그들의 그 일이 비록 微力無勢한 것임은 毋論이라 할지나, 或 期約 못한 愚蒙에 있어 그것으로 인하여 迷路에서 彷徨하게 된다 하면, 이 言文 統一에 對한 擧族的 運動이 蹉跎不進할 嫌이 있을가 그 萬一을 戒嚴하지 않을 수도 없는 것이다.

(…중략…)

如何間 民衆의 公眼 앞에 邪正이 自判된 일인지라, 이것은 「呼訴」도 아니요, 「喚起」도 아니요, 다만 우리 文藝家들은 文字 使用의 第一人者的 責務上, 아래와 같이 三則의 聲明을 發하여 大衆의 앞에 우리의 見地를 闡曉하는 바이다.

◇ 聲名 三則

一. 우리 文藝家 一同은 朝鮮語學會의 『한글 統一案』을 支持 準用하기로 함

二. 『한글 統一案』을 沮害하는 他派의 反對運動은 一切 排擊함

三. 이에 際하야 朝鮮語學會의 統一案이 完璧을 이루기까지 進一步의 硏究 發表가 있기를 促함[62]

---

62) 강경애 외 77인, 「한글철자법시비에 대한 성명서」, 『한글』 16호, 1934.9; 영인판, 『한글』 2, 박이정, 1996, 94면. 원래 『동아일보』 1934년 7월 10일자에 발표되었던 것을 조선어학회가 『한글』에 다시 실었다. 이 성명서는 이태준의 『문장강화』, 문장사, 1940에도 실려 있다.

문학자들의 이 성명서에 대해, 조선어학회에서는 자신들이 평생을 어문운동을 위해 헌신해 온 사람이라는 전문성을 부각시키고, 맞춤법 통일안을 만들어내는 데에 어떠한 노력을 기울였는지에 대해 역설하면서 통일안의 정당성을 말하는 방식으로 감사장을 보냈다고 한다. 그 내용은 다음과 같다. "문예가 여러분께. 어느 민족의 문학 내지 문화의 향상 발전은 그 민족의 언어, 문자의 편부(便否)와 정조(精粗)에 막중한 관계가 잇는지라 이에 우리 조선어학회 회원 일동은 오즉 이 조선의 모든 문화적 경륜이 오즉 언어와 문자를 기초로 삼고서야 달성될 수 잇슴을 깨닫고 예의 어문연구와 정리에 몰두하는 일방 그 보급운동에 각각 전생애를 바치려 결심하였나이다. 그리하야 종래의 한글기사법이 일관한 조직과 법칙이 없이 십인십색의 철자를 행함을 스스로 목도하오며 또 문필가와 교육가의 그 불편을 소(訴)하는 규성(叫聲)이 효효(嚻嚻)함을 들을 때에 우리는 무엇보다도 먼저 한글철자법의 통일을 기하지 아니하면 안되리라 생각하와 이에 대한 위원을 선정하고 안을 세워 양(兩) 3년래로 그 토의에 가위(可謂) 발분망식(發奮忘食)의 미성(微誠)을 다하고 당시까지 우리가 가진바 언어학적, 문자학적 지식의 최후의 일적(一適)까지 짜내어서 회합으로 백이십오 회, 연시간수로 사백삼십삼 시간을 비(費)하야 겨우 객년 시월에 이르러 훈민정음 반포 기념일을 기하야 '한글 맞춤법 통일안'을 중외(中外)에 공포하엿나이다. 천만 요외(料外)로 이에 관한 사회의 지지와 동정이 흡연(洽然)히 모임을 보고 우리는 삼가 생각하되 우리의 발표한 바 통일안의 그 자체가 완미하다느니보다 우리의 일상 연구태도가 어디까지든지 엄정 공평한 과학적이엇으며 조선어문에 대한 우리의 열렬한 성의의 일단이 사회에 공인되엇슴에 잇는지라 믿삽고 더욱 사회의 저와 같은 기대에 봉부(奉副)하지 않을 수 없는 책임감을 절실히 느끼엇나이다. 그런데 근간에 이르러 평시 우리 어문연구에 특별한 소양이 없는 일부 인사가 혹 전(前)의 오견(誤見)과 계획을 품고 이 민족적 백년대계에 대하야

이 성명서는, 문예가들이 절실하며 절박하게 조선문 기사법 정리의 필요성을 느껴왔다는 점으로부터 시작하여, 세종으로부터 한글의 정통성을, 주시경으로부터 어문운동의 맥을 확인하여 그것이 조선어학회에 이어지고 있음을 보여주었다. 그리고 반대파를 학적 식견이 없는 "야간총생의 학자"라고 비판하면서, 조선 최초의 통일안을 무조건적으로 따라야 함을 역설하고 있다.

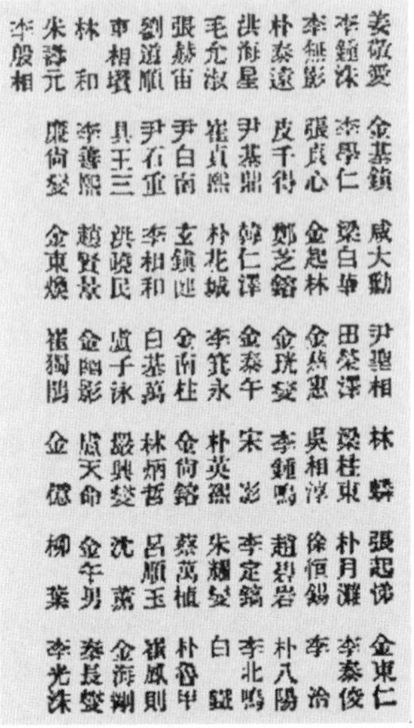
姜敬愛 李鍾洙 李無影 朴泰遠 洪海星 毛允淑 張赫宙 劉道順 車相瓚 林和 朱壽元 李殷相
金基鎭 李學仁 張貞心 皮千得 尹基鼎 崔貞熙 尹白南 尹石重 具王三 李善熙 廉尙燮
咸大勳 梁白華 金起林 鄭芝鎔 韓仁澤 朴花城 玄鎭健 李相和 洪曉民 趙賢景 金東煥
尹聖相 田榮澤 金然惠 金珖燮 金泰午 李箕永 金南柱 白基萬 盧子泳 金幽影 崔獨鵑
林麟 梁柱東 吳相淳 李鍾鳴 宋影 朴英熙 金尙鎔 林炳哲 嚴興燮 盧天命 金億
張起悌 朴月灘 徐恒錫 趙碧岩 李定鎬 朱耀燮 蔡萬植 呂順玉 沈薰 金午男 柳葉
金東仁 李泰俊 李洽 朴八陽 李北鳴 白鐵 朴魯甲 崔鳳則 金海剛 秦長燮 李光洙

그림 7 _『한글』 16호, 1934.9. 성명서 발표에 동참했던 78명 문인들의 이름이다. 김기진 · 조벽암 · 이기영 · 임화 등 카프 계열 문학자의 이름도 보인다.

물론 비판의 목소리도 없지는 않았다. 카프계 비평가 박승극은 조선어학회를 "뿌르조아적 진보성", 조선어학연구회를 "봉건적 보수성"이라 정의하고, 양자를 비교해 보았을 때 조선어학회측의 철자법이 진보적이고 과학적이므로 지지해야 할 것이라고 하면서, "다만 요는 문자로써 가장 많이 대중과 접촉할 기회를 가진 문필가, 문예가—진보적, 계급적의—가 이것과 제휴하며 지도적 역할을 하는 데 있을 것이다. 무조건적, 무비판적으로 거기에 수반만 한다는 것은 커다란 오류가 되지 아니치 못한다"고 하였다.[63] 그는 특히, 문인들의 연명으로 발표한 「한글철자법

반대에 망동에 출(出)하려 한다는 풍문을 듣게 된지라 이에 누구보다도 솔선하야 문예가 제위께서 분연 궐하야 그 불순한 동기에 유인한 준동을 응징하는 성명서를 사회공안하(公眼下)에 비격(飛檄)하심을 보매 우리는 이 지공(至公)한 장거(壯擧)에 대하야 무엇이라 사례할 말슴을 찾을 길 없사오며 오즉 감격의 눈물이 솟아오르는 동시에 앞으로의 우리 책무가 일층 크고 무거운 힘으로써 우리의 심흉을 박압함을 깨닫나이다. (…하략…)"(한형택, 「한글과 조선문단」, 『조선문단』, 1935.2, 29면)

63) 박승극, 「한글철자법시비에 대한 문예가들의 성명서에 대하야」, 『신인문학』 3, 1934.11; 하동호 편, 『역대한국문법대계 ③ 23 한글논쟁논설집』 下, 탑출판사, 1986, 573~574면.

시비에 대한 성명서」는 봉건적 보수배의 반대를 극복시킬 만한 진보적 색채가 결여된 권위 없는 문서였으며, 거기에 좌익문예가들의 존함이 나열된 것은 웃긴 일이라고 하면서, "우리가 조선철자법통일안을 지지하게 되는 것은 '세종성주의 조선민족에 끼친 이 지대지귀한 보물'이라거나 '주시경선생의 혈성으로 시종한 필생의 연구'라거나 '사계의 권위들로써 조직된 조선어학회'라거나 때문이 아니다. 아니 지지의 의의가 그의 일부분에도 있지 않을 것이다"라고 비판하고 있다.

그러나 우파와 좌파를 막론하고 대다수 문인들은 이 통일안을 따라야 한다는 데 이의를 제기하지 않고 있었다. 정치적이며 사회적인 사안이나 조선의 현 상태를 파악하는 데 합치할 수 없는 입장 차이를 보였던 좌파와 우파는 조선어문의 문제에 대해서는 같은 입장을 보였다. 여기에는, 문학자들이 조선어학연구회를 학적 식견이 없는 "야간총생의 학자"라고 비판한 것에서도 드러나듯이, 조선어학회와 조선어학회의 통일안이 '과학'·'전문성' 담론에 둘러싸여 있었다는 점이 크게 작용하였다.[64] 또한, 여기에는 표준화, 근대화의 열망과 상치되지 않는 민족의 문제가 개입되어 있다.

> ⑥ 歷史上에는 言語上에 나타난 公然한 階級的 政治的 抗爭을 發見할 수가 있는 것으로 어떤 人種은 生活上의 敗北로 말미암아 그 固有의 言語使用을 禁止當하고 惑은 生活上 壓迫으로 因하야 人種은 남었음에 不拘하고 言語가 消滅한 예는 不少히 있는 것으로 '朝鮮人이 스스로 朝鮮말을 버리지 않는 限 朝鮮語는 不可教이다'(춘원, 「一手一言」)는 말은 全혀 한 感傷的 夢語에 不過한 것이며 反對로 生活은 버리기 싫어도 自然히 버리게 만들 것이다.[65]

---

64) 이혜령, 「한글운동과 근대 미디어」, 『한국 근대문학의 형성과 문학 장의 재발견』, 소명출판, 2004, 68~74면 참조
65) 임화, 「조선어와 위기하의 조선문학 3」, 『조선중앙일보』, 1936.3.11.

한문으로부터의 분리를 선언하고, 조선어로 글을 쓰는 방식을 실험하였던 우리나라의 양상만을 두고 본다면, 조선 작가들의 위치가 그리 특이하게 느껴지지 않을지 모른다. 하지만, 특히 1930년대의 조선어는 공적인 영역에서 그 지위가 눈에 띄게 하락했으며, 사적인 영역에서까지 제한을 받는 문제가 나타나고 있었다. 때문에, 많은 작가들은 "조선문학이라는 것은 조선어가 없이는 무의미한 말이다. 따라서 조선민족이 없이는 조선어가 또한 무의미하다. 그러므로 민족이 있으매 그 언어가 있으며, 그들의 문학이 있는 것이다"[66]라는, 민족과 언어의, 그리고 언어와 문학의 상관성을 더욱 긴밀하게 느끼고 있었다.

당시의 작가들이 투르게네프의 '문학적 유언'을 언급하는 경우를 자주 발견할 수 있는데, 그들의 말을 빌리면 투르게네프는 파리의 한 여관방에서 '러시아말의 순수성을 보장하라'는 유언을 남기고 죽었다고 한다. 그리고 그가 지은 「노서아어」라는 시는, 조선의 작가들에게 조선어의 상황을 중첩시켜보게 만드는 힘을 발휘했던 것 같다. 다음은 임화가 인용해 놓은 「노서아어」이다. "깊은 의혹 가운데 조국의 운명을 생각하고 근심하는 괴로운 그날에도 / 나의 집팽이가 되고 기둥이 되어주는 것은 오직 너뿐이었다. / 오오 위대하고 힘찬, 진실하고도 자유스러운 노서아 말이여! / 만일 네라는 것이 없었든들 었지 고향에서 일어나는 모든 것을 보고 낙망(落望)치 않고 견듸겠는가? / 그러나 이러한 말을 가질 수 있는 국민이 어떻게 위대하지 않다고 믿겠는가?"[67] 우리 민족의 운명에 조선어의 운명이 달려 있고, 조선어의 운명에 조선문학의 운명

---

66) 박영희, 「조선어와 조선문학」, 『한글』 21호, 1935.2; 영인판, 『한글』 2, 박이정, 1996, 196면.

67) 임화, 앞의 글. 이미 3월 8일자 1회분의 첫머리에 "문학적으로 사유하고 이야기하는 모든 사람이나, 또 문학을 사랑하고 예술을 좋아하며 문화를 가질랴는 이 땅의 모든 성실한 사람과 더부러 나는 하기(下記)의 이 노래를 마음으로부터 다시 한 번 불러보고 싶다"고 말하면서 투르게네프를 언급하고 있는데, 실제로 시의 원문이 실린 것은 3회분에서였다. 인쇄상의 착오인지, 임화의 의도인지는 알 수 없다.

이 달려 있다는, 그러므로 민족이 처한 상태가 조선문학의 상태를 규정 짓는다는 연관성을 당시 조선의 작가들이 절감했던 것은 조선어가 놓여 있는 상황이 그리 좋지 못했기 때문이다.

이 시를 인용하고 난 뒤에 임화는 "부기(附記)"라는 표시를 달고 다음과 같은 말을 적어놓았다. "이 소론(小論)은 거년(去年) 교육행정상 공학제(公學制)가 성히 논의될 때 소감을 적은 데 불과하는 것이므로 한개 시사적 의미밖에 갖지 않는 것이므로 별로 가필할 편긍(便亘)도 가찌 못해 이대로 발표되는 것이오니 독자는 관대하게 읽어주어야 할 것이라고 감히 일언을 부합니다." 임화가 언급하는 "공학제"는 조선인과 일본인을 같은 학교에 입학시켜 교육시키는 방향의 교육제도 개편안을 말한다. 총독부 학무국에서는 우선적으로 중등학교를 대상으로 실시한 다음 점차적으로 단계를 넓혀가겠다는 의지를 표명했다는 기사가 『조선일보』 지상에 실리면서 1935년 10월과 11월경에 이에 대한 찬반 여론이 들끓었다. 표면적으로 볼 때는 조선인과 일본인 사이의 차별을 철폐하는 듯하지만, 학제와 학교가 통합되었을 때 가장 처음 나타나게 되는 문제는 유일하게 남아 있는 조선어 과목인 '조선어급한문'이 폐지될 수밖에 없다는 점이었다. 그런데도 총독부에서는 실행을 강행하려고 하며 "그 실제 착수의 일례로 작년 중에 설립된 춘천(春川)고등녀학교는 일본 내지인 자녀와 조선인자녀의 공학제 실시를 조건으로 인가하였다는 사실"[68] 등이 보도되면서 조선어 소멸의 위기감이 고조되었다.

언어와 민족이 밀접한 관계를 가진다는 어문운동의 기저에, 일제강점기를 살았던 문학자들 역시 심정적인 공감을 느끼고 있었다. 공학제는 일본의 학제와 조선의 학제를 같게 하여 같은 교육을 받게 한다는 차별 철폐를 기치로 내걸고 있지만, 조선어를 교육상에서 사용하지 않겠다는 의미와 같은 것이었다. 그러나 "이 문제[공학제-인용자]에 대해서는 어느

---

68) 「지방신설양고녀(兩高女)도 공학 조건부 인허」, 『조선일보』, 1935.10.11.

누구보담도 소위 문학한다는 사람이 제일 큰 충격을 받았을 것임에는 틀림없을 것인데 아직도 문단에서는 이 문제를 근본적으로 취급한 사람이 하나도 없다. 이것은 과연 문인들의 둔감한 소치인지 또는 이 문제 자체의 성질이 경경(輕輕)히 개훼(開喙)하기를 허락지 않은 것이래서 그런지는 모르"69)겠다는 발언도 함께 나타나는 것으로 보아, 조선어의 위기를 바라보는 문학가들의 의식이 마냥 암울했다고도 볼 수 없다.

　잡지 『삼천리』에서는, 임화의 글이 발표되었을 때와 비슷한 시기인 1936년 6월에 '문예운동의 모태인 한글어학의 장래를 위한 대책여하'라는 주제의 좌담회를 열었다. 『삼천리』의 주간이었던 김동환이 사회자의 입장에서 이러한 주제를 제시하게 된 배경을 설명하면서, 영국의 오랜 지배하에 있는 아일랜드는 아일랜드어 사용자가 격감하여 예이츠나 그레고리 등의 문사도 영어로 창작하였고 마찬가지로 영국의 식민지인 인도는 본래 여러 언어가 뒤섞여 있던 관계로 학교나 언론에서 영어가 공용어로 사용되는 것을 당연시하며 타고르도 영어로 창작하였다는 비관적인 사례를 제시하고, 그 반면에 한글은 역사가 꽤 오래된 문자이고 여전히 한글로 기사를 쓰는 언론과 한글로 작품을 창작하는 문단이 있다는 낙관적인 상황도 전하였다. 그리고 나서, 과연 한글어학과 조선문학의 장래가 어떻게 될지에 대한 질문을 던졌다. 김동환의 발언 중에 "문학이란 반드시 그 땅 어학의 엄호 밋헤서 자라나야만 건전하고도 대성하여지는 법인데 이제 우리 눈 앞헤 기다리고 있는 큰 문제는 실로 '조선문학'과 한글어학의 운명"이라고 말하는 부분이 있는 것으로 보아, 그가 식민지하에서의 조선어의 위기를 인식하고 있었음을 확인할 수 있다. 그런데 이 좌담회의 결론은 상당히 낙관적으로 매듭지어졌다. 이 때 참여한 인사들이 발언한 내용을 정리해 보면 다음과 같다.

---

69) 이원조, 「언어와 문학」, 『조선문학』, 1936.5, 122면.

7 金尙鎔 : 오늘날의 現勢를 보면 한글에 對한 賤待는 아모 데도 없고 모다 熱熱한 愛着을 가지고 있습니다. 그리고 만흔 사람이 쓰고 있는 한민족語란 그것이 種種의 外部的 理由만으로 결코 믈너가지는 것이 아닙니다. (…중략…) 엇잿든 住民의 全部가 한글말을 用語로 하고 잇고 文學의 全部가 한글로 되어 있는 오늘에 있어 이 問題를 討議함은 아직은 時機 尙早한 듯도 합니다. 한글 讀者層의 激減하지 안는 限 또 作家에게 對한 한글 敎育의 影響이 全然 없지 안는 限, 지레 근심할 바 아닐 줄 알어요.

鄭寅燮 : 한글語學의 運命 問題는 실로 크고도 根本 問題인데 率直하게 오늘날 現象을 말한다면 作家 側에서는 特別한 愛着을 가지고 한글의 美化, 方言의 發掘 等에 情熱을 퍼붓고 있지만은 한편 讀者層을 생각하여 보면 한글語學物에 對한 興味가 減退하여지고 있는 것이 사실이여요. 그 原因은 社會 情勢가 變하여짐에 따라 저절로 實用語, 公用語에 끄을려가는 点, 또 한 가지는 學校敎育이 그래서 이 趨勢는 朝鮮出版市場에 나타난 한글出版物과 딴 곳 出版物과의 對比에서 分明하여짐니다. 그러나 이 傾向이 언제까지 갈 것이냐 하는 데 對한 豫斷은 할 수 없스나 한 개의 言語脈이 그리 쉽사리 사리지는 例가 없습니다. 不得已하여서 實用語로서 사라지는 限이 잇슬지라도 古典語, 學術語로서라도 命脈을 가지고 있지요. 現在 라텐語가 이것을 說明하고 있지 안습니까.

洪起文 : 나도 이 問題는 늘 關心하여 오든 바외다. 그런데 現在 우리가 쓰고 있는 語學 卽 한글은 몃 十 年 前이 것이 아니란 것부터 우리들 一般은 몬저 認識하여야 할 것임니다. 말하자면 우리 「한글」은 몹시 그동안에 新文化運動이 잇슨 뒤 約 二三十 年 間에 長足의 進步를 해 와서 예전에는 文學上으로 漢語의 補助語 格으로밖에 使用 못 되든 것이 近來은 完全한 主語로서 昇格되었고 言語 自體로 보아도 퍽으나 純化되어 왔습니다. 그래서 時調와 民謠와 神話 傳記類에받게 極히 좁은 範圍로 使用되든 「한글」이 이제는 이 땅 文士들의 努力의 結果로 藝術用語로서 最善 最上의 文字가 되었습니다. 그래서 이제는 우리의 思想 感情을 表白함에 있어 「한글」 以上 가는 語學이 없다 하게 되었지요. 이 光景은 마치 英語도 蠻語 取扱을 받다가 文學者 「초-사」가 「詩」를 쓰면서부터, 또 露語도 野蠻語로서 蔑視를 받어 오다가 「푸시킨」의 손에 洗練되면서부터 露文學의 正統的 用語로 되여지듯이― 二十 年 來 朝鮮 文學者의 努力의 結果로 이제는 「한글」을 가지고 詩, 小說을 지을

수 잇슬가 하든 썩은 觀念을 完全히 打破하고 낫스니 이런 큰 勝利가 어데 있습니까.

金復鎭 : 그런데 한 가지 考慮할 일은 「한글」이 國際 用語로까지 將來가 빛나겟느냐 한다면 그것은 아직 말할 수 없다 하겟지만, 이 땅 人民의 多大數가 쓰고 있는 普遍的 完全한 語學이니만치 여기엔 같은 한글語學인 바에는 分裂이 없어야 하겟는데 近來의 趨勢를 보면 한글 見解에 대하야 李克魯, 李允宰 氏 等의 朝鮮語學會 用法이 달느고 朴勝彬 氏 等 朝鮮語學硏究會 用法이 또한 달느며 거기 따라 新聞 雜誌社의 用例도 달느고 學校敎育을 主宰하는 어느 使用例도 달너서 여러 가지 不統一이 있스니 우리는 무엇보다 이 分裂을 避하여야 하겟서요. 내 自身만으로는 朝鮮語學會 側의 用法이 正當하다고 보는데 여기 對하야 우리들 文人들이 一致하야 이 用例를 確立식힙시다. 이것이 當面의 急인 줄 알어요.

孫晉泰 : 그 말이 올해요. 「한글의 統一」에 이 땅 모든 敎育家와 文化關係者가 全力을 하여 用法을 一定식히고 그리고는 한글普及에 힘써야하겟지요. 그리함에는 그 중에도 一般에 영향력을 만히 가진 作家의 勞力이 크게 잇서야 할 줄 압니다. 그리고 最近에 우리 作家 사이에 에스페란토나 英佛語 等으로 作品을 發表하는 일이 頻頻한데 내 생각에는 海外 文壇을 目標삼고 外語로 發表함은 조흐나 타ㅡ골이 作品 發表할 때에 벤갈語로 써노코 그것을 제 손으로 英譯하여 두 가지를 同時에 發表하드시 한편으로 朝鮮 한글로 쓰고 그것을 英譯이라든지 佛譯으로 하여 同時에 內外 文壇에 發表하여주는 形式을 取하여 주었스면 조켓서요.

徐恒錫 : 그 態度를 나도 支持합니다. 그리고 우리가 이때에 생각할 일은 녜전에는 嚴正히 말한다면 우리는 조선말은 잇섯스나 조선글을 업섯든 時期가 잇섯지요. 악가 洪起文 氏 말슴 모양으로 그때는 오직 漢文이 文學上 通常 用語가 되엇섯지요. 그러다가 只今은 또 한편 다른 語學이 漢文의 地位에 밧기워 노이지 안을가 하는 点도 考慮되는데 그러나 아직은 이 問題는 그리 큰 當面의 急迫한 問題는 아닐 줄 압니다. 漢文 全盛時代와도 달너 지금은 훌륭한 조선말과 글이 있스면서 文學上 用語를 그로 하지 안는다면 이것은 各自가 甚히 反省할 거리인가 합니다. 이때에 있서 우리는 다시 한번 「朝鮮文學」을 嚴正히 規定지어 제 文學을 保護, 掩護하는 文化的 努力이 있서야 할 줄 압니다.

兪鎭午 : 애란과 우리와의 關係는 퍽으나 달으다고 봅니다. 모든 点으로 보아서 애란에 잇서서의 켈트語와 갓흔 運命을 당하리라고는 絶對로 안 보여집니다. 한글은 新文學 發生 以來 오늘에 와서는 漸次 完成의 域에 거지반 達한다고도 할 것임니다. 그러나 아직도 한글語學은 言語的 創造期라고 하겟서요. 現代的인 새로운 感覺을 주는 新語를 더욱 더욱 만들어 내여 한 개의 言語로써의 豊富化를 꾀함에는 우리 文壇은 積極的인 關心이 必要할 것임니다. 그러타고 一部의 한글學者들과 갓치 전날의 죽은 死語를 現代的 感覺性을 無視하면서까지 둘처내고는 십지 안슴니다. 또 그런 反面에 새로히 생겨저 나오는 「말」이라고 거저 排斥하여서도 안 될 것임니다. 언제든지 言語란 不絶히 變遷하는 것임으로 한글語學의 前途는 다시 말한다면 樂觀하는 것이 正當한 사실이겟지요70)

김동환이 식민 지배하에 있는 나라들의 언어를 예로 들면서 시작한 좌담에서 대부분의 인사들은 낙관적인 전망을 드러내었다. 김상용이나 홍기문은 낙관을 피력하고 정인섭은 약간의 우려가 있지만 역시 낙관한다고 말한다. 이들이 낙관적인 전망을 보이는 이유는 한글문학이 그 어느 시대보다 팽창하고 있으며 작가들도 한글로 창작활동을 하고 있다는 점 때문이었다. 이는 한글이 우리의 문학어로서 정착했다는 점을 알리는 소식이지만, 다른 관점에서 본다면 임화가 투르게네프를 언급하면서 말했던, 일본어 세력의 확대를 논하는 것과는 전혀 관련이 없다. 오히려 한문만을 염두에 두고, 그것에서 탈피하여 한글의 문학을 건설했다는 것과 연결된다. 그들의 낙관적인 전망의 가장 큰 근거는 김복진의 말에서 드러나듯이, 어문운동이 활발하게 이루어지고 있음을 목도하는 데에서 오는 것이다. 그리고 김복진의 말에 호응하는 손진태나 서항석의 발언에 이르면, 일본어 대(對) 조선어의 관점에서 한참 벗어나 한

70) 「문예정책회의－문예운동의 모태인 한글어학의 장래를 위한 대책여하」, 『삼천리』, 1936.6; 하동호 편, 『역대한국문법대계 ③ 23 한글논쟁논설집』 下, 탑출판사, 1986, 689~694면.

글 자체의 문제만을 고려하는 태도가 나타난다.

　1920년대 후반에서 1930년대는 한글이 '과학적으로' 정비되어가고, 문학어로서의 정착을 이루어가던 때이다. 즉 어학자와 문학자는 "국어의 문학" "문학의 국어"라는 시대의 임무를 충실히 수행해 나가고 있었다. 조선어 문장의 성립이라는 거시적인 측면에서 어학자와 문학자들은 '공조(共助)' 체제를 유지했기 때문에, 어문운동의 큰 줄기는 조선어 문학의 미래에 대해서도 낙관적인 전망을 갖게 하였다. 당시의 어문운동이 표준화에 몰두하면서 그 결과물들을 속속 산출했다는 것은, 어떤 의미로 보자면 작가들의 현실 인식을 무디게 하는 기제이기도 했던 것이다. 이 좌담이 있었던 바로 다음 해인 1937년에는 중일전쟁이 발발하며, 1938년엔 조선어 과목이 완전히 폐지되고, 이어 언론 매체들도 정간 혹은 폐간을 당하게 되는데, 문학자들은 1930년대 후반에 펼쳐질 일련의 상황을 예견하거나 감지하는 데 '일상적인' 힘을 크게 소진하지는 않은 것 같다. 그러나 조선어 문장의 형성이란 측면에서 시대의 짐을 지고 있었던 문학은 그 존재 자체로 사회에 기여하고 있었다.

제3장
국문체의 양상과 조선어 글쓰기

근대계몽기에 범람한 '국문(國文)' 담론은, '평생 공부하느라 시간을 허비하는' 한문에 비해 배우기 쉬운 문자인 한글의 우수성을 강조하고 있었다. 실제로 한글은 우리말을 그대로 받아 적을 수 있는 데 비해, 한문은 말과 글 사이에 '번역'의 과정이 개입되어야 한다는 점에서 습득이 용이하지는 않다. 하지만, 조선시대 내내 문어 체계의 중심에 서 있었던 것은 한문이었으므로, 한글이 조선인의 생각과 감정을 표현하는 보편적인 도구가 되기 위해서는, 그것의 지위에 걸맞은 문어의 체계를 형성시킬 시간이 필요하였다.

이러한 상황으로 인해 조선어로 글을 쓴다는 것은, 조선어를 글로 옮기는 과정에서 나타나는 여러 가지 문제들을 해결하는 일과 동의어였다. '언문일치'라는 말은 우리말이 우리글로 그대로 옮겨진다는 의미와 함께, 우리말이 우리글로 옮겨지는 데 필요한 글쓰기의 제도적인 규범이 정착된다는 의미도 포함하고 있다. 어문 표준화 운동은 조선의 구어와 문어를 새로운 형태로 바꾸어갔고, 문학 역시 조선어 문장을 단련시키는 과정을 통해 조선어 표현의 심화에 기여하고자 하였다. 식민지 조선에서 일어난 언어와 문장의 변화는 현대의 한국어와 한국어 문장에도 지울 수 없는 '사실'과 '흔적'을 남겼다.

때문에, '근대적 글쓰기'의 속성은 이미 씌어진, 완결된 텍스트를 통해 얻어질 수 있는 것이 아니라, 역사적으로 집적된 텍스트들의 더미 속에서 그 시간의 결을 살핌으로써 추출될 수 있는 것이다. 조선어 글쓰기의 담론을 이끌었던 어문운동이라는 텍스트, 조선어 글쓰기의 실제를 형성해 나갔던 작문 텍스트, 그리고 다른 시대와 다른 형식의 글을 모은 독본이라는 텍스트를 통해 식민지 조선에서의 글쓰기가 형성되어 가는 생생한 현장을 대면할 수 있을 것이다.

1. 언문일치와 문장어의 정립

1) 언문일치의 제도화 과정

'언문일치'라는 용어는 한문의 뜻 그대로 풀이하면 '말[言]과 글[文]의 일치'이다. 단순해 보이는 이 어구는 '말과 글이 일치한다는 것이 무엇인가'로 그 논의가 이어지면 '쓰기'의 형식 문제와 관련된 매우 복잡한 문제들과 맞닥뜨리게 된다. 류준필은, 언문일치라는 용어에는 "언어를 청각언어적 성격(언)과 문자언어적 성격(문)으로 나누는 방식", 그리고 청각언어적 성격을 다시 "문자언어의 청각언어적 측면과 실제 발화되는 구어적 측면으로 구분"하는 태도가 개재되어 있다고 한다.[1] 적혀 있는 문자를 소리 내어 읽을 수 있는 "문자언어의 청각언어적 측면"과 "실제 발화되는 구어적 측면"의 일치 여부를 두고, 언문일치 혹은 언문불일치에 관하여 흔히 말한다. 그러나 '쓰기'는 이러한 지향에서 더 나아가 청각적인 음성을 문자로 표기하는 문제, 즉 발화 상황의 제반 문제를 문자로 재현하는 문제와 연결되며, 또한 문어의 체계를 완성하는, 그리하여 음성언어를 문자로 받아 적는 문제와는 관련 없는 글쓰기 제도로서의 언문일치 문제로 확장되기도 한다. 이러한 복잡한 상황은 우리의 문자인 '한글'이 근대계몽기에 새롭게 발견되면서부터 지속되어온 것이었다. 우리말과 글의 특수한 사정을 따라가면서 '말과 글의 일치' 문제에 대해 생각해 보고자 한다.

근대계몽기의 어문운동은 특히 '국문운동'이라 지칭할 수 있다. 일제강점 이후와는 달리 근대계몽기의 글들에서는 '국문'이라는 용어가 빈번하게 등장하는데, 이는 식민지 전/후라는 시대의 차이를 넘어 근대계몽기 자체가 그 어느 시기보다 '국문론'을 왕성하게 산출하고 있었다는 근본적인 이유를 포함한다. 당시의 '국문론'에서는 표의문자인 한문과 표음문자인 국문을 대비하여 국문의 우수성을 상찬하거나, 국문의 기원인 훈민정음을 탐구하거나, 'ㆍ'를 비롯하여 'ㆁ, ㆆ, ㅿ' 등의 문자를 계속 사용할 것인가 말 것인가와 관련한 문자 체제의 정비를 논하는 경향이 주류를 이루고 있었다. 이것들은, 창제 이후 방치되었다가 어느 날 갑자기 법령을 통해 '국문'이란 이름으로 새롭게 등장한 우리의 문자를 도대체 글로 어떻게 써야 하는가에 관한 문제로 모아진다. 이를 위해 무엇보다도 선결되어야 할 과제가, 문란해질 대로 문란해진 표기법을 통일하는 것이었다.[2] 만약 우리나라와 같이 특수한 상황이 아니었

---

1) 류준필, 「구어의 재현과 언문일치」, 『문화과학』 33, 문화과학사, 2003.3, 161면.
2) 신창순은, 당시 지석영의 「신정국문」이나 어윤적의 「국문연구」 등에서 표기법의 문란함을 개탄하는 발언들을 참고하여 당시의 상황을 다음과 같이 정리하였다. "표면만 보드라도, 정교한 훈민정음이 마련되어 있다 하나 그것은 오래도록 돌보아지지 않고

다면, 즉 자국의 문자체계가 이미 마련된 상태에서 타국의 글인 한문이 문어의 지배적인 위치를 차지하지 않았더라면, 표기법의 정비가 가장 시급한 문제로 떠오르지 않았을지도 모른다.

　근대계몽기의 실천적인 관심사가 '국어'가 아닌 '국문'이었다는 점은 점검해야 할 중요한 특징을 함축하고 있다. 이 문제는 제2장의 1절에서 언급되었던, 주시경 시대의 어문운동과 1930년대의 어문운동이, 지향하는 방향에서 차이를 드러내고 있다는 점을 다시 한 번 강조하는 결론에 이를 것이다. 때문에 다시 주시경으로부터 시작해야 한다.

> ① 人種이 各各 天然으로 句別된 地方의 水土風氣를 稟ᄒ여 生ᄒ미 言語도 各各 其域 其種의 適宜ᄒ되로 自然發音되여 其音으로 物件과 意思를 命名ᄒ야 其同域同種內에 通用ᄒᄂ 言語가 되고 또 各各 此에 適宜ᄒ 文字를 制用ᄒ니 是以로 天然的의 特殊한 句域과 人種을 쫄아 言語와 文字도 天然的으로 不同ᄒ더라[3]

> ② 地球上에 陸地가 天然으로 난ᄒ여 五大洲가 되고 五大洲가 또 天然으로 난ᄒ여 여러 나라 境界가 되니, 人種도 이를 짜라 黃白黑棕赤으로 난ᄒ여 五大種이 되고, 五大種이 五大種이 또 난ᄒ여 그 居住ᄒᄂ 句域대로 各各 닮은지라 그 天然의 境界와 人種이 各異ᄒ을 싸라 그 水土風氣의 稟賦대로 各各 그 人種이 처음 성길 쌔붙어 自然發音되여 그 音으로 物件을 일홈ᄒ고 意思를 표ᄒ어 次次 그 社會에 通用ᄒᄂ 말이 되고 또 그 말에 合當ᄒ 文字를 지어 쓰며[4]

부녀자나 한문을 배우지 못하는 하층계급 사람들 손에 맡겨져 내려왔고 그에 따라 옳은 용법은 잃어지고 같은 음을 다르게 적고 다른 음을 한 가지로 적는 등, 비유하자면 기계가 녹이 쓸고 제대로의 구실을 못하는 것이 되어 있었다. 나아가 대개 사람들은 국문자가 언제 어디에서 말미암은 것인지도 모르는 형편이어서 식자들로 하여금 한탄을 금치 못하게 하였다. 이런 상황에서 새로이 국문을 바탕으로 하게 된 교육이나 언론에 관여하는 사람들에게는 정서법의 정립은 당장의 절실한 요망으로 되었다."(『국어 근대표기법의 전개』, 태학사, 2003, 68~69면)
3) 주시경, 「필상자국문언」, 『황성신문』, 1907.4.1~6; 하동호 편, 『역대한국문법대계 ③ 06 국문론집성』, 탑출판사, 1985, 76면.

주시경은 훈민정음의 정인지 서에 나오는 '然四方風土區別聲氣亦隨而異焉'에서 영향 받아, 언어에 관해서는 항상 '천연으로 부여된 물, 땅, 바람, 기운으로부터 탄생한 인종, 그 인종에게서 자연히 발음되어 언어가 생겨났다'는 식으로 설명한다. 그리고 그렇게 태어난 언어에 적합한 문자를 제정한다는 점에서, 언어와 문자의 필연적인 연관 관계와 함께, 언어의 탄생에 뒤따르는 문자의 2차성을 드러낸다. 조선인들이 발음하고 있는 음성은 조선이라는 땅에서 생겨날 수밖에 없는 천연의 산물이므로, 이 땅 안에 사는 사람들은 모두 조선어를 사용할 수밖에 없다. 그리고 같은 언어를 사용하는 사람들의 바로 그 범위가 민족공동체의 범위와 일치한다. 다시 말하면, 조선민족의 특수성은 언어를 통해 보장되어 왔다는 것이다. 이러한 사고방식에 입각한다면, 언어는 시대의 변천을 겪지 않는다. "음은 천지에 자재(自在)흔 자(者)라 고로 하인(何人)이든지 능히 가감도 못ᄒ고 변역(變易)도 못"[5]하는 것이라고 말하는 주시경에게, 적어도 고대의 언어와 중세의 언어, 그리고 근대의 언어가 구분되는 국어사(史)적인 문제는 큰 관심사가 아니었다.

이는, 조선어를 사용하는 상황은 이미 존재하지만, 이에 대응되어야 할 조선문의 사용이 보편화되지 않았던, 그로 인해 조선문을 어떻게 사용해야 하는지에 관한 문제가 더욱 절실했던, 당시의 당면 과제에 집중해야 했기 때문이었을 것이다. 때로 '언어와 문자를 정비해야 한다'는 발언이 보이기도 하지만, 주시경이 강조했던 언어의 정비는 올바른 어음(語音) 등에 관심을 기울인 것이지,[6] 1930년대처럼 표준어가 제정되어

---

4) 주시경, 「발문」, 『대한국어문법』, 油印本, 1906; 이기문 편, 『주시경전집』 下, 아세아문화사, 1976, 141면.

5) 주시경, 『국어문전음학』, 박문서관, 1908; 영인판, 『역대한국문법대계 ① 10 국어문전음학』, 탑출판사, 1977, 5면.

6) 국문연구소의 위원들이 1909년에 제출한 보고서 중, "국문의 자체와 발음의 연혁"을 다룬 주시경의 제2회 보고서에서 다음과 같은 내용을 확인할 수 있다. "음은 천지에 고유한 이치와 지역과 인종의 특성에 따른 것으로 두 가지가 있습니다. 천지에 고유한 이치에 따른 음은 모든 나라에 똑같이 통하는 음이고 지역과 인종의 특성에 따른 음은

야 할 필요성을 명백하게 인식했었던 것은 아니었다. 주시경에게 언어는 '본래부터 존재했던 것'이며 '본래부터 그러했던 것'의 성격이 강했기 때문에, 실제적으로 정비의 대상으로 부각되었던 것은 '언어를 받아적는 문자'였다고 할 수 있다. 이 책의 41~42면에 인용된 ③과 ④를 참고하면, 주시경의 관심 사항은 '국문'을 어떤 방식으로 정비할 것인가에 있었음을 알 수 있다. 이와 같은 인식은 그 시대의 많은 어문연구자들에게서 공통적으로 나타나는 지향이었다. 그 시대의 '국문'이 어떠한 방식으로 논의되었는지 아래의 인용문을 통해 살펴보도록 한다.

③ [기음문자는 - 인용자] 닑으면 곳 말인즉 그 쯧을 알기도 말 듯는 것과 굿고 지어쓰기도 말 ᄒᆞᄂᆞᆫ 것과 굿ᄒᆞ니[7]

④ 象形文字ᄂᆞᆫ 言語 外에 特習ᄒᆞᄂᆞᆫ 것인 故로 一事가 多ᄒᆞ여 其文을 學習홈이 他國語를 學習홈과 如히 歲月과 精力을 虛費ᄒᆞ며 쏘 天下에 許多ᄒᆞᆫ 各 動物과 無數ᄒᆞᆫ 各 項事를 一一히 區別ᄒᆞ여 圖繪ᄒᆞᆫ 바 字數가 甚多ᄒᆞ고 字畫이 複雜ᄒᆞ여 習用ᄒᆞ기가 極難ᄒᆞ나 記音文字는 自然ᄒᆞᆫ 音의 十餘 種 되ᄂᆞᆫ 것이 表로만 隋時 轉換ᄒᆞ여 自國의 常用ᄒᆞᄂᆞᆫ 言語를 記ᄒᆞᄂᆞᆫ 것인 故로 學習하기가 至易ᄒᆞ고 此文을 讀ᄒᆞ면 곳 言語ᄒᆞᄂᆞᆫ 故로 文意를 解得ᄒᆞ기도 言語를 聞홈과 如ᄒᆞ고 作文하기도 言語ᄒᆞ기와 如ᄒᆞ니[8]

⑤ 글ᄌᆞ라 ᄒᆞᄂᆞᆫ 거슨 단지 말과 일을 표 ᄒᆞᄌᆞᄂᆞᆫ 거시라 말을 말노 표ᄒᆞᄂᆞᆫ 거슨

모든 나라가 각각 그 나라의 풍토와 인종의 타고난 습성 때문에 구별되는 특성의 음입니다. 따라서 음을 바로잡음은 천지에 자연한 음과 특성의 음을 바로잡음을 말합니다. 천지에 자연한 음은 자연적으로 바로 되었는데 구태여 다시 바로잡을 필요가 있습니까. 천지에 자연한 음은 자연히 바로 되었으나 반드시 그 음을 올바르게 분석한 뒤에 가르쳐야 합니다. 그렇게 한다면 오해하여 잘못 쓰는 폐가 없을 것입니다."(김선우, 「주시경 「국문의정안」(제2회) 역주」, 『주시경학보』, 주시경연구소, 1990.12, 167면)
7) 주시경, 「국어와 국문의 필요」, 『서우』 2호, 1907.1.1; 하동호 편, 『역대한국문법대계 ③ 06 국문론집성』, 탑출판사, 1985, 56면.
8) 주시경, 「필상자국문언」, 『황성신문』, 1907.4.1~6; 하동호 편, 『역대한국문법대계 ③ 06 국문론집성』, 탑출판사, 1985, 77~78면.

다시 말ᄒ잘 거시 업거니와 일을 표ᄒ즈면 그 일의 ᄉ연을 자셰히 말노 이약
이를 ᄒ여야 될지라 그 이약이를 긔록ᄒ면 곳 말이니 이런 고로 말 ᄒ는 거슬
표로 모하 긔록ᄒ여 놋는 거시나 표로 모하 긔록ᄒ여 노흔 것슬 입으로 닑는 거
시나 말에 마듸와 토가 분명ᄒ고 서로 음이 뚝ᄀᆺᄒ야 이거시 참 글ᄌ요9)

주시경이 특히 표음문자로서의 우리글의 우수성을 강조했던 것은,
표음문자가 음성을 전사(轉寫)하는 능력을 가지고 있었기 때문이었다.
③, ④, ⑤의 밑줄 친 부분이 가리키는 바는, 말한 것을 받아 적은 문자
와 받아 적은 그 문자를 읽었을 때의 발음이 서로 동일해야 좋은 문자
라는 것이다. 주시경은 이를 '기음문자(記音文字)'라고 불렀는데, '표음문
자(表音文字)'라고 부르는 경우보다 음성 전사를 강조하는 뉘앙스가 강
하게 느껴진다. '표음문자 / 표의문자'라는 현재의 학술용어 대신 주시경
이 사용했던 '기음문자 / 상형문자'라는 용어는, 그가 염두에 두었던 두
문자 사이의 차이를 보다 명백하게 드러내며, 때로 '기음문자=참 글
자', '상형문자=글자 아닌 그림'과 같은 식의, 문자의 발달 정도를 나누
는 단계론적 의미를 포함하기도 한다. 주시경의 시대에 문자는 언어(음
성)를 '그대로 옮겨 담는 도구'로서의 부차적인 지위에 머물러 있었다.
그렇기 때문에, 거꾸로, 교정의 일차적인 대상은 소리를 올바르게 담아
야 하는 문자에게로 돌려진 것이다.

그 시대 문자의 가장 중요한 문제는 '말하는 그대로 옮겨지는' 일이
었다. 이는 주시경이 언어와 문자를 분석하는 과정에서 동원하는 '분합
(分合)' 이론을 통해서도, 소리가 그대로 투영된 것이 문자라는 그의 관
점을 읽어낼 수 있다. "즉 주시경은 『대한국어문법』(1906)에서 모음 중
'ㅏ, ㅓ, ㅗ, ㅜ, ㅡ, ㅣ' 이 다섯 자는 다시 나눌 수 없는 순일한 음이며

---

9) 주시경, 「국문론」, 『독립신문』, 1897.4.22; 하동호 편, 『역대한국문법대계 ③ 06 국문
론집성』, 탑출판사, 1985, 9면. "글ᄌ라 ᄒ는 거슨 다믄 말믄 표ᄒ엿시면 죡ᄒ것마는"이
라는 구절이 같은 글, 13면에 다시 반복되고 있다.

모든 모음의 근본이며 이들이 합해져서 다른 합음이 생성된다고 보았다. 이런 관점은 국문연구소에 제출한 개인 최종안 『국문연구』(1909)에도 이어져서 모음에 대한 위의 생각 이외에 자음에도 적용되어 'ㄲ, ㄸ, ㅃ' 등은 각각 두 개의 'ㄱ, ㄷ, ㅂ'이 결합하여 되는 소리라 했으며 'ㅋ, ㅌ, ㅍ' 등은 각각 'ㄱ과 ㅎ, ㄷ과 ㅎ, ㅂ과 ㅎ'이 결합하여 만들어지는 소리라 했다. 그러나 엄격히 말해 이는 글자와 소리를 혼동한 결과이다. 즉 'ㅐ'는 글자의 형태로는 'ㅏ'와 'ㅣ'가 결합한 것으로 볼 수 있을지 모르나 소리로는 단모음이기 때문이다."10) 주시경이 음성을 전사하는 문자의 역할을 강조하는, 즉 소리와 글자의 비분리를 염두에 두는 입장을 통해, 말과 글의 일치 문제에 대해 사고했던 것이라 볼 수 있다. 이는 다음과 같은 시대의 배경 하에서 성립된 것이었다.

  ⑥ 人이라 稱ᄒᆞ는 動物이 如此ᄒᆞᆫ 權利를 能享ᄒᆞ는 것은 其實際를 窮究ᄒᆞ면 猛獸는 體具의 猛利홈이 人보다 몃 十倍 더 强ᄒᆞ고 智慧도 不少ᄒᆞ되 但 言語가 不足ᄒᆞ며 文字가 업셔 其生活의 法을 變通할 줄 몰나 今日 虎窟이 古日 虎窟과 如ᄒᆞᆯ 것이요 今日 鵲巢가 古日 鵲巢와 通홈지라 人이 他動物과 特異ᄒᆞᆫ 것은 智慧가 最多ᄒᆞᆯ 뿐더러 言語가 具備ᄒᆞ며 文字를 制用ᄒᆞ는 緣由라 大事은 個人의 獨力單旋으로 能成치 못ᄒᆞᄂᆞ니 言語라 ᄒᆞ는 것은 其智慧로 窮理ᄒᆞ야 經營ᄒᆞ는 意思를 發表ᄒᆞ야 相告相應ᄒᆞ며 相導相助케 ᄒᆞ는 紹介라 人이 各種 動物 中에 相愛ᄒᆞ는 倫義와 相助ᄒᆞ는 經綸이 最多ᄒᆞ나 其道의 實行됨은 言語가 最備ᄒᆞ여 其義를 無疑相通홈이요 人事가 漸興ᄒᆞ는 되로 智術를 더욱 發達ᄒᆞ여 其道 其業을 益精케 ᄒᆞ라고 文字를 乃制ᄒᆞ여 事實을 記載ᄒᆞ며 學識을 講究ᄒᆞ니 制度作設이 益善ᄒᆞ여 於是焉 人道가 極備ᄒᆞ여 만물로 다 그 屈用을 삼으니 人이 천하에 最强ᄒᆞ는 權을 能得홈이 다 文言이 구비홈에서 成ᄒᆞ더라11)

---

10) 김병문, 「말과 글에 대한 담론의 근대적 전환에 대한 연구」, 연세대 석사논문, 2000, 86면.
11) 주시경, 「필상자국문언」, 『황성신문』, 1907.4.1~6; 하동호 편, 『역대한국문법대계 ③ 06 국문론집성』, 탑출판사, 1985, 75면.

⑥은, 동물이 인간보다 체구의 날카로움이 몇 십 배 강하고 지혜도 적지 않지만 인간보다 못한 이유가 언어와 문자를 사용하지 않는 것에 있다고 말하고 있다. 동물은 습득한 기술을 후대에 전할 수 있는 언어와 문자가 없으므로, '예전의 호랑이 굴이 지금의 호랑이 굴과 똑같고 예전의 까치 둥지가 지금의 까치 둥지와 똑같은', 다시 말하자면 문명의 발전이 이루어질 수 없는 구조를 지니고 있다. 인간은 언어와 문자를 통해 생활을 발전시키는데, 특히 문자의 경우는 시간적으로는 먼 후대에까지, 공간적으로는 멀리 떨어진 지역에까지 이를 수 있다는 장점을 가지고 있다. 때문에 전하려는 지식, 관념, 기술, 즉 언어의 '내용'은 '정확하고' '올바르게' 문자에 담겨야 할 필요가 있다. 계몽의 사상을 전달하기 위해서는 내용의 개변 없는 안정적인 글이 요구되었던 것이다.12)

그런데 표음(表音)의 문제를 사고했던 주시경이 '한글 맞춤법 통일안'의 기반인 표의주의 표기를 주장했다는 점은 널리 알려진 사실이다. 그에 따르면, 갑오년 이래로 국문은 융성했지만 문자를 사용하는 방식이 "정음의 원훈(原訓)과 국어의 본체를 미득(未得)하고 기연발(其連發)의 음

---

12) 강명관은 1905년부터 1910년 사이의 시기를 논하면서, "우리는 애국계몽운동기에 이루어졌던 거대한 학문적 정신적 전환과 그것이 도달한 높이를 알고 있다. 그런데 이것들은 모두 서적과 출판을 통해서 이루어졌던 것이다. 학문과 사상이 소프트웨어라면, 서적과 출판은 그것을 담는 하드웨어다"(「근대계몽기 출판운동과 그 역사적 의의」, 『민족문학사연구』 14, 민족문학사연구소, 1999, 43면)라는 언급을 한 바 있다. 이 시기에 문자언어가 차지했던 가장 큰 역할이 '내용(사상)'을 담는 '그릇'이었다는 것에 주목하면 주시경이 표기법의 정비를 강조한 이면의 생각을 읽을 수 있다.
'내용(사상)'을 담은 '그릇'의 역할을 강조하는 것과 같은 맥락에서, 주시경은 '내용(사상)' 전달을 위한 번역의 중요성도 강조한 바 있다. "전국 인민의 사상을 돌니며 지식을 다 널펴주랴면 불가불 국문으로 각식 학문을 져슐ᄒ며 번역ᄒ여 무론 남녀ᄒ고 다쉽게 알도록 ᄀᄅᆞ쳐 주어야 될지라"(「국어와 국문의 필요」, 『서우』 2호, 1907.1.1; 하동호 편, 『역대한국문법대계 ③ 06 국문론집성』, 탑출판사, 1985, 57면), "전국인민의 사상을 변화ᄒ며 지식을 발흥케 ᄒ랴면 불가불 국문으로 각종 학문을 저술ᄒ며 번역ᄒ여 주어야 될지라"(「필상자국문언」, 『황성신문』, 1907.4.1~6; 하동호 편, 『역대한국문법대계 ③ 06 국문론집성』, 탑출판사, 1985, 81면)

만 근구(僅搆)하매 차음을 피음으로 기(記)하고 피어를 차어로 서(書)하며 이음을 일음으로 합하고 일음을 이음으로 분(分)하며 상자(上字)의 음을 하자(下字)의 음에 이(移)하고 하자의 음을 상자에 부(附)하며 서서부동(書書不同)하고 인인이용(人人異用)하여 일개 언(言)을 수십 종으로 기(記)하며 문자를 오해하는 폐(弊)가 어음에 급(及)하고 어음을 미변(未辨)하는 해(害)가 문자에 지(至)하여 문언이 부동(不同)"13)하는 문제를 나타내고 있었다. "원훈"과 "본체"를 인식하지 못하고, 연속적으로 이어져 발음되는 음에 치중함으로써 앞 글자의 음을 뒤 글자에 붙여 표기하는 사람도 있고 뒤 글자의 음을 앞 글자에 붙여 표기하는 사람도 있는 "서서부동(書書不同)" "인인이용(人人異用)"의 문란함이 드러난다는 점을 주시경은 문제로 지적하였다.

이러한 경향은, 귀에 들리는 그대로 혹은 말하는 그대로 적는 방식이라는 점에서, '언(言)과 문(文)의 일치'를 지향하는 것임에는 틀림없다. 그러나 주시경이 판단하기에 이는, 역설적으로, 문자를 보면서 본래의 음을 오해하고 본래의 음을 추측하지 못하여 문자 표기도 서로 달라지는 '반(反)언문일치'의 경향이었다. 결국, 주시경이 "원훈"과 "본체"를 살려서 표기하는 표의주의 표기를 주장하게 된 것은, "문언이 부동"하는 현실을 타파하기 위한 것이었다고 할 수 있다. 표음식 표기가 쓰기의 주요한 방식으로 받아들여졌던 근대계몽기에 표의식 표기를 주장했던 주시경의 인식은 '선각적인' 것이었다는 정도로 설명될 수 있을 듯하다. 그는 여전히 구어와 문어의 일치를 강조하였음에도, '원칙'과 '기준'을 세워야 한다는 분석적인 사고에 입각해 있었던 것이다. 그러나 음성을

---

13) 주시경, 「序」, 『국어문법』, 박문서관, 1910; 이기문 편, 『주시경전집』 下, 아세아문화사, 1976, 222면. 이는 다음과 같은 구절에서도 간취할 수 있다. "글은, 말을, 담는, 그 릇이니, 이즐어짐이, 없고, 자리를, 반듯하게, 잡아, 굳게, 선, 뒤에야, 그, 말을, 잘, 직히 나니라 글은, 또한, 말을, 닦는, 긔계니, 긔계를, 몬저, 닦은, 뒤에야, 말이, 잘, 닦아지 나니라"(「한 나라 말」, 『보중친목학보』 1호, 1910.6.1; 하동호 편, 『역대한국문법대계 ③ 06 국문론집성』, 탑출판사, 1985, 182면)

전사하는 표음(表音)에 관한 논의가 근대계몽기의 전반적인 주장이며 흐름이었다는 점에서, 1920~30년대의 '표의주의(表意主義)'는 주시경의 계승이자 그의 시대와의 분리를 보여주는 예라고 할 수 있다.

음성을 '담는' 문자를 완전하게 실현하려는 '언(言)과 문(文)의 일치'에 관한 문제는, 맞춤법 통일안에 대한 논의가 본격화되는 1920년대 후반부터, 음성과 문자를 '독립적으로' 사고하려는 경향으로의 전이를 이루기 시작한다. "글은 곳 문화를 담는 그릇과 같아서 한번 생긴 문화면 잃어버림이 없이 다 담아서 뒤ㅅ사람에게 전하는 고로 때가 지날쓰록 문화는 더 열리기만 하게 되는 것이외다. 그러하나 글에는 문화를 담아 전하기에나 열리게 하기에 편하고 쉬운 것도 있고 거북하고 어렵은 것도 있음니다"14)와 같은 구절에는, "문화"를 후대 사람들에게 전하는 역할을 맡는 문자의 기능이 나타나 있다. 근대계몽기의 '문명'을 담는 도구가 '문화'를 담는 도구로 변했을 뿐, 문자가 무엇을 담는 '그릇'으로서의 역할을 수행하고 있다는 점에서는 동일한 인식이라고 할 수도 있다. 그러나 제2장의 1절에서 설명하였듯이 '문명'의 보편적인 속성과 '(조선)문화'의 특수한 속성에 대한 강조는, 시대의 지향이 변화했음을 알려주고 있는 것이기도 하다.

맞춤법 통일안이 본격적으로 논의되기 시작하면서부터는, 과학적인 통일안을 만드는 것이 결국은 문화를 발전시키는 일과 동의어로 여겨지는, '문화 발전=문자 정비'로의 인식도 전면화되었다. 따라서 이로 인해, '말'에 글을 맞추는 쓰기의 방식보다, '말'과의 연결은 심층적인 문제로 돌리고 '글'의 독립성을 부각시키려는 쓰기의 방식이 전면으로 나타나기 시작하였다. 맞춤법 통일안을 만드는 과정에서 쟁점이 되었던 사항들은, 발음의 문제와 표기의 문제가 반드시 연관되지 않을 수도 있

---

14) 한결(김윤경), 「조선말과 글에 바루 잡을 것」, 『동광』 5호, 1926.9; 하동호 편, 『역대 한국문법대계 ③ 23 한글논쟁논설집』 下, 탑출판사, 1986, 159면.

다는 입장을 명백히 드러내고 있다. 다음의 인용을 통해 음성과 문자의 분리를 당연한 것으로 인식하는 관점을 만날 수 있다.

⑦ 우리 言語의 對象은 무엇이 으뜸인가. 말(Sprache, Langue)인가. 글(Schrift, eciture)인가. 다시 말하면 이약이하는 말(Gesprochene Sprache, Langue Parlee)인가. 쓰인 말(Schrift Sprache, Langeecrite)인가. 지금 一般 사람은 글이 卽 말의 發音대로 表現된 것이라는 語文一致의 誤謬에 빠지기 쉽다. 그렇면 말과 글의 關係는 어떠한가.

첫재 우리는 글 없이 言語音의 觀念을 얻고자 함은 어려운 일이다. 더구나 子音 母音이니 分節이니 함은 글을 伸媒로 하야 생기는 觀念이다. (하이제氏 言語學의 體系, 숓슐氏 言語學原論에서)

마는 글이 말을 完全이 表現하얏다고 믿음은 큰 잘못이다. 뻉드리에스氏著 『言語』에 曰『쓰인 原글이 言의 正確한 再現일 수 잇다고 믿음은 그릇됨이라』『쓰인 言語는 共通語의 더욱 特徵化한 것을 나타낸 것이다. 그리하야 共通語는 定議컨대 이약이하는 말과의 싸홈이다. 個人作用에 맡긴 後者는 間斷없이 共通語를 表示하는 理想的 模範에서 멀어지도록 한다……』. 어떠한 完全한 音標記號라도 그는 局限된 것임으로 無限한 音의 差異性을 表現한다 함은 不可能한 것이다. 그리하야 글과 말은 一致되지 못하는 것이다.

글은 또 不分明한 말을 確實케 한다는 功勞(?)를 알아주어야 된다. 그리하여 語原 問題 또 文法型을 確定시키는 것이다. (하이제氏說에서)[15]

⑧ 어느 國語를 勿論하고 文化가 進步된 國民ㅅ사이에 使用되는 國語는 文章에 쓰는 말과 日常 談話에 쓰이는 말과가 반듯이 一致되는 법은 없다. 程度의 差는 있을지언정 兩者가 전연히 一致하여 있다는 것은 極히 稀貴한 일이니 多少間 差가 생기어었는 것은 免치 못하는 일이다. 文章에 쓰이는 말은 文語이라고 하고 日常 談話에 쓰이는 말은 口語이라고 한다.

한 文語 口語의 差異가 생기는 主要한 原因은 文ㅅ字로 記錄되게 되면 元來 입에서 귀로 들어가는 동안의 瞬間的 存在를 가짐에 不過한 말이 固定的 性質을 가지게 되는 까닭이다. 항상 流轉하여 쉬지 않는 性質을 가진 말

15) 이숭녕, 「글과 말」, 『조선어문학회보』 5, 1932.9, 1면.

이 常住할 姿態를 가지게 되는 까닭이다. 文ㅅ字로 言語를 나타내기 始作한 最初에는 입으로 말하는 대로를 적었을 것이다. 文ㅅ字란 것은 암만 優秀한 文ㅅ字일지라도 嚴密히 조고만 틀림도 없이 말을 記錄한다는 것은 不可能한 것이므로 그러한 文ㅅ字 元來의 性質에서 오는 欠點은 하는 수 없다고 하고 어쨋던 말이 文ㅅ字로 記錄될 最初時代에는 文語와 口語 兩者 間에 格別한 差異를 알 수 없으리라고 생각한다. 그렇나 말은 時代를 딸아 變한다. 그 變化는 極히 微小한 것이므로 아무도 그것을 意職('意識'의 오기인 듯—인용자)하지 못할 만하나 쌓고 쌓아가면 대단한 變化로 나타나게 된다. 그렇대 文ㅅ字로 말을 나타내는 表記法은 반듯이 이것을 딸라 變化하지 않는다. 여긔서 첫재 表記法 곳 綴字法 問題가 생긴다.[16]

[7]은 말과 글의 완전한 일치는 환상에 불과하다는 인식을 보여준다. 글을 통해 분명 "언어음의 관념"을 얻을 수 있는 것은 사실이지만, 글이 "언(言)의 정확한 재현"이라고 믿는 것은 잘못이라는 것이다. 기본적으로 우리의 발화는 "무한한 음"으로 표현되지만, 그것이 기호화된 문자는 "무한한 음의 차이성"을 모두 다 표현해낼 수는 없는 것이다. 글은 '대표성을 띤' 음을 확정하여 이를 시각적으로 드러내준다. [8] 역시 "문장에 쓰이는 말은 문어" "일상 담화에 쓰이는 말은 구어"라고 구분하면서, 이 둘 사이에 차이가 생기는 것은 당연한 일이라고 한다. "이를터면 'ㆍ'이란 문ㅅ자는 국어의 'ㆍ'음을 나타냄에 쓰던 것이니, 이 경우에 실제 발음이 다소 다른 것이 쓰이는 것은 당연한 일이라 하고 'ㆍ'의 부류에 흡슬어 들어갈 몇 가지 변종은 모다 'ㆍ'로 대표하게 되었던 것은 문자 성질상으로는 근본적 법칙이다. 더구나 그것이 어느 말을 나타낼 때, 그것이 단독으로 쓰이지 않고 늘 어느 다른 문ㅅ자와 결합되어서 쓰이게 될 것 같으면, 그 결합이 고정적이 되어 나타나는 말과 쓰이어 진 문ㅅ자의 일단과의 관계는 거의 떠나지 못한 것 같이 된다. 딸아서 말의 발음이 변하여지어도 역연(亦然) 종전과 같은 문자가 그 언어를 표

---

16) 정열모, 「국어와 방언」, 『한동』 8호, 1928.1; 영인판, 『한글』 1, 박이정, 1996, 164면.

시하는 것으로 쓰이게 되는 것이다."17) 이는 "항상 유전하여 쉬지 않는 성질을 가진" 언어와 "고정적 성질"을 가지는 문자 사이의 기본적인 속성의 차이로 인해 빚어지는 현상이다. 최초에 언어를 문자로 나타내기 시작했을 때에는 완전한 언어와 문자의 일치가 가능했을지도 모르나, 끊임없이 변화하는 언어로 인해 본래의 문자 표기와는 점점 거리가 멀어지게 될 수밖에 없다.

⑧은 「국어와 방언」이라는 제목과는 달리 방언의 문제는 전혀 다루지 않았다. "국어란 무엇인가 하고 묻는 때 명확한 대답을 하기는 적이 어렵다"는 말로 시작하면서 "국어"에 대한 정의를 시도하되, 우리말이 "국어"라고 불릴 수 있는지 아닌지에 대해서는 즉답을 하지는 않고 있다(원문에는 5행이 삭제됐다는 표시가 보인다). 문어와 구어의 일치가 불가능하다는 논지를 펴고 있는 이 인용문의 첫 구절, "어느 국어를 막론하고 문화가 진보된 국민ㅅ사이에 사용되는 국어"라는 표현을 통해 "국어"의 의미에 표준어의 개념이 삽입되어 있음을 알 수 있다. 표의문자와는 달리, "표음문자의 경우에는 말의 소리를 적는 것이니까, 같은 대상을 여러 가지 말소리로 나타낼 때에는, 따라서 여러 글자가 생기게 된다. 그러니까, 어느 것이고 표준어를 작정하지 아니하면 아니된다."18) 같은 단어가 여러 가지로 불리는 경우 표준어를 확정하여 문어의 규범을 만들고, 이를 어떻게 표기할가를 논하는 것이 표기법의 문제이다. 구어와 달리 표준어는 글쓰기 언어를 통일하기 위해 인공적으로 만들어진 것이다.

1920년대 후반부터는 문어와 구어의 구별을 시도하는 담론들이 많이 생산되었다. 문자는 엄밀하게 말하여 언어의 미묘한 지점을 모두 그려 내지는 못하기 때문에, 어문의 표준화가 본격적으로 논의되는 시기에는

---

17) 위의 글, 164~165면.
18) 김선기, 「한글철자법의 이론과 실제-철자법 원리」, 『한글』 3호, 1932.7; 영인판, 『한글』 1, 박이정, 1996, 310면.

변화하지 않는 음을 글로 잘 받아 적는 방식을 강조하기보다, 변화하는 음을 잡아 문자로 고정시키는 데에 중요한 의미를 부여하였다. '표음'문자에서 표음'문자'로, 그 강조점이 변화된 것이다. 소리와 문자를 구별하는 경향이 나타나면서 문자는 언어의 대표음을 표시할 뿐이지 완전히 전사할 수는 없다는 인식이 나타나게 되었다. 그러나 한문으로부터 벗어나 한글로 글을 쓰게 된 역사 때문인지, 근대계몽기에 말과 글의 일치를 논하던 관념이 그대로 잔존하는 경향이 강했다.

9 우리의 입으로 發하는 여러 가지 種類의 聲音을 符牒으로 하야 우리의 思想을 媒介하는 言語는 決코 無條理, 無統一한 支離滅裂한 것이 아니오, 그 가운대에는 組織이 잇고 體系가 세워진 法則이 잇서, 항상 이에 統一되어 가는 것이다. 그리하야 우리의 言語는 不斷히 變遷發達하여가는 동안이라도 그 法則을 깨트리지는 않는다. 設或 어떠한 法則을 깨트리는 일이 잇다 할지라도, 그 때에는 어떠한 다른 法則에 包括되어가는 傾向을 보이고 잇다. 그런데 이 無形한 言語를 有形한 符號로 表示하는 文字도 亦是 發音만을 表記함으로써 滿足하지 않고(嚴密한 意味에 잇어서 發音을 忠實히 表記함은 不可能이다.) 一步를 더 나아가, 各個 單語는 言語의 性質과 法則에 依據하야, 그 發音을 表示하야 一定한 形式을 具有하게 하고, 이 形式에 內容 卽 語意를 삼아 가지고 우리로 하여금 視覺을 通하야, 그 各個의 槪念을 直截的으로 把握하기에 便利하도록 綴字를 行치 않으면 안된다. 卽 綴字는 發音만을 表示하는 것이 아니오, 同時에 語義도 表示하는 것임을 잊어서는 안된다. 그리하야 그 綴字는 語法과도 一致하야 항상 統一된 法則에 支配되는 範圍 內에서 可及的 發音을 忠實히 表記하기를 條件으로 하지 않으면 안될 것이다. 우리는 綴字에 對하야 이와 같은 條件이 具備되기를 늘 要求하야 마지 않는 理性을 가젓다. **이것이 所謂 文字에 對한 自覺이다.**[19]

언어를 표기하는 문자는 "발음만을 표기함으로써 만족하지 않고" "언어의 성질과 법칙에 의거"하는 체계를 세울 필요가 있다. 문자가 언

---

19) 이희승, 「ㅎ받침 문제」, 『한글』 8호, 1933.5; 영인판, 『한글』 1, 박이정, 1996, 501면.

어의 변화를 반영하다가는 문자 체계의 기준이 설정될 수 없으므로 문자는 문자 자체의 원칙을 세울 필요가 있다는 것이다. 표음문자인 우리 글은 기본형을 드러내는 표의화의 방식, 즉 "어의도 표시"하는 방식을 통해, 문자 자체의 내재적인 법칙을 구축하는 방향으로 맞춤법 제정에 관한 논의가 전개되어 나갔다.

위의 두 가지 방향은 어떤 점에서는 표기 방식의 문제에만 국한될 수 있다. 그러나 이는 어학적인 측면에서 음성 혹은 내용(생각)을 '어떻게 적느냐'의 문제를 고심했던 어문운동의 방향이었으며, '언문일치'의 문제에 얽혀 있는 두 가지의 지향을 그대로 노출하는 것이었다. 즉 표음 문자인 '한글'을 사용하는 우리의 입장에서 '언문일치'는 끊임없이 '음성을 그대로 받아 적는 표음(表音)'에의 욕망으로 이해되기도 하고, 이와는 분리된 글 자체의 독립성을 강조하면서 '글쓰기 언어'의 통일 문제로 이해되기도 한다. 이러한 지향들은 국문체를 형성하는 데 있어 항상 문제가 되는 부분이었다. 표음문자의 음성 전사 능력을 높이 샀던 '언문일치'는 감탄사, 의성어 등의 소리 받아 적기뿐만 아니라 발화의 상황을 재현해 내는 문제와도 연관된다. 1920년대 후반부터 시작되어 1930년대 정점에 이른 맞춤법 통일에 관한 논의는, 여전히 '언어를 고스란히 담아내는 그릇으로서의 문자'를 주장하는 표음식 표기의 주창자들과의 대립을 빚어내었다. 자세한 과정과 쟁점은 다음 항에서 다루기로 한다.

2) 국문체 수립 방식의 이원적 구도

'한글로 쓴다'는 명제 속에는 지금까지도 유효한, 어문의 중요한 문제가 내포되어 있다. 즉 한글 문장을 어떻게 구성할 것인가의 문제, 다시 말하면 한글 문장에서 완전히 제거할 수 없는 한자어(한자)를 어떤 방식으로 삽입할 것인가, 한글만의 문장은 가능한가 등의 논점을 포함한다. 1930년대에는 최현배·이윤재·이병기·정열모·이희승 등이 모인 '조선어학회'와 박승빈이 설립한 '조선어학연구회'가 표준화의 방향에 대해 첨예하게 대립한 시기였는데, 조선어학회(일명 주시경 파, 한글 파)와 조선어학연구회(일명 박승빈 파, 정음 파)의 표기법 논쟁도 어떠한 방향으로 국문체를 형성시켜 나갈 것인지에 대한 각 파 나름의 구상을 그 밑바탕에 깔고 있었다고 할 수 있다. 이 두 학회 사이의 대립은, 표면적으로는 '표의주의 표기법'과 '표음주의 표기법'을 두고 벌인 싸움으로 보인다. 그러나 여기에는 보다 복잡한 상황, 즉 한글을 위주로 한 에크리튀르와 한문을 섞어 쓰는 에크리튀르 사이의 주도권 다툼이 개재되어 있었다. 우선 두 학회의 맞춤법 논쟁의 과정을 살피면서 그러한 논쟁이 벌어진 이면의 지향에 대해 언급하도록 할 것이다.

1933년 10월 29일에 발표된 '한글 맞춤법 통일안'은 국어 정서법(正書法)의 모체가 된다. 표기법의 확립은 '한글로 쓰기' 위한 에크리튀르의 제반 여건을 확충하는 일이었다. 그러므로 이는 절실하게 요청되고 있었다. 하지만 훈민정음의 창제 이후 표기법의 표류 기간이 길었던 우리나라엔 제대로 된 표기법은 확립되어 있지 않았다.[20] 경성어를 중심으

---

20) 기존에 맞춤법 통일안을 만들려는 시도가 없었던 것은 아니다. 맞춤법 통일안 제정의 역사는 주시경 시대의 '국문의정안(1909)'으로 거슬러 올라간다. 국문의정안은 지석영의 「신정국문」 상소가 발단이 되어 대한제국의 학부 내에 세워진 국문연구소에서 나왔다. 훈민정음을 창제한 주요 목적이 중국의 한자음을 고정시키려는 것이었던 만큼, 훈민정음이 창제될 당시에는 '소리 나는 대로' 쓰는 연철 표기가 채택되었다. 그러나 훈민정음에 대한 연구와 재해석이 주를 이룬 국문의정안에는 주시경이 주장하던 형태 분석적 표기법이 반영되어 있다. 이는 1910년의 경술국치로 빛을 보지 못했다. 두 번째의 표기법은 총독부에서 제정한 '보통학교용 언문철자법(1912)'이었다. 이 표기법에는 처음으로 '경성어를 표준으로' 한다는 규칙이 명시되었으며, '표기법은 표음주의에 의(依)'한다고 하여 그 당시 통용되던 표음식을 그대로 반영하였다. 세 번째 표기법은 총독부의 '보통학교용 언문철자법 대요(1921)'인데 두 번째의 것과 비교해 볼 때 크게 변화된 점이 보이지 않았다. 표기법에 문제가 많다는 지적이 있어왔기 때문에 총독부에서는 철자법 개정을 단행하여 조선어학회 인사들을 대거 참여시켜 표음주의 표기방식을 채택하는 '언문철자법(1930)'을 공포한다. 이 '언문철자법'은 조선어학회의

로 표준어를 제정해야 한다는 큰 원칙에 대해서는 별다른 이견이 없었던 반면, 맞춤법 제정에 관한 논의는 '논쟁과 갈등의 형태로' 상당히 오랜 기간 동안 지속되었다. 소리 나는 대로 쓰는 연철식 표기, 즉 표음주의(表音主義)와, 문자에 내재한 법칙을 찾아 그 원형을 표시하는 분철식 표기, 즉 표의주의(表意主義)가 그 논의의 쟁점 사안이었다.

훈민정음 이래로 받침을 다음 말에 연달아 쓰는 연철 표기가 주류를 이루어 왔을 뿐 아니라, 무엇보다 '조선어를 어떻게 쓸 것인가'에 관심을 두기 시작한 근대 초기에 선교사들의 성경 번역이 표음식 철자법을 채택함으로써 이 표기법에 익숙한 사람들이 많았다. 그렇기 때문에 표기법을 표의주의적으로 개편하는 일은 새로운 문식성(文識性)을 요구하였으므로 반대 의견이 많을 수밖에 없었다. 표음주의와 표의주의의 대립이 표면적으로 드러나기 시작한 시점은 1927년 『동광』의 논쟁이었던 듯하다.21) 「조선어 연구의 실제」라는 안확의 글이 1926년 12월 『동광』에 실린 이후, 그의 의견을 비판하는 김희상·김윤경·이윤재의 글이 실리고, 다시 안확의 반박과 정열모, 이은상의 비판이 실리면서 맞춤

안을 많이 받아들였지만 완전한 수용은 아니었기 때문에, 조선어학회 차원에서 새로운 철자법 제정의 움직임이 일어나게 된 것이다.

21) "본지(本誌)는 조선어문의 통일이 가장 급무임을 알아서 얼마 전(前)붙어 『정음문법연구란』을 두고 여러 전문가의 우리 글과 말에 대한 연구를 호(號)를 딸아 발표하여 오았으며 이 앞으로 얼마 더 계속할 예정이외다. 그리하여 우리글의 오늘같이 여러 갈래로 쓰는 버릇을 끝히고 한 가지 바른 본을 찾아서 그로 써 통일하기로 기도(期圖)하는 바외다. 이에 대하여 뜻이 같으신 분은 그 연구의 방법이 어떠한 것임을 불구하고 많이 본사로 보내어 주시면 반가히 받겠읍니다. 그리고 또 우리글은 가장 혼잡불일(混雜不一)하여 그 쓰는 법이 다 각기 다르니 딸아서 연구도 다 각기 다를 줄 압니다. 그 중에서 바른 것 한 가지를 표준글로 정하여 쓰려고 할찐대 다만 한 사람의 입론(立論)을 고대로 맹종하여 딸아갈 것이 아니며 또 자긔의 의견만 고집하여 세울 것도 아니라 반듯이 여러 사람의 의견을 종합하여야 할찌니 한 가지 문제를 가지고 비판도 하며 토론도 하며 반박도 하여 바른 본 하나 찾도록 연구하여 나아갈 것이외다."(「편집부의 말」, 『동광』 8호, 1926.12; 하동호 편, 『역대한국문법대계』③ 23 한글논쟁논설집』 下, 탑출판사, 1986, 188면) 처음 안확의 글이 실렸을 때는 코너의 이름이 "한글의 연구"였지만, 그 다음 호인 1927년 1월호부터 코너의 이름이 "한글 토론"으로 바뀐다.

법 논의는 논쟁의 형태를 띠기 시작하였다. 안확의 경우는 어떤 단체에 소속되었던 인물이 아니었고, 그 나름의 독창적인 견해를 드러내기도 하였지만, 전반적으로 표음식 표기에 중점을 두고 있었다고 할 수 있다.

1930년 총독부의 제3회 언문철자법에 조선어학회의 안이 대거 관철되고, 여기에도 미흡한 점이 있다고 느낀 조선어학회가 독자적인 표기법을 개발하게 됨으로써 표음식 철자법을 주장하던 사람들도 조직적인 대응을 강구하기 시작하였다. 1931년 박승빈이 표음식 철자법을 지지하는 사람들을 모아 어문연구기관인 '조선어학연구회'를 발족하면서 조선어학회의 인사들과 단체 대(對) 단체의 이분법적 구도로 대립하는 양상이 나타나게 되었다. 박승빈은 주시경과 같은 시기에 태어났지만, 조선어문 관련 글을 발표하면서 어문운동에 활발히 참여한 시기는 1920~30년대였다. 그는 역사적인 표기법을 따라야 한다는 점을 주장하고 있었다. 조선어학연구회 취지서에는 "'한글' 파 학설이 과연 민중의 요구에 응할 만큼 얼마나의 학술적 진가가 잇는가"[22]라는 문제 제기와 함께 다음과 같은 세 가지의 강령이 덧붙여져 있다.

> 1 一. 學術的 眞理에 基因한 法則을 遵行하고 牽强的, 幻影的 見解를 排擠함
> 二. 歷史的 制度를 尊重하고 無稽한 好奇的 主張을 排擠함
> 三. 民衆的 實用性을 重視하야 平易 簡明한 處理法을 取하고 難澁 眩迷한 處理法을 排擠함[23]

각각의 항목은 앞부분에서 조선어학연구회의 입장을 드러내고, 뒷부분에서 조선어학연구회가 바라보는 조선어학회 맞춤법의 문제점을 서술하는 방식으로 이루어져 있다. 첫째, 조선어학연구회는 학술적 진리

---

22) 「조선어학연구회취지서」, 『정음』 1호, 1934.2; 영인판, 『정음』 上, 반도문화사, 1978, 75면.
23) 위의 글, 78면.

에 바탕을 둔 이론을 전개하지만, 조선어학회의 것은 이치에 맞지 않을 뿐더러 망상에 가까운 논리가 개입되어 있다는 것, 둘째, 조선어학연구회는 전통적인 표기 방식에 따라 통용되는 법칙을 크게 변화시키지 않으려고 하나 조선어학회는 터무니없이 기이한 새로운 형태의 표기법을 만들려고 한다는 것, 셋째, 조선어학연구회는 민중들이 사용하기 편리한 표음식 표기를 주장하나 조선어학회는 난삽하고 어려운 표의식 표기를 주장한다는 것 등이 강령 안에 포함되어 있는 내용이다. 여기에서 명확하게 드러나는 것은 조선어학연구회가 '조선어학회에 대한 비판'을 목적으로 결집한 모임이라는 점이다.

조선어학연구회와 조선어학회의 대립이 심해지자, 각 파의 의견을 중재하여 좀 더 완전한 표기법 제정을 향해 힘을 모으자는 취지로 동아일보사가 3일간에 걸친 토론회를 개최하였다. 하루에 하나씩 두 파의 쟁점 사항 세 가지를 토론하는 시간을 가졌는데, 이때 토론에 부쳐진 세 가지 주제는 표음주의와 표의주의의 근간이 되었던 것들이었다. 1932년 11월 7일부터 9일까지 3일간에 걸쳐 벌어진 이 공개토론회는 "예긔한 이상의 대성황"[24]을 이루었다고 한다.

11월 7일, 첫째 날의 주제는 '된소리 표기 문제'였다. 연사로는 조선어학회측의 신명균과 조선어학연구회의 박승빈이 나섰다. 신명균은 'ㄲ, ㄸ, ㅃ, ㅆ, ㅉ'처럼 같은 음을 다시 한 번 덧쓰는 병서의 방식을 통해 된소리를 표시해야 한다면서, 박승빈처럼 'ㅅ'을 덧붙임으로써 된소리를 나타내는 방식, 즉 'ㅅㄱ, ㅅㄷ, ㅅㅂ, ㅅㅅ, ㅅㅈ'와 같은 방식은 'ㅅ'이 본래 가지고 있는 음을 환기시키므로 'ㅅ'을 단순한 부호로 사용할 수는 없다고 주장하였다. 신명균은 자신의 다른 글에서 병서를 사용해야 하는 이유에 대해 좀 더 직접적으로 언급하고 있다. "원래 병서의 주장은 그 소리가 꼭

---

24) 「한글 토론회 속긔록」, 『동아일보』, 1932.11.11~29; 하동호 편, 『역대한국문법대계 ③ 22 한글논쟁논설집』 上, 탑출판사, 1986, 263면.

그림8__ 동아일보사에서 주최한 3일간의 토론회 공고(1932.11.7)와 토론회 정경(1932.11.9). 토론회의 내용을 받아 적은 속기록은 1932년 11월 11일부터 12월 27일까지 『동아일보』 지면에 연재되었다.

둘마콤 나서 같은 자를 둘씩 쓰자는 것이 안이다. 바할 때와 빠할 때의 입을 다므는 정도가 바할 때보다는 빠할 때가 좀 단단하므로 같은 값이면 입을 다므는 자의 ㅂ을 병서하는 편이 합리적이겠다는 주장이다.”[25] 이에 비해 박승빈은 “주어진 발표 시간 50분이 초과하도록 격양된 목소리로 된소리 표기는 반드시 ‘ㅅ’계열을 반영할 수 있어야 한다고 하였다. 역사적인 문헌을 통해, 각자병서된 낱말은 우리말의 발음을 위한 것이 아니라 한자음을 나타내기 위한 것이었음을 논증하였다. 따라서 우리말의 된소리는 바로 이 ㅅ계열의 합용병서로 된 낱말들이므로 된소리 표기는 반드시 이 ㅅ계열의 합용병서로 표기하여야 한다고 하였다.”[26] 당시의 문헌을 살펴보면, 된소리는 박승빈이 주장하는 것처럼 ‘ㅅ’을 덧붙이는 방식으로 표기되었음을 확인할 수 있다. 박승빈이 기존의 표기법을 고수하려고 하였다면, 신명균은 새로운 방식의 표기를 주장한 것이었다. 된소리를 정하는 데 있어서의 두 파의 관점은, “조선어학연구회측이 문헌 고증을 통해 전통을 계승하려는 입장에 서 있다고 한다면, 조선어학회측은 실용주의적인 입장에 서 있다”[27]고 정리할 수 있다.

　11월 8일, 둘째 날의 주제는 ‘받침’이었다. 연사로는 조선어학회측의 이희승과 조선어학연구회의 정규창이 나섰다. 이희승은 ‘ㅄ, ㄳ, ㄲ, ㄺ, ㄻ’ 등의 겹받침과 ‘ㅎ’ 받침을 인정해야 한다고 주장한 반면에, 정규창은 이것들이 모두 ‘불가’하다는 입장이었다. ‘값’ ‘넋’ 등에 주격조사를 붙인 형태는, 이희승에 따르면 ‘값이’ ‘넋이’가 되어야 하고 조선어학연구회측의 주장으로는 ‘갑시’ ‘넉시’가 되어야 한다. 이희승의 견해는 체언과 조사, 그리고 어간과 어미의 형태를 확정하고 분리하는 것을 지향하는 반면에 정규창은, 그렇다면 ‘넋 없는 사람’은 ‘넉 섭는 사람’, ‘값 아홉 돈’은 ‘갑 사홉 돈’이라고 발음해야 하는데 우리말엔 그런 말도 없을 뿐더러 표음문자인 조선문자에서 겹받침을 쓴다는 것은 있을 수 없

---

25) 신명균, 「된시읏이란 무엇이냐 2」, 『한동』 7호, 1927.11; 영인판, 『한글』 1, 박이정, 1996, 151면.
26) 박영준・시정곤・정주리・최경봉, 『우리말의 수수께끼』, 김영사, 2004, 260면.
27) 위의 책, 260~261면.

는 일이라고 반대하였다. 'ㅎ' 받침의 경우는 조선어학연구회측에서는
'ㅎ'은 'ㅇ'과 마찬가지로 후두마찰음에 속하는 것으로서 "다른 받침과
는 달리 그것이 붙은 글자에 어떤 음성 작용을 해야 하는데, 이는 아무
런 영향도 주지 못하고 다만 다른 음절에 소리 영향만 입힐 뿐이니 전
반적인 받침 원칙에 어긋난다는 점을 근거로 잡았다."[28] 이에 대해 이
희승은 'ㅎ'이 순전히 후두에서만 나는 음으로서, 'ㅎ'을 발음할 때는
다른 조음 기관이 쉬어도 무방할 뿐 아니라 한 걸음 더 나아가 다른 조
음기관과 함께 'ㅋ, ㅌ, ㅍ, ㅊ' 등의 섞인 발음도 낼 수 있는, 음성상으
로 충분한 영향을 행사할 수 있는 자음이라고 주장하였다. 이를 위해,
종이를 접어 입에 대고 직접 발음하여 종이의 떨림을 보여주는 실험까
지 곁들여 청중들의 박수를 받았다고 한다.

　11월 9일, 셋째 날의 주제는 '어미 활용'이었다. 조선어학회측에는 최
현배, 조선어학연구회에서는 박승빈이 나섰다. 이는 8일의 겹받침 문제
와 긴밀하게 연결된다. 박승빈은 일본어에서와 같은 방식의 '단활용설
(段活用說)'을, 최현배는 '끝바꿈설'을 주장한다. 박승빈의 '단활용설'은
다음과 같이 설명할 수 있다. "예를 들어 '먹다'라는 동사가 있다. 이는
활용할 때 '머그니, 머그며, 먹지만, 머거'와 같이 변하고 이때 나타나는
모든 활용 형태 '머그' '머거' '먹'을 모두 용언의 어근으로 본다는 것이
다. 이 분석 방법은 동사의 어간을 중성 음절까지 녹아들어가 있는 단
위로 보고 있는 것이다. 따라서, 그에 따르면 동사의 표기는 '먹으며'
'많으며'로 나타나는 것이 아니라 '머그며' '만흐며'로 표기되어야 한다.
이 방법을 따른다면 굳이 동사의 겹받침을 표기할 필요가 없게 된
다."[29] 이에 비해 최현배는 어간과 어미의 명확한 경계를 설정하는 방
식을 주장하였다. 여기서 어간은 그 말의 실질적인 의의를 대표하는 부

---

28) 위의 책, 264면.
29) 위의 책, 266면.

분이고, 어미는 문법적인 관계를 표시하는 부분으로서, 예를 들어 '잡다'와 같은 경우 '잡'이 고정 불변의 어간이라면 '다'는 문법적 관계를 표시해주는 어미이다. '잡'은 고정되어 있는 상태에서, '잡다, 잡느냐, 잡어라, 잡구나, 잡자' 등의 '끝바꿈'을 통해 종결법이 변화된다는 것이다. 여기에는 최현배의 다음과 같은 사고가 개재되어 있다. "문짜는 결코 소리만을 적는 것이 아닙니다. 관념(觀念)의 덩어리라는 것에 크게 주의하지 안흐면 안될 것입니다. 문짜라는 것은 말을 적는 것이오, 말이란 것은 사상을 표시하는 것입니다. 날아가 버리는 소리를 붓잡아두는 것이 문짜이지마는, 그것이 아무 뜻업는 소리 그것만은 아니오, 결국은 사상을 적은 것은 무론입니다."30) 이 발언은 표음주의와 표의주의 사이의 인식론적 단절의 지점을 드러내준다고 할 수 있다.

이 세 가지 쟁점을 통해 조선어학연구회와 조선어학회와 가지는 중요한 차이점을 짚어보면, 가장 근본적으로 조선어학연구회는 음성, 소리, 청각적인 면에 세밀한 주의를 기울인 반면에, 조선어학회는 문자, 뜻, 시각적인 면에 주의를 기울였다. 조선어학회가 기관지명을 '한글'이라고 짓고, 조선어학회에 반대한다는 뚜렷한 명분으로 태어난 조선어학연구회에서 '정음'이라는 기관지를 창간한 것은, 자신들의 인식론적 근거가 어디에 있는지를 밝히는 부분일 것이다. 『정음』에 발표되었던 글들에서는, 조선어학회의 겹받침이나 'ㅎ'받침 등을 적용하여 글을 쓰면 어떻게 읽어야 하는지조차 알 수 없다는 점, 즉 "사람 입으로는 발음도 할 수 업는 글ㅅ자를 함부로 써놋는"31)다는 점이 비판의 주요한 근거로 제시되어 있었다. "성음되는 그 말 그대로 사진 박혀 나오는 것이 언문이다. 언문은 언어를 표현시킬 본능성을 가진 문자이니 즉 음자(音字)이다. (…

---

30) 「한글 토론회 속긔록」, 『동아일보』, 1932.11.11~29; 하동호 편, 『역대한국문법대계 ③ 23 한글논쟁논설집』 下, 탑출판사, 1986, 325면.

31) 채정민, 「보기 쉽고 쓰기 쉬운 어문이 필요하다」, 『정음』 18호, 1937.3; 영인판, 『정음』 中, 반도문화사, 1978, 1328면.

중략…) 음자는 언제든디 성음나는 대로 음절이 떠러지는 대로 되야야 된다. 만일 그러티 안흐면 음자가 안이다. 음자를 보기만 됴케 가감하야 수정을 한다면 보기만은 됴흘는디 몰르나 사실은 틀리게 된다"[32]와 같은 식이다. 표음문자의 우수성은 음을 그대로 받아 적는 데 있는 것인데, 조선어학회의 안은 "세계문자의 문화적 의의를 몰각하고 표음문자를 음 업는 표의문자로 퇴화케"[33] 했다는 점에서 문자사적 후퇴라고 한다.

하지만, 『한글』에 실린 글들은 표음문자가 "개념의 직접 부호가 아니고 다만 소리의 부호이므로, 이것을 읽을 때엔 눈으로 보기만 하고서는 곧 거기서 들어잇는 뜻을 생각할 수 없고, 반드시 먼저 그 문자에 약정된 소리를 생각하고 다시 그 소리에 약정된 여러 단어를 생각한 뒤에 또 다시 그 우알에 잇는 말과 합하야 말의 경우를 생각해 본 뒤에야 비로소 그 뜻을 알게"[34] 되는, 다시 말하면 뜻을 파악하기에 효율적이지 못한 단점을 가지고 있다고 하면서 "이 표음문자의 결점을 보충하는 데에는, 철자법의 힘을 빌어서, 어느 정도까지 단어철을 표의화할 밖에 없"[35]다는 입장을 피력하고 있다.

2 우리의 言語對象인 꽃을 表意文字에서는 「花」로 표현하엿으니, 花字는 풀초 字「艸」와 될 화「化」가 어울려 되엇으니, 풀에서 되는 것이 꽃이라는 뜻이다. 그러면, 表音文字에서는 어떠케 意味를 表現할가, 表音文字는 綴法을 固定化하야 表意하는 것이다. 가령 꽃이란 말을 글자로 적는다면, 「꽃과」라 할제는 실제 발음은 「꼳과」로 낫다, 또 「꽃에」라 할 제는 「꼬테」로 나고, 「꽃을」할 적에는 「꼬츨」하고 낫다. 勿論 實用文字가 아니요, 發音 記號라면, 그 實

---

32) 이정욱, 「문자는 사물의 표이오 말의 사진이다」, 『정음』 16호, 1936.10; 영인판, 『정음』 中, 반도문화사, 1978, 1118면.

33) 고재휴, 「문자의 일반적 발전 형태와 '정음'의 문화적 의의」, 『정음』 24호, 1938.5; 영인판, 『정음』 下, 반도문화사, 1978, 1595면.

34) 이갑, 「철자법의 이론과 실제 下」, 『한글』 7호, 1933.3; 영인판, 『한글』 1, 박이정, 1996, 419면.

35) 위의 글, 420면.

際 發音 나는 境遇대로 적으면 좋을 것이다. 그러나, 文字는 意味 方面을 생각하기 때문에, 實際 發音은 이상 세 가지로 「꼳」 「꼳」 「꽃」으로 나지마는, 언제나 제 音價를 재 드러내는 꽃이란 名詞가 「이」나 「은」 토 우에서의 發音에 좇아 꽃으로 規正하여 버린다. 그런 뒤에는 꽃字와 對象과는 直接 關係는 없지마는, 「꽃」이란 字形에 意味를 주어, 固定하여 버리는 것이다. 「얼굴」, 「鎌」, 「晝」, 「穀」 等을 「낯」, 「낫」, 「낮」, 「낟」으로 規正한 方法도 이러하다.[36]

②는 표음문자와 표의문자가 의미를 표현하는 방식을 비교하면서, 표음문자도 단어의 형태를 고정하는 방식을 통해 표의문자가 가진 장점을 살릴 필요가 있다고 한다. 근대계몽기만 하더라도 표의문자는 표음문자에 비해 덜 발전된 문자로 인식되어 왔지만, 1930년대에 이르면 "오늘날 글자 중에 가장 읽기 쉬운 글자는 저 한자일 것이다. 웨 그러냐 하면, 그것은 한자가 본대 뜻글자이기 때문에 글자 하나가 한 생각을 나타내고 잇는 까닭이다"[37]와 같이, 표의문자가 가진 시각적인 효율성을 표음문자에도 도입해야 할 필요가 있다는 발언들이 나타나고 있었다. "낯" "낫" "낮" "낟"은 발음상으로 동일하기 때문에 이를 소리 나는 대로 쓴다면 모두 같은 표기가 될 수밖에 없어 문자 자체가 아닌, 문맥을 통해 의미를 파악해야만 한다. 그렇지만, 초성에서 사용할 수 있는 음들을 종성에도 적용하여 문자 자체에 뜻을 부여한다면, 글자를 보는 순간 의미가 파악되는 표의문자 식의 장점을 갖게 되는 것이다. '낫'이라는 한 가지 형태로 표기되던 단어들이, 종성을 변화시켜 각각 얼굴, 풀을 베는 연장, 밤과 대비되는 시간대, 곡식의 알갱이 등의 의미를 지닌 단어로 '표의화'될 필요성이 있다고 한다. 이는 '뜻'을 문자 자체에 드러나게 함으로써 문자의 시각적인 완성도를 높이려는 방법이라는 점에서, 소리 그대로를 받아

---

36) 김선기, 「한글철자법의 이론과 실제─철자법 원리」, 『한글』 3호, 1932.7; 영인판, 『한글』 1, 박이정, 1996, 309면.
37) 신명균, 「한글철자법의 이론과 실제─맞침법의 합리화」, 『한글』 3호, 1932.7; 영인판, 『한글』 1, 박이정, 1996, 305면.

106 문학어의 근대─조선어로 글을 쓴다는 것

적어야 한다고 주장하는 조선어학연구회의 관점과 대비된다.

동아일보사에서 주최한 토론회는 두 입장 사이의 격차를 좁힌다는 취지로 마련되었지만, 오히려 입장의 차이만을 뚜렷이 확인케 하는 결과를 가져왔다. 1933년에 조선어학회에서 '한글 맞춤법 통일안'을 공포한 이후에도 두 파 사이의 논쟁은 끝나지 않았으며, 오히려 더 강화되었다. 조선어학연구회는 '한글 맞춤법 통일안'이 확정 발표되자 1934년 기관지 『정음』을 창간하여 박승빈 학설을 알리는 인쇄 매체를 마련하고, 같은 해 6월에는 '조선문 기사 정리 기성회'라는 기구를 따로 만들어 '한글 맞춤법 통일안 반대성명서'를 발표한다. 여기에는 윤치호·박승빈·문일평·지석영·최남선 등 112명이 서명하는데, 근대계몽기와 1910년대 국문체의 확립에 관심을 기울였던 인물들의 이름이 포함되어 있음을 확인할 수 있다.[38]

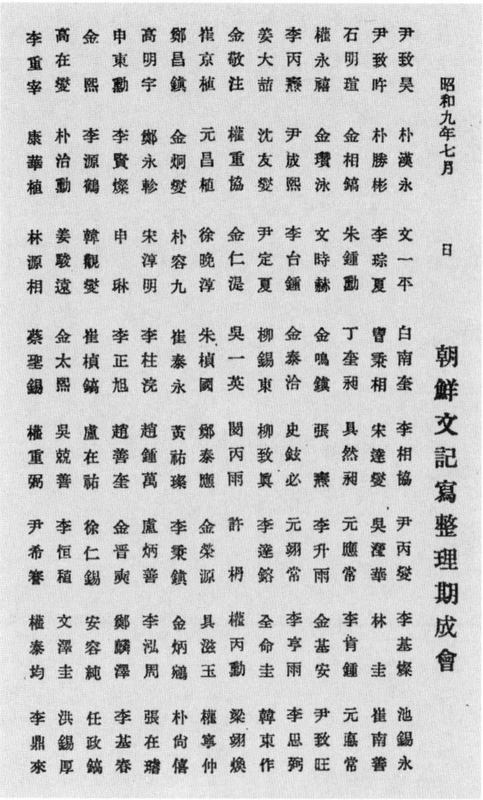
朝鮮文記寫整理期成會

昭和九年七月 日

尹致昊 尹致旿 石明瑄 權永禧 李丙燾 姜大葀 金敬注 崔京植 鄭昌鎭 高明宇 申東勳 金熙 高在燮 李重宰

朴漢永 朴勝彬 金相鎬 金瓚泳 尹岐熙 沈友燮 權重協 元昌植 金炯燮 鄭永杉 李賢燦 李源鶴 朴治勳 康華植

文一平 李琮夏 朱鍾勳 文時赫 李台鍾 尹定夏 金仁湜 徐晩淳 朴容九 宋淳明 申琳 韓觀燮 姜駿遠 林源相

白南奎 曺秉相 丁奎昶 金鳴鎭 金泰洽 柳錫東 吳一英 朱楨國 崔泰永 李柱浣 李正旭 崔楨鎬 金太熙 蔡奎錫

李相協 宋達燮 具然昶 張燾 史鉉必 柳致眞 閔丙雨 鄭泰應 黃祐璨 趙鍾萬 趙善奎 盧在祐 吳兢善 權重弼

尹丙燮 吳澄華 元應常 李升雨 元翊常 李達鎔 許柄 金榮源 李秉鎭 盧炳善 金晋爽 徐仁錫 李恒稙 尹希譽

李基燦 林圭 李肯鍾 金基安 李亨雨 全命圭 權丙勳 具滋玉 金炳鎬 李泓周 鄭麟澤 安容純 文澤圭 權泰均

池錫永 崔南善 元悳常 尹致旺 李思殉 韓東作 梁翊煥 權寧仲 朴尙僖 張在瑨 李基春 任政鎬 洪錫厚 李鼎來

그림 9__ 1934년 6월 조선어학회의 맞춤법 통일안에 반대하던 조선어학연구회는 진고개 명치제과에서 모임을 갖고 '조선문 기사 정리 기성회'를 만든다. 조선문 기사 정리 기성회는, 7월에 한글 맞춤법 통일안 반대성명서를 발표한다. 윤치호, 문일평, 지석영, 박승빈, 최남선 등 112명이 서명하였다.

38) 하동호 편, 「한글식철자법반대성명서」, 『역대한국문법대계 ③ 23 한글논쟁논설집』 下, 탑출판사, 1986, 526~529면 참조.

그림 10 (오른쪽 위) '한글 맞춤법 통일안'은 발표된 이후 책자로 만들어져 배포되었다. 이에 대한 광고(『한글』33호, 1936.4)이다. (왼쪽, 왼쪽 아래) 조선어학회는 새 맞춤법을 보급시키기 위해 『한글』 잡지를 통해 독자들을 훈련시켰다. '긴급동의'란(『한글』 11호, 1934.4, 『한글』 12호, 1934.5), '한글 바루 잡아 쓰기 익힘'(『한글』 12호, 1934.5)

특히, 주시경과 함께 조선어 문장의 성립과 정착에 관심을 기울였던 최남선은, 1920~30년대에 이르면 주시경 파의 노선과 결별하게 된다. 그 이유는 국문체에 관한 서로 다른 지향 때문이었을 것이다.

조선어학연구회 측에 맞서 조선어학회 측에서도 1934년 4월 『한글』 11호부터 편집 체제를 변경하여 '긴급 동의'란과 '한글 바루잡아 쓰기 익힘'난을 만들고 '한글 맞춤법 통일안'을 일반에 널리 보급시키기 위해 노력한다. 또한, 『한글』과 『정음』은 서로에 대한 비방문을 잡지에 싣기도 하였다. 『한글』과 『정음』의 1935년 3월호에는 각각 「한글 통일운동에 대한 반대 음모 공개장」, 「반대자 측의 이모저모」, 「필경 학생까지 선동하느냐?」, 「박승빈 씨에게 합작 교섭 전말」(이상 『한글』), 「한글식 철자법 반대운동 보고서」, 「조선어학회공개장에 대하야」(이상 『정음』) 등의 글이 실려 있다. 그러나 일단은, 여러 잡지와 출판물에서 조선어학회의 '한글 맞춤법 통일안'을 준용하고 조선어학회에서도 새로 출간되는 책에 대해 무료로 맞춤법 교정을 봐주면서 '한글 맞춤법 통일안'의 승리로 귀결되는 양상이 나타났다.

1920년대 후반부터 1930년대 중반까지 맞춤법 통일에 대한 논란이 계속되는 이러한 상태, 그것도 전 조선적으로 이 문제에 대해 논의하고 편 가르는 태도를 비판하는 관점도 존재했다. 홍기문은 다음의 글에서, 어문운동이 철자법 통일 문제에만 집착한다는 점에 대해 우려의 입장을 표명하였다.

③, 이 綴字 問題는 우리 朝鮮語 硏究家들로부터 거의 全 朝鮮語 問題와 同等 評價되야 잇는 만큼 한번 그 論究를 試驗하는 것도 決코 無意味한 일이 아니다. 그러면 『먹어』를 『머거』로 쓰고 『까다』를 『싸따』로 쓰는 것이 조흔가? 그와 反對로 『머거』를 『먹어』로 쓰고 『싸따』를 『까다』로 쓰는 것이 조흔가? 『먹어』와 『머거』는 結局 딴 音을 내는 것이 아니며 더구나 된시옷과 雙書는 한갓 조그만 差異니 어느 편으로 어떠케 쓰든지 何等의 拘碍가 잇슬 리 업다. 勿論 어느 편으로 어떠케든지 그 書寫 方法을 統一하는 것만은 必要한 바가 事實

이나 저러케 써서는 못쓰고 꼭 이러케 써야만 된다는 間不容髮의 鐵則을 發見치 못한다. 萬一 朝鮮語를 가저 羅馬字로 改綴해노코 본다면 그 얼마나 無端한 是非라는 것을 一見에 잘 알 수 잇스니 그들은 天下의 大眞理를 다토고 잇는 것가치 陣營을 各立하고 徒黨을 糾合하야 互相 論駁에 論駁을 거듭하고 잇스되 要컨대 小題大做에 不過한다. 까다럽고 어려워 귀찬키가 英語의 綴字 以上 더 넘어갈 것이 업건만 그래도 英語는 國際上 巨大한 勢力을 占領하기에 이르럿스니 그러타고 英語의 困難한 綴字를 欽慕한다든지 朝鮮語의 綴字 統一을 拒否할 것은 아니겟지만 **全 言語 問題를 代表하도록 綴字 問題를 큰 問題로 삼을 것이 업다**는 것만은 證明키에 足하다.

勿論 한편에서는 『ㅎ』音 바침 不用을 主張하는 데 對하야 다른 한편에서는 『ㅎ』音 바침 可用을 固執하고 한편에서는 『먹, 머그, 머거』를 한 單語의 變化 形態로 따지는 데 對하야 다른 한편에서는 『먹』을 語幹 『으니, 으며』나 『어』를 토로 보고 잇는 等 兩派 서로 자긔의 綴字法을 다 각각 理論化하고 잇다. 萬一 言語學을 잘 아지 못하는 사람으로서 처음 綴字에 對한 이 兩派의 理論을 듯는다면 甲이 아니면 乙이요, 乙이 아니면 甲으로 두 편 中 한편의 撰擇을 强制當하는 듯이 생각할는지도 모른다. 그러나 果然 『ㅎ』音을 바침으로 쓸 수 잇다고 하자. 『조흐니』『조흐며』『조하』로 써노코도 바침의 『ㅎ』音이 토의 『으니, 으며』나 『아』와 連結됨을 說明한다면 그뿐이 아닌가? 또 果然 『먹』이 語幹이요 『으니, 으며』와 『어』는 토라고 하자 『머그니』『머그며』『머거』로 써노코도 바침의 『ㄱ』音이 토의 『으니, 으며』나 『어』와 連結됨을 說明한다면 그뿐이 아닌가? 『조아』나 『먹어』로 쓴다고 하더라도 『조하』나 『머거』로 일글 젓인 以上 『조하』나 『머거』로는 絶對 못쓰고 『조아』나 『먹어』로 꼭 써야 한다고 욱일 것이 조금도 업다 『조아』『먹어』로 쓴다고 語幹의 바침과 토가 連結되야 發音함을 防止할 쑤도 업거니와 『조하』『머거』로 쓴다고 語幹의 바침과 토의 本質的 區別이 決코 消滅될 것이 아니다 鷄卵은 뾰족한 쪽으로부터 깨먹으나 편편한 쪽으로부터 깨먹으나 그쯤의 問題로 殺代 ('伐'의 오기인 듯—인용자)한 戰爭을 이리킬 것은 업지 안한가? 綴字는 統一을 要하여야 할 만큼 鷄卵을 깨먹는 것과 가티 自由放任은 許할 수 업슬망정 그저 어느 한편으로 統一을 取하면 고만이 아닌가?[39]

---

39) 홍기문, 「조선어 연구의 본령—현하 철자 문제 대한 논구 9」, 『조선일보』, 1934.10.17.

홍기문은 된소리 표기를 쌍서로 해야 한다, 된시옷으로 해야 한다로 나뉘어 논쟁하는 것, 'ㅎ'받침을 사용해야 한다와 안 된다로 갈리는 것, 어간과 어미의 분리 방식을 두고 다투는 것 등, 두 파의 논쟁점들 하나하나를 거론하면서, 어느 쪽 입장을 선택한들 어떠냐고 말한다. 철자법 통일의 기준은 '절대 그렇게 할 수 없다'의 태도보다 어느 한쪽으로 결정하고 그것을 따르면 그만이라는 것이다. 어느 쪽의 안을 택하든지 "간용불발(間不容髮)의 철칙", 다시 말해 머리털 하나도 들어갈 틈이 없이 완벽한 이론은 존재할 수 없을 것이라는 의견을 드러내고 있다.

사실, 조선어학회의 통일안은 표의주의 표기법을 지향하면서도, 그 총론에는 '한글 마춤법은 표준말을 그 소리대로 적되, 어법에 맞도록 함으로써 원칙을 삼는다'는, 양립하기 어려운 두 규정이 함께 들어가 있다. '소리대로'의 원칙과 '어법에 맞도록'의 원칙이 단어마다 다르게 적용되는 경우가 생김으로써 일관되지 못한 측면이 발생하기도 하였다. 이는 역사적으로 표음주의가 존재해 왔다는 점을, 그리고 우리의 철자법 문제에는 어느 때이고 표음주의가 대두할 수 있다는 점을 무의식적으로 인정하고 있는 측면이기도 하다.

맞춤법 통일 논쟁은 '너무 오랜 시간 동안' '전 민족적인 관심을 받으며' 지속되어 왔다는, 바로 그 '소모적인' 측면 때문에, 역설적으로 조선어 글쓰기에 관한 인식을 새롭게 했다는, 간과할 수 없는 흔적을 남겼다. 표의주의를 글쓰기의 근간으로 확립시킨 '한글 맞춤법 통일안'은, 결과적인 측면에서 본다면 '맞춤법은 어려운 것'이라는 인상을 가지게 하였다. 조선어학연구회에서, '배우기 쉬운' 표음문자의 특장을 무시하고 '어려운' 철자법으로 갔다는 점을 비판했던 것은 타당한 일면을 가지고 있다. 물론 조선어학회에서는 과학적인 원칙을 깨닫기만 하면 표의식 철자법이 더 쉬운 것이라고 설명하긴 하지만, '습득의 과정'을 거치고도 잘못 사용하는 사람들이 많다는 점을 보아도, 표음문자의 가장 큰 장점이었던 '배우기 쉬운 문자'로서의 속성을 많이 잃어버린 결과가 되었다고 할 수 있다.

그럼에도 불구하고 조선어학회가 왜 승리할 수밖에 없었는가 하는 원인을 생각해보면, 이는 근대성의 지향과 밀접히 연관되어 있다고 볼 수 있을 것이다. 조선어학회의 운동 방식 자체가, 학교 교육이나 출판 미디어를 통해 통일안을 유포시키는 근대적인 형태였다는 점도 물론 이에 해당한다.40) 그러나 매체의 측면을 제외하고, 보다 근본적으로 통일안 자체가 추구했던 표의주의는, 표음주의를 넘어섬으로써 새로운 형태의 글쓰기 인식을 창조해 나가고 있었다. 조선어학회가 추구했던 표의주의는, 어원을 확실하게 표시함으로써 '눈으로 읽는 문자언어'의 속성을 더욱 멀리까지 밀고나가려 하였다. 모든 문자가 청각성 아닌 시각성을 추구하는 것이지만, 한글의 경우는 음소문자이면서 음절문자의 형태를 취하고 있는 특수한 예에 해당한다. 이는 본래 한자의 영향으로 초성·중성·종성을 모아쓰는 방식에서 나타난 것인데, 조선어학회의 표의주의는 음절문자로서의 성격에 덧붙여, 고정적 형태를 부여하여 글자에 '뜻'을 표시하려는 방식의 새로운 글쓰기 형태를 창조해 내었다.

더구나 조선어학회와 조선어학연구회의 인식을 좀 더 확장해서 살펴보면, 한문을 대하는 방식에도 차이가 드러남을 알 수 있다. 한문을 한글로 표기하면 나타나는 문제가 '동음이의어' 문제이다. 조선어학회는 어근을 드러내는 분철 식 표기를 채택하고, 사용하지 않던 받침을 부활시킴으로써 동음이의어의 문제를 해결하려고 시도하였다. 이에 비해 조

---

40) 이혜령, 「한글운동과 근대 미디어」, 『한국 근대문학의 형성과 문학 장의 재발견』, 소명출판, 2004, 43~67면 참조. 홍기문은 순전히 교육과 선전의 힘을 빌어 언어를 교정할 수 있다고 믿는 것은 어리석은 일이라면서, 어문연구가들의 운동 방식에 대해 언급한 바 있다. "우리 조선어 연구가들은 교육과 선전을 과중히 평가하야 그 힘만을 가지면 조선어를 가지고 만두나 편수나 마음대로 비저지리라고 밋는 모냥이다. 그래서 그들은 다 각각 반신불수의 조선어를 떠메고 오즉 신문 잡지에로 또는 교과서에로 채용의 영예를 엇고자 일대의 분전을 이리키고 잇는 중이다."(「조선어 연구의 본령─법칙지상과 언어순화의 몽상 3」, 『조선일보』, 1934.10.9) 이는 당시의 정황으로 볼 때 조선어학회의 운동 방식을 비판하는 말이다.

선어학연구회에서는 역사적인 연철 표기를 채용해야 한다고 주장하는데, 이때 발생할 수 있는 의미의 전달 문제를 해결하기 위해서 국한문혼용을 허용하는 입장을 보인다. 1930년대에는 두 파 사이의 논쟁이 맞춤법 문제에 집중되면서 국한문혼용이냐 한글전용이냐에 관한 문제가 큰 쟁점 사안이 되지 못하였지만, 박승빈은 1920년대에 쓴 글에서 '한자의 훈독을 허(許)하는 사(事)'에 관해 논하기도 하였다. "雲이 消하니 雨가 止하다"와 같은 문장은, "雲이 消하니 雨가 止하다"라고 쓴다고 하더라도, "구름이 사라지니 비가 그치다"로 훈독하면서 읽으면 된다는 입장을 피력하였다.[41] 때문에 아마도 그에게 표음식 표기에서 나타나는 의미의 혼란은 크게 문제가 되지 않았을 수도 있다. 그러나 조선어학회는 궁극적으로 한자의 표기를 노출하지 않는, 한자어라 하더라도 이미 조선어화한 한자를 사용하여 뜻을 알 수 있게 하는 국문체 문장을 만들려고 하였기 때문에, 그들에게 표의식 표기는 문자의 시각성을 보장하는 중요한 징표가 되었다.

또한, 조선어학연구회의 글에는 띄어쓰기나 문장부호 등에 대한 관심이 전혀 나타나 있지 않고, 『정음』에 실린 글들에도 이것들이 제대로 적용되는 경우가 별로 없었다. 하지만 조선어학회는, 다른 표기법 규정과는 달리 '한글 맞춤법 통일안'의 총론에 '문장의 각 단어는 띄어 쓰되, 토는 그 웃 말에 붙여 쓴다'는 규정을 명문화할 정도로 시각적인 측면에 주의를 기울였다. 띄어쓰기의 규칙은 사고의 논리 단위를 분절시키는 효과를 얻을 수 있다. 반면에 어구나 어절을 붙여 쓰고 실제 숨쉬어야 할 만한 곳에서 띄어 쓰는 것은 우리말의 호흡에 보다 잘 맞는 방법일 수 있다. 조선어학연구회에서 추구하는 에크리튀르의 형식은 언어의 시각성이란 측면보다 청각적인 면에 머물러 있었다고 할 수 있다.

조선어학회의 1933년 '한글 맞춤법 통일안'이 추구했던 표의주의 표

---

41) 박승빈, 「조선언문에 관한 요구 二」, 『계명』 2, 1921.6, 5면 참조.

기는, 조선어학연구회에서 주장했던 표음주의를 넘어섬으로써 새로운 형태의 글쓰기 인식을 창조해 나가고 있었다. 그러나 조선어학연구회의 지향은 역사적인 국면들에서 다시 한 번씩 제기되곤 하였다. 표음주의와 표의주의가 광복 이후의 '한글 간소화 파동'으로 다시 한 번 역사의 표면 위에 등장했던 것도 이를 증명하는 예가 될 수 있다.[42] 이는 "표의주의를 추구하려는 한편 저쪽에 늘 표음주의가 대립적으로 버티고 있었다는 사실"[43]을 깨닫게 한다. 그리고 "그러한 대립 속에서 결국은 표의주의가 살아남았다는 사실은 시사하는 바가 많다."[44]

표의주의에 입각한 '한글 맞춤법 통일안'은 새로운 문장어의 형성에 적지 않은 기여를 하였다. 만약, 우리의 특수한 사정으로 인해 선결 과제가 되었던 표기법의 제정이, 표준어의 사정(1936년)보다 뒤늦게 행해지는 역사적 경로를 밟았더라면, 표기법 통일의 논쟁 과정이 그렇게까지 길지 않았을지도 모르고, 표의주의 원칙이 그렇게까지 강하게 주장되지 않았을지도 모른다. 그러나 역사가 가지 않은 방향은 예측할 수 없을 것이다. 철자법 논의에 매달리는 시간이 길었던 만큼, 그리고 그것이 논쟁의 형태를 띠었던 만큼, 더구나 그 논쟁을 모두 관심 있게 지켜보면서 참여했던 만큼, 문장어 혹은 문장체에 대한 의식은 새롭게 분화하는 과정을 밟았을 것이다.

---

42) '한글 간소화 파동'이란, 이승만 정부가 1953년 4월 국무총리령 제8호로 '모든 표기를 소리대로 적는다'는 원칙을 공표하였던 일을 말한다. 이승만도 근대 초기 조선어문을 연구했던 전력을 가지고 있는데, 그가 보기에 '한글 맞춤법 통일안'은 복잡하고 불편한 것이었다. 그러나 이는 표의주의 방식으로 정착된 '한글 맞춤법 통일안'을 뒤집는 일이었다는 점에서 엄청난 반대 여론과 논쟁을 불러 일으켰고, 결국 정부는 얼마 못 가 이 안을 자진 철회하였다.

43) 이익섭, 『국어표기법연구』, 서울대 출판부, 1992, 371면.

44) 위의 글, 같은 곳.

2. 조선문학과 작문법의 유행

1) 조선문학의 '내용'과 '형식'

1920~30년대에는, 문학 작품 창작에서는 한글을 전용해야 한다는 인식이 광범위하게 퍼져 있었던 듯 보인다.[45] 그런데 1910년대만 하더라도, "『청춘』의 현상문예 심사를 맡고 있었던 최남선(산문)과 이광수(소설)는 이미 현상문예 응모시 '한자를 약간 섞은 時文體'로 작성하라는 일종의 문장(문체) 규범을 두고 있었다. 이는 『청춘』에서 지향하고 있던 문체, 즉 개념어는 한자를 섞어 쓰되 한글로 풀어서 서술하는 문체를 의미한다."[46] 철저한 국문주의를 표방했던 이광수에게 '한자를 약간 섞은 시문체'는 완전한 한글전용 문장으로 가기 위한 과도기적인 단계로서의 의미를 지니고 있었다.[47] 1925년의 『조선문단』 합평회를 들여다보면, 3월 합평회에서 "한문투를 너머"[48] 쓴다고 비판받았던 박종화가 4월 합평회에서는 임영빈의 작품에 나타난 "한자의 다용(多用)"[49]을 지적하기

---

45) 이는 특히 소설의 경우에 그러하다. 소설은 신문학 초기부터 '현실의 재현'을 위해 우리말을 위주로 한 문장 구성 방식을 체득해 왔지만, 시와 수필은 의미를 전체적이며 상징적으로 구축·전달하는 한자(표의문자)의 특성을 꽤 오랫동안 유용하게 사용하였다. 그렇다고 해서, 당시의 작가들이 드러내었던, 국문체 형성에 대한 자각적 인식이란 큰 흐름과 배치(背馳)되는 것은 아니다.

46) 구자황, 「독본을 통해 본 근대적 텍스트의 형성과 변화」, 『한국 근대문학의 형성과 문학 장의 재발견』, 소명출판, 2004, 101~102면.

47) 이광수는 국문을 전용하고 한문을 전폐하되, 한문은 외국어의 하나로 보고 가르쳐야 한다고 주장하기도 하지만(이보경, 「국문과 한문의 과도시대」, 『태극학보』 21, 1908.5. 24; 하동호 편, 『역대한국문법대계 ③ 06 국문론집성』, 탑출판사, 1985, 136~138면), 신지식의 수입에 장애가 될 수 있으므로 '지금은' 국한문병용이 필요하다고 말하기도 한다(이광수, 「금일아한용문에 대하야」, 『황성신문』, 1910.7.24; 하동호 편, 『역대한국문법대계 ③ 06 국문론집성』, 탑출판사, 1985, 189~192면).

48) 「조선문단합평」, 『조선문단』 6호, 1925.3, 125면.

49) 「조선문단합평회」, 『조선문단』 7호, 1925.4, 83면.

도 한다. 작가들은 어느 때부터인가 작품은 한글로 써야 한다는 인식을 지니고 있었다. 이 책의 77~79면에 인용된 예문 ⑦에는, 한글이 한문의 보조어로서의 역할을 탈피하고 조선의 문학어로 정착된 "이십 년래"의 상황을 지적하는 발언이 보인다. 한글을 통해 창작을 해야 한다는 인식이 전반적으로 유포된 근거를 살펴보기 위해 필요한 부분만 떼어내어 다시 인용해 보기로 한다.

① 洪起文 : 나도 이 問題는 늘 關心하여 오든 바외다. 그런데 現在 우리가 쓰고 있는 語學 卽 한글은 몇 十 年 前이 것이 아니란 것부터 우리들 一般은 몬저 認識하여야 할 것임니다. 말하자면 우리 「한글」은 몹시 그동안에 新文化運動이 잇슨 뒤 約 二三十 年 間에 長足의 進步를 해 와서 예전에는 文學上으로 漢語의 補助語 格으로밖에 使用 못 되든 것이 近來은 完全한 主語로서 昇格되었고 言語 自體로 보아도 퍽으나 純化되어 왔슴니다. 그래서 時調와 民謠와 神話 傳記類에받게 極히 좁은 範圍로 使用되든 「한글」이 이제는 이 땅 文士들의 努力의 結果로 藝術用語로서 最善 最上의 文字가 되었슴니다. 그래서 이제는 우리의 思想 感情을 表白함에 있어 「한글」 以上 가는 語學이 없다 하게 되었지요. 이 光景은 마치 英語도 蠻語 取扱을 받다가 文學者 「초-사」가 「詩」를 쓰면서부터, 또 露語도 野蠻語로서 滅視를 받어 오다가 「푸시킨」의 손에 洗練되면서부터 露文學의 正統的 用語로 되여지듯이 - 二十年來 朝鮮 文學者의 努力의 結果로 이제는 「한글」을 가지고 詩, 小說을 지을 수 잇슬가 하든 썩은 觀念을 完全히 打破하고 낫스니 이런 큰 勝利가 어데 있슴니까.

金復鎭 : 그런데 한 가지 考慮할 일은 「한글」이 國際 用語로까지 將來가 빛나겟느냐 한다면 그것은 아직 말할 수 없다 하겟지만, 이 땅 人民의 多大數가 쓰고 있는 普遍的 完全한 語學이니만치 여기엔 같은 한글語學인 바에는 分裂이 없어야 하겟는데 近來의 趨勢를 보면 한글 見解에 대하야 李克魯, 李允宰 氏 等의 朝鮮語學會 用法이 달느고 朴勝彬 氏 等 朝鮮語學硏究會 用法이 또한 달느며 거기 따라 新聞 雜誌社의 用例도 달느고 學校敎育을 主宰하는 어느 使用例도 달너서 여러 가지 不統一이 있스니 우리는 무었보다 이 分裂을 避하여야 하겟서요. 내 自身만으로는 朝鮮語學會 側의 用法이 正當하다고 보는데 여기 對하야 우리들 文人들이 一致하야 이 用例를 確立식힙시다.

이것이 當面의 急인 줄 알어요.

孫晉泰 : 그 말이 올해요. 「한글의 統一」에 이 땅 모든 敎育家와 文化關係者가 全力을 하여 用法을 一定식히고 그리고는 한글普及에 힘써야하겟지요. 그리함에는 그 중에도 一般에 영향력을 만히 가진 作家의 勞力이 크게 잇서야 할 줄 압니다. 그리고 最近에 우리 作家 사이에 에스페란토나 英佛語 等으로 作品을 發表하는 일이 頻頻한데 내 생각에는 海外 文壇을 目標삼고 外語로 發表함은 조흐나 타-골이 作品 發表할 때에 벤갈語로 써노코 그것을 제 손으로 英譯하여 두 가지를 同時에 發表하드시 한편으로 朝鮮 한글로 쓰고 그것을 英譯이라든지 佛譯으로 하여 同時에 內外 文壇에 發表하여주는 形式을 取하여 주었스면 조켓서요.

徐恒錫 : 그 態度를 나도 支持합니다. 그리고 우리가 이때에 생각할 일은 녜전에는 嚴正히 말한다면 우리는 조선말은 잇섯스나 조선글을 업섯든 時期가 잇섯지요. 악가 洪起文 氏 말슴 모양으로 그때는 오직 漢文이 文學上 通常用語가 되엇섯지요. 그러다가 只今은 또 한편 다른 語學이 漢文의 地位에 밧기워 노이지 안을가 하는 点도 考慮되는데 그러나 아직은 이 問題는 그리 큰 當面의 急迫한 問題는 아닐 줄 압니다. 漢文 全盛時代와도 달너 지금은 훌륭한 조선말과 글이 잇스면서 文學上 用語를 그로 하지 안는다면 이것은 各自가 甚히 反省할 거리인가 합니다. 이때에 있서 우리는 다시 한번 「朝鮮文學」을 嚴正히 規定지어 제 文學을 保護, 掩護하는 文化的 努力이 잇서야 할 줄 압니다.[50]

첫 번째 발언자 홍기문은 "현재 우리가 쓰고 있는 어학 즉 한글은 몇십 년 전 것이 아니란 것부터" 인식해야 한다고 하면서, 한글은 "그동안 신문화운동이 잇슨 뒤 약 이삼십 년 간에 장족의 진보를 해"왔다고 한다. 그가 언급하는 "신문화운동"이란, 한글의 진보를 가리키는 용어로 사용되고 있다는 점에서 주시경 이래의 어문운동을 지칭하고 있는 것으로 보인다. "신문화운동"을 통해 한글이 문학상의 "주어로서 승격되

---

50) 「문예정책회의-문예운동의 모태인 한글어학의 장래를 위한 대책여하」, 『삼천리』, 1936.6; 하동호 편, 『역대한국문법대계 ③ 23 한글논쟁논설집』 下, 탑출판사, 1986, 691~693면.

었고 언어 자체로 보아도 퍽으나 순화되어” 왔다는 것은, 한글이 적용되는 실제 범위가 상당히 넓어졌을 뿐만 아니라, 한글을 사용할 수 있다고 인식하는 범위 또한 한층 확장되었음을 알려준다. 이 과정에서 “한글을 가지고 시, 소설을 지을 수 잇슬가 하든 썩은 관념”이 일소된 것은 물론이거니와, 더 나아가 “우리의 사상 감정을 표백함에 잇서 한글 이상 가는 어학이 없다”는 인식까지 생성되었다고 할 수 있다. 이는, 한문을 국문의 영역에서 배제시켜 국문의 에크리튀르를 건설해야 한다는 어문운동의 대의에 문학자들 역시 공감하였다는 점을 의미한다.

어학자와 문학자가 동일한 인식의 지평을 공유할 수 있었던 데에는, ‘조선의 것’을 공고히 하려는 인식이 개입되고 있었기 때문이다. 따라서 홍기문의 발언에 이어 김복진이 조선어학회와 조선어학연구회의 대립과 분열을 언급하면서, “이 땅 인민의 대다수가 쓰고 있는 보편적 완전한 어학”인 한글을 분열 없이 통일시키는 것이 문학자들의 할 일이라고 말하는 것은 자연스러운 논리의 흐름이 된다. 그리고 김복진의 발언을 이어 받은 손진태가, 에스페란토나 영어, 불어 등으로 작품을 발표하는 조선의 문학자들이 우선은 한글로 창작하고 나서 그것을 번역하는 형식을 취했으면 좋겠다고 말하는 것은, 한글로 창작하는 것이 문학가들의 임무임을 말하는 것이다.

그런데 마지막 서항석의 발언으로 넘어가면서, 이것이 단순한 의무 규정이 아닌, ‘조선문학’의 개념 자체를 좌우하는 원천적인 문제로 소급되고 있다는 점에서 문제적이다. “한문 전성시대와도 달녀 지금은 훌륭한 조선말과 글이 잇스면서 문학상 용어를 그로 하지 안는다면 이것은 각자가 심히 반성할 거리인가 합니다. 이때에 있서 우리는 다시 한번 ‘조선문학’을 엄정히 규정지어 제 문학을 보호, 엄호하는 문화적 노력이 있서야 할 줄 압니다”라는 발언은, 한글을 문학의 용어로 사용케 하기 위해서 조선문학의 개념을 선(先)규정지어 둘 필요가 있다는 의미를 담고 있기 때문이다. 이는 원인과 결과가 전도되어 있는 발언이다. 다시 말해, 서항석은 조선문학의 개념을 미리 규정해 두고, 거기서 벗어나는 문학은 '조선문학이 아니다'라고 구별하고 배제할 필요가 있다는 점을 말한 것이다. 그가 생각하기에 한글로 된 문학만을 조선문학이라고 정의 내리는 행위는, 조선의 "문학을 보호, 엄호하는 문화적 노력"이므로 반드시 선행되어야 할 일이었다.

위의 좌담에서는, 인용문에 앞서 조선문학의 개념 정의가 급선무라는 정인섭의 발언이 나타나기도 한다. 정인섭은, "그런데 이 문제 토의에 선행할 것은 '조선문학의 정의' 규정이외다. 조선문학이란 엇든 것인고. 조선말로 씨웠고 조선사람이 썼고 조선사람에게 읽히기 위하야 쓴 문학만이 조선문학이냐 또는 그 사용된 언어와 인간에는 관계 없시 다만 조선의 정서, 사상, 감정만 표현된 것이면 조선문학으로 볼 것이냐 하는 것이 늘 문제가 되는"[51] 것이라고 하면서 자기의 의견을 덧붙이려고 하는데, 사회자인 김동환이 다른 기회에 독립된 주제로 다루어질 것이니 본론으로 돌아가자고 하며 이를 제지한다. 두 달 뒤인 1936년 8월에 이 문제가 『삼천리』의 설문조사로 다루어진다.

'조선문학의 정의 이러케 규정하려 한다'는 주제로 기획된 『삼천리』의 설문조사에는 이광수・박영희・염상섭・김광섭・장혁우・서항석・이헌구・이병기・박종화・임화・김억・이태준 등이 참여하였다. 『삼천리』의 질문은 세 가지의 단서 조항을 포함하고 있었다. 대체적인 정설대로 한다면 ① 조선 글로, ② 조선 사람이, ③ 조선 사람에게 읽히기 위하여 쓴 글이 조선문학이 될 텐데, 그렇다면 다음과 같은 예외적인 경우까지를 고려하여 조선문학의 개념을 정의해 달라고 한다. ① 조선 글로 써야 한다면, 연암의 『열하일기』나 일연의 『삼국유사』처럼 한문으로 쓰인 것은 조선문학이 아닐까? 인도의 타고르가 영문으로 작품을 발표한 것과, 아

---

51) 「문예정책회의-문예운동의 모태인 한글어학의 장래를 위한 대책여하」, 『삼천리』, 1936.6; 하동호 편, 『역대한국문법대계 ③ 23 한글논쟁논설집』 下, 탑출판사, 1986, 691면.

일랜드의 작가들이 영문으로 발표한 것은 각각 인도문학, 아일랜드 문학으로 보는 것 같은데, 문학과 문자의 규정은 어떻게 하는 것이 옳을까? ② 조선 사람이 써야 한다면, 나카니시 이노스케[中西伊之助]가 조선인의 사상 감정을 기조로 하여 쓴 작품은 조선문학에서 제외되어야 하는가? ③ 조선 사람에게 읽히기 위해 써야 한다면, 장혁주가 동경에서 발표한 일본어 소설과 강용흘이 영어로 쓴『초가집』등은 조선문학이라고 볼 수 없는 것일까?[52]

이러한 세 가지의 조건을 내건 설문조사에서 이광수는 "조선문학이란 무엇이뇨! 조선문으로 쓴 문학이라!"고 하면서 철저한 속문주의(屬文主義)의 태도를 취하였다. 연암의『열하일기』나 일연의『삼국유사』등과 같이 한문으로 쓰여진 글은 "말할 것도 없이 지나문학"이며, 오히려 조선글로 번역된『삼국지』『수호지』등이 조선문학이라는 것이다.[53] 이광수와 함께 장혁주·이태준 등이 이러한 속문주의의 태도를 보이고 있다. 이에 반해 임화는 "조선문학이란 조선인의 생활적 현실 가운데서 자라나서 그것을 반영하고, 그 향(向)하는 바 최량(最良)에 이상(理想)에 의하야 향도(嚮導)되는 문학일 것입니다"[54]라고 하면서, 조선인에게 문자가 없었던 시대에 한문으로 쓴 문학을 부정해서는 안 된다고 하였다. 박종화나 이헌구도 이와 같은 견해를 보였다.

논자에 따라 이광수와 같은 철저한 속문주의로부터 임화와 같은 유연한 입장까지 그 편차가 다양하다. 그러나 임화 쪽의 의견보다는 이광수 쪽의 속문주의가 그 당시에는 더 강하게 제기되고 있었다고 할 수

---

52) 「조선문학의 정의」,『삼천리』76호, 1936.8, 84면.
53) 이광수의 속문주의 견해는 이미 1929년 1월에 한 차례 표명된 바 있다. 경성제대 조선문학과의 조선문학 연습용 교재로『격몽요결』이 채택된 것을 비판하면서 "문학은 결코 그 작자의 국적을 딿아 어느 국문학에 속하는 것이 아니요 오직 그 쓰이어진 국문을 딿아 어느 국적에 속하는 것이다. 말하자면 문학의 국적은 속지도 아니요 속인(작자)도 아니요 속문(국문)이다"(「조선문학의 개념」,『신생』, 1929.1, 6면)라고 한다. 이 글이 1935년 5월『사해공론』에 같은 제목으로 재차 수록되었다.
54) 「조선문학의 정의」,『삼천리』76호, 1936.8, 94면.

있다. 가령, 훈민정음 창제 이전에는 이두문학 정도만을, 훈민정음 창제 이후에는 한글문학만을 우리의 문학으로 쳐야 한다는 견해가 주류를 이루었다.[55]

『삼천리』보다 앞서, 1935년 12월 『신동아』에서도 조선문학의 개념을 묻는 설문조사가 이루어졌었다. 여기에는 안함광 · 엄흥섭 · 김말봉 · 김남천 · 유치진 · 이종수 · 임화 · 심훈 · 조벽암 · 한인택 · 이헌구 · 양주동 · 김윤경 등이 참여하였다. 『삼천리』처럼 질문의 범위를 제한하지 않아, 답변이 일관된 지점으로 모이지 않지만, "조선말로 된 문학이외다"[56] 혹은 "조선문으로 표현된 문학이라야 조선문학이 되리라고 생각합니다"[57]라는 양주동과 김윤경의 한 문장짜리 답변은, 한글과 문학 간의 상관성을 인식하는 것이 조선문학을 규정하는 당시의 주요한 기준이었음을 보여준다.

임화는 『삼천리』의 설문조사가 발표된 다음 달(1936.9) 설문조사의 문제제기 방식과, 다른 논자들의 답변 등을 토대로 하여 조선문학의 개념에 관한 자신의 의견을 좀 더 많은 분량의 지면을 통해 피력하였다. 그는, 『삼천리』의 질문 방식이 현실의 "구체성이 사상(捨象)되고 형식적으로 민족문학의 개념을 분류"[58]하고자 하는 의도를 포함하는 것으로서, "원인 종속적인 것을 가지고 원천을, 형식적인 것을 가지고 내용을 율(律)할라는 역도(逆倒)된 방법"[59]이라며 비판하였다. "낮부게 해석한다면

---

55) 문일평은 "문학의 표현하는 방법 즉 그 형식에 의지하야 구별할진대 한자의 음의(音義)를 빌어 우리네말을 적게 되든 이두문시대와 이십오 자모로 구성된 아주 완미한 글자를 가지고 우리네말을 제맘대로 적어내이든 정음시대와 둘로 난홀 수 잇나니 한글 창작을 조선문학사상의 최고 분수령으로 삼아 그 이전은 이두시대에 속하는 것이오 그 이후는 정음시대에 속하는 것이다"(「조선심 차진 조선문학」, 『별건곤』, 1928.5, 113면)라고 말한 바 있고, 최문진도 이두문학까지를 조선문학의 범위에 집어넣고 있다(「이두와 조선문학」, 『사해공론』, 1938.7; 하동호 편, 『역대한국문법대계 ③ 23 한글논쟁논설집』 下, 탑출판사, 1986, 769면).

56) 「조선문학의 규정」, 『신동아』, 1935.12, 108면.

57) 위의 글, 109면.

58) 임화, 「조선문학 개념규정에 반하는 소감」, 『조선문학』, 1936.9, 159면.

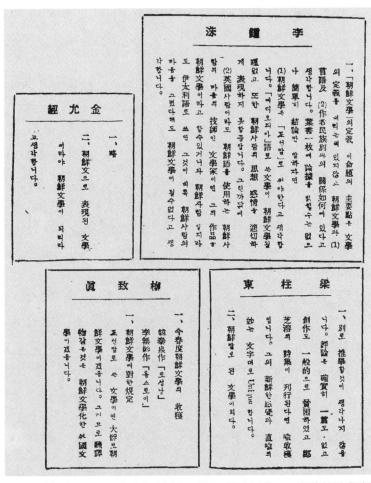

그림 11__『신동아』, 1935.12. 질문은 두 가지였다. 一. 금년 조선문단의 수확, 二. 조선문학의 규정. 두 번째의 짧막한 답변에는 조선문학에 대한 당시의 일반적인 관념이 들어 있다. '조선의 글자'는 조선문학의 범위를 결정짓는 중요한 잣대였다.

해답자로 하여금 조선문학의 역사적, 현실적 본질을 망각케 하고 어문

59) 위의 글, 160면.

에만 궁극 원인을 설정케 할 형식주의적인 회답을 유도하기 위함이라 볼 수도 있다"[60])는 것이다. 그러므로 미리 정해 놓은 규범에서 출발하지 말고, 문학사의 실체, 다시 말하면 한문이 아니었으면 문학을 생산할 수 없었던, 그러한 역사적인 상황을 고려해서 결과를 얻으려고 해야 한다는 입장을 분명히 표명하였다.

이광수와 임화로 대표되는 두 갈래의 견해는 '조선문'에 강조점을 두느냐, '조선인'에 강조점을 두느냐로 대비될 수 있지만, 보다 심층적인 차원에서는 서로 비교 불가능한 지점에 서 있는 의견이었다. 이광수의 견해는 '조선문학이란 무엇인가'에 대한 답변이라기보다 '조선문학은 무엇이어야만 하는가'에 관한 규정이라고 할 수 있다. 한글로 된 문학만이 조선문학이라는 답변은, 과거를 부정함으로써 혹은 과거를 망각함으로써 새로운 미래를 만들어내려는 의도로서 제시된 당위적인 개념이다. 따라서 이광수의 견해는 '조선적인 것'을 외부와 구획 짓는 방식을 통해 새롭게 건설해 내려는 것이었다. 그러나 임화가 '조선문학이란 무엇인가'를 사고하는 태도는 '조선문학은 무엇이었는가'에 관한 것이다. 한문문학도 조선문학이라고 말하는 것은, 실제 존재했던 역사의 한 단계를 인정하고 나서 조선문학을 규정하려는 태도이다. 따라서 임화의 견해는 '조선적인 것'을 내부로부터 발견하려는 방식이었다고 할 수 있다. 이 두 방식은 그 방향이 서로 달랐다고 할지라도, '조선적인 것'을 찾아내기 위해 한글과 한문의 존재 양상에 관심을 두고 있었다는 공통점을 지니고 있다. 이는 어쩌면 불필요한 논쟁이었을지 모른다. 홍기문은 이미 1934년 10월에 이러한 논의들이 불필요함을 지적하고 있다.

> ② 要컨대 朝鮮語의 文學만이 朝鮮文學이냐? 朝鮮人의 文學이 모두 다 朝鮮文學이냐? 朝鮮文學이란 말은 그 中間 語字의 省略으로도 보겠지만 人字의 省略으로도 못볼 것이 아닌즉 本來 兩義로 쓰이는 말이라고 생각된다. 朝鮮

---

60) 위의 글, 같은 곳.

文學에 對한 兩樣 見解의 對立도 結局은 이 兩義에 對한 相持로부터 出發한 것이라 실상은 부질업슨 論爭에 지나지 못한다. 萬一 朝鮮語文學만을 中心 삼아 그 起源과 發達을 議論하려느냐 거긔서는 漢字로 된 一切 우리 祖上의 作品을 모도 다 除去한대도 別로 異議를 提起할 것이 업스되 萬一 文學的 方面에 對한 朝鮮人의 努力과 그 寄與를 全體的으로 叙述하려느냐 虎叱文이라든지 許生傳과 가튼 天才的 作品을 決코 뺄 수 업는 닐이다.[61]

②에서 홍기문은 "조선문학"의 "조선"과 "문학" 사이에는 "어(語)" 자가 생략됐다고 볼 수도 있지만 "인(人)" 자가 생략됐다고 말할 수도 있는, 이중의 해석이 가능하다고 하였다. 언어를 본위로 하여 문학을 구분하는 것, 그리고 민족을 본위로 하여 문학을 구분하는 것 모두 불가능하지 않다고 하면서, 두 방향 모두 일정 정도 타당한 면을 지니고 있다고 말한다. 홍기문이 생각하기에, 조선시대의 한문학은 양반이란 계급이 향유했던 문학으로 결론지으면 된다. 조선의 역사에서 양반의 시대를 없애기 전에는 조선의 민족문학으로서 한문학이 존재했음을 부인하지는 못할 것이라고 하였다. 그리고 다음과 같은 의미심장한 지적을 하면서 글을 끝맺고 있다.

③ 그런데 漢文學이 朝鮮文學이냐 아니냐를 論爭하는 그 裏面에는 실상 用語에 對한 定義 以外 一種의 感情이 作用하고 잇지 한흐나 한편에는 尙古主義에 依한 漢文學의 愛着心, 또 한편에는 似而非 愛國主義에 依한 排他心, 이 두 感情이 서로 衝突되는 것이 아니냐? 朝鮮文學의 廣狹 兩義를 認定하야 廣義로 民族別로 意味코 狹義로 言語別을 意味하드라도 조코 또는 朝鮮의 漢文學을 朝鮮漢文學이라고 하야 狹義의 朝鮮文學과 區別하더라도 조흘 것이 아니냐? 萬一 感情上 衝突이 아니라고 한다면 用語의 皮相的 解釋만을 가저 朝鮮文學을 規定하려고 하는 愚見만은 避할 수 잇슬 것이 아니냐? 그러나 朝鮮民族文學으로써 朝鮮漢文學을 認定하고 안는 데 잇서 絶對로 感情 問

61) 홍기문, 「조선문학의 양의─조선어문학과 조선문학인 1」, 『조선일보』, 1934.10.28.

題를 부칠 수는 업는 닐이니, 歷史는 어대까지 歷史대로 보아야 할 것으로 感情을 딸아 任意로 改纂하지 못한다 지금 나의 이 論究는 그것이 正當하다든지 不正當하다든지를 別問題로 하고 感情을 떠나 歷史를 보려는 것으로 그들과는 全然 다른 見地를 取하얏다.[62]

③에서 홍기문은 한문학을 조선문학의 범위에 집어넣느냐, 넣지 않느냐의 문제에, 논리를 벗어난 감정의 문제가 개입되어 있음을 정확하게 지적하고 있다. 그러나 한문학을 조선문학에 편입시켜야 한다는 주장이 "상고주의에 의한 한문학의 애착심"으로, 한문학을 조선문학에서 제외시켜야 한다는 주장이 "사이비 애국주의에 의한 배타심"으로 즉자적인 대응을 이루는 것은 아니다. 이는 '조선'문학의 특수성을 무엇을 통해 규정하느냐와 관련되는 문제로서, 조선의 글자인 '한글'이라는 형식을 중요시하느냐 혹은 조선 민족의 '감정'과 '사상'이라는 내용을 중요시하느냐에 따라 전혀 다른 방향의 결론을 도출할 수가 있는 것이다. 임화는 1939년 『신문학사』를 연재하면서 이 문제에 대해 다시 한 번 명확한 입장을 표명한다.

④ 문학은 언사(言辭) 형식만이 아니라 내용이 또한 불가결의, 때로는 기초요 건임을 잊을 수 없다.

고유한 내용을 고유한 언어로 표현한 문학이 원칙적으로는 문학의 불변한 특성이다.

그러나 조선의 문화사와 같이 부자연하게 변칙적인 경로를 밟아온 지역의 문학에 대하여는 '언어 즉 문학'이란 개념을 공식적으로 적용해선 아니된다.

조선문학 전사(全史)의 범위와 내용을 규정하는 마당에선 불가불 '언어 즉 문학'의 공식은 약간 개변(改變)될 필요가 있다.

단적으로 말하면 조선문학전사는 향가로부터 시조, 언문소설, 가사, 창곡(唱曲)에 이르는 조선어문학사를 중심으로 하여 강수(强首), 김대문(金大問), 최

---

62) 홍기문, 「조선문학의 양의—조선의 한문학은 곳 양반문학 5」, 『조선일보』, 1934.11.6.

치원(崔致遠)으로부터 강추금(姜秋琴), 황매천(黃梅泉), 김창강(金滄江) 등에 이르는 한문학사와 우리 신문학사를 첨가한 삼위일체일 것이다.[63]

현재는 당연한 것으로 여겨지는 임화의 관점, 즉 우리 문학사의 한 부분으로 한문학을 편입시키는 관점이 왜 과격한 논조로 부정되는 경우가 나타났을까 생각해 보아야 한다. 이광수와 같은 주장은 '한글'을 문자 표기로서가 아닌, '민족됨(민족을 구성하고, 민족이 존재함을 알리는)'의 상징으로 보고 있다. '한글'로 문학을 창작해야 한다는 관점은 어문민족주의의 역사 속에 이미 배태되어 있던 것이었다.[64]

⑤ 조선말로 發表되는 朝鮮文藝가 朝鮮語 그것과 엇더한 關係를 가젓스랴. 만일 우리의 思想 感情을 다른 나라말로서 發表한다면 그것을 果然 朝鮮文藝라 하랴. 朝鮮文藝는 조선말로만 發表된 그것이라야 할 것이다. 그러면 朝鮮文藝 作家는 먼저 朝鮮語 硏究를 할 필요가 잇슬 것 아니랴. 그저 朝鮮말의 語義 語感 語勢도 잘 모르고 조선文藝를 잘 지어낼 수가 업슬 것이다.[65]

⑥ 朝鮮의 文藝라 하면 반듯이 朝鮮의 思想 感情을 內容으로 하고 朝鮮의 言語 文字를 外形으로 한 文藝인 줄로 안다. 첫재는 內容이 充實하여야 하겟지마는 그것이 비록 完全하다 할지라도 外形이 쏘한 아름답지 못할진대 이것을 가르쳐 完美한 作品이라고 아직 말하지 못할 것이다. 다시 말하면 속과 것이 아울너 盡善盡美한 뒤에야 비로소 價値 잇는 글월이 되는 것이다.[66]

63) 임화, 『신문학사』(임규찬 · 한진일 편), 한길사, 1993, 20~21면.
64) 천정환은 표준어, 표기법이 통일되지 않아 쓰기 방법에 대한 혼란이 지속되어 있었던 시기에 한글을 사용하여 글을 쓴다는 것이 지닌 의미를 다음과 같이 말하였다. "문학과 소설에서 '조선어 전용'은 단지 '좀더 많은 독자에 대한 배려'라는 측면을 넘는 명분과 효과를 가지고 있었던 것이다. 이는 곧 일제하 민족주의와 조선어문학이 갖는 이념적 · 기능적 연관이다. 조선어 소설은 그것을 읽는 조선인들은 '조선인'으로 '호명'하는 기능을 가지고 있었다."(『근대의 책 읽기』, 푸른역사, 2003, 106~107면)
65) 이병기, 「사회명사의 조선문단관─조선어 연구가 필요」, 문예공론, 1929.5; 하동호 편, 『역대한국문법대계』 ③ 23 한글논쟁논설집』 下, 탑출판사, 1986, 337면.
66) 이상춘, 「사회명사의 조선문단관─몬저 한글정리」, 문예공론, 1929.5; 하동호 편, 『역대한국문법대계』 ③ 23 한글논쟁논설집』 下, 탑출판사, 1986, 334면.

7 文學은 반듯이 두 가지의 要素를 가지고 있나니 한아는 內容으로의 思想 感情이오 또 한아는 外形으로의 言語 文字다. (…중략…)

世界에 文學의 種別이 많다. 그 生成의 地域을 딿아서 이를 볼진대 英國文學・獨逸文學・露西亞文學・佛蘭西文學 等 여러 가지가 있어 各各 그 特色을 가지고 있다. 이제 朝鮮文學이란 것이 다른 國民文學과 獨立的 存在를 가진 以上에는 그에 獨特한 特質이 있어야 할 것이다. 그 特質을 論함은 이 글월의 本旨가 아닌즉 仔細히 들어갈 必要가 없거니와 여긔에서 다만 말하여 두어야 할 것은 朝鮮文學의 內容인 思想 感情은 朝鮮民族의 思想 感情이라야 할 것이오 朝鮮文學의 外形인 言語 文字는 朝鮮의 言語 文字라야 할 것이다 하는 말이다.

(…중략…)

元來 文學的 要求는 生命의 要求라. 오늘의 朝鮮民族이 生命의 要求와 符合하여야 한다기보다 차라리 生命의 要求 그것을 切實히 表現하여야 한다 할 것이다. 그러랴면 眞正한 朝鮮心과 朝鮮氣魄으로써 그 內容을 삼아야 할 것은 말할 것도 없이 明白한 일이어니와 그와 同時에 **이 朝鮮心과 朝鮮氣 魄을 담기에 適切한 形式을 갖호아야 할 것이다. 그러한 形式은 어떠한 것인고? 그는 곧 조선말을 적은 조선글이라 할 것이다.**

조선문학은 조선말로써 들어나야 하며 조선글로써 적히어야 한다. 이런 말은 넘우 平凡하여 얼른 보면 無意味한 소리인 듯하지마는 나는 이 平凡한 소리 를 意味 있게 보며 意味 있게 말하고자 하는 바이다.[67]

6과 7의 첫 문장은 조선의 문학이라면 갖추어야 할 두 가지 요소를 똑같이 지적한다. "조선의 사상 감정"이 문학의 "내용"이라면, "조선의 언어 문자"는 문학의 "외형"이라는 것이다. 그런데 이 두 가지 요소는 서로 병렬적인 관계로 연결되는 듯이 보이지만, 이 예문들에서 중점을 두고 있는 바는 "언어 문자"이다. 조선의 "사상 감정"이 무엇인지에 대해서는 명확하게 규정되어 있지 않다. 어쩌면 조선 사람이 쓴 글이면 조선의 "사상 감정"이 당연히 들어가는 것이라고 전제하고 있는지도 모

---

67) 최현배, 「조선문학과 조선어 一」, 『신생』, 1929.3, 8면.

른다. 그렇지만 조선의 "언어 문자"는 명확한 실체로서 존재한다. 그것을 통하지 않고서 조선의 문예가 성립될 수 없다고 말하는 것은, 조선의 "사상 감정"을 담아야 한다고 말하는 것보다 규제하는 힘이 훨씬 강하다. 그것은 작품을 읽는 순간 판별되는 문제이기 때문이다. 5에는, "만일 우리의 사상 감정을 다른 나라 말로서 발표한다면 그것을 과연 조선문예라 하랴. 조선문예는 조선말로만 발표된 그것이라야 할 것이다"라고 명시되어 있다.

7에는 조선의 "언어 문자"를 강조하는 이유라고 할 만한 것이 드러나 있는데, 조선의 "사상 감정"을 "담기에 가장 적절한 형식"이 바로 조선의 "언어 문자"라는 것이다. 최현배는 이두문학의 존재를 인정하고 있는데, 이두문학의 문제점으로 지적하는 것이 우리말의 복잡한 소리를 이두로는 자유롭게 표현할 수 없다는 점이었다. "조선말은 가지가지의 소리를 갖호아서 그 말함의 가락이 참 유창하고 아름답은 말"[68]인데 이것을 담을 수 있는 가장 적절한 형식은 조선의 문자라는 것이다. 그리고 그가 개탄해 마지 않는 것은, 훈민정음 창제 이후에도 문학의 생산이 그것을 통해 이루어지지 않았다는 점에 있었다. 세종대왕은 훈민정음의 정련(精練)과 보급을 위해 문학 방면의 한글운동을 벌이는데, 그 대표적인 예가 태조 이성계의 성덕을 칭송하는 용비어천가를 한글로 지음으로써 한문에 지지 않는 권위를 부여한 것이지만, 그 이후에는 여전히 한문을 숭상하는 태도로 인해 한글의 문학 방면 발달이 이루어지지 못하였다고 하면서, '한글'을 통한 문학 창조의 필요성을 역설하였다.[69]

문학의 창작에 있어서 형식 혹은 문자만을 따로 떼어내어 어떠한 문자를 사용하는가에 중요성을 부여하는 태도는 '가로풀어쓰기'라는 특이한 예를 통해서도 점검 가능하다. 주시경이 1909년 국문의정안에서 처

---

68) 위의 글, 같은 곳.
69) 위의 글, 11면.

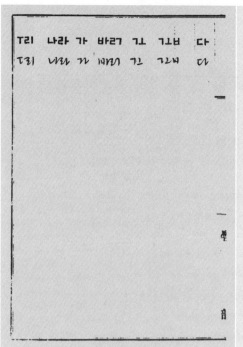

ㄱㄹ ㄱㅐㄹ ㅂㅣ ㄱㅏ ㄹㅣ ㅆㅐ ㄴㅏㄴ ㅈㄱㅏ

ㄱㅐ ㄹㄱ ㄱ ㅎㅏㄴㄹ ㅂㄹ ㄸㄷㄹㅙ ㅁㅇㄴ ㄱㄹ ㄱㄱ ㄱㅐ
ㄱ ㅎㅏㄴㄹ ㅂㄹ ㅓㄱㄱ ㅁㅇㄴ ㅈㄱ ㄴㄴㄹㄹㅏ
ㄱㅈㅅ ㅈㄱㅎ ㄱㅓㄱ ㅅㄹㄱ ㄹㅙㄹ ㅂㅏㄹ ㅁㅇㄴ ...
ㅈㄱㅎ ㄱㅓㄱ ㅅㄹ ㄱㄹ ㅂㄹ ㅁㄴㄷㄹㅙ ...
ㄱㅐ ㅅㅅㄹ ㄹㅙㄹ ㄱㅈㅅㅎ ㅈㄱㅎ ...
ㅂㄹ ㅅㅈ ㅎㅏㄴㄹ ㅂㄹ ㄸㄷㄹㅙㅁ ...

그림 12 주시경은 『국문연구의정안』(1909)에 실린 자신의 보고서 가장 뒷부분에 '우리나라가 참 밝고 곱다'는 한 문장을 가로풀어쓰기로 써 두었다(왼쪽). 『말의 소리』(1914)에서는 보다 긴 예문을 확인할 수 있다(오른쪽).

음으로 실험해 보인 '가로풀어쓰기'는 다음과 같은 것이다. "ㅜㄱㄹㅣ ㄴ ㅏㄹㅏ ㄱㅏ ㅂㅏㄹㄱ ㄱㄱ ㄱㄱㅂ ㄷㅏ" 주시경·김두봉·최현배로 이어지는 '가로풀어쓰기' 주장의 근거는 "①소리 나는 이치와 일치하고, ②쓰기와 박기(인쇄하기)와 읽기가 쉽고, ③맞춤법을 매우 간편하게 줄이며, ④온 세계의 수백 종 글자가 가로로 된 자연적인 점"[70]이었다. 이 주장은 일제강점기에 조선어학회 차원에서 계속 제기되다가 광복 이후 한자 폐지 논의와 맞물리면서 더욱 확대되기도 했지만, 결국은 언어 정책에 반영되지 못한 채 자취를 감추고 말았다. '가로풀어쓰기'는 한자를 염두에 두었던 모아쓰기 방식을 탈피한다는 것을 의미했다. 즉 '가로풀어쓰기'를 시행하면 "한자폐지를 앞당기게 된다는 것이다. 풀어

70) 한글학회 50돌기념사업회, 『한글학회 50년사』, 한글학회, 1971, 489면.

그림 13 가로풀어쓰기의 계보는 김두봉으로, 다시 최현배로 이어진다. 김두봉의 『깁더조선말본』(1924)(왼쪽 위)과 최현배의 『글자의 혁명』(1947)(왼쪽 아래). 『한글』에서는 맞춤법을 보급시키는 한편 가로풀어쓰기의 보편화를 시도했지만, 결국 현실화되지는 못했다(오른쪽).

쓰기를 시행하면 자연스럽게 한자를 안 쓰게 되므로 한자 문제를 일거에 해결할 수 있다는 것이다. 그 시대의 많은 국어운동가들이 풀어쓰기 운동에 동참한 것은 한자폐지와 모국어 전통의 수립이라는 시대적 과제를 완수하기 위해서였다."[71]

그런데 어학자들뿐 아니라 문학자들도 가로풀어쓰기가 필요하다는 점을 주장하고 있다는 것이 특이하다. 김동인은 이미 1923년에 가로풀

---

71) 박영준·시정곤·정주리·최경봉, 『우리말의 수수께끼』, 김영사, 2004, 223면.

어쓰기를 주장했다. 글자 중 한문이 가장 불편하며 알파벳이 가장 편리하다고 하면서, 알파벳보다 더 많은 소리를 적을 수 있는 우리 한글도 가로로 풀어 써 더욱 편리한 문자로 만들어야 한다는 것이다.72) 주요한도 한자폐지와 한글전용의 타당성을 주장하면서, 이를 실현시키기 위해 가로풀어쓰기가 필요함을 역설하였다.73) '가로풀어쓰기' 주장은 한글을 영어의 알파벳과 같은 형태로 만들겠다는 이상안(理想案)이었는데, 이러한 방식을 문학자들이 받아들였다는 것을 통해 그들이 '문자'의 문제를 어떻게 사고했는지 유추해 볼 수 있다. 궁극적으로 그들에게 '조선'문학이란, 한문을 배제한 국문만의 글쓰기를 의미했었다고 볼 수 있으며, 이는 '한글'을 통하여 '조선문학'이 규정되는 결과를 낳고 있다.74)

'한글로 쓰인' 문학에 관해 논하는 일은, 당시 조선이 처했던 역사의 특수한 국면을 노출하고 있다. 즉 '조선'문학의 조건을 한글 사용 여부로 제한하면서 '한글'이란 문자에 민족의 위상을 짊어지게 하는 것이다. 그리고 한글로 창작을 해야 한다는 작가들의 의식이 확산·정착되는 과정은 국문체 형성의 전반적인 과정과 밀접하게 연결되고 있다. 이러한 의식이 형성될 수 있었던 기반에는 조선어문의 정비와 조선문학의 건설을 함께 이루려는 시대의 기획이 자리 잡고 있었다. 1920년대 후반에서 1930년대에는 '조선'문학이 건설되기 위한 조건이 '한글' 사용 여부로 모아지면서, 문학의 내용과 형식을 분리하여 형식의 문제에 집중

---

72) 검시어딤(=김동인), 「우리의 글자」, 『영대』, 1923.8; 하동호 편, 『역대한국문법대계 ③ 23 한글논쟁논설집』 下, 탑출판사, 1986, 139~147면.

73) 주요한, 「신문제작과 조선문학」, 『철필』, 1930.9; 하동호 편, 『역대한국문법대계 ③ 23 한글논쟁논설집』 下, 탑출판사, 1986, 388~397면.

74) 이러한 상황은 해방 직후 국문학 건설의 문제가 토의되는 과정에서 가장 먼저 제기된 문제였다는 점이 의미심장하다. 홍명희의 문학에 관해 논하는 좌담에서 거론되었던 주제 중에는 '한자폐지 문제', '횡서 문제'가 포함되어 있었으며(「벽초 홍명희 선생을 둘러싼 문학 담의(談議)」, 『대조』, 1946.1), 앞으로 조선문학이 나가야 할 방향을 토의한 아서원 좌담에서도 '한자폐지'와 '횡서'가 이루어져야 한다고 말하고 있다(「조선문학의 지향」, 『예술』, 1946.1).

할 수 있는 여지를 만들어내기도 하였다.

2) 작문법과 문범(文範)으로서의 문학

문학의 내용과 형식을 가르고 그 형식인 언어와 문자로 관심이 집중되는 상황이 만들어지면서, 1930년대에는 문장 쓰기에 대한 감각이 한층 분화되는 듯 보인다. 한글 문장에 대한 인식이 심화되었다는 것은, 무엇보다 말과 글의 다름을 인식하고 글이 글로써 갖추어야 할 것에 대해 사고함을 의미한다.

[1] 그런데 우리 조선말로서 우리의 思想 感情을 自由롭게 發表하자면 첫재 朝鮮말 그것을 잘 알어야 함은 무론이지마는 朝鮮말 그것만 잘 안다고 그러케 될 것은 아니고 쏘한 그 發表하는 法 곳 作文法도 잘 알어야 할 것이다. 作文法을 잘 알자면 作文練習의 必要야 더 말할 것 업다. 그럼으로 敎育令에도 朝鮮語 課程에 반듯이 作文이란 各目을 너흔 것이다. 作文도 朝鮮語 敎育의 하나에 지나지 못하나 作文이야말로 重要한 課程이라 아니할 수 업다. 文人學者에 쑷을 두는 이야 말할 것도 업고 그 밧게 어쩌한 사람이든지 詩 小說 評論은 아니드라도 편지나 契約書씀이야 쓸 必要가 업는 이 업슬 것이다. 편지나 契約書씀을 쓰드라도 작문법을 알고 모르는 關係가 저윽이 잇슬 것이 아니랴.

(此間 十一行 削除)

과연 作文을 가르치자면 朝鮮말 그것보다도 더 어려울 것이다. 웨 그럴가 지금 우리는 朝鮮語 知識이 부실한 까닭에 作文 그것도 잘 될 수 업다 함은 우에 말함과 가트며 게다가 作文을 맛터 가르치는 이라고 반듯이 文章家가 아닐 것이니 自己가 쏙 模範文을 지어낼 것도 아니며 그러면 달리 쏘 어썬 名文이나 만히 어들 수 잇서 그것을 내보이고 그대로 지어라 할 것도 아니며 그저 文題만 내어주고 지어오느라 하면 그 主意와 構成이 어쩐 건 그만두고 도모지 조선말 그것을 모르게 써서 仔細히 보자면 한두 장만 보재도 매우 時間이 걸리

게 된다.[75]

② 나는 여긔서 作文의 敎育的 價値를 再認識할 必要를 느낀다. 作文이란 한 낱 글짓는 것에 끄치는 것이 아니라 敎育上 一般의 文化的 敎化上 얼마나 重大한 基礎工事라는 것을 力說하고 싶은 것이다.

① 作文이란 글 짓는 것인 同時에 한 表現의 訓練이다. 表現이란 알기만 하면 절로 되는 것 같지만 洗練이 없이는 決코 圓滿히 行할 수 없는 것이다. 圓滿한 表現이란 남을 相對로 하는 데서는 一種의 自己完成이다. 말로나 글로나 自己를 自己답게 表現하지 못하는 데는 完全한 自己가 남과 對立하여 存在할 수 없는 것이다. 그럼으로 社會的 意味에서 表現이 拙한 天才는 表現이 能한 凡才만 못할 것이며 表現이 不完全한 學識과 思想은 제 아모리 優秀한 것일지라도 구름 속에 잠긴 달이다.

② 作文이란 글을 짓는 것인 同時에 人格을 짓는 것이다. 作文은 다른 공부와 같이 모르든 知識을 새로 習得하는 것이 아니라 自己가 이미 아는 것 自己의 生活經驗 속에서 무엇을 찾아내여 創造하는 것이다. 그럼으로 作文은 思索하는 공부이다. 思索은 인격의 工事이기 때문이다.

③ 作文이란 글을 짓는 것인 同時에 感受性을 닦는 것이다. 感覺하는 것 認識하는 것 批判하게 되는 것 이런 能力이 어느 學課에서보다 作文에서 더 많이 얻을 수 잇기 때문이다. 感覺力 認識力 批判力은 모―든 行爲의 原動力이 되는 것이니 슬픈 일을 보고 슬픈 줄 感覺하여야 울 것이요 惡德 不義인 줄 인식하여야 義奮心이 發動될 것이다.

이와 反對로 모든 感覺이 遲鈍하여 슬픈 것을 보되 슬픈 줄 모른다든지 不義를 보되 義憤이 끓어나지 않는 사람이라면 그는 비록 學識은 많다 하드라도 人間으로선 미개한 蠻人임을 면치 못할 것이다. 以上과 같은 意味에서 나는 作文이란 單純히 글 짓는 技術만을 공부하는 것에 끄침이 아니라 人間이 文化化함에 全般的으로 影響하는 基礎學問이라 생각한다. 따라서 無視된 오늘의 『朝鮮語 作文』을 爲해 正當한 評價를 鼓吹하는 것이며 한거름 나아가선 淺見 薄識을 무릅쓰고 이런 講義의 붓을 잡아보는 것이다.

---

75) 이병기, 「조선어와 작문」, 『학생』, 1929.4; 하동호 편, 『역대한국문법대계 ③ 23 한글 논쟁논설집』下, 탑출판사, 1986, 332~333면.

(…중략…)

말과 글이 다른 점이 잇다. ① 말은 우리가 일부러 배우지 않고 낳면서부터 저절로 배워지는데 글은 일부러 배워야만 알게 된다. 말은 일부러 練習을 하지 않아도 날마다 하는 것이 練習이나 다름없어 절로 잘하게 되는데 글은 일부러 지어보지 않으면 練習도 않되고 練習이 없이는 잘 쓸 수가 없는 것이다. ② 또 다른 점이 잇다. 말은 하다가도 當場에서 『이제 한 말은 잘못되엇소』하고 고처가면서 할 수 잇스나 글은 한번 發表한 것을 다시 걷어드려 고칠 수 없는 것이다.

③ 또 效力에 잇서 글은 말보다 더 크다. 말은 그 자리에서 듣는 사람의 귀만 한번 울리고 사라저 없어지지만 글은 언제까지든지 남아 잇서 무한한 사람들에게 보일 수 잇다.

그러면 누구나 글이 말보다 더욱 重한 것이라는데 異議가 없을 것이다. 따라서 말과 같이 저절로 練習이 되지 않는 글인 줄도 안 以上 글을 일부러 練習해야 될 必要도 깨다라야 할 것이다. 글을 일부러 練習하는 것이 곳 作文이다.76)

1은 "사상 감정을 자유롭게 표현"하기 위해 작문법을 알아야 한다고 말한다. "시, 소설, 평론은 아니드라도 편지나 계약서쯤이야 쓸 필요가 업는 이 업슬 것"이라는 구절을 통해, 글쓰기의 문제가 사회 전반의 관심사로 확대되었음을 알려주고 있다. 2는, 작문에 대해 "인간이 문화화함에 전반적으로 영향하는 기초학문이라 생각한다"고 말할 정도로, 글의 효용과 가치를 높게 평가하고 있다. 작문은, '말하려는 내용을 문자의 형식을 빌려 외부로 표출하는 것'이라는 표면적인 의미를 넘어, 무엇인가를 표현하려고 시도하는 과정에서 자신이 가진 "인격" 혹은 "감수성"이 닦여지는, 보다 본질적인 역할을 행한다는 것이다. 따라서 어느덧 1920~30년대에 이르면 "글이 말보다 더욱 중한" 자리를 차지하게 된다.

어쩌면 이러한 방식의 사고는 제대로 된 조선어 작문을 할 수 없는

---

76) 이태준, 「글 짓는 법 ABC 1」, 『중앙』 2권 6호, 1934.6, 132~133면.

현실에서 나타난 것인지도 모른다. 1920년대 내내 편지쓰기가 엄청난 유행이었다고 하는데, 이러한 유행이 글쓰기에 대한 전반적인 의식의 진작을 가져온 것은 사실이겠지만, 그러함에도 불구하고 여전히 "조선어 지식이 부실"하고, "작문을 맡터 가르치는 이라고 반듯이 문장가"인 것도 아니며, 작문의 규범으로 삼을 만한 "모범문"이 제대로 공급될 수도 없는, 조선어 글쓰기의 문제가 산적해 있는 상황이었다. 따라서 글은 단순히 말을 받아 적는 것, "그저 수굿하고 다독다작다상량(多讀多作多商量)하면"77) 나오는 것이 아니라, 글로서의 독립성을 갖춘, 다시 말하면 "말에서보다 더 설계와 더 선택과 더 조직, 발전, 통제 등"78)이 이루어지는 '기술'임을 제대로 인식해야 했다. 말과 다른, 글의 특수성을 인식하게 되면서 문장의 올바른 규범을 가르치는 글들이 많이 나타났다.

이러한 글의 유형은 크게 두 가지로 나뉠 수 있다. 첫째, 틀린 문장을 올바른 문장으로 고쳐주는 방식을 취하는 글이 있다. 부정적인 예와 긍정적인 예를 비교하여 옳고 그름에 대한 인식이 서게 해주는 것이다. 이는 조선어학회의 기관지인 『한글』을 통하거나, 그곳에 속한 어학자들이 발표한 글에서 자주 나타나는 형식이었다. 1931년 '조선어연구회'가 '조선어학회'로 개칭하면서 당면 과제인 맞춤법 통일안을 만드는 데로 학회의 역량을 모으기로 결의하였고, 이를 보다 효율적으로 실천하기 위해 동인들의 연구 결과물을 싣던 『한글』이 1932년 학회의 기관지로 재창간되었다. 이때부터 『한글』에서는 조선어 문장을 올바로 짓는 방법을 가르치는 글들이 발표되기 시작하였다. 조선어학회가 한글 문장 쓰

---

77) "글 짓는 데 무슨 별법이 있나? 그저 수굿하고 다독다작다상량(多讀多作多商量)하면 고만이라고 하던 시대도 있었다. 지금도 생이지지(生而知之)하는 천재라면 오히려 삼다(三多)의 방법까지도 필요치 않다. 그러나 배워야 아는 일반에게 있어서는, 더욱 심리나 행동이나 모—든 표현이 기술화하는 현대인에게 있어서는, 어느 정도의 과학적인 견해와 이론 즉 작법이 천재에 접근하는 유일한 방도가 아닐 수 없을 것이다." (이태준, 『문장강화』, 문장사, 1940, 8면)
78) 위의 책, 같은 곳.

기의 확산을 위해 '운동'을 벌였던 것이다.

③ 그러므로, 만일 내가 신문 기사를 쓴다면, 나는,

ㄱ. 맞훔법은 말할 것 없이, 새 맞훔법으로 쓸 것.

ㄴ. 한짜로 된 숙어는, 어대까지나 거기에 들어맞는 순 조선말로 곤치어 쓸 것.

ㄷ. 이미 한짜로 지어진 홀로 이름말(固有名詞)들은 소리 그대로 나타내 쓸 것.

ㄹ. 한짜 숙어로서 아직 설익어서, 한짜 모르는 여러 사람이 예사로 쓰지 않는 그런 말에 잇서서도, 만일 거기에 들어맞는 조선말을 찾을 수가 없다든가 또는 설사 찾을 수가 잇드라도, 한짜 숙어 그대로 익힘보다 오히려 어렵거나 거북한 그런 것이 잇다면, 그런 것은 할 수 없이 한 짜 그대로의 소리로 나타내 써서, 우리의 말을 삼을 것.

ㅁ. 한짜 숙어로서 아주 조선말이 되어버리고, 따라서 일반의 한문 모르 는 사람사람이 예사로 흔히 쓰는 말들은, 거기에 들어맞는 조선말이 잇드라도, 굳하야 곤치어 쓸 것도 없고, 또 굳하여 안 곤치어 쓸 것도 없이 쓰는 이의 마음대로에 맡기되, 다만 한짜 숙어로 쓸 경우이거든 수짜 밖의 것은 한짜론 쓰지 말고 그 소리를 한글로 나타내 쓸 것.

ㅂ. 한짜 밖의 다른 딴 나라의 말들도 우에 적은 「ㄴ, ㄷ, ㄹ, ㅁ」에서와 같이 할 것.[79]

④ 一. 만은 과 마는

二. 요, 이요 와 요, 이오

三. 子, 母音 아레에 區別해 쓸 接續詞, 終結詞

四. 합니다에 對하야

五. 함으로 와 하므로, 함에 와 하매

六. 그러고 와 그리고

七. 에 와 에게

---

79) 이갑, 「만일 신문 기사를 내가 쓴다면」, 『한글』 1호, 1932.5; 영인판, 『한글』 1, 박이 정, 1996, 213~214면.

八. 主格吐의 줄임80)

3은 신문 문장을 쓰는 데 필요한 6가지 규칙을 제시하고 있는 글이지만, 그 항목들을 살펴보면 '신문기사'라는 장르를 염두에 둔 것이라기보다 '글'을 쓰는 데 유의해야 할 보편적인 기준을 제시하고 있음을 알

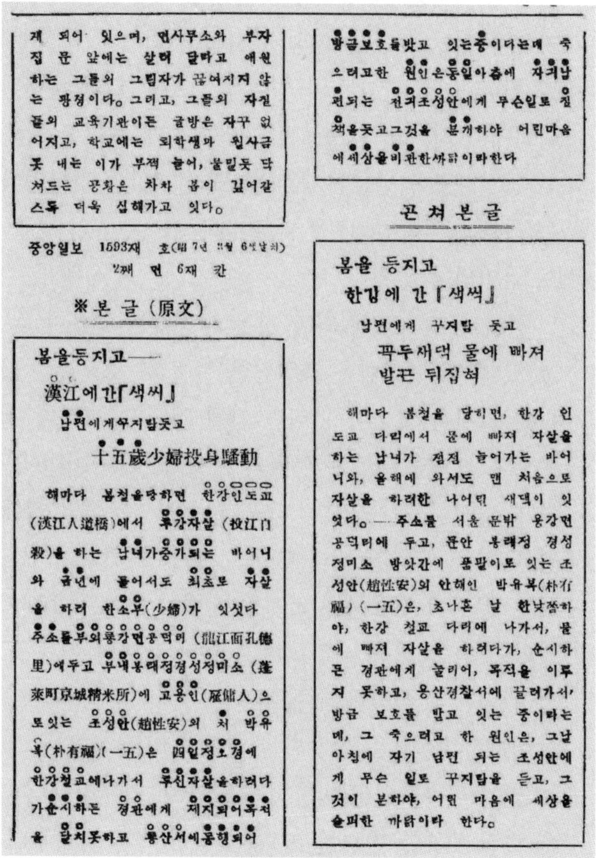
재 되어 잇으며, 면사무소와 부자
집 문 앞에는 살려 달라고 애원
하는 그들의 그림자가 끊어지지 않
는 광경이다。그리고, 그들의 자질
들의 교육기관이든 글방은 자꾸 없
어지고, 학교에는 퇴학생과 월사금
못 내는 이가 부쩍 늘어, 불밀듯 닥
쳐드는 공황은 차차 봄이 깊어갈
스록 더욱 심해가고 잇다。

중앙일보 1593재 호(昭 7년 11월 6섯날치)
2째 면 6재 칸

※본 글 (原文)

봄을등지고──
漢江에간「색씨」
남편에게꾸지람듯고
十五歲少婦投身騷動
해마다 봄철을당하면 한강인도교
(漢江人道橋)에서 투강자살 (投江自
殺)을 하는 남녀가증가되는 바어니
와 금년에 들어서도 최초로 자살
을 하려 한소부(少婦)가 잇섯다
주소를부외룡강면공덕리 (鼠江面孔德
里)에두고 부내봉래정경성정미소 (蓬
萊町京城精米所)에 고용인(雇傭人)으
로잇는 조성안(趙性安)의 처 박유
복(朴有福)(一五)은 四일정오경에
한강철교에나가서 투신자살을하려다
가순시하든 경관에게 제지되어목적
을 달치못하고 룡산서에동행되어
방금보호를밧고 잇는중이다는데 죽
으려고한 원인은동일아츰에 자긔남
편되는 전긔조성안에게 무슨일로 질
책을듯고그것을 분개하야 어린마음
에세상을비관한까닭이라한다

곤 쳐 본 글

봄을 등지고
한강에 간 「색씨」
남편에게 꾸지람 듯고
꼭두새댁 물에 빠져
발끈 뒤집혀
해마다 봄철을 당하면, 한강 인
도교 다리에서 물에 빠져 자살을
하는 남녀가 점점 늘어가는 바어
니와, 올해에 와서도 맨 처음으로
자살을 하려한 나어린 새댁이 잇
엇다。──주소를 서울 문밖 용강면
공덕리에 두고, 문안 봉래정 경성
정미소 방앗간에 품팔이로 잇는 조
성안(趙性安)의 안해인 박유복(朴有
福)(一五)은, 초나흔 날 한낮쯤하
야, 한강 철교 다리에 나가서, 물
에 빠저 자살을 하려다가, 순시하
든 경관에게 눌리어, 목적을 이루
지 못하고, 용산경찰서에 끌려가서,
방금 보호를 밧고 잇는 중이라는
데, 그 죽으려고 한 원인은, 그날
아침에 자기 남편 되는 조성안에
게 무슨 일로 꾸지람을 듣고, 그
것이 분하야, 어린 마음에 세상을
슬퍼한 까닭이라 한다。

그림 14 _ 이갑, 「만일 신문 기사를 내가 쓴다면」, 『한글』 1호, 1932.5. 고쳐 써야 할 부분에 방점을 찍어 표시하고 이를 다시 수정해 두고 있다. 주로 한자어에 방점이 찍혔다.

80) 이갑, 「잘못 쓰기 쉬운 문법」, 『한글』 2호, 1932.6; 영인판, 『한글』 1, 박이정, 1996, 243~258면. 이갑이 다루고 있는 항목들만을 따와서 인용한 것이다. 각 항목들에 관한 설명은 인용에서 제외하였다.

수 있다. 이 인용 부분에서 중요하게 제시하는 기준은, 맞춤법을 준수해야 한다는 것과 한자어를 어떻게 처리해야 하는지에 관한 것이다. 되도록 한자어를 순 우리말로 고쳐 쓰도록 노력하되, 고유명사는 그대로 쓰고, 나머지는 익숙함의 정도를 따져서 순 우리말로 고치거나 그냥 내버려 두라는 것이다. 그리고 실제 동아일보·조선일보·조선중앙일보의 사회면 기사를 따와서 원문을 놓고, 거기에 위의 기준에 맞게 첨삭을 가하여 어느 부분을 어떻게 고쳐야 하는지를 실제적인 예로 제시해주고 있다. 이러한 대조의 방식은 그릇된 글과 올바른 글이 무엇인지 명확하게 드러나게 함으로써, 자연스럽게 우리 문장의 '규범'이 무엇인지를 인지하도록 만드는 효과를 노리고 있는 것이었다. 이와 함께 여기에는 새로운 맞춤법(여기서는 총독부의 제3회 언문철자법)을 보급하겠다는 의도도 가미되어 있었다.

④는, 문법과 관련되어 잘못 사용되는 경우가 잦은 사례들을 지적하고 있다. "조선사람은 조선말을 잘 알며 조선글을 잘 쓴다. 만일 그러찮다면 그것은 모순이 아니면 안될 것이다. 그러나 웬일인지 조선사람의 손으로 씌워진 글에는 뜻밖의 오류가 많다. 어법에 틀린 문장을 수두룩하게 발견할 수가 있다. 더구나, 문필업자들의 글에 그런 오류가 많다 함은 더욱 개탄할 바다"[81]라고 하면서 위의 8가지 항목을 들고 있다. 이는, 문법의 오류를 지적하는 데에서 그치는 문제가 아니라, 조선어 문장의 규범을 더욱 세밀화하여 문장 표현의 영역을 확대하려는 의도가 깔려 있는 것이었다고 할 수 있다.

이러한 방식, 즉 그릇된 사례와 올바른 용례를 대조하는 형식을 취하고 있는 글은, '한글 맞춤법 통일안'이 발표된 이후 맞춤법의 보급을 위해 편집 체제를 변경한 1934년 4월 『한글』 11호부터 고정적으로 개재된다. 신설된 '한글 바루잡아 쓰기 익힘'난을 통해서였다. 연재가 시작되

---

81) 위의 글, 243면.

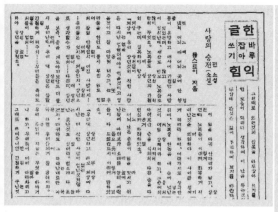

그림 15 __ 1934년 4월 「한글 바루 잡아 쓰기 익힘」으로 시작되었던 『한글』의 맞춤법 교정란은 1937년 12월에 「말과 글 바로잡기」로 코너의 제목이 변경되었다.

는 11호에서는 "그 전대로 쓰는 것의 잘못을 바루잡아 쓰기를 익히는 것이 우리글을 통일하는 대에 한 도움이 되리라 생각하여 이 난을 두는 것이다. 이것을 읽을 때에 그 곁에 바루잡아 쓴 것을 깊이 주의하여 보기를 바란다"[82]는 편집자의 요구가 달려 있다. 다른 호에서는, 우리 글을 통일하는 데 도움이 되리라는 앞 문장의 언급은 생략되는 경우가 많고, '바루 잡아 쓴 것을 주의 깊에 보기 바란다'는 뒷 문장의 주의 사항만 달려 있는 경우가 많다. 본문에서는 선정된 작품의 원문을 가져와서 원래의 형태를 보이고 각 단어 옆에 올바른 표기를 부기하여 두는 방식을 취하고 있다.

---

82) 「한글 바루잡아 쓰기 익힘 1」, 『한글』 11호, 1934.4; 영인판, 『한글』 2, 박이정, 1996, 4면.

예를 들어, 11호의 예문이었던 톨스토이의 번역소설 『사랑의 승전』의 경우, 제목이 "사랑의 승전(쇼셜)"이라고 달려 있다. 여기서 잘못된(잘못되었다고 간주하는) 표기인 "전"과 "쇼셜" 옆에 각각 "전"과 "소설"이라는 맞춤법상의 옳은 표기를 병기시키는 것이다. 1937년 4월 『한글』 44호까지 유지된 '한글 바루잡아 쓰기 익힘'난의 예문들은, 전체 29회 중 18회가 번역동화, 번역소설, 번역희곡 등 외국 작품들이었으며 10회가 우리말 속담이었다. 그리고 우리나라 작품으로는 조선시대 양봉래가 쓴 금강산 기행문이 한편 실려 있다. '한글 바루잡아 쓰기 익힘'난은 잠시 중지되었다가 1937년 12월 『한글』 51호부터 '말과 글 바로잡기'난으로 다시 부활되었다. 이때의 예문들은 주로 옛날 일화·민담·재담·기담·동요 등이었다.

이미 발표된 글을 가지고 이를 올바르게 수정하는 방식을 통해 문장의 올바른 규범을 가르치는 글들이 발표됨과 동시에, 작문법을 알려주는 또 하나의 방식은 글을 쓰는 데 전범(典範)이 될 만한 좋은 예들을 모아 놓은 독본 서적을 발간하는 것이었다. 근대계몽기에 정비되기 시작한 공교육 체계에서 읽기 교재로 등장했던 '독본'은, 일제 강점 이후에도 공적으로 편찬된 교과서의 형태로 여전히 존재하는 한편, 민간 차원에서도 '~독본'이라는 이름을 달고 다수 출간되었다. '독본'은 편찬자가 '모범'이 될 만하다고 판단하는 글들을 뽑거나 지어서 묶어놓은 형태라는 점에서, 편찬될 당시의 시대적인 담론과 지향을 그것의 체재와 내용으로 반영하고 있다. '독본'의 형식을 띠고 있는 책들은 그 안에 담긴 '사상(사고)'을 흡수하게 하려는 의도를 가지고 있음은 물론이거니와, 선별되거나 창작된 글들이 그 자체로 문장 '형식'의 전범(典範)이 된다는 점에서 자연스럽게 한글 문장 쓰기의 방식을 습득케 하는 역할을 담당하고 있었다. 특히, 식민지로 전락한 이후 일본어 위주로 교과서가 재편되면서 "공식적인 제도교육의 바깥에서 신문장 작법과 엔솔러지 형태의 시문, 문장, 문학독본 등이 등장"[83]하는데, 이러한 조선어 중심의 독본들이 한글 문장의 형식을 계도하고 전파하는 데 미친 영향이 컸다고 할 수 있다.

조선어학회에서 뽑고 있는 글들이, 주로 연재하기 간편한 짧은 글 위주로 이루어져 있었고 외국 작품의 번역이나 재미있는 일화가 중심이 되어 있었다면, 독본류의 서적은 '읽을 만한' 글들을 뽑아 묶어놓은 형태를 취하고 있었다. 여기서 '읽을 만한' 글의 기준은 시대의 경향에 따라 달랐다. 구자황에 따르면, 근대형성기 대개의 독본들이 지녔던 체재와 국어(조선어) 교육의 지향점은 문해력(文解力) 일반 차원에 대한 접근을 전제로 하고 있었다. 광범한 근대지(知)를 받아들이기 위한 문해력이야말로 그 당시의 우선적 과제가 아닐 수 없었으며, 이것이야말로 독본이라는 본연의 이름에 걸맞은 것이기도 하였기 때문이다.[84] 1916년 처음 간행되어 1920년대 내내 쇄를 거듭해온 『시문독본』도 그 목차의 체제를 살펴보면, 청년들에게 굳건한 뜻을 심어주기 위한 글이나, 근대 문물을 소개하거나 탐험가의 이야기를 전해주는 글들이 많았다. 이러한 점은 문해력 위주의, 이전 독본의 경향을 답습하는 지점이다. 그러나 이 글들이 "시문(時文)"의 양식을 보여주고 있다는 점에서 작법의 차원도 완전히 배제된 것은 아니었다. 글을 읽고 해석하는 일을 중심으로 하던 것에서, 글을 쓰고 표현하는 일을 중심으로 하는 것으로 그 경향이 바뀌면서, 독본의 체제 역시 '어떻게 표현하느냐'의 문제와 관련된 쪽으로 이행하였다. 『시문독본』은 그 이행의 경계 지점에 서 있었다고 할 수 있다.

보다 명백하게 좋은 글의 전범을 '문장'의 차원에 두고 있는 경향의 변화를 보여주는 것은, 1931년 발행된 이윤재의 『문예독본』에서였다. 책 앞의 일러두기[例言]에는 다음과 같은 사항이 언급되어 있다.

---

83) 구자황, 「독본을 통해 본 근대적 텍스트의 형성과 변화」, 『한국 근대문학의 형성과 문학 장의 재발견』, 소명출판, 2004, 79~80면.
84) 위의 글, 99~100면.

5 一. 이 책은 中等程度 以上 모든 學校에서 朝鮮語科의 補習과 作文의
文範으로 쓰기 위하여 編纂한 것입니다.

一. 材料는 作家의 이미 發表한 作品—小說·戱曲·詩歌·評論·感
想·紀行·小品·隨筆·解說·傳說·逸話·童話 等에서 文章이
純實·穩健하며 또 敎訓的 意味가 잇는 것으로 採擇하엿습니다.
(…중략…)

一. 綴字와 句讀를 統一키 위하여 모두 고치엇으며 原文拔抄와 部分
削除를 濫行함에 잇어서는 作家 諸氏에게 대하여 크게 미안한 바
이나 이 책의 성질상 不得已 그러하게 된 것임을 너그러이 諒解하
시기를 빕니다.

一. 材料 選擇에 대하여는 尙虛 李泰俊·樹州 卞榮魯·鷺山 李殷
相·頌兒 朱耀翰 여러 知友의 도음이 많앗으므로 이에 특히 諸氏
의 勞를 銘謝합니다.85)

5의 항목들은 이 책의 특성을 예시해주고 있다. 두 번째 항목을 보
면, 이 책은 여러 장르에 걸쳐 '읽을 만한' 글들을 뽑아 놓고 있음을 알
수 있다. 그런데 이 책은 포함되어 있는 작품들의 기준이 상당히 비균
질적이라는 문제적인 지점을 드러내고 있다. 예를 들자면, 무궁화를 노
래한 시조(정인보 「근화사 삼첩」)), 백두산·금강산·불국사·낙화암·행주
산성 등의 민족유산을 둘러보고 지은 시조와 기행문(변영로 「백두산 갓든
길에」, 현진건 「불국사에서」, 이은상 「금강산 발초」, 이병기 「낙화암 가는 길에」, 유
광렬 「행주산성 전적」) 등 민족정신을 일깨울 만한 작품들과, 이태준의 수
필 「화단」, 나도향의 수필 「그믐달」, 이광수의 수필 「우덕송」, 주요섭의
수필 「구멍 뚫인 고무신」, 최서해의 수필 「담요」, 현진건의 소설 「할머
니의 죽음」 등 문장의 맛을 음미할 수 있는 작품들이 함께 포함되어 있
다. 한편에서는 내용 전달을 목적으로 한 작품들이, 또 다른 한편에서는
형식의 탁월함이 돋보이는 작품들이 공존하고 있는 것이다. 이는 5의

---

85) 이윤재, 「예언」, 『문예독본』 上, 한성도서주식회사, 1932, 1면.

네 번째 항목에서 드러나듯이, 작품의 선자인 이태준·변영로·이은상·주요한의 취향과 이윤재 개인의 취향이 뒤섞여 있기 때문에 나타나는 현상이라고 가볍게 생각할 수도 있다.

그러나 여기에는 그들 모두를 묶어주는, 동일한 인식론적 기저를 드러내줄 수 있는 글이 한편 포함되어 있다. 앞의 120면에서 언급한 바 있는, '한글'로 지은 문학만이 조선문학이라는 견해를 담은, 이광수의 「조선문학의 개념」이란 글이 『문예독본』에 실려 있는 것이다. 이 책 선자들의 개개인의 취향을 모두 묶어주는 것은, 이 책이 『시문독본』과는 달리 자연스러운 국문체의 글들만을 뽑고 있다는 점과 연결된다. 순 한글로만 지어진 작품도 눈에 띈다. '한글'문학이라는 것은 결국, '조선'문학의 특수성을 보장해 줄 수 있다는 민족적인 관점과 조선'문학'의 표현방식의 분화를 함께 포괄한다는 관점으로 인해, 비균질적인 작품의 선정이 이루어진 것으로 이해할 수 있다. 『문예독본』의 가장 특이한 점은 ⑤의 세 번째 항목에서 확인되듯이, 철자와 구두점이 원문 그대로가 아닌, 이윤재가 교정을 본 형태로 실리고 있다는 것이며, 또한 상권과 하권의 부록으로 「한글 철자법 일람표」가 실려 있다는 것이다.

이는 명백하게 문해력(文解力) 차원의 독서를 강조하던 이전의 방식과는 구별되는 현상임에 틀림없다. 『문예독본』은, '한글' 문장을 강조하는 것과 동일한 방식으로 민족의 담론을 재생산하려는 의도를 가지고 작품을 선정하고 있으며, 이와 동시에 올바른 한글 '문장'을 형성해 나가려는 의도 하에서 글쓰기의 기준을 제시하고 아름다운 글을 기준에 맞게 '교정하여' 싣고 있는 것이다. 이는 그 당시 하나의 풍조가 되어 있었다. 이광수가 자신의 시·소설·수필·일기·기행문·동화·야담·논문 등을 모아 발간한 『문장독본』의 「자서(自序)」에는 "철자법은 사계(斯界)의 권위이신 환산 이윤재 선생이 전부 수정하신 것으로 선생께 깊이 감사하는 바이다"[86]라는 감사의 말이 적혀 있고, 책의 표지에는 "춘원 이광수 저작"이라는 저자 표시 이외에 "조선어학회 교감(校鑑)"이라는 문구가 함께 달려 있다.

그런데 『문예독본』에 나타나는 특성은 분명 과도기적인 것이다. 다음과 같은 의견에 귀 기울일 수 있다. "여기(문예독본–인용자)서는 신문학운동에 참여한 문인들의 글들이 수록되어 있다. 당시에 출간된 다수의 독본류들 가운데 조선문학의 건설에 참여했던 조선 문인들의 글들을 수록한다는 것은 조선문학의 완성을 의미하는 것은 아니다. 조선문학의 과정과 경로를 조선문을 통해 보여줌으로써 조선이라는 국가적 실체를 강조하게 된다. 이를 통해 조선문학은 조선인의 문학임과 동시에 조선문학의 건설이 조선의 국권회복이라는 명제와 등치됨을 보여준다. 이후에 이윤재가 『한글』(1932.5)의 재간행을 주도한 것도 이러한 일련의 과정으로 설명될 수 있다."87) 『문예독본』 이후 1930년대에 다수 발표되었던 작문법에 관한 글은 '문장'에 치중하는 작품들을 주로 선정하고 있다. 『문예독본』에 실린 작품 중, 나도향의 「그믐달」, 최서해의 「담요」, 현진건의 「할머니의 죽음」 등 세 편이 『사해공론』 1호(1935.5)에 '단편명작소설'이라는 이름 아래 수록되고 있으며, 이태준의 『문장강화』에는 나도향의 「그믐달」, 이광수의 「우덕송」, 최서해의 「담요」 등이 예문으로 다시 실리고 있다. 이는, 어느 시점엔가 나타나는 '문법만을 따르지 말고 문법을 벗어난 글을 써야 한다'는 조선어 문장의 다변화 논의와 연결된다.

가령, "1910년대 중반 조선총독부에서 편찬한 『보통학교조선어급한문독본』을 살펴보면, 대부분의 과가 내용에 대한 사실적 이해와 교훈적 이해에 초점을 두고 있는 만큼 '대강 뜻을 이약이를 하라'는 연습 문제가 각 과의 말미에 제시되어 있다. 반면 표현 교육과 관련해서는 쓰기, 그중에서도 편지 쓰기만이 등장한다는 점에서 쓰기의 다양한 장르 중 편지가 하나의 유행처럼 확산되어 가는 흐름을 간파할 수 있다"88)고 한

---

86) 이광수, 「자서」, 『문장독본』, 홍지출판사, 1937, 1면.
87) 허윤회, 「조선어 인식과 문학어의 상상」, 『한국 근대문학의 형성과 문학 장의 재발견』, 소명출판, 2004, 124면.

다. 그런데 이때의 편지 쓰기 단원에서 제시되고 있는 연습문제는 당시의 교육이 어떠한 방향을 지향하고 있었는지를 드러내준다. "'본과를 모방하야 증여(贈與)하는 편지와 그 답장을 지어라' '본과를 모방하야, 우인(友人)의 아들 죽은 것을 조상(弔喪)하는 편지와 그 답장을 지어라', '본과를 모방하야, 간이농업학교 입학시험준비를 권하는 편지와, 그 답장을 지어라' '본과를 모방하야 환갑을 하(賀)하는 서(書)를 지어라' 등의 연습 문제에서 핵심 키워드는 바로 '모방'이다."[89] 근대지(知)를 습득하는 것에 중점을 둘 때 작문 교육은 '모방' 정도에 머물지만, 이후 문학인들의 문장 작법이 발표되기 시작하면서 작문 교육은 '개성'을 강조하는 쪽으로 변화된다.

문학은 분명 그 당시의 시대적인 짐을 지고 있었다. 그에 대한 사례 중 하나가 1930년대에 성행하였던 문학 작품들을 정전화하려는 경향이었다. 독본류의 서적들은 "당대적 의미로 볼 때, 근대담론으로서의 문학(관), 글쓰기 이데올로기와 기술적 규범, 나아가 장르에 대한 의식과 규범까지도 드러내주는 사실상의 문학교과서였다고 할 수 있다."[90] 1930년대 이전의 계몽은 신문·잡지 등의 공적 담론의 장을 통해 생산되었지만, 조선어 수업시수가 점점 줄어들고 있는 상황에서 민간에서 출판한 문학독본 류의 책들은 조선어 문장의 모범을 제시하면서 조선어·조선문의 발달을 이루려는 실천적인 노력이었다고 할 수 있다. 물론 이러한 독본류의 책이 성행함으로써, 현재까지도 그 책들에 실렸던 문범(文範)들이 '잘 쓴 글'의 대표로서 인식되는 경향을 낳고 있다. 이를 당시의 관점으로 본다면, 조선어 작문의 방법을 가르친다는 규범적인 측면을 가지고 있었다. 그리고 '조선어를 사용한다는 것'보다 한층 더 나아

---

88) 조희정, 「1910년대 국어(조선어)교육의 식민지적 근대성」, 『국어교육학연구』 18, 국어교육학회, 2003. 12, 456면.

89) 위의 글, 457면.

90) 구자황, 앞의 글, 80면.

가, '조선어가 없어질 위기에서 조선어를 미학적으로 다듬는 것' 그 자체로 문학이 담당했던 역할이 컸음을 알 수 있다.

3. '독본'과 국문체의 상(像)

아직까지 '독본'을 통해 조선어 문장 쓰기의 기술적인 규범이 형성되어 나간 과정과 국문체의 변화 과정을 추적한 연구들은 그리 많지 않다. 신문이나 잡지 등이 드러내는 양상보다 훨씬 압축적인 방식으로 그 시대의 글쓰기 양상을 추출할 수 있는 '독본'에 관한 연구는 다음과 같은 범주들로 분산 혹은 확대될 여지를 안고 있다.

첫째는, 근대의 교육 제도 안에 있는 국어 교과에 관해 연구하는 것이다.[91] 고종이 1895년 '교육입국조서'를 공포하고 그에 관한 시행규칙으로서 '소학교령'을 발표한 이래 독서·작문·습자의 체제로 나뉘었던 국어 교과에서, 조선어 작문에 부여했던 중요도와 교수(教授) 방식에 관한 문제를 다룰 필요가 있다. 글쓰기가 "교육하고 교육받아야 할 새로운 교양의 주요 항목"[92]이 되었다는 것은, 글쓰기의 위상이 그 이전 시대와는 달라졌다는 점을 말해준다. 이를 통해 '작문의 방식을 가르친다'는 것이 의미하는 바가 무엇인지 알아낼 수 있다.

둘째로, 민간 차원에서 출간된 독본류 및 작문법에 관해 다룬 책을 중심으로 하여 그것의 체재와 형식을 탐구하고[93] 그것이 드러내는 문

---

91) 박붕배, 『국어교육전사』上, 대한교과서주식회사, 1987; 조희정, 「사회적 문해력으로서의 글쓰기 교육 연구」, 서울대 박사논문, 2002 등.
92) 천정환, 『근대의 책 읽기』, 푸른역사, 2003, 148면.
93) 독본의 전반적인 형성 과정과 실제의 출판 양상을 다룬 논의로 구자황, 앞의 글,

체의 지향을 연구하는 것이다. 일제강점기 민간 차원에서 출간되어 베스트셀러 목록에 대거 포함되었던 독본 서적들과 작법서들은 국문체가 형성되어나간 과정과 방향에 대한 암시를 준다. 여기에 포함된 작품(글)들을 조선어로 된 고전(정전)의 목록들과 대비해 보는 것은 흥미로운 작업이 될 것이다. 이는 문학 선집·전집들의 발간 붐과도 함께 다루어져야 한다. 또한, 이와 더불어 '~작법'이란 제목의 글들도 모아 연구해 볼 필요가 있다. 시작법·소설작법·동화작법 등의 글들을 통해94) 언제부터 이런 제목이 붙기 시작했으며 이러한 방향의 관심이 나타나게 된 이유는 무엇인가에 관해 알아볼 수 있다. 문학 장르의 형성과 분화를 파악하는 데 용이하다.

그런데 셋째로, 그 당시 작문과 관련된 베스트셀러 목록에는 서류 작성하는 방법이나 편지 쓰기 방법 등을 알려주는 실생활에 유익한 책들95)도 대거 나타나고 있었다는 점을 눈여겨보아야 한다. 각 장르별(혹은 서로 다른 형식의) 문장 쓰기 방식을 보여주는 책들은 시·소설·희곡뿐만 아니라 기행문, 수필, 그리고 평론류의 딱딱한 글들도 함께 묶고

78~105면; 천정환, 앞의 책, 149~152면을 참조할 수 있다.

94) 김윤식, 『한국근대문예비평사연구』, 일지사, 1995, 504면에서 이러한 글들의 목록을 간략하게 확인할 수 있다.

95) 천정환의 이러한 경향을 다음과 같이 분류하였다. "글쓰기와 관련된 책은 크게 '(가) 실용적인 서식과 편지 쓰기 관련 서적 그리고 연설·웅변 및 토론 관련 서적'과 '(나) 독자들의 미문 충동과 관련된 非／準 실용서적, 편지 쓰기 교범과 문학독본' 두 부류로 나뉜다. 우선 (가)에는 척독(尺牘＝簡牘), 편지·서식서적, 토론·연설 문집 등이 포함된다. '척독'은 원래 편지를 일컫는 말인데 이 시기에는 좀 더 넓은 의미로 사용되었다. 즉 1910년대 이래 간행된 수많은 척독류의 책은 편지서식의 매뉴얼을 제공하는 실용서이면서, 새롭게 만들어진 근대적 제도와 관련된 제반 문자생활의 매뉴얼 북이었다. 예컨대 『척독완편』(1905년 최초 발간)·『신찬척독완편』은 법규집이었고, 회동서관의 『척독대관』은 "각당칭호／가정에 대한 요언급서식／결혼식／만장식／도리군면 명칭／시운학／상복제도" 등과 같이 생활과 관련된 백과사전적 지식을 담고 있었다. 또한 『실지응용 작문대방』, 『최신서식대전』 등과 같이 여러 가지 실용적인 '文範'을 제시하는 책이 척독류에 포함된다. (…중략…) 1923~25년 사이에 대형 베스트셀러가 된 『사랑의 불꽃』 같은 서한문집이나, 훗날 이 분야의 고전이 된 이태준의 『문장강화』 같은 책이 여기에 ((나) 부류에－인용자) 포함된다."(천정환, 앞의 책, 149~156면)

있었다. 이는, 비단 현재의 기준에서 문학 작품이라 불릴 만한 것들을 가지고 문체의 형성을 탐구하기보다 장르별로 혼재된 양상 속에서 문학이 형성되어 나가는 과정을 살펴야 함을 말해준다. 가령, 이태준 같은 경우는 문학적인 글을 위주로 구성한 『문장강화』라는 책과 더불어 편지글만을 모은 『서간문강화』를 출간하였고, 이광수 역시 자신의 작품들을 모은 『문장독본』과 함께 『춘원 서간문범』이라는 책을 출간하였다. 문학에 국한되지 않은 산문체 전반에 대한 관심은 당시 출판계의 중요한 흐름이었다는 점에서, 문학적인 글쓰기와 실용적인 글쓰기 사이의 연관 관계를 통해 국문체가 분화해 나간 양상을 추적할 수 있다.

더 나아가 넷째로, 국문체의 새로운 양상들에 대한 면밀한 탐구가 있어야 한다. 즉 새로운 수사(修辭)의 형성 방식을 고찰하는 것이다. 그런데 문체의 형성은 문자 텍스트만의 문제에 머물러서는 안 된다. 흔히 논의의 명징함을 위해 구술에 입각한[音讀] 텍스트와 눈으로 읽는[默讀] 텍스트를 시기상으로, 그리고 속성상으로 대비시키려 하지만, 일제강점기만 해도 문학 작품 등의 문자 텍스트가 여전히 구연의 방식으로 향유되고 있었다.96) 때문에, 문어(文語)의 형성은 구어를 문자 텍스트 내로 도입하는 방식의 면밀한 고려와 연관된다는 점을 잊어서는 안 된다. 단순히 구술성과 문자성의 성질을 나누어 이해하는 것은 옳지 않으며, 구술성과 문자성이 함께 국문체를 만들어 나갔다는 점을 인식할 필요가 있다. 그리고 이와 동시에 문자 텍스트만의 고유한 문체도 살필 필요가 있다. 띄어쓰기라든지 문장부호, 단락 나누기, 한자 표기 등이 어떻게 문장 안에 정착되는지, 그리고 이것이 문체 형성에 어떻게 기여하는지 살펴볼 필요가 있다.

이 장에서는 앞 절에서 소략하게 다룬 최남선의 『시문독본』과 이윤재

---

96) 오히려 "신문종람소의 종람이나 소설 구연 같은 대규모 음독은 근대로의 이행기 이전에는 존재하지 않았던 현상"(천정환, 앞의 책, 116면)이며, 새로운 매스미디어인 라디오가 이에 기여하였다(같은 책, 130~131면).

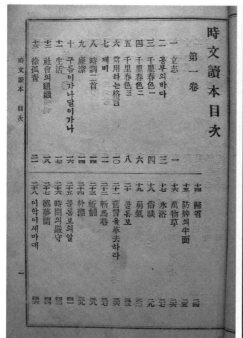

그림 16 __ 최남선의 『시문독본』. 표지와 목차

의 『문예독본』을 텍스트로 삼아서, 두 독본이 드러내는 문체에 대해 보다 세밀하게 분석해 보고자 한다. 『시문독본』은 1916년에 처음 간행되어 1910년대 중반~1920년대에, 그리고 『문예독본』은 1931년에 처음 간행되어 1930년대에 베스트셀러가 되었던 책이다. 현진건의 「타락자」(1922)에서 주인공은 『시문독본』을 통해 시조(時調) '이화에 월백하고 은한이 삼경인제~'를 접하게 되며, 이태준의 자전소설 『사상의 월야』(1941)에서 주인공의 문학 수업 첫머리에 『시문독본』의 독서경험이 위치해 있다. 이윤재의 『문예독본』은 1935년 서적시장조사에서 "상권 하권 2책은 모다 4천 부씩을 넘겨 판매되어 불원(不遠) 재판을 출판할 예정"[97]이라

<hr>

97) 「서적시장조사기, 한도·이문·박문·영창 등 書市에 나타난」, 『삼천리』, 1935.10, 137면.

고 할 정도로 많이 팔렸다. 『시문독본』과 『문예독본』이 한글 문장의 전범(典範)을 형성・보급시키는 데 기여한 바를 감안하고, 책의 체재 안에서도 '한글 문장의 형태'에 관해 민감하게 사고하려 했던 흔적을 엿볼 수 있다는 점을 고려한다면, 두 책이 드러낸 국문체의 양상은 조선어 글쓰기의 문제를 논하는 자리에서 반드시 짚어보아야만 한다.

1) 『시문독본』의 지향과 문체

최남선의 『시문독본』은 그 체재상으로 보았을 때, 이질적인 내용과 형식을 가진 글들이 한 자리에 모여 있는 혼종적인 텍스트이다. 내용에 따라 분류해 보았을 때, 뜻을 세우라는 「입지(立志)」, 끊임없이 공부를 위해 전진하라는 「공부의 바다」, 땀을 흘리지 않고 부자가 되지 않음을 불평하지 말고, 부자라고 해서 땀 흘리지 않고 누릴 생각만 해서는 안 된다는 「생활」, 모든 현상에는 그 이면(裏面)이 존재한다는 점을 알려주는 「방패의 반면」, 시간을 아껴야 한다는 「시간의 엄수」, 「때를 아낌」, 목표하는 바를 향해 힘을 밀고 나아가라는 「콜롬보」, 「힘을 오로지함」, 「견댈성내기」 등 교훈적인 의미를 전달하려는 의도의 글들이 실려 있고, 제비와 사자의 생태에 관해 설명한 「제비」와 「사자」, 목욕의 효과를 서술한 「수욕」, 지렁이가 자연에 미치는 긍정적인 효용을 기술한 「구인」, 퇴적작용에 대해 설명한 「물이 바위를 만듦」 등처럼 근대적인 지식을 전달하려는 글들, 그리고 우리나라 산수의 아름다움과 그 형세를 기술하는 「천리춘색」, 「만물초」, 「백두산등척」, 「만폭동」, 「오대산등척」 등의 기행문 등이 같은 책 안에 묶여 있다. 더구나 글의 형식상으로 보았을 때, 교훈적인 의미를 전달하려는 글이라도 「입지」의 경우처럼 딱딱한 논설문 형식을 취한 것도 있고, 「콜롬보」처럼 어떤 인물의 이야기를 통해 풀어내는 것이 있는가 하면, 「공부의 바다」와 같이 초기적인 시 형태를 띠고 있는 것도 있으며, 아주 간단하게는 속담과 격언들을 나열해 놓은 글도 있다.

내용상으로도, 형식상으로도 이질적인 성격의 글들을 하나의 책으로 묶어주는 기준이 되었던 것은 『시문독본』의 표제인 "시문(時文)"이다. 이 "시문"이란 말은, 『청춘』의 현상문예 공고에서 이광수가 "한자 약간 석근 시문체"로 작성하라고 주문했던 것에서 비롯되었다고 한다.[98] 따라서 '그 시대에 통용하는 글'인 "시문"의 사전적인 의미는, 최남선의 맥락에서는 '문장 쓰기의 방식'을 가리키는 것으로 그 범위가 확정되어 있다. 다음의 글들을 살펴보자.

① 一. 이책은時文을배호는이의階梯되게하려하야옛것새것을모기도하고짓기도하야適當한줄생각하는方式으로編次함

一. 옛글과남의글은이책目的에맛도록줄이고고쳐반드시原文에거리끼지아니함

一. 文體는아모쏘록變化잇기를힘썻스나아즉널리諸家를採訪할거리가적음으로單調에짜진嫌이업지아니함

一. 이책의文體는過渡時期의一方便으로생각하는바ㅣ니毋論完定하자는뜻이아니라아즉동안우리글에對하야얼마쯤暗示를주면이책의期望을達함이라

一. 이책의用語는通語를爲主하얏스니學課에쓰게되는境遇에는師授되는이가맛당히字例·句法에合理한訂正을더할必要가잇슬것[99]

② 아름다운。내。소리。넉넉한。내。말。한껏。잘된。내。글씨。이。올과。날로。나이。된。내。글월。이로도。굳센。나로다。

버린。거슬。주우라。일흔。거슬。차즈라。가렷거든。헤치라。막혓거든。트라。시므라。북도두라。걸음。하라。말로。글로도。나。

나를。세우라。온갓。일의。샘이니。생각의。나부터。안치라。온갓。생각의。흐름이

98) 구자황, 앞의 글, 101면 참조
99) 최남선, 「예언」, 『시문독본』, 신문관, 1918.

니。글월의。나를。일히키라。두。즘의。침침을。헤칠。째 ㅣ저。가웃。골의。잠잠을。깨
칠。째 ㅣ저。

나즘。부터。쉬움。부터。작음。부터。꾸준히만。곳장만。끚까지。더。나갈。지어다。
더。오를。지어다。아름다움。넉넉。잘의。나로。왼。남을。다。쌀。지어다。[100]

인용문 ①은, 이해를 돕기 위해 책 앞머리에 붙이는 "例言" 즉 '일러
두는 말'이다. 첫 번째 항목에서 밝히고 있듯이, 『시문독본』은 "시문"을
배우려는 이들에게 일정한 기준을 제시하기 위해서 편찬된 책이다. 그
런데 세 번째 항목에서 "문체는 아무쪼록 변화 있기를 힘썼으나 아직
널리 제가(諸家)를 채방(採訪)할 거리가 적음으로 단조에 빠진 혐(嫌)이 없
지 아니함" 그리고 네 번째 항목에서 "이 책의 문체는 과도시기의 일
방편으로 생각하는 바이니 무론 완정(完定)하자는 뜻이 아니라 아직 동
안 우리글에 대하야 얼마큼 암시를 주면 이 책의 기망(期望)을 달(達)함
이라"라는 단서를 달아, 최남선이 주장하는 "시문"이 아직 고정된 형태
를 획득하지는 못했다는 점을 보여주고 있다. 다만, "시문"이 "한자 약
간 석은 시문체"의 뜻을 담고 있다는 것, 그리고 책에 실린 글 전체가
한자가 많든 적든 국한문혼용의 방식을 취하고 있다는 점에서, 그가 추
구하는 문체가 한자와 한글을 적당히 섞어놓은 형식일 것이라는 짐작
이 가능하다.

그런데 인용문 ②는 명백하게 이러한 짐작을 위배하는 예이다. 이 글
은, 책의 제일 첫 페이지이자 인용문 ①의 바로 앞 페이지에 실려 있는
'서문' 혹은 '편집자의 말'에 해당한다. 여기에는 한문 표기의 노출, 한
자 어휘의 사용 등이 전혀 없이 순 우리말만이 나타난다. 더구나 "예언"
이나 본문의 다른 모든 글들에는 없는 띄어쓰기 표시(。)까지 달아 단어
마다 혹은 어절마다의 분절을 시도하고 있다. 띄어쓰기가 가지는 효과
는, 시각적인 분절을 표시하여 의미를 보다 명확히 하고 (눈으로든 입으

---

100) 최남선, 「서문」, 위의 책.

로든) 읽어나가는 과정에서 필요한 휴지(休止)를 설정해 두는 것이다. 그런데 글을 쓸 때에 띄어쓰기가 필요하다는 인식은 이미 『독립신문』에서도 나타났지만[101] 무엇을 붙이고 무엇을 뗄 것인가에 관한 기준이 확립되기 전까지는(물론, 현재까지도 논란거리가 되지만) 사람들마다의 다양한 실험이 있을 수 있었다. 최남선의 시도는 주시경의 "한, 말을, 쓰는, 사람끼리는, 그, 뜻을, 통하여, 살기를, 서로, 돕아, 줌으로, 그, 사람들이, 절로, 한, 덩이가, 지고, 그, 덩이가, 점점, 늘어, 큰, 덩이를, 일우나니, 사람의, 뎨일, 큰, 덩이는, 나라라"[102]와 같은 경우와 비슷해 보인다.

그가 주시경과 맺었던 밀접한 관계, 가령 조선광문회에서 함께 사전편찬사업을 벌였던 점, 「주시경선생전」을 써서 주시경의 죽음을 애도한 점, 「주시경을 곡함」이라는 시(詩) 형태의 글을 『시문독본』에 직접 싣고 있는 점, 그리고 『청춘』의 현상문예 응모에 주시경 학파의 사람들이 대거 참여하고 있었다는 점 등의 사례를 고려하여, 그가 위의 '서문'에서 보여주는 바처럼 주시경의 노선을 그대로 승인했었다고 볼 수도 있다. 하지만 무엇보다도 그 스스로 『소년』과 『청춘』 등의 잡지를 주재하면서 국문체의 형성을 주도하고 있었던 점으로 미루어 볼 때, '서문'에서의 실험은 그의 '한글'에 대한 민감한 자각을 드러내는 일례 정도로 여겨야 할 듯하다. 『시문독본』에 실린 글들이 보여주는 문체들은 다음과 같다.

③ 사람이世上에나매반드시一大事業을建成하야人文의進步에貢獻함이잇슬지니라잇서야잇는표가업고살아야사는보람이업스면사람되어난意義와價値가어대잇스리오無限히發展할수잇는素質을가진채醉生하다가夢死함은곳高貴한人格을自抛하고卑劣한物性으로同歸함이니人生의恥辱이莫此爲大로다[103]

---

101) 「논설」, 『독립신문』, 1896.4.7; 하동호 편, 『역대한국문법대계 ③ 06 국문론집성』, 탑출판사, 1985, 1~3면.
102) 주시경, 「한나라말」, 『보중친목회보』 1, 1910.6.1; 하동호 편, 『역대한국문법대계 ③ 06 국문론집성』, 탑출판사, 1985, 182면.

인용문 ③에서 한문을 사용하는 방식에는 다음과 같은 것들이 있다. 첫째로, 밑줄 친 "건성하야"와 "자포하고"는 그 음(音)만으로는 의미를 파악하기 곤란하므로, 문자를 눈으로 확인하고 훈독(訓讀)해 나가는 방식으로 읽어야 하는 구절들이다. "建成"이라는 한자는 '건설하여 이루어내야'라고 '번역'할 때 그 뜻을 명징하게 이해할 수 있다. "自抛"는 음만으로 볼 때는 "자포자기(自暴自棄)"에서의 "자포(自暴)"로 오인될 수 있지만, '스스로 내버리는 것'이라는 점에서 둘의 의미가 크게 다르지는 않다. 어쨌든 이 문구는 "인격을 자포하고"라고 읽어나가는 과정에서 '인격을 스스로 내던진다(포기하다)'라고 '해석'해야 의미가 명확하게 인식된다. 이러한 방식은 같은 글 안에서의 다음과 같은 문구, "志만立하고行만篤하면"(2면)을 '뜻만 세우고 행동만 도탑게 한다면'으로, "志" "立" "行" "篤"을 각각 훈독하는 경우와 같은 것이다. 위의 인용문 중에서 "人文" "物性"과 같은 단어도 '인류의 문화' '물건의 성질' 등으로 '해석'하는 것이 이해에 도움을 줄 수 있지만, 딱히 그러한 과정을 거치치 않더라도 듣는 순간 그 의미가 와 닿는다는 점에서 조선어화(化)한 단어에 해당한다고 볼 수 있다. 음만으로 읽어낸 "건성"과 "자포"는 조선어의 어휘 장(場) 안에 있는 동음이의어들을 환기시킴에 비해, "인문"과 "물성"은 그러한 문제를 비껴갈 수 있는 의미의 외연을 우리말의 어휘 장 안에 확보하고 있다고 판단되기 때문이다.

둘째로, "공헌함" "취생하다가몽사함" "동귀함"에도 앞서의 방식처럼 뜻을 '번역'해 내야 하는 문구들이 포함되어 있다. 그런데 여기서 지적하고자 하는 것은 한자를 우리말 문장 안에 집어넣을 때 흔하게 나타났던 동명사화(化)의 문제이다. "공헌" "취생" "몽사" "동귀" 등의 한자 어구를 우리말 문장에 포함시키기 위해 한자에 '~함'이라는 동명사형 어미를 붙이고 우리말의 명사와 같은 식으로 사용하는 것이다. 만약, 그

---

103) 「立志」, 『시문독본』, 신문관, 1918, 1면.

단어가 "공허함"이나 "취생하다가몽사함"처럼 주어에 해당한다면 뒤에 주격조사("이" "은")를 붙이고, "동귀함"처럼 서술어에 해당한다면 서술격 조사("이니")를 붙이는 식으로 이루어지는, 어휘를 무한히 확장할 수 있는 방법이다. 그러나 이는 한자를 한글 문장 안에 삽입하기 위해 급조한 방식이라고 할 수 있다. "공헌함이 있을지라"는 '공헌해야 한다'로, "동귀함이니"는 '돌아가니'로 — 만약 "동귀"라는 한자를 그냥 사용하고자 한다면 '동귀하니'로 —, "취생하다가 몽사함"은 '취생하다'와 '몽사하다'라는 두 단어로 가르지 말고 '술 취하여 자는 동안 꾸는 꿈속에서 살고 죽는다'는 한자성어 본래의 뜻을 거스르지 않게 '취생몽사함'으로 쓰는 것이 한글 문장 안에 보다 자연스럽게 포섭되는 방식이다.

그리고 셋째, 인용문의 제일 마지막 문구인 "막차위대"는 아예 한문의 구조를 그대로 차용하고 있어, 한글의 통사구조와 어그러지고 있다. 한문의 어순에 맞추어 쓰인 "莫此爲大"는 읽어가면서 훈독하는 방식이 아닌, 서술어 뒤에 주어와 보어가 오는 한문의 구조를 상정해 두고 있기 때문에, 한자와 한문 문장의 지식을 동원하여 '이보다 큰 것이 없다'라는 '해석'을 가해야만 한다.

이러한 방식들은 모두 '한글 문장을 어떻게 만들 것인가'에 대한 고심의 '과정'을 보여준다. ③도 그러하지만, 『시문독본』에 실린 대부분의 글들에는 띄어쓰기와 문장부호가 동원되지 않는다. 문장 안으로 띄어쓰기와 문장부호를 도입하지 않으면서 한글 표기만을 사용한다면 오히려 의미의 혼란이 발생할 수 있다. 최남선이 시도하는 국한문혼용은, '한자 사용의 필요성을 인정하는 바탕 위에서' 우리의 문장 형식을 만들어 나갈 때 어떠한 방식이 가능한가에 대해 묻고 있는 것이다. 한자를 혼용하는 정도에 따라 띄어쓰기와 문장부호가 필요하지 않을 수도 있다. 한문을 노출시켜 문장의 중간 중간 삽입하면, 띄어 읽어야 할 부분과 의미상 나뉘어야 할 부분을 시각적으로 쉽게 인지할 수 있기 때문이다.

④ 山에는푸른빗나고들에는종달새쓰니天地가왼통봄이로다西路千里에春光을구경하자하야南大門驛에서汽車를타다南山의翠色을등에지고漢江의藍影을엽혜끼니눈에들어오는것도모지詩興과畵趣라팔을비고車窓에비기니창자속까지春興이들어찬듯

一鑑暖波에白帆이가벼이쓴것은楊花渡의晴光이오一叢密林에碧煙이소르를오르는것은孔德里의霽色인데水田건너翠幕가튼축동버들사이로붉은꽂핀兩三樹가隱隱히들여다보임도一景이로다

臨津江을건느니垂楊은渡頭에드리웟고雪白한梨花몃나무가언덕우로서물속의제그림자를들여다보는데오리쎄헴에물결이어지러워지매흰빗만물결사이로조각조각번득인다

長湍平原에보리는파라코배추는꽂츤누른데여긔저긔밧헤일하는사람은콩씨를쑤림인가德積山바라고崔將軍祠堂가리치는동안에밧고랑에古塔이웃독서고길것혜石碑가쎄로마지하는곳은開城이니말숙하게春服한乘客몃쎄가이車저車로서나옴은五百年古都의春色에붓들림이라나도그틈에끼이다

驛에나서자鐵道公園이나를쓰을어들이니나즈막한언덕이몃굽이逶迤하얏는데桃杏千樹가枝枝花花라灼灼한紅艶은人의眼을魅하고夭夭한芳姿는人의心을醉케한다

紫霞洞그윽한숩흔靑帝의대궐인듯仙人橋흐르는물은仙女의풍악인가滿月臺殘礎것혜두루마리펼친자리를보고觀德亭老松밋혜술상버린축을만나니알괘라幾句詩와數杯酒가도모지千年舊蹟에傷感함이아니면九十春光을謳歌하는것이로다

土城을거치고金郊를지나니멀리보이는天磨聖居의놉흔連峰도嵐光이특별히明媚하며南川을건느고葱秀를넘으니瑞興以北한참동안에山은두르고물은굽이진데열나무스무나무成林한곳에는반드시瀟灑한村落이잇스며芳草언덕엔색기더린소가눕고綠楊방죽엔낙대드리운蓑笠翁이안자잇서마치雅致無限한一幅水彩畵를펼쳐노흔듯[104]

인용문 ④는, 첫 단락에서 나타나듯이, 남대문역(경성역)에서 기차를 타고 서북쪽으로 거슬러 오르면서 봄의 경치를 감상하는 기행문이다.

---

104) 「千里春色 一」, 『시문독본』, 신문관, 1918, 4~5면.

『시문독본』에 세 개의 장으로 분리되어 실려 있는 「천리춘색」의 전체를 확인해 보면, 필자는 서울에서 출발하여 개성·사리원·평양·의주로 이동하는 경의선의 노선을 따르고 있음을 알 수 있다. 또한, 경의선이 평부선과 평의선으로 끊어지는 개성과 평양, 그리고 종착역인 의주에서 그곳의 자연과 문화유적을 살피는 부분이 나타난다. 위 인용문을 놓고 보면, 기차를 타고 "양화도" "공덕리"를 거쳐 "임진강" "장단평야" "덕적산" "최영사당" 등을 창밖으로 확인하면서 "개성"에 이른다. "개성"에 도착하여 서술자는 승객들 틈에 끼어 개성역을 나선다. 여섯 번째 단락에 등장하는 "자하동" "선인교" "만월대" "관덕정" 등은 "개성"에 있는 문화유적들이다. 그런데 이 글은, 서술자의 이동 경로가 드러나지 않은 채 바로 다음 단락에서 다시 기차를 타고 "금교" "천마산·성거산" "남천" "총수" "서흥"을 거쳐 북쪽으로 올라가도록 기술하고 있다. 더구나 서술자가 보고 있는 광경과 그에 대한 감상을 구체적이지 않은 한문구를 동원하여 표현하려고 한다. "남산의 취색" "한강의 남경"과 같은 식으로 상황을 설명하거나 "창제의 대궐" "선녀의 풍악" 등과 같이 감상을 기술하는 것이다. 한문구에 의지하여 보고 느낀 바를 정리하는 방식은 우리말의 어휘, 우리말의 표현 방식이 '어떻게'에 대한 진술을 할 만큼 아직 발달되지는 못했음을 알려준다. 이와 함께 "산에는 푸른빗 나고 들에는 종달새 뜨니" "알감난파에 백범이 가벼이 쓴 것은 양화도의 청광이오 일총밀림에 벽연이 소르를 오르는 것은 공덕리의 제색인데" "작작한 홍염은 인의 안을 매하고 요요한 방자는 인의 심을 취케한다" 같은, 한문에 자주 사용되는 대구의 형식을 도입하기도 한다.

『시문독본』에 실려 있는 글들 중 한문을 원전으로 하는 글들이 모두 국한문체로 번역되어 실려 있다는 점을 보더라도 최남선은 완전한 한글전용보다는, 적절한 부분에 적절한 방식으로 한문의 삽입하는 문체를 지향하고 있었다고 볼 수 있다. 그것이 가장 완성되어 있는 형태는 다음과 같을 것이다.

⑤ 사람은 異常한 物件이외다 어대를 가던지 또한 엇더한 일을 하던지 恒常 그 主되는 생각과 主되는 動機는 自己를 한번 表彰하고 自己를 한번 여러사 람 압헤 드러내려하는 일에 잇소이다 그럼으로 조곰이라도 乘할만한 틈만 잇 스면 곳 이 생각이 니러나고 이 動機가 뛰어나와서 이것을 적으나 만흐나 實 現하고야 마는것이외다[105]

인용문 ⑤는 자연스러운 한글 문장의 통사를 유지하면서 부분 부분 필요한 어구에 한문을 노출시켜 의미의 명확을 꾀하고 있다. 띄어쓰기 를 도입하고 있지만, 그것은 잦은 분절보다 읽는 이의 호흡을 고려하려 는 측면이 엿보인다. 아마도 최남선이 추구한 문체는 ③과 ④에서 드러 나는 문제들을 탈피하여 ⑤와 같이, 안정된 우리말의 통사 구조를 거스 르지 않는 방향에서 한문이 삽입되는 형태였을 것이다.

2) 『문예독본』의 지향과 문체

『시문독본』의 예언과 서문의 비교에서 드러났던 두 가지의 문제는, 한글 문장이 '형성의 과정'에 있음을 보여준다. 새롭게 나타나는 어휘들 과 문장 구성의 방식들을 실험하고 정착시키는 데 있어 문학은 중요한 역할을 맡고 있었다. 1920~30년대를 거치면서 독본의 체재는, 다양한 장르의 글을 모으더라도 문학적인 색채가 짙은 글들을 위주로 하는 '문 장독본', '문학독본' 등이 많이 나타났고, 특히 작품의 선집이나 전집 등 의 출간이 활발하게 나타나고 있었다. 『문예독본』에는 동화, (현대)시조, 시, 소설, 기행문, 서간문 등과, 사화(史話)와 일화, 논문(논설문), 설명문 등의 다양한 장르의 글이 들어 있다. 번역이나 번안 작품은 실려 있지 않으며, 본받을 만한 외국 인물이나 그들의 행동을 보여주는 일화도 신

---

105) 현상윤, 「자기표창과 문명」, 『시문독본』, 신문관, 1918, 250~251면.

지 않는다. 작자는 모두 우리나라 사람이며, 1910년대와 1920년대 중요
한 활동을 벌인 문인들이었다.『시문독본』과 비교할 때 이 책은 교훈적
이거나 과학적인(근대적인) 지식을 전달하려는 어조가 거의 탈색되어 있
다. 이광수의「의기론」처럼 개인의 소양을 강조하는 글이 없는 것은 아
니지만, 김억의「고향에 돌아와서」나 이태준의「봄」처럼 근대화된 사회
에 대한 비판적인 관점을 드러내는 작품들이 수록되어 있음을 확인할
수 있다.

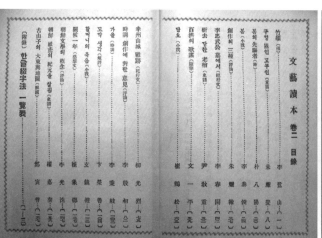

그림 17 _ 이윤재의『문예독본』. 표지와 목차

책이 출간될 당시에 발표되었던 서평 형식의 글을 통해 이 책의 특이
한 위치를 살펴보도록 하겠다.

① 文藝讀本을 들고 볼 때에 第一 눈에 띄우고 同時에 滿足을 주는 네 가지
特徵이 잇다.
一. 한글 綴字法 一覽表. 이것은 우리가 한글을 正確하게 쓰는 데 莫大한
도움을 준다. 아직 우리가 우리글을 쓸 때에 一定한 표준이 없고—이

것은 短時日에 確立될 수 없는 것이지마는—同一한 사람도 同一한 말을 여러 가지로 쓰고 잇는 이때에 우리에게 가장 필요한 것만을 모아서 一覽表를 만든 編者의 親切과 用意는 고맙다. (…중략…)

二. 한글 綴字法 一覽表에 依하야 쓴 것. 지금 한글 綴字法으로 쓴 冊으로 이보다 더 좋은 冊은 없다.(雜誌로는 東光이 全部 一定한 한글 綴字法으로 쓴다)

三. 마디마디를 떼 쓴 것. 이 冊은 겹씨는 붙여썼지마는 이름씨 어떠씨 같은 것은 계속하지 안코 중간에 한자씩 새를 떼다. 이러케 쓰는 것의 好不好는 別問題로 하고 여하간 이것이 이 冊의 特色의 하나다.

四. 欄上의 作者의 號 生年月日 住所 著書를 ――이 記錄한 것은 이 冊에 잇는 範疇 內에서 훌륭한 人名辭典이라고 할 수 잇다. 其他 人名, 地名의 註釋과 어려운 말의 解釋은 글 배우는 사람에게 많은 도움을 준다.106)

[1]은, 한글 철자법 일람표를 붙여서 글쓰기의 기준을 제시해준 것, 한글 철자법 일람표에 의해서 모든 작품들을 교정한 것, 띄어쓰기를 사용한 것, 어려운 단어들에 대한 주해를 붙여 놓은 것을 이 책의 장점으로 꼽고 있다. 『문예독본』은 위의 첫째 항목과 둘째 항목에서 드러나는 것처럼, 상권과 하권에 "한글 철자법 일람표"를 부록으로 붙여 놓았다. 이 일람표는 '한글 맞춤법 통일안'이 작성되기 이전, 이윤재 개인이 만들어 놓았던 것이므로 1933년에 발표되는 조선어학회 차원의 통일안과 다른 점이 있다. 그러나 이윤재가 조선어학회의 일원으로서 맞춤법 통일안을 만드는 데 관여하였으므로 『문예독본』에 붙인 일람표 역시 된시옷이나 아래아(·)의 처리, 겹받침 사용 문제, 한자음 문제 등에서 조선어학회의 지향과 크게 어긋나지 않는다. 이윤재의 일람표는 개개인의 글들이, 그리고 한 사람이 쓴 다른 글들이 제각각의 맞춤법을 보여 의미 이해의 지장을 초래하던 당시 글쓰기 관습에 '기준'을 제시했다는

---

106) 리종수, 「이윤재 편 문예독본 상권」, 『동광』 22호, 1931.6, 70면.

의의를 가진다. 자연스럽게 새로운 형태의 표기법을 보급시키려는 의도 하에서 『문예독본』에 실린 글들의 맞춤법을 모두 수정해 놓고 있다. 그리고 『문예독본』은 위의 셋째 항목에서 보듯이, 품사마다의 기준을 설정하고 이에 맞추어 띄어쓰기를 시행하였다. "한글 철자법 일람표"에는 훈민정음의 첫 구절에, 띄어쓰기의 원칙을 적용한 경우를 예문으로 제시함으로써 상징적인 효과를 노리고 있다. 띄어쓰기의 문제에 한 가지 더 포함시키자면, 구두점을 사용하는 방식도 이 일람표에 간략하게 기술되어 있다. 이에 따라 인용하는 글들에서도 띄어쓰기와 구두점이 적용되었다.

『문예독본』의 가장 특이한 점은, 마지막 네 번째 항목과 관련되는 것이다. 이 책은 작자에 대해, 등장하는 지명과 인명에 대해, 그리고 이해하기 어렵다고 판단되는 어휘들에 대해 각주를 다는 방식을 취하고 있다. 우리나라 작자들의 생년월일, 거주지, 대표 저서 등을 적어놓는 것, 그리고 우리나라의 역사적인 장소와 인물에 대해 설명하는 것은 '조선문학' '조선역사'의 확립(조선의 정체성 확립)과 밀접한 연관을 갖는다.

특히, 이 책이 어휘에 달아두는 각주는 살펴볼 만하다. 수록된 많은 글들이 한자의 노출을 피하면서 의미의 전달상 필요한 부분이라 판단되는 곳에 각주를 달아 그 한글 어휘에 해당하는 한자 표기가 무엇인지 보이는 방식을 취하고 있다. 작품들의 제목에서는 한자를 그대로 노출시키는 경우가 있긴 하지만, 본문에서는 한자의 노출을 최대한 자제하면서 뜻을 명확히 해줄 필요가 있는 한자어의 경우에만 각주 형식으로 한자를 표기해 주고, 어려운 한자어의 경우에는 뜻풀이를 달아놓고 있다. 가령, "운동장 복판에 반반이 열을 지어 늘어 섯드니 한 열에 선생 한분씩이 달겨들어 끝에서부터 차례로 학생의 주머니를 뒤기 시작하엿습니다"(방정환, 「작은 용사」, 『문예독본』上, 한성도서주식회사, 1면)라는 문장에서 강조점이 찍힌 "반반"과 "열"이라는 단어에 대해 각각 "班班, 每學級" "列"이라는 한자 표기를 각주로 달아놓고 있다. 한자어를 한문이 아닌 한글로 표기하는 것은, 한자어의 근원을 지우고 그것을 우리말의 어휘 장 안에 포섭시켜 어휘의 확장을 꾀하려는 시도와 연관된다고 할 수 있다. 이는, 어휘에 각주를 다는 다른 경우, "길손"(14면)에 대해 "길 가는 사람. 나그내" "통조림"(42면)에 대해 "간즈메(罐詰)"와 같이 주석을 달아 순 우리말 어휘를 개발하고 보존하려는 시도를 통해서도 확인할 수 있다. 특히, 정인보의 「근화사 삼첩」라는 시조에서 정인보가 사용한 고어("뫼" "가람" "예다")나 어감을 위해 새로 발굴하거나 변형한 단어("다 무숙" "의초롭다" "동두려시") 등에 주석을 달아놓은 것을 보더라도, 이윤재 가 시도한 주석 달기는 한글 어휘의 확장·정착과 관련이 깊다고 할 수 있다.

『문예독본』 하권에 실린 이은상의 「시조 창작에 대한 의견」과 이광 수의 「조선문학의 개념」은 이윤재의 지향을 설명하는 중요한 단서가 될 수 있을 것이다. 이은상의 글은 현재에 걸맞게 시조의 내용과 형식 을 혁신하기 위한 의도에서 시조를 창작할 때 염두에 두어야 할 사항들 을 기술해놓고 있다. 그런데 여기에서 설명하고 있는 사례들은, 당대의 작가들이 국문체의 형성 과정에서 고민했던 중요한 사항들이었다. 이은 상은 한자어에 대해, 그것의 폐지나 제한을 논하는 것에 대해 숙지하고 있다고 말하면서 ① "조선말 된 한자", ② "달리 그러한 조선말도 잇으 나, 어감 기타 경우에 의하야 채용할 필요가 잇는 한자", ③ "조선말이 라고는 승인할 수 없으나, 그러타고 달리는 조선말이 없고 또한 쓰면 알 말이요 동시에 많이 쓰이는 한자" 등은 사용해야 하며, ④ "지명·인 명·물명(物名) 등으로 써야 할 것이면 쓸 것이요, 기타 고사 인용 등 그 문구를 떠나서는 시의(詩意)가 통(通)치 못하게 되는 경우의 특수례(例)의 한자도 승인할 것"이라고 한다.107) 그리고 이에 반해 ① "글자는 비록 초등(初等)으로 쉬운 자일지언정, 좋은 조선말이 잇는 때"와 ② "여타의

---

107) 이윤재, 『문예독본』 下, 한성도서주식회사, 1933, 88~89면.

난삽한 문자"는 절대로 사용해서는 안 된다고 한다.[108] 고어와 신어, 속어 등에 대해서도, 가지고 있는 그 자신의 기준을 설명하였다.

이은상이 비교적 온건한 관점에서 우리말 어휘의 문제에 관해 논했다면, 이광수의 의견은 훨씬 극단적이다. 이광수의 「조선문학의 개념」에는 "지나문학이 한문으로 쓰이고, 영문학은 영문으로 쓰이고, 일본문학은 일문으로 쓰이는 것은 원형이정"[109]이라고 하면서 조선문학도 반드시 조선문으로 쓰여져야 한다는 다소 과격한 주장이 드러나고 있다. 이광수의 기준에 따르면, 김만중의 『구운몽』이나 최치원·정몽주·허난설헌 등의 한문 작품은 모두 지나문학(支那文學)이 되는 것이다. 이러한 글을 싣고 있는 이윤재의 의도는 국문체 형성의 문제를 사고하도록 유도하기 위한 것이자, 그의 지향을 암시하는 것이라 하겠다. 다음의 글들은 명백하게 『시문독본』이 전반적으로 보여준 문체와 비교된다.

② 외모로 사람을 취하지 말라 하엿으나 대개는 속마음이 외모에 나타나는 것이다. 아무도 쥐를 보고 후덕스럽다고 생각은 아니할 것이요 할미새를 보고 진중하다고는 생각지 아니할 것이요 도야지를 소담한 친구라고는 아니할 것이다. 토끼를 보면 방정맞아는 보이지마는 고양이처럼 표독스럽게는 아무리해도 아니 보이고 수닭은 걸걸은 하지마는 지혜롭게는 아니 보이며 뱀은 그림만 보아도 간특하고 독살스러워 구약 작가의 저주를 받은 것이 과연이다— 해 보이고 개는 얼른 보기에 험상스럽지마는 간교한 모양은 조금도 없다. 그는 충직하게 생기었다.[110]

③ 칠월 십이일 아침 첫 차로 **경주**를 떠나 **불국사**로 향하다. 떠날 임시에 **봉황대**에 올랏건만 잔뜩 찌프린 일기에 짙은 안개는 나의 눈까지 흐리고 말앗다. **시포**를 널어 놓은듯한 희미한 강 줄기, 몽롱한 무덤의 봉오리, 쓸어지는듯한 초가집 추녀가 도모지 눈물겨웁다. 어제 밤에 나를 부여잡고 울듯 옛 서울은

---

108) 위의 책, 89면.
109) 위의 책, 148~149면.
110) 이광수, 「우덕송」, 『문예독본』上, 한성도서주식회사, 1932, 120면.

오늘 아침에도 눈물을 거두지 않은듯. 그러지 않아도 구슬픈 내 가슴이어든 심란한 이 정경에 어찌 견디랴. 지금 떠나면 일년, 십년 혹은 이십년 후에나 다시 만날지 말지 기약 없는 이 작별을 앞두고 눈물에 젖은 임의 얼굴 내 옷 소매가 축축히 젖음은 안개가 녹아 내린 탓만 아니리라.

작난감 기차는 반시간이 못 되어 불국사역까지 실어다 주고 역에서 등대햇 든 자동차는 십리 길을 단숨에 껑청껑청 뛰어서 불국사에 대엇다. 뒤로 **토함산**을 등지고 왼편으로 울창한 송림을 끌며 앞으로 광활한 평야를 내다보는 절의 위치부터 풍수장이 아닌 나의 눈에도 벌써 범상치 아니햇다. 더구나 돌 층층대를 쳐다볼제 그 굉장한 규모와 섬세한 솜씨에 눈이 어렷다. 초창 당시엔 낭떠러지로 잇든 곳을 돌로 쌓아 올리고 그리고 이 돌 층층대를 지엇음이리라. 동쪽과 서쪽으로 갈리어 우아레로 각각 둘씩이니 전부는 네개인데 한개의 층층대가 대개 열 일곱 여듧 게단이요 길이는 오십칠팔척으로 양가에 놓인 것과 가운대 뻗힌 놈은 돌 한개로 되엇으니 얼마나 끔찍한 인력을 들인 것을 짐작할 것이요 오늘날 돌로 지은 대건축물에도 이러틋이 대패로 민듯한 돌은 못 보앗다 하면 얼마나 그 때 사람이 돌을 곱게 다룬 것을 깨달을 것이다.[111]

②와 ③은 외부 사물에 대한 묘사, 자신의 심리 표출이 한문을 사용하지 않고 (필요한 경우 강조점이 찍혀진 각주를 통해) 한글로만 이루어지고 있다. ②에서는 각 동물의 외양과 태도를 드러내기에 적합한 단어들이 유의어의, 축적된 군(群) 가운데에서 뽑혔다는 인상을 준다. ③의 화자는 "칠월 십이일"(연도는 이 여행기가 발표된 1929년) 경주 시내에서 봉황대를 거쳐 불국사로 이동하는 '정경'이 드러나도록 서술하고 있다. 그리고 첫 단락에서 작가의 위치는 "봉황대" 위라는 점을 밝히고 있다. "짙은 안개"가 뿜어내는 습기는 그의 시야를 가로막으면서, 경주를 떠나는 그의 '눈물겨운' 심정과 중첩되는 수사적(修辭的)인 효과를 나타냈다. 두 번째 단락은 불국사에 도착하여 작가의 시선이 가는 대로 그것의 전경을 묘사하였다. 한자를 사용하지 않고 그 장면을 사실적으로 재

---

111) 현진건, 「불국사에서」, 『문예독본』 上, 한성도서주식회사, 1932, 69~71면.

구성하는 데 노력을 기울이고 있다. 작가의 눈이 이동함에 따라 독자들의 머릿속에는 불국사의 모습이 떠오른다. 『문예독본』의 글들이 한자어의 사용이나 한자의 노출을 적게 하는 것은, 자신의 심정을 기술하거나 사물과 세계를 형상화(形象化)하는 문학적인 글들이 지니는 문체적인 전략, 즉 개념을 품고 있는 한문을 사용하는 것보다 한글이 유용하다는 점을 인식한 결과일 수도 있다.

그러나 앞서 살핀 이은상과 이광수의 글들이 『문예독본』에 실렸다는 것은 이윤재의 문체적인 지향을 드러내는 것일 수밖에 없다. 『문예독본』은 편찬자의 의도에 맞추어 국문체의 형성 방향에 관여하는 일종의 '운동'을 벌였던 것이다. 이윤재가 추구한 국문체에는 최남선이 지향했던 형태의 문체도 포함되어 있지만, 보다 본질적인 방향은 ②와 ③일 것이다.

『시문독본』과 『문예독본』은 문체상의 차이를 보이는 텍스트이다. 『시문독본』은 어휘와 통사의 수준에서 한글과 한문을 혼용하는 방식의 문장을 구사하고 있는데 반해, 『문예독본』은 한글을 위주로 한 문장을 쓰기 위해 노력하고 있다. 이는, 1910년대에서 1930년대로 넘어오면서 한글 문장이 '진화'되어 나갔던 방향을 보여주는 것으로 이해될 수도 있다. 그러나 '한글의 문체'는, 도달해야 할 하나의 지점을 상정하는 식의 단선적인 경로로 형성되지 않았다는 점에서, 최남선과 이윤재의 '독본'이 드러내는 문체상의 차이를 시간적인 선후(先後)의 문제로만 구분해서는 안 된다. 『시문독본』이 드러내는 문체적인 지향은 그것이 비록 1910년대의 것이라고 하더라도, 여전히 1930년대에도 나타나고 있는 것이었다. 이와 마찬가지로 『문예독본』이 1930년대에 출간되었다고 하더라도 『시문독본』에서 그와 흡사한 문장의 형식을 찾을 수 없는 것은 아니다. 안정된 한글의 문체가 완성되는 데에는 다양한 계기들─지극히 개인적인 차원에서 시도한 새로운 글쓰기의 형식, 혹은 사회적인 차원에서 진행된 어문운동을 통해 성립되고 정착된 글쓰기의 규범, 그리고 그 와중에 단절되어 없어진 어휘와 문장의 형태 등—이 존재한다.

『소년』과 『청춘』의 주재자로서의 최남선의 위치와 조선어학회의 핵심 멤버로서의 이윤재의 위치로 미루어 보았을 때, 그들이 조선어 문장의 형성에 대한 민감한 자각을 보였음은 쉽게 확신할 수 있다. 그런데 최남선과 이윤재는, 적어도 1930년대의 시점에서는, 어문운동의 서로 다른 노선에 속해 있었다. 최남선과 이윤재가 추구했던 문체는, 한글 문장이 결국에는 '나아가야 했던 방향'에서 최남선이 전 단계, 이윤재가 보다 발전된 단계를 차지하는 것이 아니라, 당대에 대립을 빚었던 문체의 양상을 대비적으로 드러내 주고 있는 것이다. 최남선이 자신의 책의 짧은 서문(151~152면의 ②)과 그 뒤의 본문 전체와의 대비를 통해 선보인 양 극의 문체 사이에는 다양한 여러 가지 상(像)들이 존재하고 있다. 개인이나 집단이 추구한 그 다양한 상(像)들은 일제강점기를 거치면서 정치적이며 사회적인 맥락이나 이념(혹은 이데올로기)과의 상호작용을 통해 오늘날과 같은(거의 비슷한) 국문체를 만들어 내었다.

제4장

『문장강화』의 자장과 문학적 글쓰기

어학자들을 중심으로 한 어문운동에 민감하게 반응하던 문학자들은 1930년대 들어, 신문이나 잡지에 문장에 대한 관심을 표명하는가 하면, 문장에 관한 담론을 활발하게 제기하였다. 조선어 문장을 어떻게 쓸 것인가와 관련된 문제는, 조선어를 받아 적는 문자는 '한문'이 아닌 '한글'이어야 한다는 인식이 대두한 이후 우리글의 근대화를 논하는 자리에서 끊임없이 언급되던, 전 사회적인 관심사였다. 문학자의 문장론은 조선어 문장과 관련된 당대의 이슈에 민감하게 반응하고 있다는 점에서, 그리고 조선어문의 형성이라는 거시적인 맥락 안에서 문학 혹은 문학어가 수행했던 역할을 알게 한다는 점에서 중요하다.

일제강점기의 대표적 문장론인 이태준의 『문장강화』에는 '언문일치'나 표준어 사용의 문제 등 당시의 어문운동에서 주로 언급되었던 내용들이 대거 반영되어 있다. 『문장강화』가 이태준의 '모더니즘 편향'1) 혹은 '전통 문장에 대한 부정 의식'2)을 담고 있다고 평가한 기존의 연구들은, 이태준이 글쓰기를 '기교'와 '수사'에 치우친 제한된 관점으로 이해한다며 비판하였다. 그러나 최근 들어, 한국어가 문학어로서 발휘할 수 있는 기능에 대해 이태준이 각별한 관심을 보였다는 것,3) 그가 문단 안에서 '문장의 전범'을 이룩한 인물로 대우받았던 것, 문장에 관한 여러 가지 담론들을 생산해 내었던 것, 그리고 조선어학회의 활동에 호의적인 태도를 보였던 것4) 등을 염두에 두고, 그의 언어와 문장에 관한 입장을 좀 더 넓은 각도에서 바라보려는 시도들이 나타났다.

천정환이 『문장강화』에 대해 "문청을 대상으로 씌어진 소설 작법으로서의 의미를 넘어서는 내용과 규모를 가지고 있다. 『문장강화』는 개화기 이래의 신문학운동으로부터 비롯된 우리말로 된 근대적 글쓰기의 양상과 의식을 그 인식과 실제의 측면에서 규범화하여 종합하고 있는 것이다"5)라고 평가하며 인식의 전환을 시도한 이후, 『문장강화』를 '조

---

1) 한상규, 「『문장강화』를 통해 본 이태준의 문학관」, 『이태준 문학연구』, 깊은샘, 1993.
2) 권혁준, 「『문장강화』에 나타난 이태준의 글쓰기에 대한 인식」, 『문학이론과 시교육』, 박이정, 1997.
3) 한국어의 문학 언어로서의 가능성에 대해 전반적으로 논의하고 문제를 제기한 논문으로는 김상태, 「한국어와 한국문학」, 『시학과언어학』 1, 시학과언어학회, 2001.6이 있다. 이태준이 '언어'와 '문장'에 대해 각별한 관심을 보였다는 점은, 이태준을 연구의 대상으로 삼았던 이들, 특히 그의 소설 미학에 대해 언급하는 대부분의 논자들이 공감하고 있는 사실이다. 그러나 이에 대해 보다 직접적으로 언급하고 있는 논문으로는 이병렬, 「이태준 소설의 창작기법 연구」, 숭실대 박사논문, 1993; 이병렬, 「이태준의 소설관 연구」, 『현대소설연구』 7, 한국현대소설학회, 1997; 조남현, 「이태준의 이론과 실천의 틈」, 『새국어생활』 11권 4호, 국립국어원, 2001년 겨울; 안미영, 「『문장강화』에서 문장론의 배경과 문학적 형상화」, 『작가세계』, 2006년 겨울; 이익성, 「이태준의 문장론과 소설 기법」, 『현대소설연구』 33, 한국현대소설학회, 2007 등을 들 수 있다.
4) 이태준이 조선어학회와 맺는 관련성은 무엇보다도 주시경의 제자이며 조선어학회의 회원이었던 이병기와의 친분 관계, 사상적 영향 관계 등을 통해 충분히 유추 가능하다. 그러나 좀 더 구체적으로는 조선어학회의 표준말 사정에 강원도 대표로 참여하였다는 점, 조선어학회의 이윤재가 편찬한 『문예독본』의 선자(選者)로 도움을 주었다는 점, 그리고 조선어학회의 입장에 동조하는 여러 편의 글을 발표하였다는 점 등을 통해, 그의 '문장'에 대한 관심이 비단 미문(美文) 위주의 그것에만 머물러 있지는 않음을 알 수 있다.
5) 천정환, 「이태준의 소설론과 『문장강화』에 대한 고찰」, 『한국현대문학연구』 6집, 한

선어(한국어) 글쓰기'라는 보다 거시적인 맥락 안에 위치시키려는 연구들이 대두되었다. 최시한의 「국문운동과 『문장강화』」[6]는 1930년대 어학 분야의 연구결과물을 문학적인 문장의 성립과 연결시켜 바라보아야 한다는 점을 언급한 시론(試論)격의 논의에 해당하며, 박진숙과 배개화의 연구는 이에 대한 구체적인 실증으로서의 의미를 지니고 있다.[7]

『문장강화』는 '문학'을 중심에 두면서도 근대적인 글쓰기 규범의 전반을 아우르려는 "계몽적이며 이데올로기적인 기획"이었다는 점에서 "실용성과 심미성, 창조와 규범, 대중과 예술 사이의 모순"을 담고 있다는 지적이나,[8] 실용문을 추구하는 국문운동의 정신을 훼손하고 문학중심주의, 형식중심주의에 빠졌다는 비판[9]을 받기도 하였다. 그러나 이러한 한계의 지점을 『문장강화』의 개별적인 사례로 국한하기보다, 『문장강화』가 속해 있던 당시의 어문운동의 지향과 연관 지어 바라볼 필요가 있다. 이는 식민지라는 현실의 구체적인 상황과 어문의 근대를 이룩하려는 이상적 목표 사이의 문제이기 때문이다. 그리하여 『문장강화』가 한국어 문장 표현의 진전에 기여한 바를 인정하면서, 그것이 '식민지 시기'였기에 수행할 수 있었던 역할을 보다 뚜렷하게 부각시키는 시도들, 즉 해방 후의 대표적 문장론인 김기림의 『문장론신강』과 비교하는 연구들도 나타났다.[10]

『문장강화』는 '독본류'와는 그 체재를 달리하여, '좋은 글'을 선별하

국현대문학회, 1998, 182면.

6) 최시한, 「국문운동과 『문장강화』」, 『시학과언어학』 6, 시학과언어학회, 2003.12.

7) 박진숙, 「이태준 문장론의 형성과 근대적 글쓰기의 의미」, 『시학과언어학』 6, 시학과언어학회, 2003.12; 박진숙, 「이태준의 언어의식」, 『이태준과 현대소설사』, 깊은샘, 2004; 배개화, 「1930년대 후반 전통담론의 탈식민성 연구」, 서울대 박사논문, 2004; 배개화, 「『문장강화』에 나타난 문장의식」, 『한국현대문학연구』 16집, 한국현대문학회, 2004.12.

8) 천정환, 앞의 글, 199~203면 참조.

9) 최시한, 앞의 글, 125~131면 참조.

10) 김윤식, 「민족어와 인공어―상허의 『문장강화』와 편석촌의 『문장론신강』」, 『문학동네』 15, 문학동네, 1998년 여름; 박성창, 「말을 가지고 어떻게 할 것인가―김기림과 이태준의 문장론 비교」, 『한국현대문학연구』 18집, 한국현대문학회, 2005.12.

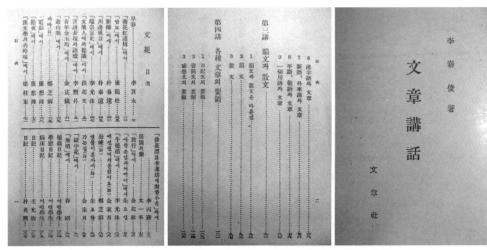

그림 18__이태준의 『문장강화』. 표지와 목차. 이 책의 제일 뒷부분에는 책에서 사용된 문범이 정리되어 있다.

여 묶되 그것을 뽑은 이유를 설명하고, 작문하는 실제의 방식을 '강의
(講義)'한다. 이는 그 자체로 국문체를 형성시키려는 의도를 담으면서,
국문으로 글을 쓰는 방식을 계도하는 역할을 수행하는 것이다. 따라서
『문장강화』를 중심에 두고 그와 관련되는 1930년대의 여타 문장론을
함께 살피면서, 그곳에서 다루었던 문장과 관련된 다양한 갈래의 문제
들을 점검하는 일, 그리고 이것이 문학적인 표현의 진전과 어떻게 연결
되는지를 살피는 일은, 조선어 글쓰기의 전반적인 진전·분화의 과정을
확인하는 일과 연결된다. 그리고 이를 다시 해방 이후의 『문장론신
강』과 비교하는 것은, '문학'이 가졌던 시대적인 위상을 점검하는 좋은
사례가 될 것이다.

1. 어휘와 감각

1) 신어의 범람과 유일어의 선택

어휘는 한 시대의 모습을 반영하는 지표이다. 하나의 어휘가 생성 혹은 도입되어 무난히 정착하거나, 한때의 유행이 지난 후 도태되는 과정은 '사회의 요구와 필요'에 따라 이루어진다. 새로운 사상·인식·제도·문화 등에 대한 체험이 거듭되던 1930년대에는 이 새로움의 양상들을 지목하고 언급하기 위한 새말들이 요구되고 있었다. 그러나 급변한 현실의 양태들과 조선어의 어휘 목록 사이에 대응이 이루어지지 않음으로써, '조선어의 어휘가 부족하다'는 일반적인 관념이 퍼지게 되었다. 더구나 당시에는 창작을 위해 참조해야 할 조선어 사전이, 다른 나라말로 풀이를 단 대역(對譯)사전 이외에는 간행되어 있지 않은 상태였다. 최초의 '우리말 사전'이라고 불릴 만한 사전은 1938년 10월에 간행된, 문세영의 『조선어 사전』이었다. 그 이전에도 사전이 없었던 것은 아니지만 한국인이, 한국어 표제를, 한국어로 설명한 사전은 이것이 처음이었다.[11]

---

11) 포교를 목적으로 조선에 들어온 선교사들이 편찬한 "『한불자뎐』(프랑스 선교사들, 일본, 1880), 『한영자뎐』(언더우드, 일본, 1890), 『영한사전』(영국인 스코트, 1891), 『나한사전』(순교자 다블뤼 유고, 홍콩, 1891), 『한영사전』(게일, 일본, 1897), 『영한사전』(홋지, 1898), 『법한ᄌ뎐』(알레베고, 1901)(고길섶, 『스물한 통의 역사진정서』, 앨피, 2005, 163면)" 등이 있었지만, 이 사전들은 모두 외국어를 한국어로, 혹은 한국어를 외국어로 설명한 대역(對譯)사전이지 한국어를 한국어로 설명한 한한(韓韓)사전은 아니었다. 1920년 조선총독부에서 발간한 『조선어 사전』 역시 조선통치의 편의를 위해 편찬된, 일본어로 풀이를 단 대역사전이었다. 물론 예외가 있기는 하다. 1925년 출간된 심의린의 『보통학교 조선어 사전』은 "6,106개의 표제어가 실린 소사전이었지만, 조선어 사전이라는 이름으로 출판된 최초의 사전이라는 점에서 주목을 끈다. 그러나 이 사전은 보통학교에서 자습을 할 때에 필요한 사전으로 편찬되었"(최경봉, 『우리말의 탄생』, 책과함께, 2005, 130면)다는 점에서 한계를 지니고 있다. 문세영의 『조선어 사전』은 개인

1900년 무렵부터 사전 편찬의 시대적 당위와 그것의 필요성이 거듭 제기되어 왔고, 실제로 사전 편찬을 위한 제반 작업들이 수행되기도 했었지만 간행에까지 이른 적은 한 번도 없었다.[12] 최초의 조선어 사전이 1938년 10월에서야 발간되었다는 것은, 그 당시의 작가들이 어휘를 찾고 선택하는 과정에서 기울였어야 할 개인적인 노력이 상당했다는 것을 의미한다.[13] 작가들 개개인의 머릿속에 형성되어 있는 어휘의 목록

이 출판한 최초의 우리말사전이었다는 점에서 그 업적이 높게 평가되어 왔으나, 최경봉은 문세영의 것이 조선어학회의 어문 정리 원칙을 따르고 있음에도 조선어학회의 감수가 거부되었다는 사실과 문세영이 이윤재와 함께 사전 편찬 작업을 하다가 일이 상당한 정도에 진척되자 이윤재와의 관계를 끊어버렸다는 이희승의 증언 등을 바탕으로 '최초'라는 수식어에 미심쩍은 지점이 있음을 언급하였다. 더구나 『조선어 사전』이 발간된 1938년 10월은 수양동우회사건으로 이윤재가 감옥에 가 있었던 시점이며, 조선어학회의 사전 편찬 작업도 막바지에 이르렀던 때였으므로 문세영의 '최초' 업적에 빛이 바랜다는 것이다(같은 책, 246~252면 참조할 것). 그렇다면 '진정한' 조선어 사전은, 1947년에야 그 첫 권이 간행된 조선어학회의 『조선말 큰 사전』이라고 해야 할 듯 하다. 『조선말 큰 사전』은 1947년 10월 9일 1권이 출간된 이후 1957년 10월 9일 6권이 완간된 대(大)사전이었다.

12) 최남선이 설립한 조선광문회에서 1911년경부터 주시경·김두봉·권덕규·이규영 등을 중심으로 말모이(=사전) 편찬 작업이 이루어졌지만 간행에 이르지 못하였고, 1927년 계명구락부에서 말모이 원고를 인수하여 사업을 재개하지만 얼마 지나지 않아 편찬자들이 하나둘씩 손을 떼면서 흐지부지 되었으며, 1937년부터 박승빈의 조선어학연구회가 계명구락부의 일을 인수하여 사업을 진행하려고 했지만 자금난을 비롯한 기타 문제로 결실을 보지 못하였다. 이와 별개로, 1929년 사회 각계 인사 108인의 발기로 조선어사전편찬회가 조직되었고, 1930년 조선어학회의 전신인 조선어연구회에서 사전 편찬의 기초 사업인 ① 맞춤법 통일, ② 표준말 사정, ③ 외래어 표기법 규정 등을 맡기로 결의하였다. 그 이후 사전 편찬보다 세 가지 기초 작업을 완수하려는 운동이 활발히 진행되었고, 그 결과로 1933년 '한글 맞춤법 통일안'이, 1936년 '사정한 조선어 표준말 모음'이, 1940년 '외래어 표기법 통일안'이 발표될 수 있었다. 그리고 1936년부터는 조선어사전편찬회의 일을 조선어학회에서 인수하면서 본격적인 사전 편찬이 이루어지기 시작하였다. 1940년 사전의 원고 일부가 총독부의 검열을 통과하면서 조판에 넘겨졌으나, 1942년 조선어학회사건이 터지면서 인쇄되지 못한 채 원고를 일본에 압수당했다. 사라진 줄 알았던 이 원고를 광복 이후 서울역 창고에서 발견함으로써 사전 편찬은 급물살을 탔고, 1947년에야 『조선말 큰 사전』의 1권이 출판될 수 있었다. 우리말 사전 편찬 과정이나 숨겨진 일화들은 최경봉의 『우리말의 탄생』, 책과함께, 2005에 자세하게 기술되어 있다.

13) 김병익의 『한국문단사』에는 다음과 같은 구절이 보인다. "외딸 화수(和壽)를 며느리로 맞아 사돈이 된 월탄에 의하면, 빙허는 문세영(文世榮)의 『조선어 사전』을 통독, 고

에 의거하여 글쓰기가 이루어지는 상황이었던 때문인지, 조선어의 발전을 위해 작가들이 말공부를 해야 한다는 의견이 자주 제기되기도 하였다. 특히, 전에 없던 신어(新語)들의 급격한 발생과 유입은, 그것을 받아들이고 사용하는 언어적 감수성에 따라 작가들의 어휘 구사에 두드러진 편차를 낳기도 하였다.

조선어의 어휘를 개발하기 위해 '인공적인 창조'와 '자연적인 수입'의 두 가지 방식이 시도되었다. 전자, 즉 인공적으로 어휘를 창조한 경우에는 ① 예전에는 쓰였으나 언중들에게 잊힌 고어(古語)를 되살리려는 노력과 ② 한문 표현을 순 우리말로 대체하려는 노력이 포함된다. 여기에는, 세계를 지칭하는 어휘의 체계를 고유어로 조직해보겠다는 '의지'가 개입되어 있다. 이는 조선어학회 회원들 대부분과 이 단체에 동조한 사람들이 공통적으로 가지고 있던 지향이기도 했다. ①의 경우는 가요, 속담, 지명, 문헌 자료 등에서 이미 사어(死語)가 되어버린 단어를 발굴하거나 형태가 전이된 단어의 어원을 추적하는 등의 전문적인 연구에만 머물지 않고, 이를 되살려 사용하겠다는 실제적인 욕구를 포함하고 있었다. 문학 작품들에 예스러운 표현을 위해 차용되기도 했지만, 이미 사물과 언어가 맺었던 끈끈한 연대를 잃었던 단어들이 조선어의 어휘장에 편입되기는 어려웠다. ②의 경우는 지칭하는 사물이나 관념이 여전히 존재함에도 불구하고 그것을 다른 어휘로 대체하려는 노력이었다는 점에서 인위적인 힘이 더욱 강했다. 한글로 어휘를 개발한다는 민족적인 목적으로 옹호받는 경우도 많았지만, 언어를 직접적으로 다루는 문학가들에게는 그리 환영받지 못했다.

어(古語)와 신어(新語)를 연구, 낱말을 발견하는 데 애를 쓰는 독실한 성품의 또 다른 한편으로 곧잘 술을 마시고 주정 잘 부리기로도 유명했다."(『한국문단사』, 문학과지성사, 2003, 78면) 작가들이 말을 공부하고 익히는 것으로 사전만한 것이 없다. 조선어 공부에 열심인 현진건의 모습과 함께, 그 사전이 1938년 10월에야 나왔다는 사실은 생각할 거리를 던져준다.

그림 19 __ (맨위로부터)
총독부 『조선어 사전』, 문
세영 『조선어 사전』, 조선
어학회 『조선말 큰 사전』.

```
①       ┌ ㅏ, 몸은 다른 씨 우에 씨일 때가 있어도 뜻은 반듯이 그 알에 어느
  쓰 ┤      씀씨에만 매임
  임       └ ㅓ, 짓골억과 빛갈억은 흔이 풀이로도 쓰임
```

　이런 文章이 나오는데 ①아모리 읽어봐도 무슨 暗號로 쓴 것 같이 普通 常識으로는 理解할 수가 없다. ②거이 著者 個人의 專用語란 느낌이 없지 않다. ③個人 專用語의 느낌을 주며라도 무슨 內容이든 다 써낼 수나 있을가가 의문이다.14)

　①에서 "몸" "씨" "씀씨" "짓골억" "빛갈억" 등의 문법 용어를 포함하고 있는 부분은, 『문장강화』에 인용되어 있는 김두봉 『조선말본』의 한 구절이다. 이태준은 이에 대해, 김두봉이 한문 아닌 순 우리말을 사용하여 문법 용어를 만들어내었지만 ①단어 그 자체만으로는 "무슨 암호로 쓴 것같이 보통 상식으로는" 뜻을 추측하기 어려우며, ② "저자 개인의 전용어"인 듯하기 때문에 널리 유통되는 데 지장이 있고, ③더 나아가 "개인 전용어의 느낌"을 주는 이러한 순 우리말 용어로의 어휘 창조는, 대상과 세계를 지시하는 언어 본연의 역할을 수행하는 데 한계가 있을 것 같다는 의견을 피력하였다. 조선어학회식의 어휘 창조 방법에 반대의 입장을 표하고 있는 것이다.15) 순 우리말 어휘의 문제를 좀 더 본격적으로 다루고 있는 다음의 글을 살펴보자.

　② 漢字起源의 말은 日本서는 日本語化되고 朝鮮서는 朝鮮語化되엿스니 구태나 「京城」을 「서울성」이라고 飜譯하지 않아도 「경성」은 朝鮮말이 아니고

---

14) 이태준, 『문장강화』, 문장사, 1940, 21면. 이 책의 제4장 인용문 중 별도의 언급 없이 면수만을 표시하는 경우는 1940년 문장사의 『문장강화』임을 밝혀둔다.

15) 물론 김두봉은 1919년 상하이로 망명하기 때문에 조선어학회에 참여한 인물은 아니다. 그러나 김두봉은 주시경으로부터 직접 배운 제자이자, 주시경의 노선을 누구보다도 잘 따랐던 후계자였다. 후에 김두봉은 주시경 제자들이 결집한 '조선어연구회(조선어학회)'와 연락을 주고받았으며, 조선어학회사건에서 조선어학회가 독립운동단체로 몰렸던 것도 김두봉과의 연락 때문이었다.

무엇이냐.

　　그러나 요새 書籍, 新聞, 雜誌에 흔이 보이는 바에 依하면 左記와 같은 괴로운 飜譯이 있으니

　　①注意……잡이 ②學校……배곧　　③名詞……임씨　　④土曜日……흙날
　　⑤午後……낮뒤 ⑥原稿紙……아시글조희 ⑦通知……두루알이 ⑧緒論……들어가는말

　　等 一一히 枚擧할 수가 없다. (…중략…)

　　이와 같은 것은 漢字를 純朝鮮語로 억지로 고치려 한 것이기 때문에 說明이 있는 뒤에는 비로소 그럴듯한 것이 몇몇이 있지마는 何如튼 獨逸語 佛語 單字보다 별로 쉽웁지도 않으니 一般 民衆에 普及될 可能性은 稀薄하다. 그것은 「토요일 오후」를 알고 있는 사람에게 卽 「土曜日 午後」가 朝鮮語化되여 있는 이때에 「흙날 낮뒤」라고 하면 알어들을 사람이 드물 뿐 아니라 더구나 「土曜日 午後」라는 漢字도 모르는 사람들은 「흙날 낮뒤」를 理解 記憶하는 데 있어서 여간 困難한 일이 아니다. 요새 흖이 듣는 말에 한글이 너머 어려워서 모르겟다고 한다. 그러나 朝鮮語를 常用하는 民族이 朝鮮語를 모를 지경에 達한다면 큰 問題가 아니면 무엇이냐.16)

　　김재철은 최초로 『조선연극사』(1933)를 쓴 인물로서, 경성제대 '조선어학급문학과' 졸업생이었다. 같은 경성제대 출신인 조윤제·이희승·이재욱 등을 모아 1931년에 조선어문연구회를 발족하고 동인지 『조선어문학회보』를 간행하였다. 김재철의 추측이 가미된 설명을 참고하여 위의 낱말들을 풀이해 보면, ①"注意"의 뜻인 '마음에 새겨두어 조심한다'에서 '꽉 잡으라'로 의미가 전용되어 "잡이"라는 단어가 나왔으며, ②"學校"를 번역한 '배우는 곳'을 줄여 "배곧"이, ③"名詞"를 '이름씨'로 부르던 것을 더 줄여 "임씨"가, ④"土曜日"의 '土'자를 직역하여 "흙날"이, ⑤"午後"를 직역하여 "낮뒤"가, ⑥"原稿紙"가 '인쇄에 부치기 위해 쓰는 초벌의 글을 쓰는 용지'이니 '처음'임을 강조하여 '아시벌 글을 쓰는 종이'의 의미로 "아시글조희"가 된 듯하고, ⑦"通知"나 ⑧

---

16) 김재철, 「조선어화와 조선어」, 『조선어문학회보』 5, 1932.9, 7~8면.

"緒論"은 한자의 뜻을 풀이하여 "두루알이"와 "들어가는말"로 변형되었다.

여기서 파악할 수 있는 순 우리말 용어의 문제점은 첫째, 대부분이 한문을 풀이하는 방식을 채택하여 어휘를 만들고 있다는 것이다. 이미 한자어로 정착된 단어를 다시 한글로 바꾸는 방식으로 인해, 순 우리말 단어를 습득하기 위해서도 한자에 대한 지식이 필요하게 된다. 때문에 순 우리말 단어에 익숙해졌다고 하더라도 이들 단어는 한자의 체계를 끊임없이 환기하게 만든다는 문제가 있다. 둘째로, 위의 한자어들은 이미 조선의 어휘 체계 안에 들어와 있는, 다시 말해 귀로 들었을 때 의미가 곧장 파악되는 단어들임에도 생소한 외국어로 취급되고 있다는 점이다. 이희승도 이 문제의 불합리성을 지적하면서 "이런 생각은 문자 그 물건에 너머 구니(拘泥)된 것이오. 어음을 돌아보지 아니한 까닭이다. 이것을 만일 조선말이 아니라 하면 대체 어느 나라말일가"[17]라며 문제를 제기하고 있다. 한문이 본래 중국의 글자였다고 하더라도, 혹은 일본식 한자로 번역된 것이라 할지라도, 그 단어들의 발음은 중국과 일본에서 똑같은 한자를 읽을 때 내는 발음과 다른 조선식 발음이라는 것이다. 따라서 이런 식으로 한자어를 폐기하는 것은, 이미 습득된 단어를 다시 습득케 하는 이중의 부담을 지우는 것이다. 김재철 역시 이와 같은 관점에서, "土曜日 午後"라는 한자에서 나온 "흙날 낮뒤"라는 조어(造語)는 그 한자를 아는 사람이나 "토요일 오후"라는 어음(語音)만을 아는 사람 모두에게 이해와 기억의 어려움을 초래한다며 비판한다. 이태준의 것보다 훨씬 구체화된 주장이지만, 두 사람의 발언 내용은 같다. 음성과 문자의 관계가 아무리 자의적이라 하더라도, 하나의 사물이나 관념이 어떤 음성과 관계를 맺어 유통되고 나면 이를 인위적으로 수정하기는 힘들다는 것이다.

---

17) 이희승, 「신어 남조(濫造) 문제」, 『조선어문학회보』 6, 1933.2, 20면.

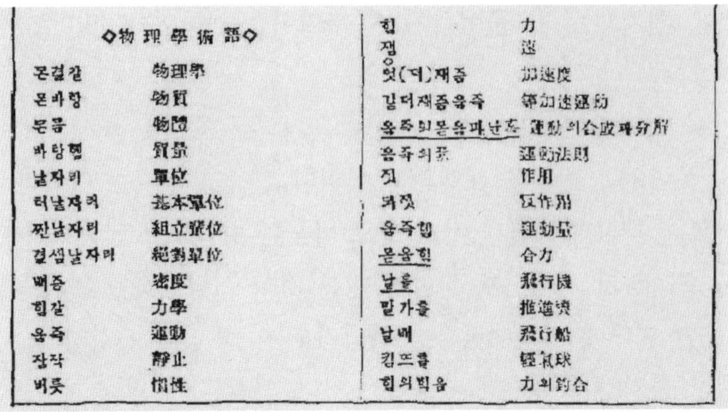

◇物理學術語◇

몬결갈	物理學	힘	力
몬바탕	物質	잼	速
몬몸	物體	엇(더)재증	加速度
바탕헴	質量	같더재증움즉	等加速運動
낱자리	單位	움즉의몯음과난홈	運動의合成과分解
터낱자리	基本單位	움즉의틀	運動法則
짠낱자리	組立單位	짓	作用
결섬낱자리	絶對單位	되짓	反作用
빽증	密度	움즉헴	運動量
힘갈	力學	몯음힘	合力
움즉	運動	날틀	飛行機
잠작	靜止	밀가틀	推進機
버릇	惰性	날배	飛行船
		킴뜨틀	輕氣球
		힘의빅음	力의釣合

그림 20 _「과학술어와 우리말」, 『한글』 4호, 1932.9. 상해의 김두봉을 만나러 갔던 이윤재가 받아온, 우리말로 된 물리학 술어(術語)이다. '물리학'은 '몬결갈', '물질'은 '몬바탕', '단위'는 '낱자리', '역학'은 '힘갈'이다.

새로운 문물과 문화들이 수입되는 과정에서 그것을 지칭하는 어휘들이 따라 들어오는 것은, 이런 의미에서 자연스럽다. 이태준은 언어가 그 생활의 변화에 따라 나타나고, 사용되고, 없어지는, "일용잡화와 마찬가지의 생활품"(20면)이라는 점을 강조하였다.

3 새말을 만들고, 새말을 쓰는 것은 流行이 아니라 流行 以上 嚴肅하게, 生活에 必要하니까 나타나는 事實임을 理解해야 할 것이다. 커피―를 먹는 生活부터가 생기고, 퍼머넨트式으로 머리를 지지는 生活부터가 생기니까 거기에 適應한 말, 즉 「커피―」 「퍼머넨트」가 생기는 것이다. 交通이 發達되여 文化의 交流가 密接하면 密接할수록 新語가 많이 생길 것은 定한 理致로 어뒷말이 와서든지 音과 意義가 그대로 借用되게 될 境遇에는 그 말은 벌서 外國語가 아닌 것이다. 漢字語든 英字語든 掛念할 必要가 없다. 그 單語가 들지 않고는 自然스럽고 適確한 表現이 不可能할 境遇엔 그 말들은 이미 여깃말로 여겨 安心하고 쓸 것이다.

그러나 한 가지 注意할 것은, 新語의 남용으로, 넉넉히 表現할 수 있는 말에까지 버릇처럼 外國語를 꺼낼 必要는 없다. 新語를 濫用함은 文章에 있어선 勿論, 談話에 있어서도 語調의 天然스럽지 못한 것으로 보나 衒學이 되는

것으로 보나 다 品位 있는 표현이라 할 수 없을 것이다. (23면)

언어가 생성·성장·사멸의 과정을 거치는 유기체라는 점은 일반적으로 누구나 인식하고 있는 사실이다. 여기서의 언어의 역사는, 특히 생활의 변화와 함께 나타났다가 '그 생활'이 없어지면서 사라지는 예를 가리킨다. 1930년대의 경우, 수입되는 문물과 문화는 조선의 상황에서 경험해보지 못했던 새로운 것이었다는 점에서, 그것들을 지칭할 만한 어휘가 조선어의 체계 내에서 찾아질 수 없었던 것이 대부분이었다. 따라서 '번역'의 과정을 거치치 않은 외국어가 그 자체로 통용되는 빈도가 상당히 높았다. '커피'라는 문물이 수입되었을 때, '커피'를 마셔본 적 없는 조선 생활에서는 '커피'를 대체할 만한 다른 어휘가 없었을 것이다. 그러므로 이름 없는 '그것'은 '커피'라고 불릴 수밖에 없었다. 조선어의 어휘 체계 안에 새로운 문화를 설명할 단어가 없다면 "한자어이든 영자어이든 괘념할 필요가 없다. 그 단어가 들지 않고는 자연스럽고 적확한 표현이 불가능할 경우엔 그 말들은 이미 여기말로 여겨 안심하고 쓸 것이다"라는 이태준의 주장은 이러한 배경에서 나온 것이다. 하지만 다음의 예문은 수입된 외국어를 우리의 어휘장 안에 받아들이는 문제가 그리 간단한 것은 아니었음을 보여준다.

④ 나는 눈을 감고 잠시 그 幸福스러울 魚族들의 旅行을 머리속에 그려본다. 暖流를 따라서 오늘은 眞珠의 村落, 來日은 海草의 森林으로 흘러댕기는 그 奢侈한 魚族들. 그들에게는 天氣豫報도 『추렁크』도 車票도 旅行券도 필요치 않다. 때때로 사람의 그물에 걸려서 『호텔』食卓에 진열되는 것은 물론 魚族의 旅行失敗譚이지만 그것도 決코 그들의 失手는 아니고 차라리 『카인』의 子孫의 惡德 때문이다. 나는 그들이 海底에 國境을 만들었다는 情報도 『푸랑코』正權을 承認했다는 放送도 들은 일이 없다. 그러나, 나는 둥굴한 船窓에 기대서 咆水線으로 모여드는 어린 고기들의 淸楚와 活潑을 끝없이 사랑하리라. 南쪽 바닷가 생각지도 못하던 『써니룸』에서 씹는 수박맛은 얼마나 더

清新하랴. 만약에 제비같이 재젤거리기 좋아하는 異國의 小女를 만날지라도 나는 조곰도 두려워하지 않고 서투룬 外國말로 大膽하게 對話를 하리라. 그래서 그가 구경한 땅이 나보다 적으면 그때 나는 얼마나 자랑스러우랴! 그렇지 않고 도리혀 나보다 훨신 많은 땅과 風俗을 보고 왔다고 하면 나는 眞心으로 그를 驚嘆할 것이다. 허나 나는 決코 南道溫泉場에는 들르지 않겠다. 北道溫泉場은 그다지 심하지 않은데 南道溫泉場이란 소란해서 위선 잠을 잘 수가 없다. 지난 봄엔가 나는 먼 길에 지친 끝에 하룻밤 熟眠을 찾아서 東萊溫泉에 들린 일이 있다. 처음에는 오래간만에 누어보는 溫突과 特히 屛風을 둘른 房안이 매우 아담하다고 생각했는데 웬걸 밤이 되니까 글세 旅舘집인데 새로 한시 두시까지 長鼓를 따려부시며 떠드는 데는 실로 견댈 수 없어 未明을 기다려서 첫車로 도망친 일이 있다. 우리는 일부러 神經衰弱을 찾아서 溫泉場으로 갈 必要는 없다. 나는 돌아오면서 東萊溫泉場 市民諸君의 睡眠不足을 爲해서 두고두고 걱정했다.

나는 『튜―리스트·뷰로―』로 달려간다. 숱한 旅行案內를 받어가지고 뒤저본다. 비록 職業일망정 事務員은 오늘조차 퍽 多情한 친구라고 진여본다.
— 金起林氏의 隨筆 「旅行」의 一節(76~77면)

『문장강화』에 인용되어 있는 김기림의 수필 「여행」이다. 이 글에는 기존의 어휘 체계에 포함되어 있지 않았을 많은 한자어와 외국어가 보인다. "어족" "난류" "천기예보" "차표" "여행권" "정보" "방송" "신경쇠약" "시민" "여행안내" 등의 한자어와 "추렁크" "호텔" "카인" "푸랑코" "써니룸" "튜리스트 뷰로" 등의 외국어가 다량으로 삽입되어 있다. 이러한 단어들은 '죽장망혜 단표자(竹杖芒鞋 單瓢子)' 식의 문구로는 더 이상 형용할 수 없는, 여행의 새로운 풍경과 함께 수입된 어휘들이다. 어휘의 수입은, 딱히 자국의 말로는 그 현상과 문화를 설명하기 어렵기 때문에 이루어지는 경우가 대부분이다. 그럼에도 불구하고 김기림의 수필에는 외래어라기보다는 여전히 외국어인 어휘들, 조선어에 아직 동화되지 않은 어휘들이 다량으로 포함되어 있다는 점에서, 이태준이 ③의 마지막 부분에 달아놓았던 "한 가지 주의할 것은, 신어의 남용으로, 넉넉히 표현할 수 있는 말에까지 버릇처럼 외국어를 꺼낼 필요는 없다"는 단서를 위배한 예처럼 받아들여진다.

물론 어휘 체계에 '동화되지 않은' 외국어와 '동화된' 외래어를 구분하는 것은 화자 자신의 언어 감각에 의존하는 바 크다. 어떤 사람은 흔하게 쓰는 말이라도 다른 사람에게는 어색하게 느껴질 수 있다. 또한, 앞서 말했듯이, 그 현상을 설명할 마땅한 단어가 없다면 수입은 불가결한 것이다. 그러나 1930년대는 서구 문물이 급격하게 유입됨으로써 그에 따른 어휘 수입의 기준도 세워지지 않았을 때였으므로, 이태준이 외국어와 외래어를 구분하는 감각은 그리 정확했다고 말할 수 없다. 오히려 너무 관대했던 것이 아닌가 한다.

문화가 유입되는 시기에는 어휘가 갑작스럽게 늘어나기 때문에, 그 어휘를 자국의 언어 체계 내에 포용해야 할지 말아야 할지에 대한 구분이 어려울 수밖에 없다. 최경봉에 의하면, 『조선말 큰 사전』에는 "의외의 외국어가 외래어로 사전에 등록되는 일이 일어나기도 하였다"고 한다.18) 때문에, 이 둘을 비판하는 경우는 모두 '조선어화(化)'에 성공하느냐 실패하느냐 하는 문제로 연결된다. 이는, 신어의 수입이나 창조가 어휘의 부족을 느끼기 때문에 시도되는 것이지만, 자신의 언어 감각상 '어색'하다고 느끼는 부류가 반드시 있을 수밖에 없다는 딜레마를 함축하는 것이다. 그러므로 이태준이 강조하는 '현대의 생활'이라는 기준도 '완전한 기준'으로 작용할 수 없었다는 것이 당시의 문제였다.

조선어의 어휘만으로 의도한 모든 표현이 가능하지 않다는 것은, 어느 나라 언어에나 나타나는 기본적인 한계이기도 하면서 조선어만의

---

18) 최경봉, 『우리말의 탄생』, 책과함께, 2005, 163면. 물론 『조선말 큰 사전』은 그 첫 권이 1947년에 발간되었지만, 해방 직후나 1930년대나 외국어의 한국어화(化)에 대한 기준은 혼란스러웠을 것이다. 최경봉이 예로 든, 사전에 실린 의외의 외래어로는 "그랜드스탠드(grand-stand), 보이(boy), 오버슈스(over-shoes), 위클리(weekly), 트롤리(trolly), 캐비지(cabbage), 캐빈(cabin), 캐치(catch), 컬(curl), 트레이드(trade), 파티(party), 페어리(fairy), 페이퍼(paper)" 등이 있다.

특수한 상황을 보여주는 지점이기도 하다. 당시의 문학자들은 어휘의 부족을 느끼면서도 신어가 범람하는 모순된 상황에 처해 있었다. 이러한 상황에서 이태준은, 문학자라면 "말의 채집자, 말의 개조 제작자들"(26면), "끊임없는 새 언어의 탐구자"(90면)가 되어야 한다고 강조하였다. "문예가는 지방어 혹은 민중어로 사용되면서도 나타나디 못한 말을 부절(不絶)히 발견하고 조선말에 부족을 보충할 신어를 창작하야야 할"[19] 시대적인 임무를 요구받고 있었다. '현대의 생활'은 '동시대의 언어'로 표현되어야 하며 그러기 위해서는 조선어 자체에 대한 공부뿐 아니라 모든 어휘에 대한 탐구자적 정신을 잃지 말아야 한다는 의식은 문학가들 대부분이 표명하던 것이기도 하다. 그렇기 때문에, 지금 보기에는 외국어의 남발이라고 생각될 수준의 어휘 사용도 당시의 문학가들에게는 현대적인 감각을 표현해 주는 신선한 단어로 느껴졌을 수 있다. 이는 '어휘를 골라 작품을 창작하는 작업'과 '조선말의 어휘 창고를 풍부하게 만드는 일'이 동의어로 인식되었을 때 나타날 수 있는 현상이다. 이러한 상황에서 작품을 창작하는 문학자에게 '유일어'라는 기준은 구체적인 지표로 작용할 수 있었다.

⑤ 「한 가지 생각을 表現하는 데는 오직 한 가지 말밖에는 없다.」
　　한 쯔로벨의 말은 너머나 有名하거니와 그에게서 배운 모파상도

　　우리가 말하려는 것이 무엇이든 그것을 표현하는 데는 한 말밖에 없다. 그것을 살리기 爲해선 한 動詞밖에 없고 그것을 드러내기 爲해선 한 形容詞밖에 없다. 그러니까 그 말, 그 한 動詞, 그 한 形容詞를 찾아내야 한다. 그 찾는 困難을 避하고 아모런 말이나 갖다 代用함으로 滿足하거나 비슷한 말로 마추어버린다든지, 그런 말의 妖術을 부려서는 안된다.

---

19) 최양우, 「조선문예가인 K군에게 기함」, 『정음』 20호, 1937.11; 영인판, 『정음』中, 반도문화사, 1978, 1427면.

하였다. 名詞든 動詞든 形容詞든, 오직 한 가지 말, 唯一한 말, 다시 없는 말, 그 말은 그 뜻에 가장 適合한 말을 가리킴이다. (81면)

6 플로벨의 말맛다나 한 가지의 表現 乃至 描寫에는 오즉 한 個의 名詞, 한 個의 動詞, 한 個의 形容詞, 한 個의 副詞가 잇슬 뿐으로 벌써 이 말을 저 말로 바꾸어도 相關업시 되야서는 文章의 極致가 아니다. 設使 그러케까지는 甚하다고 하더라도 辭典에 잇어 同義語가 文學作品에 잇서서 그 뉴안스로 반듯이 同一의 意義를 가지지 못하는 것만은 事實이다. 그럼으로써 文壇人들은 言語의 撰擇을 要求하게 되고 또 그럼으로써 文壇人들은 語義의 正確한 把持와 語彙의 豐富한 蒐集을 要求케 되는 것이다.20)

많은 작가들이 '일물일어설'을 어휘 선택의 중요한 지표로 삼으며 플로베르를 거론하였다. 그런데 '유일어'는, 자신이 알고 있는 말 가운데에서 뽑힌 하나의 단어가 아니라, 어휘의 체계 내에 존재하는 다양한 유의어의 군(群)을 숙지한 상태에서 '고심'하여 뽑은 한 단어여야 한다. "만취일수(萬取一收)"(84면)여야 하기 때문에, 많은 어휘들을 조사하고 공부해야 한다는 전제 조건이 붙어 있는 것이다. 그런데 "그 단어가 들지 않고는 자연스럽고 적확한 표현이 불가능할 경우"(23면)라고 느낄 수 있을 정도의 적확한 어휘를 찾아내는 것은, 작가 개개인의 언어 감각에 의존할 수밖에 없다. 하지만 이태준이 거론한 "그는 클락에서 캡을 찾아 들고 트라비아타를 휘파람으로 날리면서 호텔을 나섰다. 비 개인 가을 아침, 길에는 샘물같이 서늘한 바람이 풍긴다. 이재 식당(食堂)에서 마신 짙은 커-여─ 香氣를 다시 한 번 입술에 느끼며 그는 언제든지 혼자 걷는 南山 코-쓰를 向해 전차길을 건는다"(22면)와 같은 구절이, 과연 대체하기 불가능한 적확한 어휘를 사용하여 '현대인의 생활'을 표현한 것인지에 대해서는 의문의 여지가 있다.

이쯤에서는 '현대의 생활'이란 것 자체의 불투명함을 고려해야만 한

---

20) 홍기문, 「한 사람의 언어학도로서 문단인에 향한 제의 2」, 『조선일보』, 1937.9.19.

다. 신어는 넘쳐나면서도 현실을 표현할 마땅한 단어를 찾기 어려웠던 시대, 작가들마다 폭넓게 산재한 감수성이 공존할 수 있었던 시대, 그렇기 때문에 오히려 이상(李箱)과 같은 혁신적인 언어 실험이 가능할 수 있었던 시대가 1930년대였다.

⑦ '포푸라'나무 밑에 '염소'를 한 마리 매어 놓았습니다. 舊式으로 수염이 났읍니다. 나는 그 앞에 가서 그 聰明한 瞳孔을 들여다봅니다. '세루로이드'로 만든 精巧한 구슬을 '오브라ㅡ드'로 싼 것 같이 맑고 透明하고 깨끗하고 아름답습니다. 桃色 눈자위가 움직이면서 내 三停과 五岳이 고르지 못한 貧相을 없수녀기는 中입니다. (242면)

옥수수밭은 一大 觀兵式입니다. 바람이 불면 甲冑 부딪치는 소리가 우수수 납니다.(89면) '카ㅡ마인'빛 꼭구마가 뒤로 휘면서 너울거립니다. 八峰山에서 銃소리가 들렸습니다. 莊嚴한 禮砲소리가 分明합니다. 그러나 그것은 내 곁에서 小鳥의 간을 떨어뜨린 空氣銃 소리였습니다. 그러면 옥수수밭에서 白, 黃, 黑, 灰, 또 白, 가지 各色의 개가 퍽 여러 마리 列을 지어서 걸어 나옵니다. '센슈알'한 季節의 興奮이 이 '코삭크' 觀兵式을 한層 더 華麗하게 합니다.

山蔘이 풀어져 흐르는 시내 징검다리 위에는 白菜 씻은 자취가 있습니다. 풋김치의 淸新한 味覺이 眼藥 '스마일'을 聯想시킵니다. 나는 그 火成岩으로 반들반들한 징검다리 위에 삐뚜러진 N자로 쪼그리고 앉았노라면 視野에 물동이를 이고 躊躇하는 두 젊은 새악씨가 있습니다. 나는 未安해서 일어나기는 났으면서도 일부러 마주 보면서 그리고 걸어갑니다. 스칩니다. '하도롱' 빛 皮膚에서 푸성귀 내음새가 납니다. '코코아'빛 입술은 머루와 다래로 젖었읍니다. 나를 아니 보는 瞳孔에는 精製된 蒼空이 '간쓰메'가 되어 있읍니다.[21]

이 작품은 단어의 선택이 일상적이지 않다. "瞳孔"과 눈동자, "桃色"과 복숭아빛, "三停, 五岳"과 이마·코·턱 등등, "小鳥"와 작은 새, "白,

---

21) 이상, 「산촌여정」, 『이상문학전집』 3, 문학사상사, 1998, 107~108면. 첫 단락이 『문장강화』의 242면에, 둘째 단락의 첫 문장이 89면에 인용되어 있으나, 그 뒷부분부터는 인용되지 않았다. 분석을 위해 이어진 뒷부분까지 가져왔다.

184   문학어의 근대—조선어로 글을 쓴다는 것

黃, 黑, 灰, 또 白, 가지 各色의 개”와 흰둥이(백구) · 누렁이(황구) · 검둥이 등등, “白茶”와 배추 간의 비교에서 드러나듯이, 손쉽게 사용할 수 있는 고유어나 생활어 대신 조금은 무겁고 조금은 심각한 한자어를 선택하고 있다. 또한, “세루로이드(celluloid)” “오브라―드(oblato)” “센슈알(sensual)” “카―마인(carmine)” “코삭크(Cossack)” “스마일(smile)” “하도롱(hard-rolled)” 등 익숙하지 않거나 반드시 그렇게 표현하지 않아도 될 듯한 영어 단어를 차용하고 있다. 그리고 이렇게 선택된 단어들은 그것들이 수식하거나 서술하는 다른 단어들과도 미묘한 부조화를 일으킨다. 그리하여 이 작품은 인용 부분의 마지막 문장처럼, ‘精製된 蒼空이 간쓰메가 되어 있는 瞳孔’과도 같은 형국, 즉 서로 다른 범주에 속해 있는 단어들을 연결시키는 수사(修辭)의 방식이 오히려 작자가 전달하고픈 의미(혹은 이미지)를 강하게 감지하게 만드는 효과를 낳는다. 그리고 더 나아가 이러한 언어 구사는 세계를 새롭게 인식하는 방식을 제시하는 데까지 나아가고 있다. 이태준이 이상을 용인하고 두둔할 수 있었던 것도, ‘유일어’를 감각하는 진폭 자체가 불명확했던 당시의 사회 언어의 장에 기인한 측면이 있다고 할 수 있다. 혼란했던 언어 상황을 통해 역설적으로 새로운 방식의 언어 표현이 나타날 수 있었던 것은 행운이었을지 모른다.

조선에서는 경험해 보지 못한 새로운 문물과 문화의 유입은, 이를 지칭할 만한 새로운 어휘들을 요구하고 있었다. 조선어 자체의 어휘 개발에 대한 사회적인 요구가 높았음에도, 일상적인 수준에서 그리고 문학 작품 안에서 유통되었던 것은 외부로부터 유입된 외래어 어휘들이었다. 이는 인공적으로 개발된 어휘가 현실을 제대로 지칭하지 못했기 때문에 나타난 현상이었다. 현실을 재구하는 문학은 조선어의 장에 유입된 어휘들을 통해 새로운 문체를 형성하고 있었다. 정리되지 않은 신어들이 넘쳐나는 상황에서 ‘유일어’를 찾기 위해 고심했던 작가들의 노력은, 조선어를 발전시키고 이끌어야 한다는 사명감과도 연결된다.

2) 고유어 인식과 어감의 분별

어떤 언어든 그것만의 '고유한' 특징이 있을 것이다. 그러나 그 언어의 고유성은 다른 언어와의 관계망 안에 놓일 때만 발견될 수 있는 것이기도 하다. 한 언어가 다른 언어로 번역될 때, 본래의 의미에 거의 근접한다고 할지라도 그대로 그것을 복사할 수는 없는 것이다. 1930년대에 조선어의 불변하는 특색으로 자주 언급되었던 것은, 미묘한 어감의 차이를 만들어내는 우리말 어음의 다양성에 관한 것이었다. 『문장강화』에서 인용되고 있는 몇 개 되지 않는 논문들 가운데 두 편이 '어감'의 문제를 다루고 있는 어학자의 글인데, 이 글들이 인용되는 배경에는 조선어만의 특질을 찾아 강조하려는 당시의 시대 분위기가 존재한다. 아래는 홍기문과 이희승의 글이다.

> ① 言語의 美. 한 言語를 美化시키는 그것이야말로 文壇人의 特殊한 業務요 또 職責이 아니랄 수 없다. 그 言語의 美化 程度를 가져서 그 言語에 所屬된 文學의 기리와 깊이를 함께 占칠 수 있다고 하여도 過言이 아니다. (…중략…) 그러나 現在의 朝鮮語를 더 한層 美化시키는 것도 오직 文壇人을 기다리어서 可能하겠지만은 朝鮮語가 目下 가지고 있는 美 그것도 그들의 힘을 빌어서 發揮할 수밖에 없는 形便이다. 아직도 文學的으로 發達되지 못한 朝鮮語에 무슨 美가 있겠느냐고 무를지도 모르되 한 言語는 그 獨特한 文體를 가지듯이 반드시 獨特한 美를 가지고 있다는 것을 잊어서는 안 된다. 假令 『발갛게, 벌겋게, 볼고레하게, 불구레하게』나 『파랗게, 퍼렇게, 포로소름하게, 푸루수름하게』 等의 말을 살피어보라. 朝鮮語가 아닌 다른 말에 어디 그렇게 纖細한 色彩感覺이 나타나 있는가? 또 『이, 그, 저』나 『요, 고, 조』 等의 指示詞를 살피어보라. 거기도 朝鮮語 獨特한 맛이 있지 않은가?
>
> ─ 洪起文氏의 「文壇人에게 向한 提議」의 一部(51~52면)[22]

────────────

[22] 홍기문의 「한 사람의 언어학도로서 문단인에 향한 제의」는 『조선일보』(1937.9.18~9.26)에 6회에 걸쳐 연재되었는데, 『문장강화』에 인용된 부분은 1937년 9월 21일 3회 연재분의 일부이다.

② 語感이란 것은 言語의 生活感 다시 말하면 言語의 生命力입니다. 語感 없이는 모든 말이 槪念的으로 取扱되어 버립니다. 卽 語感 없는 말은 言語의 屍體거나 그렇지 않으면 정신상실자입니다. 이와 같이 語感은 言語活動에 있어서 生動하는 힘을 가지고 있읍니다. 그리하여 思想을 傳達하는 言語活動은 感情을 移入하므로써 表出者의 表現 效果를 훨씬 增大시킬 수 있읍니다.

그러면, 語感의 正體는 무엇인가. 그것을 다시 한 번 생각하여보려 합니다. 대개 言語에는 意味 卽 뜻과 音聲 卽 소리 두 方面이 있읍니다.『사람』이란 말은『사』란 發音과『람』이란 發音이 合하여 成立되어 가지고『人』(사람)이란 槪念 卽 意味를 나타내게 됩니다. 그러므로 發音은 말의 形式이요, 意味는 말의 內容입니다. 그리하여 語感이란 것이 이 形式과 內容에 다 關係를 가지고 있읍니다. (…하략…)

— 李熙昇氏의「言語 表現과 語感」의 一部(52~53면)23)

『문장강화』에서 이태준은 "더욱 다음의 논설들을 참고하라"라고 하면서 홍기문과 이희승의 글을 연달아 인용하고 있다. 두 글 모두 '어감'에 관한 문제를 다루고 있다. 홍기문의 글인 ①은 제목에서 드러나듯이 조선의 문학인들이 드러내고 있는, 조선어 사용에서의 문제점을 지적하고 몇 가지 충고와 제안을 하려는 의도에서 쓰였다. 벽초 홍명희의 아들인 홍기문은 정규적인 교육 과정을 이수하지 않았지만 독학으로 쌓은 지식이 상당했다고 하는데, 조선일보 기자로 재직할 당시 조선어에 관한 많은 글들을 남겼다. 그는 조선어의 독특한 미를 설명하기 위해 두 가지의 예, 즉 색채 감각어의 경우에서 볼 수 있는 것처럼 붉거나 푸른 계열에 포함되지만 조금씩 다른 채도의 색깔들을 지칭하는 다양한 어휘들, 그리고 "이"를 "요"로, "그"를 "고"로, "저"를 "조"로 변화시킬 수 있는 지시대명사를 예로 들고 있다. 두 가지 경우에서 추출할 수 있

---

23) 이희승의「사상 표현과 어감」은『한글』49호, 1937.10에 실렸던 글이다. 〈㈀ 표현의 의의〉, 〈㈁ 언어 활동과 감정〉, 〈㈂ 어감〉의 세 부분으로 구성되어 있는데, 〈㈂ 어감〉 부분의 마지막 두 단락을 제외한 전체가『문장강화』에 6페이지에 걸쳐 인용되고 있다. 논문의 가장 끝에는 "今年 六月 七日 라디오 放送한 原稿"라고 부기(附記)되어 있다.

는 조선어만의 고유한 미는 세밀한 언어 표현의 가능성이다.

②에서 이희승이 다루고 있는 '어감'은 좀 더 본격적이고 분석적이다. 어감은 발음(형식)과 의미(내용)에 동시에 관계를 가지는 것으로서, 발음의 변형을 통하여 사전적인 의미와 함께 발화자의 "감정"이 실리게 됨으로써 전달하려는 내용이 더욱 효과적으로 표현된다고 하였다. 위 인용문에 뒤이어, 이희승은 발음이 어감을 규정하는 경우와 의미가 어감을 규정하는 경우로 크게 나누고, 발음이 의미를 규정하는 경우로 강약, 장단, 고저, 모음의 명암(明暗), 자음의 예둔(銳鈍) 등의 여섯 가지를 들었다. 강약, 장단, 고저 등은 발화자의 의도나 기분에 따라 다르게 발음되는 비분절 음운의 예들을 설명한 것이고, 모음의 명암이라든가 자음의 예둔은 홍기문의 글에서도 언급되고 있는 감각어들의 예, 즉 모음이나 자음의 교체를 통하여 어감의 차이를 생산해 내는 '음상(音相)'과 관련된 부분을 말하는 것이다. 그리고 의미가 어감을 규정하는 경우로는, 같은 대상을 존비(尊卑)나 친소(親疎)에 따라 다르게 표현하는 단어들의 예, 즉 '수라-메-진지-밥'과 같은 층위로 구분되는 전자의 예와 '아버지-아빠'로 구분되는 후자의 예를 생각해 볼 수 있다.

『문장강화』에 인용될 때에는 생략되었지만 『한글』에 실린 이희승 글의 원문은 "우리는 언어의 세련을 위하여서나, 새 문학의 수립을 위하여서나, 어감에 큰 주의를 더하여 표현을 가장 곡진히 할 필요를 절실히 느낍니다"[24]라는 말로 끝난다. 여기에는 말소리나 말투에 차이를 둠으로써 발화자가 느끼는 "감정"을 적확하게 표현해 내는 것이, 조선어이기에 가능한 일이자 조선어와 조선문학을 더욱 발전시키기 위하여 집중을 해야 할 부분이라는 당부가 담겨 있다. 이 지점이 조선어를 모어(母語)로 사용하는 화자들만이 가질 수 있는 특권이며, 조선어를 다른

---

24) 이희승, 「사상 표현과 어감」, 『한글』 49호, 1937.10; 영인판, 『한글』 4, 박이정, 1996, 40면.

언어로 번역하는 과정에서 여실하게 드러나는 조선어만의 특색이다. "뜻 이외에 그 언어, 문자가 발산하는 체취, 분위기"(257면)를 이용하는 것이, 이태준이 문학의 표현 방식에서 가장 강조하는 점이다.

③ 먼저 우리 朝鮮語의 소리는 어떠한 것인가?

①사람의 입에서 發音되는 소리에도 大體로 兩性이 있다. 『봄』처럼, 입을 닫어 뚝 끊어놓는 덩어리 소리, 言語學에서 閉音節이란 소리와, 『이』처럼, 입을 열어 얼마든지 끄을어 나갈 수 있는 실소리, 言語學에서 開音節이란 소리가 있다. 閉音節 소리는 男性的이요 開音節 소리는 女性的이라 할 수 있는데 常識的으로 생각하드라도 男性的인 閉音節 소리만 많은 言語는 너무 억셀 것이요, 女性的인 開音節 소리만 많은 言語는 너무 柔弱할 것이다. (…중략…) 朝鮮語의 聲音은 理想的 條件인 『閉音과 開音의 半半』을 지니엇을 뿐 不自然한 脣輕音은 가지지 않었다.

『그러면』이 弱한 경우엔 『그럴진댄』하면 되고 『그럴진댄』이 너무 억세면 『그럴지면』 또는 『그럴바에』로처럼 調節이 된다. 『閑中錄』에도 보면 『선비께서』라 하면 너머 거세기 때문에 『선비겨오서』라고 『께서』라는 말은 모다 『겨오서』로 閉音을 避해 씨어 있었다. 우리 朝鮮語는 먼저 그 『소리』에 있어 根本的 條件에 滿点이라 생각한다.

그러면 다음으로 『뜻』에 있어선 어떠한가?

『電車』니 『郵票』니 『反托』이니 『統一戰線』이니 이런 文化語, 이런 文化事態가 생김을 따라 얼마든지 생기고 없어지고 할 것이니, 文化語는 民族言語의 基本的인 것은 아닐 것이다. 다만 五官神經, 視覺, 聽覺, 味覺, 嗅覺, 觸覺을 通해 準備된 感覺語의 世界만이 한 民族語의 基本的 範圍일 것이다. / ② 여기 拙著 『文章講話』 第二講의 一部를 引用할 必要를 느낀다.

― 우리 수수께끼에

『따끔이 속에 빤빤이, 빤빤이 속에 털털이, 털털이 속에 오드득이가 뭐냐?』 하는 것이 있다. 그것은 밤(栗)을 가리킨 것인데 모다 재미있게 感覺語들로 象徵되였다.

또 옛날 이야기에,

이차떡을 늘어옴치래기, 흰떡을 해야반대기,

술을(병에 든 것을) 올랑쫄랑이,

꿩을 꺼-껵푸드데기,

라고 形容하는 것도 있다. 이런 데서도 우리는 感覺語가 얼마나 豊富한 事實을 느끼지 않을 수 없다. 感覺은 五官을 通해 얻는 意識이다. 視覺, 聽覺, 味覺, 嗅覺, 觸覺, 이 다섯 神經에 刺戟되는 現象을 形容하는 말이 實로 놀랄 만치 豊富한 것이다.

몇 가지 例를 들면,

視覺에 있어 赤色 한 가지에도

붉다, 뻘겋다, 빨갛다, 벌겋다, 벌-겋다, 새빨갛다, 시뻘겋다, 붉으스럼, 붉으스럼, 불그스레, 빨그레, 불그레, 불그스럼, 보리끼레, 발그레 等, 細密한 視神經 性能을 말이 거의 남김없이 表現해낸다. 動物이 뛰는 것을 보고도,

깡충깡충, 껑충껑충, 까불까불, 꺼불꺼불, 깝신깝신, 껍신껍신, 껍실렁껍실렁, 호다닥, 후다닥, 화닥닥 等, 擬態用語에 퍽 自由스럽다.

聽覺에 있어서도 그야말로 風聲鶴淚鷄鳴狗吠, 모든 소리에 擬音 못할 것이 없다.

바람이 솔-솔, 살-살, 씽-씽, 솨-솨, 쏴-쏴, 앵-앵, 웅-웅, 윙-윙, 산들산들, 살랑살랑, 선들선들, 휙, 획·······.

味覺에 있어서도 甘味만 해도, 달다만이 아니요,

달다, 달콤하다, 달큼, 달크므레, 달착지근, 들척지근 ······25)

---

25) 이태준, 「국어에 대하야」, 『대조』, 1946.6, 151~152면. 이 글의 『문장강화』 인용 부분은 1940년 원문과 비교하여 표기가 다르게 된 부분을 교정하고, 글자가 탈락한 부분을 채워 넣었다. 1937년에 연재한 장편 『화관』에 이와 거의 동일한 순서로 같은 내용을 말하고 있는 부분이 발견된다(아래의 인용은 『이태준문학전집 16-화관』, 깊은 샘, 2001, 338~342면).

"① 독일어는 자음어(子音語)가 많습니다. 그래 듣기 여간 거세지 않습니다. 여자가 하는 걸 들으면 너무 보드랍지 못허죠. 남자들이 말다툼이하기나 좋은 말이죠. 불란서 말은 그와 정반대죠. 맨 모음어(母音語)가 돼 사내들 지껄이는 것두 여간 간사스럽지 않어요. 그런데 우리말은 가만히 생각해 보니까 모음어 자음어가 반반 정도겠어요 이상적이야요. 발음만 그렇게 훌륭헌게 아니라요."

"네?"

"숭보지 마세요."

"뭔데요?"

다소 장황하게 인용된 ③은 해방 이후인 1946년에 발표된 글이지만, 이미 1930년대부터 이태준이 누누이 이야기하고 있었던 내용이 한 글 안에 집약되어 있다는 점에서 인용의 대상이 되었다. 특히, 1937년에 연재한 그의 장편 『화관』에 ③과 거의 동일한 구절이, 동일한 순서로 서술되어 있음을 발견할 수 있다는 점에서, 이태준이 1930년대부터 가지고 있었던 인식의 일단을 보여준다는 판단을 내려도 무방하다.

　　③의 ①부분은 우리말의 "소리"가 가지고 있는 이상적(理想的)인 면을 다루고 있다. 소리를 "폐음절 소리"와 "개음절 소리"의 두 가지로 구분하는데, 전자에 속하는 예로 "봄"을 들면서 발음할 때 '입이 다물어지면서 다음 음이 이어지지 않고 끊어지는 소리'라고 설명하였고, 후자에 속하는 예로 "이"와 같은 경우가 있다고 하면서 '입이 열린 채로 다음 음으로 이어질 수 있는 소리'라고 하였다. "폐음절 소리"의 경우는 "남성적"이고 "억센" 소리이며, "개음절 소리"는 "여성적"이며 "유약"하다. 이러한 구분은 그 기준이 상당히 모호한데, 중략된 부분에서 일본어와의 비교를 통해 일본어는 "폐음절 소리"가 없다는 점을 강조하는 것으

　　"그 안에 벨벨 사람들과 다같이 있으니까 옷에 물것이 떠나지 않습니다. 밤낮 서물거리구 근지럽구 징그럽구 가렵구 그렇습니다. 허허 ……."

　　"네 ……."

　　"그런데 그런 피부의 감촉을 말하는데 얼마나 그 음향부터 서물서물이니 근질근질이니 적당한 어감입니까? 말의 신경이 얼마나 솔직합니까? 그래 흥미가 생겨 가만히 생각하니 ②'특히 감각에 있어 여간 발달된 말이 아니야요. 들어보세요. 달다두 어디 달다 뿐입니까? 달크므레 달착지근 모두 다르죠? 보는 걸루두 붉다 하면 붉다 뿐입니까? 뻘겋다 빨그레 블그레 보리끼레 얼마나 세밀합니까? 또 자연 음향을 얼마나 그대로 낼 수가 있습니까? 물소리라던지 기적소리라던지 …… 웃지 마세요. 옛날 이야기에 뭐 정신없는 사위가 처갓집에 갔는데 뭐뭐 해 가지구 왔냐니까 이름을 죄 잊어버리구 술을 올랑쫄랑이라 꿩을 꺼꺼푸드데기라 흰떡을 하야반대기라 이차떡을 느러옴치래기라 했다는 것 같은 것, 모두 의음의태(擬音擬態)가 자유스러운 말이 아니곤 도저히 불가능한 표현입니다."

　　"저두 우리말처럼 감각 표현에 자유스런 말이 없는 줄은 학교서 들었어요."

　　"그런데 문학이란 뭣입니까? 대부분이 감정 묘사 아닙니까? 감정 묘사 용어루 이렇게 훌륭한 말이 없을 줄 압니다. 이런 문학용어로 세계인류의 말을 갖구 왜 조선 문인들은 세계적 걸작을 내지 못하느냐? 이번에 전 나오는 길로 그걸 좀 알아봤습니다."

로 미루어 보아, 이태준이 설명하는 "폐음절 소리"는 '받침이 있는 소리'이며 "개음절 소리"는 '받침이 없는 소리'를 가리키는 것임을 알 수 있다. 명확하게 말해서 "봄"의 경우는 '입이 다물어지는 소리'이기는 하지만 '다음 음이 이어지지 않고 끊어지는 소리'는 아니다. 중성의 양성모음과 종성의 비음 때문에, "남성적"이며 "억센" 소리라고도 할 수 없다. 아마도 받침이 'ㄱ' 'ㄷ' 'ㅂ'의 발음으로 끝나는 소리가 이태준이 말하는 "폐음절 소리"에 해당할 것이다.

각주에 인용된 『화관』의 ①′ 부분을 보면 "폐음절 소리"는 "자음어"로, "개음절 소리"는 "모음어"로 그 용어가 변형되기도 한다. 그런데 독일어는 "자음어"가 많아서 거세고, 불어는 "모음어"가 많아서 부드럽다고 하는 설명과 이어놓으면, "폐음절 소리"나 "개음절 소리"의 뜻에서 벗어나는, 더구나 독일어와 불어의 발음에 대한 부정확한 정보를 제시하는 결과를 낳고 만다.26) 독일어나 불어의 발음을 듣고 얻게 된 전반적인 인상(印象)을, 논리를 동원하여 설명하려는 과정에서 빚어진 오류이다. 우리말이 "폐음과 개음의 반반"을 지닌 이상적인 소리라는 점을 강조하기 위해 동원된 예들일 뿐, 독일어나 불어에 대한 설명, 심지어 조선어와 관련된 결론까지 모두 옳은 이야기라고 볼 수 없다.

①에서 예로 들고 있는 "그러면" "그럴진댄" "그럴지면" "그럴바에"의 경우나 "선비께서"와 "선비겨오서"의 경우 모두, 같은 뜻을 유지하면서 발음의 강약을 조절할 수 있는 우리말의 성향을 지적하는 사례에 해당할 뿐, 앞서 열심히 설명한 "폐음" "개음"과 연결되지 않는다. 따라서 ①은, '다른 언어와 구분되는' 조선 발음의 특수성을 기술하려는 목

---

26) 자음(子音)이 이·혀·입술·구개 등의 발음기관에 의해 호흡이 제한되어 나는 소리이며, 모음(母音)이 이러한 제한 없이 나는 소리라는 점을 염두에 둔다면, 이태준은 '막히는 소리'와 '퍼지는 소리' 정도의 구분으로 "폐음"과 "개음"의 의미를 사용했는지 모른다. 하지만 이렇게 해석한다 하더라도 "봄"과 "이"의 예가 부적절한 것은 마찬가지다.

적이 아닌, '조선어 어음의 풍부함', 즉 조선어가 문학어로서 발달할 충분한 가능성을 가지고 있다는 점을 부각시키려는 의도에서 기획된 부분이라고 할 수 있다. 뒷부분의 감각어에 관한 이태준의 설명도 이런 판단을 뒷받침한다.

③의 ② 이후의 부분은 『문장강화』에 그대로 실려 있는 내용들(62~64면)로서, 각주에 인용된 『화관』의 ②´부분에 압축적으로 요약되어 삽입된 것을 확인할 수 있다.[27] 눈으로 보고, 귀로 듣고, 혀로 맛보고, 코로 냄새 맡고, 피부로 감촉하여 세계를 표현하는 방식인 감각어는, 한 단어 안에서 모음이나 자음의 교체를 통해 미묘한 어감의 차이를 일으키면서 궁극적으로는 뜻의 차이까지 빚어내는 방식으로 분화된다. 실제로, 소리를 받아 적은 의성어나 사물의 특징적인 면모를 잡아내어 형용한 의태어 같은 것들이 대상과의 유연성(有緣性)을 가지는 것이 사실이지만, 그러한 단어들이 언어마다 다른 것을 보면, 그리고 가령, "붉다"가 처음 '그 빛깔'을 가리키는 단어로 성립될 때의 자의성(恣意性)을 고려하면, 감각어가 '실제'를 반영하는 것은 아니라고 할 수 있다. 그러나 한국어 화자들은 이 감각어를 통해 '실제'—그것이 사물이든 감정이든—가 더 정확히 표현된다고 느낀다.

"붉다" 같은 감각어가 무수하게 분화하는 양태를 살펴보면, 음을 조

---

27) 이태준은 자신의 수필과 소설 사이의 상호텍스트성이 매우 강하다. "「죽음」, 「병후」는 「까마귀」로, 「동정」은 「천사의 분노」로, 「가을꽃」은 「코스모스 이야기」로, 「기생과 시문」은 「패강냉」으로, 「낚시질」은 「무연」으로, 「고완품과 생활」은 「영월영감」으로, 「만주기행」은 「농군」으로, 「목포조선현지기행」은 「제1호 선박의 삽화」로 수필이 소설 속에 들어와 있는 경우(박진숙, 「이태준 문학 연구」, 서울대 박사논문, 2003, 96면 각주 52)"를 빈번하게 발견할 수 있다. 덧붙여 또 한 가지의 예로, 한자 사용의 문제를 언급한 수필 「무식」(『한글』, 1932.9)이 장편 『딸삼형제』(1939년 연재)에 도입되어 있다. 그리고 여기서는 장편 『화관』에서 사용된 예가 『문장강화』에 들어가 있다. 앞서, 박진숙이 지적한 예들은 주로 수필과 단편 사이의, 작가의 상상력을 통해 소설 안에서 변용되는 경우에 해당한다면, 『딸삼형제』와 『화관』 등의 장편에서는 인물의 대사 '그대로' 도입된다는 특징이 나타난다. 이태준의 '주장'이 소설 속 인물의 '주장'으로 '그대로' 이어지는 것이다.

금씩 달리 표현하고서 지시하는 대상이 섬세하게 달라진다는 점에서 우리말의 풍부함을 감지할 수 있다. 이러한 속성으로 인해, 이태준이 다른 나라의 언어를 부정확한 정보를 동원하여 폄하하는 방식을 취하면서 조선어가 "소리"의 면에서 가장 이상적인 언어라고 평가하는 논리가 가능했었다고 할 수 있다. 정확하게 말하면, 우리말의 이 같은 특징은 다른 언어들과의 관계망 속에 놓인 근대 이후에 더욱 부각된 측면이 있다. 일본어를 조선어로 번역하거나 영어를 조선어로 번역하는 등의 문명 수입 과정에서 문명어들을 번역할 단어가 조선어에는 없다는 점을 느끼면서, 그리하여 조선어 역시 다른 언어로 번역될 때 불가능하게 여겨질 부분을 찾게 되면서 이 감각어들의, 고유어로서의 특장이 강조되었던 것이다. 감각어는 불변하는 "민족어의 기본적 범위"로까지 인식되었다.

3을 다시 살펴보면, 앞선 이희승의 글에서처럼 "소리"에 관한 경우와 "뜻"에 관한 경우로 크게 구분되어 글이 진행되고 있음을 알 수 있다. 이태준이 빚은 논리의 오류를 감안하고 거론한 예들을 종합하면, 결국 그는 조선어가 "소리"의 측면에서 문학어로서 발전될 수 있는 가능성을 염두에 두었다기보다, 미세한 어음의 차이를 통해 "뜻"이 민감하게 갈라져 사태와 내면의 '진실'을 포착해내는 것에 관심을 가졌던 것이라고 볼 수 있다.[28] 『문장강화』에서 이와 관련하여 들고 있는 예들을 살펴보자.

4 遠山은 疊疊 泰山은 주춤하야 奇巖은 層層 長松은 落落 에이구브러져 狂

---

28) 만약 이태준이 본격적으로 "소리"의 측면에서 조선어의 발전 가능성을 타진해 보려고 했다면, (예를 들어) 김영랑의 시가 『문장강화』의 문례로 도입되었을지 모른다. 그러나 그가 고작 다루는 것은 「유산가」나 「바다 2」와 같이, 소리나 모양을 형용하는 단어들이 많이 들어간 작품들이다. 이는, 이태준의 궁극적인 관심이 운율이나 음악성을 살리는 데 있지 않고, 줄글(산문)로서의 조선문장을 완성하는 데 있었음을 알려주는 듯하다. 『문장강화』에서 시의 인용 편수는 소설, 수필, 비평 등의 줄글들에 비해 현격하게 적을 뿐더러, 시를 인용하는 경우에도 대부분 어떤 '단어'를 사용했는지에만 초점을 두고 있다.

風에 興을 겨우 우줄우줄 춤을 춘다. 層巖絶壁上에 瀑布水는 콸콸, 水晶簾 드리운듯, 이골 물이 주루루룩 저골 물이 솰솰, 열에 열골 물이 한데 合水하여 천방저 지방저 소코라지고 평퍼져 넌출지고 방울져, 저 건너 屛風石으로 으르렁 꽐꽐 흐르는 물결이 銀玉 같이 흩어지니 (65면)

「유산가」에서 이태준이 강조점을 찍고 있는 부분들을 확인해 보면, "주춤" "우줄우줄" "콸콸" "주루루룩" "솰솰" "으르렁" "꽐꽐" 등 모양이나 소리를 묘사하는 고유어의 의태어·의성어들이다. "첩첩" "층층" "낙락"과 같이 산·암석·소나무의 생긴 모양을 한자 첩어(疊語)로 구사한 부분에 대해서는 강조점을 찍지 않는다. 여기에는 우리말의 경우가 아니면 구체적인 어감이 살아나지 않는다는 인식이 개입되어 있는 듯 보인다. 많은 사람들이 지적하듯이 의태어나 의성어의 경우는 다른 언어로 번역하기 어렵거나 혹은 번역하더라도 원문의 질감을 다 표현할 수 없는 단어들이다. 이태준은 이러한 말들이 문학어로서 발달할 수 있는 가능성을 염두에 두면서, "언어로서 풍부는 물론, 곧 문장으로서, 표현으로서 풍부일 수 있는 것이다"(65면)라는 자부심을 피력하고 있다. 「소설」이란 제목의 그의 수필에도 ④와 동일한 「유산가」의 구절이 인용되어 있는데, 이에 대해 "구체적"이며 "끈기찬 정력적인 표현"이라는 주석을 달면서, 한자어가 그대로 드러나 "자기의 표현을 개념화시키는 낭패"에 대해 경계해야 한다고 말한 바 있다.[29]

물론 그는 한자어를 쓰지 말아야 한다고 생각한 부류는 아니었다. 소설의 경우에 대해 이야기할 때에는 인물과 사건을 구체적으로 보여주어야 하는 장르이므로 한자어의 사용을 자제하라고 말하지만,[30] 수필처럼 시각적 흥미가 없는 글에서는 문장의 맛을 즐기게 하기 위해 한자어가 섞이는 편이 좋다고 하는 것이다.[31] 이는 우리말이, 한자어와 대비해

---

29) 이태준, 「소설」, 『이태준문학전집 15 — 무서록』, 깊은샘, 1998, 146면 참조.
30) 위의 글, 145~146면 참조.

서 살펴볼 때 '구체적'이며 '사실적'인, 그리고 '감각적'이며 '정서적'인 부분을 표현하는 데에서 유용하다는 점을 고려한 발언이다.

⑤ 바다는 뿔뿔이
달어 날랴고 했다.

푸른 도마뱀떼 같이
재재발렀다.

꼬리가 이루
잡히지 않았다.

힌 발톱에 찢긴
珊瑚보다 붉고 슬픈 생채기!

가까스루 몰아다 부치고
변죽을 둘러 손질하여 물기를 시쳤다.

이 앨쓴 海圖에
손을 싯고 떼었다.

찰찰 넘치도록
돌돌 굴르도록

회동그란히 바쳐 들었다!
地球는 蓮잎인양 옴으라들고……펴고……

— 鄭芝溶詩集에서(65∼66면)32)

31) 이태준, 『문장강화』, 문장사, 1940, 75면 참조.
32) 원출처는 정지용, 「바다 2」, 『정지용시집』, 시문학사, 1935이다. 『문장강화』의 인용문 중 원문과 표기가 다른 부분이 있어, 이숭원 주해, 『원본 정지용시집』, 깊은샘,

「바다 2」는 특히 5~8연으로 인해, 바다가 주체가 되는 사물시로 해석되기도 하고, 바다를 바라보는 화자의 시선과 행위가 더 중심이 되는 것으로 해석되기도 한다. 여기서는 「바다 2」에 대한 또 하나의 분석을 덧붙이기보다, 이 시에서 사용되는 시어들을 점검하는 데 목적이 있다. "뿔뿔이"는 '덩어리째' 밀려온 파도가 '제각각 여러 갈래로 나뉘어' 뒤로 물러나는 모습을 형상화하기 위해 사용된 단어이며, "재재발렀다"는 '재바르다'를 원형으로 삼아, 파도가 빠르게 흩어지는 모습을 더욱 강조하기 위해 접두사 '재'를 덧붙인 형태로 창조된 단어라 여겨진다. 이태준이 강조점을 찍어둔 "찰찰" "돌돌" "회동그란히"의 경우를 살펴보면, "찰찰"은 액체가 조금씩 넘치는 모양을, "돌돌"은 빠르게 구르는 소리를, "회동그란히"는 둥근 모양을 묘사하기 위해 동원된 단어라고 할 수 있다. "뿔뿔이"의 경우는 그렇지 않지만, '재바르다'의 경우만 해도 '재빠르다'라는 센말을 가지고 있고, "찰찰"은 '철철'이라는 큰말을, "돌돌"은 '둘둘'이란 큰말과 "똘똘"이란 센말을, '회동그랗다'는 '휘둥그렇다'는 큰말을 가지고 있다.

이를 통해 봤을 때, 이 시는 전반적으로 모양이나 소리를 형용하는 데 있어 어감이 크고 강한 말을 피하고, 작고 경쾌한 어휘들을 채택하는 경향이 강하다. 이 단어들 중에는 일상적으로 사용되는 것도 있지만, 작가의 느낌에 따라 어감의 강도를 달리해 '재재바르다'라는 형태를 창안하기도 하고, "회동그란히"를 '받쳐 드는' 모양을 그리는 데 사용하여 새로운 용례를 만들어 내기도 하였다. 이러한 시도들이 합해지면, 시의 전체적인 분위기와 의미가 달라진다.

「유산가」나 「바다 2」에서 지적의 대상이 되는 어휘들은 모두 우리 고유어이다. 외국어나 한자어들은 그것들이 비록 우리글의 맥락 안에 들어와 있다 하더라도, 조선어를 모어로 사용하는 화자들에게 다른 언

2003, 23~24면과 대비하여 수정하였다.

어의 체계를 환기시키면서 신선함, 난해함, 혹은 엄숙함을 느끼게 한다. 다른 언어 체계에 속한 단어들은 고유어만큼 직접적이고 밀접한 느낌을 주지 못한다. 이태준이 강조하는 어감은, 사물의 상태나 화자의 내면을 가장 정확하게 짚어내는 구체성을 동반하는 것이라는 점에서, 문학적인 표현의 영역을 확장시킬 중요한 요소였다.

⑥ 趙碧岩氏의 作品을 읽어가며 나는 몃 번인가『언어의 選擇』이라는 것『語感』이라는 것 그리고『言語의 神經』이라는 것 …… 그런 것들을 생각하야 보앗습니다. (…중략…) 假令『아름다운』과『아릿다운』과『어여뿐』과『예쁜』과 …… 그리고『女性』과『女人』과『女子』와『게집』과 …… 이러케 느러노핫슬 따름으로 讀者는 이것들이 저마다의『語感』과 저마다의『神經』을 가지고 잇다는 것을 깨다르시리라 밋습니다.
　이제 네 개의 形容詞와 네 개의 名詞로 都合 열여섯 名의 美女를 求하야봅니다.『아름다운 女性』『아릿다운 女人』『어여뿐 女子』『예쁜 게집』『아름다운 게집』『아릿다운 女子』『어여뿐 女人』『예쁜 女性』……(以下略)
　이것들의 細細한 說明은 이곳에서는 不必要하리라 밋습니다. 따로 機會를 보아 이 種類의 조고마한 硏究를 發表하려니와 讀者는 몸소 이 우에 들어 말한 것들의 그 하나하나의『語感』이며『神經』을 吟味하야 보소서. 或은 가르처 이러한 것은 枝葉의 問題라 할른지도 모릅니다. 그러나 作品이 文章의 形式을 가추어 비로소 되고 文章의 基本은 個個의 用語에 잇슴을 알 때에 우리는 좀 더 이 問題에 神經을 날카로웁게 하야도 조흘 줄 압니다. 더욱이 創作에 뜻 둔 이로서 이 方面의 것은 거이 完全히 無視하고 잇는 듯십흔 늣김이 잇는 朝鮮에서의ㅅ일입니다.[33]

⑥에서 박태원은, 같은 의미 범주에 포함되어 있는 "아름다운" "아릿다운" "어여뿐" "예쁜"과, 또 마찬가지의 "여성" "여인" "여자" "게집"의 단어들이 서로 만나서 구(句)를 이루는 경우만을 상정한다 해도 16개의 쌍이 만들어질 수 있다는 예를 들면서, 단어 하나를 선택하고 또 다

---

33) 박태원,「삼월창작평 5−무시된 語感 語神經」,『조선중앙일보』, 1934.3.30.

른 단어를 선택하여 연결하는, 문장 쓰기의 모든 과정이 "언어 신경"의 민감한 촉수를 들이대는 것이어야 하는데 조선의 작가들에게 이러한 경향은 그리 많이 나타나지 않는다며 우려를 표하였다. 자신이 표현하려고 했던 바로 그 지점을 포착할 수 있는 단어를 고르기 위해 예민하고 까다로운 감수성이 필요하다는 이태준이나 박태원의 지적은 타당하다. 그것이 바로 좋은 문장으로 이어지며, 궁극적으로는 조선어의 표현 가능성을 넓혀 주는 것도 사실이다. 그러나 이러한 부분에만 너무 천착하다 보면, 큰 문제를 놓치게 되기도 한다는 점을 주의해야 한다.

이태준이 김소월의 「예전엔 미처 몰랐어요」를 언급하면서 "이렇게 사뭇차게 그리울 줄도"와 "이제금 저 달이 서름인 줄은"에서의 "사뭇차게"와 "이제금"의 창의성을 높이 평가한 것(86~87면), 그리고 정지용의 「해협」에서 "하늘이 함폭 나려 앉어 / 큰악한 암닭처럼 품고 있다 // 투명한 어족이 행렬하는 위치에 / 홋하게 차지한 나의 자리여! //"의 "함폭" "큰악" "홋" 등의 개성을 지적한 것(87~88면) 등은 공통적으로 형용사와 부사의 쓰임새에 관심을 기울인 경우이다. 김소월과 정지용이 시어의 범위를 확장한 공로가 큰 것은 사실이지만, 이태준은 형용사와 부사의 경우에 한정지어 설명하는 경향이 있었다는 데에 문제가 있다. 형용사나 부사가 음상의 분화나 감각의 세밀화를 성취하는 데 탁월한 능력을 가지고 있지만, 때로 이것이 지나치게 강조되면 오히려 구체적이고 적확한 감정 표현으로부터 거리가 멀어질 수밖에 없다.

김우창도 이 문제에 대해 다음과 같이 비판한 바 있다. "한자어가 대체로 사물 자체에 다가가기보다는 그것을 들어올려 어떤 체계 속에 일반화한다면, 토착어도 그러한 작용을 할 수 있다. 이것은 특히 소위 고운 말이라는 테두리에 드는, 정서적 호소력을 한껏 높이려는 말들에서 흔히 볼 수 있는 일이다. '냇사 애닯은 꿈을 꾸는 사람'과 같은 표현, 또는 더 길게 예를 들어, '기인 한밤을 / 눈물로 가는 바위가 있기로 // 어느 날에사 / 어둡고 아득한 바위에 / 절로 임과 하늘에 비치리오 //'와 같은 시 구절들은 그 유려한 토착어의 음악으로 하여 의미를 전달하기 전에 이미 우리에게 정서적으로 호소해 오는 언어이다. 그러나 이것은 동시에 우리의 감정을 일반화 또는 상투화하고 사실적 세계의 복합성이 아니라 감상의 단순성 속으로 우리를 이끌어간다."34) 박목월의 「임」의 경우, 단어들 자체가 포함하고 있는 음악성이나 유려함이 시의 분위기를 부드럽고 애달프게 만들고 있지만, 시의 내용보다 분위기 자체가 압도하는 힘이 크다는 문제가 나타난다는 것이다.

김남천은 프로작가들의 문장=나쁜 문장, 상허와 노산의 문장=좋은 문장이라고 평가받는 당시의 일반적인 조류에 대해 "문학적 정신과 정열이 판이한 이상 이것의 세계를 그려내는 문장은 이것에 들어맞는 새 것이어야 할 것이다"라고 말했는데,35) 이는 이태준과 이은상 등이 추구하는 문장 경향에 대한 우회적인 비판일 것이다. 실제로 1930년대에도 단어를 아름답게 조탁하는 데 공을 들이는 사례들이 나타나고 있었는데, 이는 조선어의 표현 능력을 한 단계 발전시켜 줄 수도 있지만 미문에의 집착으로 흐를 수 있다는 점에서 위태로울 수 있다.

조선어의 특징을 발견하는 것은, 조선어가 다른 언어와 관계를 맺을 때이다. 수입된 어휘들과 다른, 조선어만의 특색으로 강조되었던 것은 다양한 어음의 변화를 베껴낼 수 있다는 점이었다. 이는 실제로 조선어의 특성이기도 하지만, 당시에 이를 강조하는 경향은 지나친 바 있어 감정이나 사태의 실제적인 국면을 반영하기보다 어음을 아름답게 꾸미는 데 집중하는 경우도 적지 않았다. 그러나 이러한 특성이 우리말의 표현력을 증진시킨 것도 사실이다.

---

34) 김우창, 「언어·사회·문체」, 『시인의 보석』, 민음사, 1993, 286~287면.
35) 김남천, 「문장·허구·기타」, 『조선문학』, 1937.5, 134면.

2. 표준과 형식

1) 표준어 · 방언의 위계와 현실감의 형성

작가가 자신이 나고 자란 지방의 어휘를 사용하여 작품을 창작하는 것은 자연스러운 일이다. 그러나 표준어 사정이 이루어지기 이전에도 "문필가 내지 문단인들은 항상 '서울말'을 표준해 써왔고, 서울말이 가장 표준된 것이라 생각"36)하는 경향이 강했다. 김소월 시의 방언 해석에 큰 실마리를 던져준 정주 출신 언어학자 이기문은, 판본 확정이나 작품 분석에 혼란을 빚는 소월의 방언 사용 경향에 대해 흥미로운 논의를 전개한 바 있다. 궁극적으로 자신의 방언에 의지하여 시를 쓸 수밖에 없었던 소월은 정주 방언을 시어의 기층에 두면서, 서울말을 중심으로 하여 형성되어 온 당시의 문학어로 그 표층을 윤색하는 노력을 기울였다는 것이다.37) 이기문에 따르면, 같은 정주군 출신에 오산학교를 거친 문인들의 시어에 대한 태도가 서로 달랐는데, ①안서 및 춘원은 서울의 문학어를 사용하면서 간혹 방언 특유의 단어가 나타났고, ②소월은 방언을 사용하면서 서울의 문학어로 윤색하였으며, ③백석은 드러내놓고 방언을 사용하였다.38)

그런데 출신배경이 같은 이 작가들은 시어에 대한 태도에서만 차이

---

36) 홍효민, 「조선어문운동과 조선문학—'사정한 조선어 표준말 모음'을 보고」, 『한글』 42호, 1937.2; 영인판, 『한글』 3, 박이정, 1996, 374면.

37) 이기문, 「소월시의 언어에 대하여」, 『백영 정병욱 선생 환갑기념논총』, 신구문화사, 1982, 22~31면 참조. 이기문은 소월시의 기층을 형성하고 있는 정주 방언보다, 오히려 정주 방언에 낯선 요소들을 통해 소월의 시어 선택과 직조의 탁월함을 밝혀낼 수 있다고 하였다. 이 논문에 제시되어 있는 한 가지의 예를 들면, 「접동새」에는 정주 방언이 아닌 "가람"과 "누나"라는 단어와 정주 방언인 "오랩 동생"이 함께 쓰이는데, 이러한 어휘들은 어감과 율조를 맞추려는 의도 하에서 선택된 것들이다.

38) 위의 글, 28면 각주 15) 참조.

가 나는 것이 아니라, 주요 활동 시기가 1900년대 후반~1910년대, 1920
년대, 1930년대로 각기 다르다. 1930년대는 맞춤법 제정과 표준말 사정
(査定)처럼, 조선어문을 표준화시키기 위한 지향들이 강하게 표출되고
있었던 시대였음에도, 이 작가들에게서 나타나는 방언 사용의 빈도와
폭은 시대적인 지향과 반대된다는 점에 주목해야 한다.

　1930년대 조선어문의 표준화에 대한 열망은 비단 어학자들의 노력에
서만 그치지 않고, 작가들 역시 작품을 창작할 때 표준어의 자장 안에
서 어휘를 선택해야 한다는 인식을 갖는 것으로까지 발전하였다. 당시
작가들의 인식은 『문장강화』에 다음과 같이 반영되어 있다.

　1 ① 京城은 文化의 中心地일 뿐 아니라 地理로도 中央地帶다. 東西南北
　사람이 다 여기에 모히기도 하고 흩어지기도 한다. 그러니까 京城말은 東西
　南北 말의 影響을 혼자 받기도 하고 또 혼자 東西南北 말에 영향을 주기도
　한다.
　　그래 어느 편 사람 귀에도 가장 가까운 因緣을 가진 것이 京城말이다. 京
　城말의 長點은 이것뿐도 아니다. / ② 人口가 한 곧에 가장 많기가 京城이니
　까 말이 가장 많이 지껴려지는 데가 京城이다. 그러니까 말이 어디보다 洗鍊
　되는 處所다. / ③ 또 諸般 文物의 發源地며 集散地기 때문에 語彙가 豊富하
　다. / ④ 또 階級의 層下가 많고 有閑한 사람들의 社交가 많은 데라 말의 品
　이 있기도 하다. 그러니까 어느 편 사람이나 다 함께 標準해야 할 말은 무엇
　으로 보나 경성말이다.
　　京城말이라고 다 좋은 것은 아니다. 「돈」을 「둔」이라, 「몰라」를 「물라」라,
　「精肉店」을 「관」이라, 「사시오」를 「드렁」이라는 것 같은 것은, 決코 普遍性
　도 品位도 없는 말이다. 그러기에 朝鮮語學會에서 標準語를 査定할 때 京城
　말을 本位로 하되, 中流 以下, 所謂 「아래대말」은 方言과 마찬가지로 處理
　한 것이다.
　　그런데 文章에서 方言을 쓸 것인가 標準語를 쓸 것인가는, 길게 생각할 것도
　없이
　　첫재, 널리 읽히쟈니 어느 道 사람에게나 쉬운 말인 標準語로 써야겠고,

둘재, 같은 값이면 品있는 文章을 써야겠으니 品있는 말인, 標準語로 써야겠고, 셋재, 言文의 統一이란 큰 文化的 意義에서 標準語로 써야할 義務가 文筆人에게 있다 생각한다. (27~28면)

처음 두 단락에서 이태준이 제시하는 표준어의 조건 네 가지는 조선어학회에서 설명하는 표준어의 조건과 동일하다. 조선시대 내내 서울이 정치·경제·사회·문화의 중심지였던 만큼 서울말을 표준어로 삼는 데 있어서 별다른 이의는 제기되지 않았다. 서울말이 표준어가 되어야 한다는 것을 대부분 용인하고 있었다. 조선총독부의 1912년 제1회 언문 철자법에 "경성어를 표준으로 함"[39]이라는 구절이 들어가면서 서울말이 '공식적으로' 표준어임을 인정받았으나, 이는 당대의 일반적인 인식을 명문화한 데 지나지 않았다. 표준어는 '무엇이며' '무엇이어야만 하는지'에 관해 학술적인 논의의 과정을 거치면서[40] 1933년의 '한글 맞춤법 통일안'의 총칙에 "표준말은 대체로 현재 중류 사회에서 쓰는 서울말로 한다"[41]라는 규정이 포함된다.

그런데 "현재"와 "중류 사회"라는 다소 모호한 규정 속에는, '표준어=서울말'로 단순하게 인식할 수 없는 다른 문제가 개입되어 있음을 알 수 있다. 표준어 사정을 위한 논의가 활발해지면서 '서울말이라고 해서

---

39) 「부록 2-보통학교용 언문철자법(제1회)」,『국어 근대표기법의 전개』, 태학사, 2003, 588면.
40) "조선어 중에 경성어가 제일 발달된 줄노 사(思)흔다 경성은 조선의 수부(首府)로 언어섯지라도 지방보다 선(先)히 발달될 것은 물론이라 (…중략…) 대저 여(余)는 조선어 중에는 경성어가 조종(祖宗)이 되야 제일지(第一指)를 굴(屈)홈에 무의(無疑)흔 줄노 사(思)흐노라"(무명씨, 「경성어의 연구」,『반도시론』19호, 1918.10; 하동호 편,『역대한국문법대계 ③ 23 한글논쟁논설집 下』, 탑출판사, 1986, 108면) 이 글에 대해, 고영근은 "서울 중심의 어문 표준화의 기운이 서서히 꿈틀거리는 전주곡으로 해석하고자 한다"(『한국어문운동과 근대화』, 탑출판사, 1998, 9면)라고 평하였다. 표준어의 기준을 논하는 담론들은 맞춤법 제정을 전후로 하여 대거 생산되었다.
41) 「한글 마춤법 통일안 전문」,『한글』10호, 1934.1; 영인판,『한글』1, 박이정, 1996, 578면.

반드시 표준어는 아니다'라는 유연한 관점이 나타났고, 서울말 역시 '서울 지방의 방언'이라는 생각에 입각하여 서울말 중에서도 "일시적 訛音이라던디 과도기적 유행되는 사투리"[42]를 배제하고 다른 지방의 말이라도 필요한 것은 덧붙여 가장 합리적이고 엄정한 기준에서 표준어를 제정해야 한다는 논의가 주류를 이루었다. 위의 인용문에서 이태준이 "둔" "물라" "관" "드령"과 같은, 품위 없는 발음이나 단어들을 배제해야 한다고 말하는 것은 여기에 해당하는 내용이다. 이는 '표준어=서울말'이라고 막연하게 인식할 때보다 오히려 그 조건이 강화된 것으로서, 표준어에 대한 의식의 각성이 전반적으로 진행되고 있었음을 보여주는 것이다. 이는 결국 표준어가 '조선 사람이 사용하는 데 모범이 되는, 인공적으로 만들어진 말'이라는 의미가 된다.

더구나 표준어가 제정되던 역사적인 장면을 살펴보면 표준어의 인공성이 더욱 두드러진다. "대체로 현재 중류 사회에서 쓰는 서울말"이라는 원칙을 따르기 위해 표준어 사정 위원들은 서울을 포함한 경기도 출신과 다른 지방 출신의 비율을 반반으로 구성하고, 낱말을 하나씩 제시하여 표준어로 삼을지 말지를 표결에 부쳤다. 표결의 과정에서 처음에는 경기 출신 위원에게만 결정권을 주고, 지방 출신 위원 중에서 이의를 제기하는 사람이 있으면 재심리를 붙이고, 거기서도 결정이 나지 않으면 보류해 두었다가 전문가의 의견을 묻거나 직접 현장에 나가 조사하는 방법을 취했다고 한다.[43] 그러나 각계의 의견을 취합하여 심의하는 과정이 철저하고 합리적일수록, 표준어의 결정이 사람들 간의 합의에 따라 이루어지는 임의적인 것임이 명백해진다. 그것은 기본적으로 '표준어'라는 것이 지니는 속성이기도 할 터이므로, 작품 창작에 있어서 표준어를 사용해야 한다고 강조했던 문학자들의 태도는 생각해볼 만한

---

42) 고재휴, 「표준어와 방언」, 『정음』 22호, 1938.1; 하동호 편, 『역대한국문법대계 ③ 23 한글논쟁논설집』 下, 탑출판사, 1986, 1522면.
43) 한글학회 50돌기념사업회, 『한글학회 50년사』, 한글학회, 1971, 211면 참조.

그림 21 __ 많은 문학자들이 사정 위원으로 참여한 조선어 표준말 모음은 1936년에 발표되었다. 책자로 간행된 「사정한 조선어 표준말 모음」의 광고에 의하면 책의 가격은 1원이었고 우송료는 9전이었다(『한글』 48호, 1937.9). 아래는 표준말 발표식 때의 사진이다(『한글』 41호, 1937.1).

문제이다.

문학인들은 1936년 10월 28일 '사정한 조선어 표준말 모음'이 발표되자 환영의 뜻을 표했다. 카프 계열의 비평가 홍효민은 '표준말 모음'의 발표에 대한 감상과 더불어 조선어문의 표준화 지향에 대해 다음과 같이 발언하였다.

> ② 나는 多少 쎈치한 생각이었는지는 모르나, 發布用 "査定한 조선어 표준말 모음"이라는 것을 받을 때 感慨無量함을 느끼었다. 그것은 自民族의 母語를 이제야 正確히 쓸 수 있을가(?) 하는 그런 생각이 지나간 것이다. 그리고, 因하여 이 "査定한 조선어 표준말 모음"이 朝鮮文學에 있어서 얼마나한 至大한 關係가 잇을 것인가가 생각되지 않을 수 없었다. (…중략…)
>
> 朝鮮에 있어서 朝鮮語學會의 語文運動이 그 終末을 告하기까지에는 우리들 文筆人 乃至 文壇人이 執筆하는 모든 글이 많은 疑懼 속에 있지 않을 수 없었다. 그것은 그 思想이나 內容이 疑懼된다는 그것이 아니라, 과연 우리는 옳은 文字를 쓰고 있는 것일가 하는 疑念과 乃至 疑懼인 것이다.
>
> 그것은 왜냐하면, 우리는 한 개의 名詞, 한 개의 形容詞, 한 개의 動詞 乃至 한 개의 感歎詞에 이르기까지 虛誕히 쓸 수 없는 것이 文筆人 乃至 文壇人의 그것인데, 때로는 "가마귀"라는 한 개의 새(鳥) 이름인 名詞를 썼을 때, 이것은 옳은 그것이 못 된다는 그것이다. 그것은 "가마귀"가 아니요, "까마귀"라는 것이다. 이것은 한 예에 지나지 않지마는, 究竟 이리한 것이 한 文章에 수없이 많을 때에는 그 文章이 究竟 버리고 말게 되지 아니ㅎ지 못할 것이다.
>
> 이에 우리들 文筆家 乃至 文壇人들은 항상 "서울말"을 標準해 써왔고, 서울말이 가장 標準된 것이라 생각하였으나, 역시 "서울"이라는 그 地域이 雜多한 地方人이 와 살게 되고, 또한 外來語에 依하여 많이는 變動 乃至 俗化되었을 때 한 文章을 쓸 때, 이 名詞는 또는 이 形容詞는 乃至 이 動詞는 確乎不動의 옳은 것이라는 信念에서 쓴 일이 과연 얼마나 있든가! 거의 이렇게 써도 관계없겠다. 혹은 이렇게 써도 意思가 통하겠지 하는 程度로 쓰지 않았든가? 이것이 疑心이 아니면 무엇이며, 또는 더 나아가 疑懼가 아니면 무엇이었든가![44]

홍효민이 표준말 사정에 대해 "감개무량함"을 느낀 이유는, 글이 가지는 소통과 전달의 문제가 표준어의 제정 이전에는 "의구" 속에 있을 수밖에 없었다는 데 있다. 온몸이 새까맣고 기분 나쁜 울음소리를 내는 '그 새'를 "가마귀"라고 불러야 할지 "까마귀"라고 불러야 할지 정해져 있지 않다면, 어떤 사람은 "가마귀"로, 또 어떤 사람은 "까마귀"로 표기하는 경우가 생길 것이고, 그러한 경우들이 거듭되면 글이 의도한 바와는 다르게 오해될 소지가 생기고 심지어 글 자체가 이해되지 않을 수도 있는 것이다. "가마귀"와 "까마귀" 같이 간단한 경우를 제외하고, 지방의 방언에 따라 같은 사물을 지칭하는 단어가 확연하게 다른 사례도 빈번하다. 그렇기 때문에 표준어가 정해져 있지 않은 상황에서 글을 쓰는 것은, 어떤 의미에서, 모험일 수도 있었을 것이다. 때문에 홍효민은 같은 글에서 '사정한 표준말 모음'을 책상 앞에 놔두고 자신이 쓰는 단어들을 그것과 비교해 가면서 글을 써야 할 것이라고 말하기도 하였다. 더 나아가, 서울말이 가장 풍부한 어휘를 갖추고 있으며 음이 가장 세련돼 있다고 보는 관점, 그리하여 다른 지방의 말에 대한 서울말의 우위를 인정하는 발언은 문학작품을 평하는 데 자주 등장하였다.

③ 지문에 방언이 많은 것도 문제려니와 '皮肉을 하였다'니 '차차 眞僞해지는 누이의 말을'이니를 보니 넘어 용어에 무관심한 것 같다.[45]

④ 또 作者는 지문에서 막 방언을 썼다. 표준어 공부를 해야 될 것이요 문예는 문장의 예술이란 데 더욱 생각하는 바가 있어야겠다.[46]

⑤ 읽어가면서 위선 느낀 것은 문장에 참으로 豐富하게 지방어가 석기여 잇는

---

44) 홍효민, 앞의 글; 영인판, 『한글』 3, 박이정, 1996, 373~374면. 원래 『사해공론』 20호, 1936.12에 발표되었던 글인데 『한글』에 재수록되었다.
45) 이태준, 「신춘창작계개관 간단한 독후감 2」, 『조선중앙일보』, 1936.1.18.
46) 이태준, 「신춘창작계개관 간단한 독후감 9」, 『조선중앙일보』, 1936.1.28.

것입니다. 그야 물론 우리는 작품에 지방어를 전연 거부하는 자가 아닙니다. 그러나 그것은 지방색을 나타내기 위하야 효과적으로 씨워잇는 경우만의ㅅ일 입니다. 나는 이후로 작자가 그러한 경우 이외에는 반다시 표준어를 사용하여 주시기를 빕니다. 부질업시 문장의 미를 손상하는것은 누구보다도 작자 자신에게 잇서서 本意가 아닐 것이니까.[47]

3과 4에서 이태준이 사용하는 "지문"이라는 용어는 인물들의 대화와 대비되는 작가 진술의 문장을 가리킨다. 이태준은 문장에 방언을 많이 구사한 경우를 지적하면서 '표준어를 공부하여 방언의 사용을 자제하라'고 말한다. 방언의 사용이 문장을 평하는 데 하나의 기준으로 작용하고 있는 것이다.[48] 5에서의 박태원은 이보다 한 단계 더 나아가 과도한 방언의 사용은 "문장의 미"를 손상시킨다는 의견까지 피력하고 있다. 미학적인 문장을 논하는 기준이 표준어의 사용/방언의 사용으로 나뉘는 것은, 표준어가 방언에 비해 발달된 언어라는 의식이 자리 잡고 있기 때문이다. 홍효민의 앞선 글도 그러했지만, 이태준이나 박태원이 보인 표준어에 대한 인식은 1930년대에서 자연스럽게 통용되던 관점이었다.

조선어학회에서는 사전에 수록할 어휘를 모으기 위해 대대적인 방언 조사 사업을 벌였다. 어학자들이 개인적인 차원에서 모은 방언과, 방학 때 고향으로 돌아가는 중등학교 이상의 학생들을 동원하여 수집한 방언은 『한글』 지면을 통해 발표되었다. 이 글들은 모두, 서울에서 쓰이는

---

47) 박태원, 「3월창작평 3-지방어와 표준어의 문제」, 『조선중앙일보』, 1934.3.28.
48) 이태준 스스로도 작품을 쓸 때 표준어 문장을 구사하려고 노력하였다. 가령, 「철로」라는 작품에는 문장에 방언을 사용할 경우 그것의 표준어를 괄호 안에 병기하는 방법을 사용하고 있다. 한 문장만 예를 들어보면, "어머니가 조반을 짓는 동안 열봉(천개)이나 되는 낙시에 섥(홍합)을 까가며 미깟(미끼)을 찍어(끼워) 놔야 한다"(「철로」, 『가마귀』, 한성도서주식회사, 1937, 130면)와 같은 식이다. 또한, 「바다」라는 작품에서는 '성냥'이라는 표준어를 구사하는 인물과 '성냥'을 '비지깨'라고밖에 알지 못하는 인물 사이에 대화가 통하지 않는 광경을 보여주기도 한다(「바다」, 같은 책, 107면).

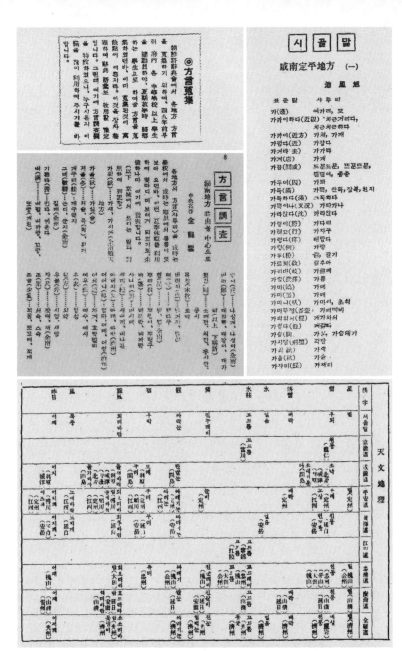

그림 22 　방학 때 고향으로 내려가는 학생들은 조선어학회의 '방언 조사단'이었다. 『한글』에는 학생들을 겨냥하여 방언 수집 공고가 났고(왼쪽 위), 그 결과도 보고되었다(왼쪽 아래). 『한글』 지면에 1935년 10월부터 본격적으로 보이기 시작한 방언 조사 결과 보고는, 코너의 이름을 달리하면서 1942년 폐간될 때까지 꾸준히 나타났다(지봉욱, 「시골말 11」, 『한글』 41호, 1937.1). 아래의 도표는 명백하게 표준말과 방언 사이의 위계를 설정하고 있다(도남학인, 「방언 채집표」, 『한글』 38호, 1936.10).

용어와 이와는 다른 형태인 지방의 용어를 병치하여 그 대비를 선명히 부각시킴으로써, 표준어와 방언의 위계를 끊임없이 재설정하는 구도를 반복하고 있었다.

그러나 표준어를 '의식'하고 그것의 사용을 '강조'하던 문학자들의 태도는, 문학의 본질 혹은 그것이 지닌 기본적인 속성에 입각해 보았을 때 아이러니의 면모를 갖는 것이 사실이다. 문학가의 임무가 자신이 사용하는 언어의 가능성을 더욱 넓히는 데 있다면, 위의 발언들은 오히려 어휘의 다양한 층위들을 사장시킨 표준어로 동화하는 것을 중요한 목표로 삼고 있기 때문이다. 표준어는 언어의 입체성을 평면적으로 축소시키고, 언어 내부의 격차를 없애려는 지향으로부터 태어났다. 물론 글쓰기의 기본적인 목적이 상호 의사소통에 있다면, 표준어를 이용하는 것이 기본 전제가 되어야 할는지 모른다. 지금과 달리, 당시의 작가들에게 표준어에 대한 인식이 매우 강했던 것은, '표준어'가 지녔던 당시의 상징적인 역할 때문이었을 것이다. 요즘의 작가들에게 표준어를 따르는 것은 이미 내면화된 규정으로서 표면적으로 주장할 만한 사항이 되지 않는다. 그들의 글쓰기가 표준어의 테두리에 의존하고 있더라도, 이러한 의식을 '표출'하고 '발언'하는 경우는 드물다. 하지만 1930년대의 작가들은 '표준어로 글을 써야 한다'는 점을 실천 강령인 듯 인식하고 있었다. 그럼에도 불구하고 '표준어의 강조'는 자연히 언어의 다양성을 억압하는 결과로 이어질 수밖에 없다는 점에서,49) 언어의 가능성을 최대한으로 넓

---

49) "사전 편찬자들이 생각한 '민족어의 통일된 정리'란, 단일한 형태와 체계 아래에서 언어를 사용해야 한다는, 달리 말해 '문란하고 황폐화된' 말들을 버리도록 하는 '계몽 행위'와 다름없었다. 물론 이들이 사전 편찬을 위한 맞춤법 통일이나 표준말 사정 작업을 독단적으로 시행했던 것은 아니다. 각지 사람들과 공론하는 과정을 거쳤고, 이 점은 매우 잘한 일이다. 그러나 그 결과가 '단일한' 체계로 규범화되었다는 점에서 이미 문제를 안고 있었다고 할 수 있다. 이 단일한 규범체계와 다른 이질적인 형태들, 이를테면 지방의 토박이말 따위들은 이른바 '사투리'로 규정되어 언어로서의 정상적인 지위를 박탈당했다. (…중략…) 당시 각 지방 사람들은 우리가 지금 '멸치'라고 부르는 물고기를 '도자래기' '멸치' '며르치' '매래치' '메루치' '메르치' '메리치' '멜치' '며치'

혀야 하는 문학자들에게 양가적인 태도를 취하게 만들었다.

표준말 사정 위원의 한 사람이기도 했던 이태준50)은 『문장강화』에서 반드시 표준어로 문장을 써야 함을 강조하고 있다. 하지만, 아이러니하게도, 예문 ②에서 홍효민이 들었던 "가마귀"와 "까마귀"의 예는 이태준의 경우에 해당한다. 이태준은 1936년 1월 『조광』에 「가마귀」라는 작품을 발표하는데, 이미 표준말 사정 위원으로서 표준어 사정 독회(1935년 1월의 제1차 독회와 1935년 8월의 제2차 독회)에 참여하였으면서도 자신의 작품 제목을 '까마귀'가 아닌 '가마귀'라고 달고 있는 것이다. 혹시 이태준이 '까마귀'의 사정을 참관하지 못했다 하더라도, 1936년 10월 '사정한 표준말 모음'이 발표된 이후 간행된 두 번째 단편집의 제목도 '가마귀'(1937.8)라고 달고 있는 것은 의아하다. 이는 '까마귀'라는 표준어를 '굳이' 버리고 '가마귀'를 사용해야만 얻을 수 있는 효과를 노렸기 때문일 텐데, 작품 안에서 두 번 반복되는 "GA 아래 R이 한없이 붙은 발음"51)이라는 표현이 가진 상징성은 이태준이 '까마귀'라는 표준어를 인

따위로 불렀다. 그러나 국어학자들이나 사전 편찬자들이 주도하여 '멸치'가 '맞는 말(표준말)'이니 이 말을 쓰라고 강요했다. 실제로『큰 사전』은 '멸치'라는 하나의 말을 표준화하기 위해 나머지 9개의 말을 죽일 수밖에 없었다. '멸치'를 '표준어'로 만들어 나머지는 모두 ('황폐화된') '사투리'로 주변화시켰다. 즉 '멸치'라는 단일한 형태를 통해 대중들로 하여금 지방적 차이를 제거하고, 민족정체성 형성에 자연스럽게 합류하도록 한 것이다. 이와 같은 언어 통일로 기대한 또 다른 효과는, 대중들을 근대 민족적 삶으로 통합하는 것이었다. 이러한 요구가 1930~40년대의 지배적인 경향이었다."(고길섶, 『스물한 통의 역사진정서』, 앨피, 2005, 178~179면)

50) 표준어 사정 제1독회의 40인 위원 명단에는 서항석(함경남도), 이병기(전라북도), 이태준(강원도), 함대훈(황해도) 등의 문인이 포함되어 있고, 이병기를 제외한 3인이 실제 참석하였다(「표준어 사정위원회」, 『한글』 21호, 1935.2; 영인판, 『한글』 2, 박이정, 1996, 209~211면). 제2독회의 위원은 70인으로 늘어났고, 여기에는 1차 때의 4인 외에 김동환(함경북도), 염상섭(경성), 유진오(경성), 이헌구(함경남도) 등의 문인이 덧보태졌다. 이때 이태준은 '기록'의 역할을 맡았다(「표준어 사정 제2독회」, 『한글』 26호, 1935.9; 같은 책, 386~388면). 제3독회에서는 서항석과 함대훈의 이름만 보인다(「표준어 사정 최종 결의」, 『한글』 38호, 1936.10; 영인판, 『한글』 3, 박이정, 1996, 185면).

51) 「가마귀」가 처음 발표된 『조광』(1936.1)에는 "GA아래 R이 한없이 붙은 발음"(103면), "GA아래 R자가 한없이 붙은 발음"(113면)이라는 표현이 사용되었다. 단편집 『가마귀』

식하고 있었다는 점을 감안할 때 더욱 강력해진다. 이태준이 방언의 사용 범위를 규정해 주는 부분을 살펴봄으로써 이러한 모순이 양립할 수 있는 근거를 짐작할 수 있다.

> ⑥ 作者 自身이 쓰는 말, 즉 地文은 絶對로 標準語일 것이나 表現하는 方法으로 引用하는 것은 어느 地方의 사투리든 상관할 바 아니다. 물소리의 「졸졸」이니 새소리의 「뻐꾹뻐꾹」이니를 그대로 擬音해 效果를 내듯, 方言 그것을 살리기 爲해가 아니요 그 사람이 어디 사람이란 것, 그곳이 어디란 것, 또 그 사람의 레알리티를, 여러 說明이 없이 效果的이게 表現하기 爲해 그들의 發音을 그대로 擬音하는 것으로 보아 마땅할 것이다. (29면)

⑥에서 이태준은, 작가의 목소리인 문장은 반드시 표준어로 써야 하지만 인물의 입에서 나오는 말은 방언을 사용해도 상관없다고 하였다. 이 발언에는 표준어와 방언에 대한 위계 관계가 포함되어 있다. 표준어가 지니는 위상이 아무리 높다고 하더라도 그것의 성립을 가능하게 한 인공성을 감안할 때, 표준어는 방언에 비해 언어생활의 실제적인 생생함을 전달할 능력이 떨어진다고 말할 수 있다. 이에 반해 방언이 가지는 문학적인 효용은 표현의 풍부한 가능성을 열어놓는 데 있다. 따라서 이태준은 표준어에 대한 자신의 주장과 배치되지 않는 방법으로 '지문과 대화의 분리'를 시도하였다. 이것이 논리적으로 가능했던 것은 방언의 사용을 "의음(擬音)"으로 다루는 관점을 취했기 때문이다. 표준어의 장이 형성되어(공고화되어) 있지 않다면 방언의 사용이 "의음"의 영역으로 간주되지는 않는다. 표준어의 장이 설정됨으로써 표준어와 방언 사이의 위계 구도가 나타나고, 방언은 "의음"의 위치를 차지하게 된다. 그리하여 이태준은 인물의 리얼리티를 살리기 위해 그의 말을 그대로 '베껴 적는' 것이지, "방언 그것을 살리기 위해서가 아니"라고 말하는 것이다.

에 실릴 때에는 두 부분이 똑같이 "GA아래 R이 한없이 붙은 발음"이라고 통일되었다.

방언을 "표현하는 방법으로 인용"한다면 어떤 경우든 상관없다고 하는 것도, 원형으로서의 표준어에서 어투나 어감이 분화된 변이형으로서 방언이 표현의 세밀화에 기여를 한다는 입장을 드러내는 것이다. 표준어는 문어(文語)의 체계에 속하기 때문에, 말이 그대로 글로 전사(轉寫)되는 단계로부터는 멀어질 수밖에 없다. 하지만 여전히 구어(口語)의 세계에 머물면서 현실의 생생함을 그대로 '베껴 내는' 도구로서 방언을 사용함으로써 여전히 '실제'를 반영한다는 점을 강조하고자 한다. 이것이 이태준이 고안한, 표준어를 사용해야 한다는 시대적인, 그리고 그 스스로가 부여한 당위에 거스르지 않으면서 문학적인 표현의 현실감을 살리는 방식이었다.[52]

⑦ 말세 말이 났댔으니 말이디 폐양 사람들은 말의 말세에 쉿, 데, 테, 리끼니, 자오, 라오, 뜨랬는데, 깐, 글란, 等等의 소리루만 들리는 것은 **아무래두 내 귀가 서툴러서 그를디**, 예사 할 말에두 몹시 싸우듯 하며 여차하면 귓쌈 한 대, 쌍, 색기, 치, 답쎄 等의 말이 性急하게 나오는 것은 혹은 내가 너무 誇張하여 하는 말이 아닐디두 몰으갔으나 如何間 婦女子들두 초매끝에 쉿소리가 난다는 말이 있디만 싱싱하고 씩씩하기가 차라리 歐洲 女子같은 데가 있다. (260면)

⑦은 정지용의 평양 기행문의 일부분으로, 전문이 평양 방언으로 이루어져 있다. 이태준은 이에 대해 "전문을 방언으로 지방색 표현을 계획한 것은 씨의 대담한 첫 실험이다. 상당한 효과를 걷우었다 믿는

---

52) 이태준이 인물들 간의 대화에 방언을 사용한 「오몽녀」와 「바다」를 비교해 보면, 「오몽녀」의 경우 서술자의 말과 인물 대화가 확연하게 구분되면서 오몽녀와 금돌, 오몽녀와 순사의 대화 등 2~3군데에서만 집중적으로 방언이 사용된다. 심지어는 희곡에서처럼 그 말을 내뱉는 인물이 누구인지 알리기 위해 성(姓)을 발화의 앞부분에 표시하기도 한다. 반면, 인물의 '속생각'을 진술하는 부분에서는 표준어를 사용하고 있어 어색하다. 그러나 그보다 이후에 발표된 「바다」에서는 서술자의 진술과 인물의 대화를 확연하게 분리하기보다 그 둘을 자연스럽게 끼워 넣는 방법을 사용함으로써 방언 처리에 능숙함을 보이고 있다. 특히, 인물의 '속생각' 부분에서도 방언을 사용하여 사실성을 배가시키고 있다. 방언을 작품 속에 집어넣는 방식이 더욱 세련되어 가고 있음을 알 수 있다.

다"(261면)라는 짧은 코멘트를 달고 있다. 그런데 이 글은, 수필이라는 점을 굳이 고려하지 않더라도, 작자의 신분이 평양 말투가 '귀에 서툰' 여행객이라는 점이 드러나 있는데, 평양 사람들의 어세(語勢)를 귀에 들리는 대로 옮겨 적는 처지이면서도 그 자신 역시 평양 방언으로 문장을 쓰고 있다는 모순이 발견된다. 작품 속 인물들의 리얼리티를 살리기 위한 의도에서 방언을 사용하는 것은 상관없다고 말한 이태준이, 오히려 정지용 자신의 리얼리티가 감소되는 방식의 방언 사용을 옹호한 것은 또 어떻게 이해해야 할까.

방언을 사용할 때 인물의 리얼리티가 확보된다고 믿는 것은, 표준어라는 영역이 성립되어 있을 때 방언이 '차별화된 표지'의 역할을 맡게 되기 때문이다. 만약 표준어와 방언의 구분이 없다면, 자신의 출신 지역의 언어를 사용하는 것은 당연한 일이지 작품의 사실성(혹은 개연성)을 보장하는 일은 아닐 것이다. 표준어와 방언이 각각의 역할을 따로 맡게 될 때, 정지용이 전문을 평양 방언으로 쓰는 것과 같은 '언어 실험'이 의미를 가질 수 있다. 물론 정지용의 시도는, 백석이나 채만식 등이 방언을 통해 이룩한 문학의 새로운 경지와 비견될 만한 효과를 낳았다고 말하기 어렵다. 다만, 정지용의 시도가 언어의 새로운 가능성을 넓히기 위한 "실험"이 되기 위해서는 표준어의 장이 상정되어 있어야 한다는 것이다.

표준어와 방언이 명백한 위계 관계를 형성하게 될수록, 표준어의 인공성에 대비되는 방언의 자연성이 두드러진 효과를 갖게 된다. 1930년대에 방언을 사용한 풍부한 문학어의 산출이 가능했던 것은 이러한 언어의 장이 형성되어 있었기 때문이다. 따라서 이때의 방언은 매우 근대적인 언어 사용 방식의 일환이 된다.

2) 문어의 형식과 표현 방식의 확장

문장은 가장 기본적으로 말의 부호로서의 성격을 지닌다. 그러나 자신의 말을 문자로 받아 적는다는 의식이 전반적으로 퍼진 것은, 한글이 '국문'으로서의 지위를 획득한 이후에야 가능했다. 내뱉어진 음성을 한문의 통사로 변환시켰던 글쓰기의 과정은 '한글'을 사용함으로써 비로소 '언문일치'에 이를 수 있었다. 그런 점에서 『문장강화』의 첫 문장, "문장이란 언어의 기록이다"는 말의 부호인 문장의 기본적인 속성을 지시해 주면서, 이와 함께 '언문일치'를 가능하게 한 한글 문장의 특성도 함께 환기해준다.

　① 文章이란 言語의 記錄이다. 言語를 文字로 表現한 것이다. 言語, 즉 말을 빼여놓고 글을 쓸 수 없다. 文字가 繪畵로 轉化하지 않는 限, 發音할 수 있는 文字인 限, 文章은 言語의 記錄임을 벗어나지 못할 것이다.
　　(…예문 4개 생략…)
　하나는 小說, 하나는 隨筆, 하나는 論文, 하나는 詩이되, 모다 말을 文字로 적은 것들이다. 漢字語가 적기도 하고 많기도 할 뿐, 聲響이 고흔 말을 모으기도 하고 안 모으기도 했을 뿐, 結局 말 以上의 것이나 말 以下의 것을 적은 것은 하나도 없다. 文章은 어떤 것이든 言語의 記錄이다. 그러기에
　말하듯 쓰면 된다.
　글이란 文字로 지꺼리는 말이다.
　하는 것이다. 글은 곳 말이다.
　「벌서 진달레가 피였구나!」
　를 지꺼리면 말이요 써 놓으면 글이다. 본 대로 생각나는 대로 말을 하듯이, 본 대로 생각나는 대로 文字로 쓰면 곳 글이다. (2~4면)

　"문장이란 언어의 기록이다"라는 정의는 언뜻 보면, 누구나 수긍할 수 있는 간단한 의미를 지시하고 있다. 이태준이 사용한 예를 통해 설명하자면, '벌써 진달래가 피었구나!'라고 입으로 소리를 내면 '말[言]'

이고 이 말을 문자로 받아 적으면 '글[文]'이라는 것이다. 이것은 역(逆)
의 경우 역시 성립해야만 한다. 즉 어디엔가 적혀 있는 '벌써 진달래가
피었구나!'라는 '글[文]'을 소리 내어 읽었을 때 발화자가 내뱉었던 '벌
써 진달래가 피었구나!'라는 '말[言]'로 동일하게 발음되어야 한다는 것
이다. 그러나 이는 제3장의 1절에서 살펴보았듯이, 음성 전사(轉寫)의 문
제를 언급하는 것은 아니다. "문자가 회화로 전화하지 않는 한, 발음할
수 있는 문자인 한"이라는 구절은, 문자를 '눈으로 읽어 내려가는 순서
그대로' 혹은 '입으로 발음하는 순서 그대로' 이해할 수 없는 한문과의
대비를 밑바탕에 깔고 있는 것이다. 위의 인용문에서 생략된 소설, 수
필, 논문, 시의 4가지 예문들은, 부분적인 어휘에 있어서 한자어가 사용
되거나 한자 표기가 노출되더라도 전체적으로 한글의 통사 구조로 이
루어져 있다. 그리하여 "결국 말 이상의 것이나 말 이하의 것을 적은 것
은 하나도 없다" 혹은 "글은 곳 말이다"라는 강조 어구는 한글 문장 쓰
기를 직접적으로 지시한다. 아래의 예문은 한글 문장 쓰기가 성립되는
과정, 즉 '언문일치'가 글쓰기의 제도로서 정착되는 과정을 보여준다.

②文章에 있어「現代」의 話頭로 나설 것은 먼저 言文一致 文章이다. 그 좋
은 內簡體는 閨房에서나 通用할 것으로 돌려놔지고, 소리曲調인 이야기冊 文
章은 광대나 머슴군들에 放下되었다. 오직 漢文에서 벗어나려는 苦悶만으로,

①山水의 勝은 마땅히 江原의 嶺東으로써 第一을 삼을지니라 古城의 三日
浦는 淸妙한 中 濃麗하고 幽閒한 中에 開朗하야 淑女의 靚粧한 것처럼 愛할
만하고 敬할 만하며……(李重煥의 純漢文『擇里誌』를 懸吐한 것)

이런 半飜譯運動과 한글 硏究家들의

②길이 없기어던 가지야 못하리요마는, 그 말미암을 땅이 어대며 본이 없기어
던 말이야 못하리요마는, 그 말미암을 바가 무엇이뇨 (金枓奉,『말본』의 一節)

式의 言語淨化運動이 合勢되자 이 속에서 誕生하여 現代文章의 大道를
열어놓은 것은 言文一致의 文章이다. 六堂이 『少年』誌와 『靑春』誌에서

③ 이 이약은 次次 맛있는 대로 들어가나니 껄니버가 이 巨人國에서 무삼 英
特한 일을 當하였난디 그 滋味는 이 다음에 또 보시오 (『少年』 創刊號에 난
「巨人國漂流記」 一回分 끝에 붙은 編輯者의 말)

이렇게 大膽하게 試驗한 言文一致 文章을, 東仁은 短篇에서, 春園은 『無
情』 以後 가장 通俗性 있는 長篇들에서

④ 봄의 황혼은 유난히도 짜르고 또 어둡다. 해가 시루봉 우에 반쯤 허리를 걸
친 때부터 벌서 땅은 어두어진다. 마치 촉촉한 봄의 흙에서 어두움이 솟아오르
는 듯하였다. (春園의 『흙』 一節)

이렇게 完成해버린 것이다. 春園에 와 完成된 言文一致 文章이 곳 現代性
의 現代文章이란 것은 아니다. 現代性을 着色하려 苦憫하는, 모-든 新文章
들이 이 言文一致 文章을 母體로 하고 各樣各種으로 分化作用을 일으키는 것만
은 事實이라 하겠다. (324~326면)

②에 담겨 있는 4가지의 인용문에 중점을 두면서 '언문일치'라는 용
어가 가진 함의를 세밀하게 분화시켜 보고자 한다. 이중환의 『택리
지』를 번역해 놓은 ①은 한문 문장의 잔영을 확인하게 하는데, 이는 번
역할 당시의 문장 쓰기 방식을 보여준다. 이태준이 "懸吐"라는 용어를
사용했지만, 정확히 말해 '현토'는 한문의 문법을 유지하는 문구들 뒤에
조사나 어미만을 한글로 달아놓은 형태를 지칭하므로 이 경우에 꼭 들
어맞는 것은 아니며, 이 인용문보다 국문체로의 분화가 덜 된 단계의
문장을 가리키는 것이다. 국한문체에도 여러 단계의 분화 과정이 존재
하는데, 이 문장은 꽤 우리말의 어법에 가깝다고 할 수 있다. 그러나 이
태준이 이 문장을 인용한 의도를 고려했을 때 지적해야 할 점은, 한문

에서 국문으로 분화되어 가는 과정에 있는 문장의 형태에 관한 것이다.

①에는 우리말의 어순을 따르는 부분과 여전히 한문의 맥락 안에서 해석되어야 할 부분이 공존하고 있다. 가령, "勝"은 '승리'가 아닌, '경치 좋은 곳, 절경'을 의미하는 한문구이며, "愛할 만하고 敬할 만하며"에서 "愛"와 "敬"은 '사랑'과 '존경'이라는 뜻으로 풀이한 다음 '할 만하다'는 어미들과 연결시켜야 한다. '애할 만하다' '경할 만하다'라고 음만을 읽어줄 경우 우리말로는 의미가 통하지 않는다. "淸妙"·"濃麗"·"幽閒"·"開朗" 등에도 음 그대로 통하는 단어가 있는가 하면 풀이 과정을 거쳐야 이해되는 단어도 있다. 한자를 그대로 읽어도 의미 파악이 가능한 단어들은 내버려두고 이 문장을 현대의 어법으로 고치면 다음과 같을 것이다. '산수의 명승지로는 마땅히 강원 영동을 제일로 삼을 지니라. 고성의 삼일포는 청묘하면서도 무르익은 듯 화려하며, 그윽하고 한적한 정취가 있으면서도 훤하게 터지어 밝으니라. 숙녀가 곱게 단장한 듯이 사랑할 만하며 심지어 존경스럽기조차 하니라.'

②는 한글 문장의 가장 극단적인 지향을 보여주는 것으로서, 한문의 문법에서 벗어나는 것에서 더 나아가 한자어의 사용까지도 자제하여 순 한글 문장의 성립 가능성을 타진해 본 예에 해당한다. 그러나 이 문장은 한자어가 포함되어 있지 않음에도 지금의 언어 감각과는 다른 방식으로 쓰였다는 점에서 해설이 필요하다. '길이 없다고 가지야 못하겠는가마는 그 말미암을 땅(그렇게 걸어가게 해주는 땅)이 어디이겠으며(그게 바로 길이며), 문법이 없다고 말을 못하겠는가마는 그 말미암을 바(그렇게 말하게 해주는 바)가 무엇이겠는가(그게 바로 말을 하게 해주는 문법 / 조선어의 체계이다)'라는 정도의 의미로 해석된다. "그 말미암을"이란 구절은 '땅으로부터 말미암다' '바(그것)로부터 말미암다'의 형태로 오해될 소지가 있지만, 이어지는 바로 다음 문장이 "이러하므로 감에는 반듯이 길이 있고 말에는 반듯이 본이 있게 되는 것이로다"[53]이기 때문에, '보이지 않더라도 땅 위에는 길이 있고, 인식하지 못하더라도 말에는 본(문법)이 내

재한다'의 뜻으로 이해하는 것이 올바르다.

그런데 순 우리말 표현을 구사하려는 노력이 돋보이는 이 문장에는 오히려 한문 문장에서 자주 사용하는 대구(對句) 형식이 발견되고 있다. 더구나 '말미암다'가 이미 우리말로 정착된 단어이므로 한자의 '由, 所以'에 대응한다는 점을 지적할 필요는 없더라도, 그 어순이 '~로(부터) 말미암다'가 아니라 '그 말미암을 땅 / 바'와 같이 한문의 순서 그대로 해석한 인상을 남긴다는 점, 그리하여 지시하는 대상이 무엇인지를 파악하기 어렵게 만든다는 점이 문제가 된다. 이 문장이 뽑힌 것은 김두봉 『조선말본』의 「머리말」에서인데, 여기에는 "한글배곧 어른 솔벗메"라는 구절도 포함되어 있었다. "한글배곧"은 '한글을 배우는 곳', 즉 당시에 개설되었던 '조선어강습원'을 가리키는 한글식 표현이었다. 만약 '한글을 배우는 곳'이라는 의미를 담은, 한국어의 결에 맞는 줄임말을 만들려면 '한글배울곳'이 더 적당할 것이다. 하지만 "배곧"은 오히려 '學校'라는 한자가 가진 뜻을 불완전하게 훈독한 형태로 이루어진, 한국어의 결에 맞지 않는 비통사적 합성어가 되어 버렸다. 이러한 방식들은 순 우리말 문장운동이 한문에 대한 안티테제로 출발했다는 점을 단적으로 드러내준다. 순 우리말 문장이 오히려 한문의 맥락을 끊임없이 환기하는 아이러니를 포함하고 있는 것이다.

①과 ②의 흐름을 통과하여 언문일치 문장이 탄생했다는 이태준의 주장을 사실로 인정한다면, '언문일치'의 지향은 ①의 사례에서 감지할 수 있듯이 우리의 어휘 체계 내에서 한자어로 정착된 단어는 인정하는 바탕 위에서 한문식의 어법을 지양하여 읽는 그대로 의미가 이해되는

---

53) 김두봉, 「머리말」, 『조선말본』, 신문관, 1916; 영인판, 『역대한국문법대계 ① 22』, 탑 출판사, 1983. 이태준이 『문장강화』에서 두 번 인용하고 있는 김두봉의 『조선말본』 「머리말」의 첫 구절은, 처음 인용에서는 이 뒷문장이 보태진 형태로, 두 번째 인용(인용문 ②-②)에서는 첫 문장만 쓰였다. 이태준은 인용하면서 쉼표와 마침표를 찍고 있지만 원문에는 문장부호가 전혀 사용되지 않았고 띄어쓰기도 되어 있지 않다.

문장으로 전환되어야 한다는 것이며, ②에서 추측할 수 있듯이 순 한글 문장의 어색함을 극복하고 우리말 결에 맞는 문장을 구사해야 한다는 것이다. 언문일치 문장의 시초로 이태준이 지목하고 있는 ③이 이러한 문제점들을 해결한 경우이다.[54] ③에서의 한자어는 "次次" "巨人國" "英特한" "當하였난디" "滋味" 등인데, 이들은 한자의 뜻을 고려하지 않고 '차차' '거인국' '영특한' '당하였난디' '자미' 등으로 읽어도 의미 파악이 가능한, 우리의 어휘 체계 내의 단어들이다. 우리말의 어순 안에 한자가 자연스럽게 융합되어 있다. 언문일치의 "완성"이라고 평가받은 ④와 비교해 보면, ③은 "들어가나니" "當하였난디" 등으로 문장을 계속 이어나가는 경향이 있는 반면 ④는 종결어미를 사용하여 문장을 짧게 끊고 있다. 또한 ③이 "이약" "무삼" "滋味" 등의 비표준어를 구사하는 반면[55] ④에는 그러한 문제점이 드러나지 않는다.

'가장 자연스럽게 읽혀서' 언문일치의 "완성"이라는 이태준의 평가를 수긍할 수 있는 ④의 경우는, "황혼"과 같은 한자어를 포함하더라도 한자가 노출되지 않도록 하면서[56] 되도록 고유어를 채택하려고 노력하고

---

54) 『문장강화』 인용문의 많은 부분이 그렇지만, 이 경우도 원문과 완전히 일치하는 인용은 아니다. 원문은 다음과 같다. "이 이약은 次次 맛잇난데로 드러가나니 썰니버가 이 巨人國에서 무삼 英特한일을 當하얏난디 그滋味는이다음에 쏘보시오('썰니버'의 밑줄은 외국 지명이나 인명임을 알리기 위해 당시에 통용했던 방식 중의 하나이다)."(「거인국표류 一」에 붙인 말, 『소년』 1권 1호, 1908. 11, 47면) 『문장강화』에서는 원문의 "썰니버" "쏘" 등에서 보이는 경음 표시 'ㅅ'이 각자병서로 대체되고, "맛잇난" "하얏난" 등의 받침 'ㅅ'이 'ㅆ'으로 바뀌었다. 조선어학회 안(案)에 맞추어 표기가 수정되었다. 『문장』의 연재분에서는 최남선의 원문이 좀 더 정확하게(그대로) 인용되고 있다.

55) 「사정한 조선어 표준말 모음」, 조선어학회, 1936에 "이약"은 포함되어 있지 않다. 표준어 '이야기'에 대응하는 방언들로 '이얘기' '얘기'만 설정되어 있는데(18면) 최남선 당대에 "이약"이란 단어도 사용되고 있었을 것이다. 그러나 "무삼"은 "무슨"으로(52면), "자미"는 "재미"로(12면)로 사정되었음을 확인할 수 있다.

56) 물론 '한자를 노출하느냐/ 숨기느냐'의 문제는 '한자를 아느냐/ 모르느냐'와 관련된 지식의 측면이지 문체와 관련되는 것은 아니다. 그러나 한자 표기를 숨길 수 있다는 것은 그 단어가 이미 한국어의 체계 내에 속해 있다는 점을 증명하는 것이면서, 동시에 한자를 숨기려고 하는 이광수의 의식이 '우리말 글쓰기'에 대한 관심과 맞닿아 있다는 점을 지적해 둘 수 있다.

있으며, 의미의 혼란을 가져오는 비표준어 사용을 자제하고 있고, '~다'를 종결어미로 하여 그것의 현재형과 과거형으로 문장을 끝맺고 있다.[57] 이렇게 정리하였을 때, '언문일치'는 '글다운 글'을 형성하는 문제와 관련된다는 점이 드러난다.[58] 때문에 ④의 경우처럼 문장이 '자연스럽게 읽힌다'는 느낌은 '언문일치되었음을 알리는 표지(標識)'를 갖춘 문장에 자동적으로 반응하는 것일 뿐, 실제로 그 문장이 '말과 똑같기 때문에 자연스럽다'고 여겨지는 것은 아니다. 이처럼 '언문일치되었음을 알리는 표지'는 '문어'로서 갖추어야 할 표준적인 지점을 드러내는 역할을 맡는다.

"모—든 신문장들이 이 언문일치 문장을 모체로 하고 각양각종으로 분화작용을 일으키는 것"이라는 이태준의 말은, 문학적 문장이 분화되어 나오는 지점이 가장 기본적인 한국어 문장이라는 점을 가리키는 것이라 해석해볼 수 있다. 국문체가 정비되는 과정에서 '문법의 정리'가

---

57) 한글문장이 분화되는 비교적 초기의 지점에서는 경어체도 반말도 아닌, 중성화된 어말어미를 만들어내는 것부터가 큰 문제였다. 언문일치임을 알리는 현재형/과거형 종결어미 '~하다' '~했다' 등은 실제로는 구어체가 아니다. 권보드래는 "명백한 하대(下待)의 말투이며 일상생활에서 자주 쓰이는 어미도 아니다. '~더라'에 비해 '~다'가 언문일치에 가깝다고 주장할 만한 근거를 찾기는 힘들다"(『한국 근대소설의 기원』, 소명출판, 2000, 241면)라고 말한 바 있다. 오히려 '이더라' '하더라' 혹은 고어(古語)가 된 '하외다' 등이 우리말 구어체였다(김미형, 「한국어 언문일치의 정체는 무엇인가?」, 『한글』 265, 2004.9, 179~180면 참조). 따라서 '언문일치'는 문어체의 개발과 관련되는 말이다. 한문구에서 탈피하여 우리말 어법에 맞는 문장을 개발하는 과정에서 한문과 다른 한국어의 첨가어적 속성이 인식되었고, 단순히 구결과 같은 토(吐)보다 한걸음 더 나아간 조사나 어미의 분화가 요구되면서 보조사, 선어말어미, 어말어미 등이 개발된다.

58) 김동인은, 『창조』 이전의 구어체라고 불린 것들에는 문어체가 적지 않게 섞여 있어서 '여사여사하리라' '하니라' '이러라' '하도다' 등을 구어체로 여기고 그 이상 더 구어체화할 수는 없는 것으로 생각했었다고 하면서, 소설 용어의 순 구어체가 실행된 것은 『창조』 이후였다고 말하였다. 그런데 그가 자신의 업적으로 들고 있는 예들이 현재형 대신 과거형의 사용, 3인칭 대명사 '그'의 창조 등이었다는 점에서(「문단 30년의 자취」, 『동인전집』 8, 홍자출판사, 1967, 382~382면 참조), '언문일치'를 '구어체의 문자화'로 여기는 오류가 개입되어 있음을 알 수 있다.

중요했다는 점은 이미 설명한 바 있다. 문법을 정리할 때 학자들마다 분류의 체계가 다르겠지만, 전반적으로 다루고 있는 내용은 비슷하다. 최현배 『우리말본』의 「벼리」를 참고해 보면, 우리말을 설명하는 체제는 크게 "소리갈(音聲學)" "씨갈(詞論)" "월갈(文章論)"로 나뉜다.[59] "말본은 개인의 머리속에서 순연히 생각으로 만들어낸 것이 아니요, 객관적으로 사회적으로 실재하는 말의 사실에 기인하여서 귀납적으로 그 본[法]을 찾아낸 것이다"[60]라는 최현배의 말을 빌리지 않더라도, 우리말의 '법'을 추출하는 과정은 개인적으로 실현되는 '빠롤(parole)'로서의 한국어에서 공통되는 특성을 뽑아내는 귀납적인 방식을 통해 표준적이며 균질적인 '랑그(Langue)'로서의 한국어의 체계를 완성하는 것이다. 이렇게 완성된 '법'은 오히려 연역적으로 한국어 문장을 구사하는 근거 혹은 기준으로 작용한다. 그것은 개인적인 편차 이전의 한국어 문장의 가장 기본적인 특성을 설명하고 있기 때문이다. 따라서 국문체의 정비 과정에서 도달하고자 노력한 최초의 문장 형태는 한국어의 문법에 맞는, 즉 한국어의 결에 맞는 '언문일치 문장'이었다고 할 수 있다.

"문예감상은 문장의 감상"[61]이라고 했던 박태원이 문법에조차 맞지 않는 문장을 구사하는 작가들에 대해 비판을 가했던 것은, 수사와 문체를 배제한 한국어의 문장의 뼈대를 찾으려는 노력의 일환이었다고 할 수 있다.

> ③ 『그는 마루ㅅ장 우에 노핫는 조히뭉치에서 코푸는 조이를 집어가지고 목구멍 속에서 튀어 나온 것을 새빩안 핏덩어리가 석기어 나왔다.』 아모리 『에』와 『의』의 區別조차 변변히들 못하고 잇는 狀態의 朝鮮에서의ㅅ일이라 하드라도 文筆에 從事하는 이의 글 속에서 이러한 것이 잇서서 조켓습니까 나는 先輩

---

59) 최현배, 「우리말본 벼리」, 『우리말본』, 연희전문대 출판부, 1937, 1~35면 참조. 여기서 "벼리"는 '목차' 혹은 '차례'의 의미로 사용된 고유어이다.
60) 최현배, 「들어가는 말」, 위의 책, 4~5면.
61) 박태원, 「3월창작평 1-문예감상은 문장의 감상」, 『조선중앙일보』, 1934.3.26.

의 글 속에서 이것을 指摘해내게 되는 것을 遺憾으로 생각하며 이것이 全혀 言語道斷인 『誤植의 惡戲』이기를 빕니다[62]

[4] 文章에 對하야 無關心하기 朝鮮사람만한 者―없을 것이요 文章에 對한 修練을 게을리 하기 朝鮮作家만한 者―또한 없을 것이다. 이것에는 主見 없는 어린 作家들에게도 허물이 잇거니와 그들의 作品을 評함에 잇서 一에도 『내용』 二에도 『내용』 하고 全혀 그 文章 그 表現에 對한 論難은 할 줄 몰랐든 『이른바』 評論家들에게 더욱이 그 罪의 큰 者가 있을 것이다.

(…중략…)

○○를 다 求할 수 없어 全部를 읽지는 못하엿스나 爲先 나는 그 創作態度의 眞摯한 것을 取한다. 그러나 그 手法 그 文章에 잇서서는 아즉도 많은 修練이 必要하다. 더욱이 어느 句節에 잇서 文法上의 誤謬를 指摘하게 되는 것은 凿흔 現象이다.[63]

[3]에서 문법의 오류가 나타난다고 지적된 구절은 김기진의 「봄이 오기 전」의 한 문장이다. 박태원에 따르면, 이 작품은 해외로 밀항하려 했던 투사가 구장(區長)의 밀고로 유치장에 갇힌 신세가 된 이야기를 담고 있으면서도 독자들에게 별반 감동을 주지 못하는데, 그 이유는 "억양이 결여된 문장" 때문이다. 특히, 이 작품은 "그는 마루ㅅ장 우에 노핫는 조히뭉치에서 코푸는 조이를 집어가지고 목구멍 속에서 튀어 나온 것을 새빩안 핏덩어리가 석기어 나왓다"와 같은 완전한 비문을 포함하고 있다며 비판한다. 그러나 너무 심했다고 생각했는지, 「3월창작평 5」에서 "'튀어나온 것을'과 '새빩안'과 사이에 탈락된 글자가 잇슴에 틀림업다고 밋습니다 그것이 어떠한 자인가는 알 수 업스나 가령 '받엇다'의 삼자를 보충하여 보면 의미가 통합니다(이 의견을 示하여 주신 이는 김소운씨입니다) 조선의 출판물에 잇서 이런 일은 결코 드믄 것이 아니요 또 내

62) 박태원, 「3월창작평 2―1인칭이엇서야 할 소설」, 『조선중앙일보』, 1934.3.27.
63) 박태원, 「주로 창작에서 본 1934년의 조선문단」, 『중앙』 2권 12호, 1934.12, 38~40면.

자신에게도 그 경험은 적지 아니 잇습니다. 그럼에도 불구하고 이번에 그것을 살피지 못한 것은 오로지 나의 경솔의 소치라 생각합니다"[64]라며 김기진에게 사과한다.

그런데 박태원이 김기진의 문장을 비문이라고 비판하게 된 근저에는 한국어 문법에 맞지 않는 문장을 쓰는 작가들이 많았던 당시의 상황이 놓여 있었다. 조선의 문학가들이 문법도 제대로 모른다는 점을 지적하는 데 습관적으로 동원되었던 수사(修辭)적인 어구가, 박태원의 글에서도 보이는 "'에'와 '의'의 구별조차 변변히들 못하고" 있다는 것이었다. 이는 ④에서와 같이, '조선작가들만큼 문장에 관심이 없는 경우는 드물 것이다'라는 판단을 내릴 정도로, "문법상의 오류"를 보이는 사례가 자주 나타났다는 것이다. 1930년대는 작가들이 한국어 문법에 전혀 맞지 않는 문장을 구사하는 사례가 빈번히 발견되었고, 또 이와 동시에 "'에'와 '의'의 구별조차 변변히들 못하"는 작가들에 대한 한탄도 빈번히 발견되었다.

홍기문은, 문학이 반드시 문법에 따라야 하는 것은 아니지만 "주격과 객격의 혼란, 제이인칭과 제삼인칭의 환용(換用), 수동과 능동의 무분별 등"[65]이 나타나는 것까지 용인할 수 있는 것은 아니라고 하면서, 당시 작가들의 문장에서 문법이 잘못된 예들을 거론하면서 비판한 바 있다. 첫 번째 예, "하등(何等) 내가 그를 원조할 의무가 잇다"[66]와 같은 경우, "하등"으로 시작되는 문장은 "의무가 없다"와 같은 부정문으로 종결되어야 하지만 전혀 그렇지 못했다. 두 번째 예, "나를 책망할 근거가 어듸 잇스며, 나를 원망할 이유도 업슬 것이다"[67]의 경우, '나를 책망할 근거가 어디 있으며, 나를 원망할 이유는 또 어디 있는가?'와 같이 의문

---

64) 박태원, 「3월창작평 5−무시된 어감, 어신경」, 『조선중앙일보』, 1934.3.30.
65) 홍기문, 「한 사람의 언어학도로서 문단인에 향한 제의 2」, 『조선일보』, 1937.9.19.
66) 홍기문, 「한 사람의 언어학도로서 문단인에 향한 제의 5」, 『조선일보』, 1937.9.25.
67) 위의 글.

문으로 끝나야 자연스러운데 평서형으로 종결되었다. 한 가지 예를 더 들자면, "그것은 그가 나를 보고서 아모러케나 짓거리다가 고만 돌아가 버리엇다"[68]의 경우, "그것은"과 호응하는 서술어를 붙이거나 "그것은"을 빼버려야 했다. "처음에는 나도 오서(誤書)로 인정하다가 차차로 그러한 반문법적 문장이 오늘날 우리 문단의 일종 경향이라는 것을 알게 되얏다"[69]는 홍기문의 우려 섞인 지적에서 파악할 수 있는 것은, 공부하기 적당한 조선어 문법책이 몇 권 없다는 말이 자주 등장하고 조선어의 문법을 제대로 공부하기도 어려운 시대라는 인식이 널리 퍼져있던 1930년대였기에 오히려 작가들의 문장에서 문법을 지적하는 사례들이 많았었다는 점이다.

홍기문은 조선어 문장 특유의 문체라는 것이 있다는 점을 언급하며, 조선어의 결에 맞는 문장을 써야 한다고 하였다고 강조하였다. 홍기문의 글을 통해, 당시 조선어 문장에 횡행했던 번역투 비문의 문제를 짚어보고자 한다.

⑤ 現下에는 的字 文體와 의字 文體 等이 亂舞하고 잇다.『今日的 積極的 行動的 目標』한 개의 名詞 우에 的字는 無慮 三個요『그 사람의 마음ㅅ속의 생각는 바의 中心』한 개의 名詞 우에 의자가 無慮 三個다. 이 可驚可愕할 文體가 普遍化된다면 거기서 나타나는 우리말의 美는 大體 어떠한 것일까? 여러분은 나를 爲하야 좀 解明해 주지 안하려는가? 文體나 言語의 美는 말도 말라. (…중략…)

이때까지 내가 指摘한 文壇人의 弊害가 그 全部는 아니라고 하더라도 그 大部分은 大槪 두 가지의 原因으로부터 由來되는 것이니 하나는 和文과 朝鮮文의 差違를 모르는 것이요 또 하나는 歐米文과 朝鮮文의 差違를 모르는 것이다. 後進 朝鮮文의 向上 發展이 만히 和文 乃至 歐米文의 影響을 입을 것은 免치 못할 現象이로되 그 差違를 無視하고 無理한 輸移入을 行하는

---

68) 위의 글.
69) 위의 글.

데서는 利보담 더 큰 害도 업지가 안타. (…중략…)

　歐米文은 飜譯할 때 關係代名詞는 매양 頭痛이다. 우리말로는 普通의 形容詞句로 맨들어 그 所屬 名詞 우에 노커나 애초에 쎈텐스를 絕斷해서 둘에 가르거나 할 수박게 업다. 그런데 거긔서 形容詞句 乃至 形容詞의 重疊이 버릇되얏는지『살을 어이는, 바람이 부는, 고요한, 기픈 밤』과 가튼 文體도 流行하고 잇다. 이걸 萬一 朝鮮語다운 느낌이 나도록 고치자면『살을 어일 듯 바람이 부는 고요하고 기픈 밤』이라고나 할 것이다. 이런 文體는『的字 文體』『의字 文體』等 말에 準하야『는』자 文體라고 불러두자. 이『는』자 文體의 氾濫도 그다지 贊成할 現象은 못 되지 안할까?[70]

　홍기문은 외국어 문체로부터 절대 영향을 받아서는 안 된다고 주장했던 학자는 아니었다. 조선어의 문체가 외국의 문체로부터 영향을 받는 것은 피할 수 없는 시대의 대세라는 점을 인식하면서도, 조선문장이 지닌 특성을 고려하지 않고 외국어를 그대로 '직역'하는 방식으로 번역되어 유포된 문체들에 대해 경계하고 있는 것이다. 일본문장과 조선문장, 그리고 구미문장과 조선문장 사이의 "차위(差違)", 즉 차이와 어긋남을 고려하지 않은 결과로, 위의 예들에서처럼 "적" 자, "의" 자, "는" 자가 반복적으로 이어지는 문체가 발생하였다. 이럴 경우, 우리말의 호흡과 맞지 않으며 의미가 오히려 모호해진다는 문제점이 나타난다. 그럼에도 불구하고 이런 방식의 문체는 지금까지 영향력을 발휘하고 있다. 또한, "오! 사랑하는 어머니!"[71]와 같은 문장은, 그런 식의 감정 표현에 익숙하지 않다는 점에서 조선어의 감수성에도 어색하게 느껴진다. 민족이 사용해 온 언어에는 그들만의 습성과 관점이 배어들게 마련이어서 외국어 직역투의 문체는, 우리말 식의 문법이라고 할 수 없다. 그리고 오히려 직역투의 문체를 통해 한글 문장의 기본적인 특징이 보다 여실

---

70) 홍기문, 「한 사람의 언어학도로서 문단인에 향한 제의 5~6」, 『조선일보』, 1937.9.25
　~26.
71) 이태준, 『문장강화』, 문장사, 1940, 59면.

히 드러나게 된다.

6 假令,

　『어듸 가니?』

라는 한 마듸 말은, 普通, 두 가지 內容을 가지고 잇는 것으로,

　하나는―向하여 가는 곳이 『어듸』인가는, 알어도 조코, 몰라도 조타. 다만 『가나?』『안가나?』 하는 한 개의 事實을 確實히 알고자 하여, 뭇는 境遇.

　또 하나는―이미 『간다』는 事實은 알고 잇다. 그러나 大體 『어듸』를 (무엇 할어) 가는 것인가? 그것을 알고자 하여, 뭇는 境遇.

　(…중략…)

　『말』에 잇서, 그 內容의 分岐點이 이미 그 『語調』에 잇스매, 우리는 그것 을 『글』로 表現함에 잇서, 모름즉이 그 『語調』를 彷佛케 할 方途를 取하여 야 할 것이다.

　이 『어듸 가니?』의 境遇에 잇서서, 그것은 한 개의 『컴마』다.

　後者는,

　『어듸 가니.』

　或은, 좀 더 效果的으로 『어듸』와 『가니』를 부처서,

　『어듸가니.』

　그리고, 疑問符號는 반드시 부치지 말기로 하고,

　前者는,

　『어듸, 가니?』 하고 『어듸』 다음에 『컴마』를 찍고, 또 반드시 疑問符號를 부치면, 表現은, 보담 더 正確하다 볼 수 잇다.[72]

　박태원은 6에 앞선 부분에서 '한글 맞춤법 통일안'의 부록에 붙어 있는 문장부호 사용 방법에 대한 설명 중 쉼표에 대한, "정지하는 자리 를 나타낼 적에 그 말 다음에 쓴다"는 문구를 인용하였다. 그러면서 쉼 표의, 누구다 다 알고 있는 상식적인 사용 방식이 아니라, 문장을 통하 여 의미를 명확히 전달케 하는 특수한 방식에 대해 알아보자고 하면서

---

72) 박태원, 「표현·묘사·기교―한 개의 "컴마" 기타」, 『조선중앙일보』, 1934.12.17.

"어디 가니"의 용례를 들고 있다. "어디 가니"에 담긴 두 가지 뜻, '어디'에 가는지 궁금해서 물어보는 경우는 "어디 가니"와 같이 평서형으로 종결하거나 "어디가니"라고 붙이면 더 효과적일 것이고, '가니 / 안 가니'에 대해서 묻는 경우는 "어디, 가니?"처럼 쉼표와 물음표를 동원하는 것이 좋다고 한다. 그리고 쉼표뿐 아니라 다른 문장부호도 활용하면 문장의 표현이 더 완전하고 정확해질 것이라고 하였다.[73] 기본적인 문장이 더 풍부한 의미를 지니게 하기 위해 문장부호까지도 활용할 수 있는 방식을 연구한 박태원은, 조선어의 고유한 어법에 맞는 문장을 구사하면서 거기에 문학적인 개성을 어떻게 살릴 것인가 대해 고민하였다. 다음과 같은 작품이 고민의 결과물일 것이다.

> ⑦ 나는 계집이 하도 기가나서 소리 소리 치는통에, 어느 틈엔가 십여명이나 그렇게 문앞에가 발을 멈추고서 연해 안을 기웃거리는, 소위 구경꾼이라는 것들의 존재를 불쾌하게 여기며, / 만약 저이의 요구가 정당한것이라면 그렇게까지 우리 가족에게 욕을 보이지 않는다더라도, 나가줄을, 그년, 인정도 의리도 배지 못한 상것이라고, 나의 얼굴은 저도 모를 사이에 험악한 표정을 짓고, / 이 경우에 이 모든 소동을 마치 남의 일이나 같이 나혼자만 옆집 의자에가 안연히 앉아 있을수는 도저히 없음을 마음깊이 느꼈으나, / 그러나 이번 일에 내가 취하여야만 할태도나 행동이란 대체 어떠한 것인지, 나에게는 전연 어림이 서지 않아, / 혹은, 내가 순간에 생각하였던 바와같이, 역시 나는 이길로 집으로 돌아가, 마땅히 차가인의 이권옹호를 위하여 안집의 횡포를 꾸짖어야만 옳았다 하더라도, 그 퍽이나 능변인 계집을 상대로 끝끝내 싸우기 위하여서는 우선 나는 구변과 용기가 없었고 / 뿐만아니라 무엇보다도 나는 이번일에 대하여, 대체 저편에서는 어떠한 이유와 조건을 말하여왔는지, 또 그것에 대한 우

---

73) 이태준도, 띄어쓰기를 어떤 방식으로 해야 하며, 문장부호는 어떻게 사용하는 것인지 언급하고 있다(이태준, 『문장강화』, 문장사, 1940, 261~266면). 그러나 박태원이 문장의 뜻을 세밀하게 가르는 수준, 즉 어감의 분화를 문장에 드러내는 차원의 문장부호 용법을 고민하였다면, 이태준이 언급하고 있는 부분은 사용 방법을 모르는 사람들에게 알려주고자 하는, 정보 제공의 차원이었다.

리 가족들의 주장과 방침이란 어떠한 것인지 눈꼽만한 지식도 가지고 있지는 않았으므로, / 비록 무조건하고 어머니편을 들어 우리의 주장을 내세운다 하더라도 그것은 적지아니 곤란한 일임에 틀림없었다.[74]

박태원의 소설 「거리」의 일부분이다. 『문장강화』에도 같은 작품이 인용되어 있으나 이 부분은 아니다. 인용문 전체가 한 문장인데, 18번의 쉼표를 찍으면서 말을 이어나가지만 비문이 되지 않은 예이다. 이 문장은 여러 개의 '안긴 문장'들을 안고 있는 문장('안은 문장')들끼리 여러 차례 이어진('이어진 문장') 매우 복잡한 구조를 지니고 있기 때문에, 각각의 절이 품고 있는 주어와 서술어를 모두 구분하여 지적하기는 어렵다. 그렇지만 쉼표가 사용되고 있는 경우들을 유형화해 볼 수는 있을 것이다.

이 문장에서 사용되는 쉼표의 유형 첫 번째는, 내용이 나뉘어서 쉼표 대신 마침표가 들어가도 될 만한 부분, 즉 위의 인용문에서 '/' 표시로 갈리지는 바로 그 지점에서 찍히는 경우이다. ① '나는~불쾌하게 여기며', ② '만약~표정을 짓고', ③ '이 경우에~마음 깊이 느꼈으나', ④ '그러나~어림이 서지 않아', ⑥ '뿐만 아니라~않았으므로' 등이다. ⑤ '혹은~구변과 용기가 없었고'와 '뿐만 아니라'가 갈라지는 지점에서는 특이하게도 쉼표가 찍히지 않은 예외가 보인다. 그리고 마지막 ⑦ '비록~틀림없었다'에서는 문장이 종결되므로 마침표가 찍혔다. 그리고 이 문장에서 사용된 쉼표의 두 번째 유형, 삽입되는 '안긴 문장', 즉 관형절(1~2행 : 어느 틈엔가~기웃거리는), 인용절(4~5행 : 그녀~상것이라고), 부사절(9행 : 내가~같이) 등을 알리기 위해 그 앞뒤에 찍힌 것이다. 세 번째 유형은, 종속적으로 이어지는 조건절(3~4행 : 만약~않는다더라도, 9~11행 : 역시~하더라도)의 뒤에서 찍히는 경우이다. 그리고 그 밖에 격조사(4행 : '그녀'의 뒤, 8행 : '어떠한 것인지'의 뒤)가 생략된 것을 알리기 위해 찍히는 경우도 있다.

---

74) 박태원, 「거리」, 『소설가 구보씨의 일일』, 문장사, 1938, 125~126면. 『문장강화』에는 122~123면이 인용되어 있다.

이러한 것들은, 한국어의 문법을 지키는 범위 안에서 쉼표가 사용될 수 있는 범위를 넓히고, 혹은 한국어의 문법을 지키고 있다는 표지의 역할을 맡으면서, 읽어 내려가는 독자의 호흡까지를 고려하면서 문장을 이어나가는 데 도움을 주고 있다. 쉼표가 문체를 형성하는 데 기여하였다고 말할 수 있다.[75]

한글로 글을 쓰는 일이 익숙해지는 과정은, 문법의 정리나 띄어쓰기의 도입 혹은 문장부호의 소개와 같이 국문체의 형성에 필요한 규범들을 정비하는 일과 맞닿아 있다. 이러한 표준이 보급 확립되었을 때, 그로부터 파생되는 새로운 형식의 문장, 가령 박태원식의 치렁치렁한 만연체의 문장이 가진 의미를 파악할 수 있는 것이며, 그것을 새로운 문체의 일종으로서 받아들일 수 있는 것이다. 한글 문장체의 확립은 그에 근거한 문장 표현 방식의 분화를 가져온다.

---

75) 우리말 문장은 때로 수식과 피수식의 관계에서 수식어가 '어떤' 피수식어를 꾸미는지 혼동되는 경우가 나타난다는 특징이 있다. 이를 확실하게 하기 위해 쉼표를 이용하자는 제안이 있었다. "한 가지 '컴마'를 이렇게 사용했으면 어떠할까 하는 것이 있으니 그 예는 이러한 때외다. '아름다운 꽃과 새가 있다.' — 할 때에 우리는 이것을 두 가지로 나누어 가끔 의심하게 됩니다. 이 '아름다운'이라는 형용사가 '꽃과 새' 두 명사를 다 형용하는 것인지 아니라면 꽃만 아름답고 새는 아름답지 않다는 것인지 그 뜻이 분명치 아니하외다. 말할 것도 없이 '아름다운 꽃과 아름다운 새가 있다.' 한다면 별로 문제는 생길 것이 아니나 이렇게 짤막한 어구에 아름답다는 말이 두 번씩이나 들어서는 자미가 없고 보니 이러한 때에 나는 이렇게 '컴마'를 쓰고 싶다는 말이외다. ㈀ 아름다운 꽃과 새가 있다. ㈁ 아름다운, 꽃과 새가 있다. ㈀에서는 새의 아름다움은 나타나지 아니하고 꽃만 아름답다는 것을 의미케 되고 ㈁에서는 '아름다운'에다가 '컴마'를 찍어 꽃과 새와가 다 같이 아름답다는 뜻을 표하면 어떨까 하는 의견이외다. 實인즉 내 아무도 모르게 이렇게 '컴마'를 사용해 보았습니다."(김억, 「'컴마'에 대한 사견」, 『박문』 21호, 1940.10, 13면) 조선어 문장을 그것의 '결'에 맞도록 정확하게 쓰는 방법에 대해 생각한 많은 사례들이 있다. 쉼표의 경우는 박태원의 공이 크다. 박태원의 「방란장주인」(『시와소설』 1, 1936.3)은 200자 원고자 40매 분량의 작품 전체가 단 한 문장으로 구성되어 있다. 쉼표가 273개 사용되었다.

3. 관점과 개성

1) 묘사의 정신과 '사실'의 발견

국문체를 확립하는 과정은 우리의 사고와 감정을 표현할 우리말 형식을 찾아내는 과정과 동일하다. 한문으로 구축된 텍스트를 우리의 글에 들여오는 일은, 한문의 문화가 품은 역사적인 기억을 함께 가지고 오는 것이다. 따라서 한문으로 구축된 보편 문화의 장 안에서 빛을 발하던 문구들은, 우리말을 글로 옮기려는 노력이 나타나면서부터 그 의미가 퇴색한다. 한문의 체계 안에서 성장한 표현의 방식이 '한문이기에' 가능한 수사들을 산출한 것이므로, 국문체 내에서는 그것들의 본래의 목적과 의미를 상실하기 쉬운 것이다.

이태준은 과거의 문장들이 지니고 있는 가장 큰 특색으로 "전고"·"과장"·"대구"를 언급하면서, 이러한 상투적인 방식의 글쓰기는 시급히 타파되어야 함을 강하게 주장하였다.

　　① 한곳을 偶然히 바라보니 완연한 그림속에 어떠한 一美人이 春興을 못이기여 白玉같은 고흔樣子 半粉黛를 다스리고 皓齒丹脣 고은얼굴 三色桃花未開峯이 하로밤 細雨中 반만피인 形狀이라 靑山같은 두눈섭을 八字春色 다스리고 黑雲같은 검은머리 반달같은 臥龍梳 솰솰빗겨 전반같이 넓게 땋아 ……

　　백릉보선 두발길로 소소굴러 높이차니 爛漫한 桃花송이 狂風에 落葉처로(처럼) 綠樹溪邊 上下流에 아조 풀풀 흩날리니 衣裳은 縹渺하고 玉聲이 爭榮이라 飛去飛來하는 양이 天上仙官 鸞鳥타고 玉京으로 향하는듯, 洛浦의 巫山神女 구름타고 陽臺上에 나리는듯 綠髮雲鬟 풀리어서 珊瑚簪 옥비녀가 花叢中에 번뜻빠져 꽃과같이 떨어진다. (254면)

"전고"는 역사적인 사건이나 고사가 압축적인 문구로 표현된 구절 혹은 옛 문인들의 글에 포함되어 있는 유명한 구절, 즉 전거(典據)가 되는 문구를 의미한다. '전고를 사용하여 글을 짓는다'는 것은 이러한 구절들을 따와 자신이 말하고자 하는 내용을 대신하게 하는 것이다. 따라서 "전고"를 이용할 경우 그것과 관련된 배경 지식이 동원되어야만 의미가 올바로 이해될 수 있다. 예를 들면, 위의 글은 "천상선관 난조 타고 옥경을 향하는 듯"에 깔려 있는 도가적 배경과, "무산선녀 구름타고 양대상에 나리는 듯"에서 무산선녀의 이야기를 알고 있는 사람에게 그 의미가 더 잘 이해된다.

　"과장"은 표현하려는 대상이 가진 특질을 가장 선명하게 드러내기 위해 비유적인 이미지를 동원해 미화하는 기법이다. 춘향이의 아름다움을 그려내기 위해 동원되는 수사들, "백옥같은" "호치단순" "흑운같은" "반달같은" 등의 비유나 "의상은 표묘하고(옥빛처럼 아득하고)" "옥성이 쟁영이라(또랑또랑 울린다)" 등의 구절은 미인을 묘사하는 데 자주 인용되는 문구로서, 아름다운 '모습'을 드러낸다기보다 아름다운 '정도'만을 강조하는 방식을 취하고 있다.

　마지막으로, "대구"는 짝을 이루는 두 개의 구절을 병치시켜 운율의 효과를 드러냄과 동시에 두 구절이 어울림으로써 의미의 상승을 이루는 기법이다. "완연한 그림속에 / 어떠한 일미인이 / 춘흥을 못이기여"에 드러나는 3.4조, "백옥같은 고흔양자 / 반분대를 다스리고 / 호치단순 고은 얼굴 / 삼색도화 미개봉이"에서의 4.4조와 같이, 읽을 때 글자의 수가 딱딱 맞도록 문장을 구성하고 있다. 이렇게 글자의 수를 맞추다 보면, "반분대를 다스리고"에서처럼 '은근하게 분바르다'라는 의미의 "반분"과 '눈썹을 그린다'의 "대를 다스리고"가 서로 다른 문법 형식을 지니면서 이어지기도 하고, "호치단순 고은얼굴"처럼 "호치단순"과 "고은얼굴"의 사이를 이어주는 문구, 즉 '흰 이빨(호치)과 붉은 입술(단순)을 지닌 고운 얼굴'과 같은 식으로 연결되어야 할 통사적인 문구가 생략된 채 병치 구문이 되기도 한다.

이러한 방식들은 한문으로 글을 짓는 과정에서 창조된 유용한 작법들이다. 한문 식의 수사에 익숙한 사람들이라면, "전고"가 삽입된 문장에 대해 압축적으로 유형화시키는 방식으로 포괄적인 의미가 전달되었다고 느낄 것이고, "과장"에 대해서는 극단적인 이미지를 통해 강렬한 인상을 남겼다고, 그리고 "대구"에 대해서는 조화로운 대비를 통해 의미가 배가되었다고(의미의 상승을 이루었다고) 생각할 것이다. 그러나 우리말의 어법에 맞는 글쓰기는 그러한 역사적인 배경이 풍부하게 뒷받침되지 않는다. 이태준은 "과거 우리 문학에 좋은 작품이 없었던 것은 먼저 좋은 문장이 없었기 때문이다. 춘향전 같은 것도 그 문장마저 전고·과장·대구 등에 억매이지 않았어 보라 얼마나 그대로 전승할 수 있는, 완전한 소설이요, 완전한 희곡이였으랴!"(11~12면)라고 말했을 만큼 『춘향전』을 타개해야 할 과거 문장의 전범으로 꼽고 있다. 다음과 같은 언급은, 이태준이 생각한 현대의 문장이 무엇이었는지를 암시해 준다.

> ② 活版術이 幼稚하던 時代에 있어서는, 오늘처럼 冊을 求하기가 쉽지 않았을 것이다. 따라서 한 券 冊을 가지고 여러 사람이 보는 수밖에 없었고, 또는 文盲人이 많았기 때문에 자연이 한 사람이 읽되 소리를 내어 읽어 여러 사람을 들리는 경우가 많았을 것이다. 소리를 내어 읽자니 文章이 먼저 朗讀調로 써지어야 할 必要가 생긴다. 「文章 곳 말」만이 아니라 音樂的인 一面이 더 한 가지 必要하게 되였던 것이다. 內容은 아모리 眞實한 文章이라도 소리 내어 읽기에 거북하거나 멋이 없는 文章은 널리 읽히지 못하였을 것이니, 쓰는 사람은 內容보다 먼저 文章에 亂調套語를 對句體로 많이 넣어 노래調가 나오든, 演說調가 나오든, 아모튼 朗讀子의 목청에 興이 나도록 하기에 注意하였을 것이다. 더구나 過去의 修辭法이란 文章을 爲해보다 辭說을 爲한 것이였던 만큼 文章을 朗讀調로 修飾하기에는 가장 合理的인 方法인데다가 客觀的 情勢까지 그러하였으니 더욱 反省할 餘地는 없이 典故와 誇張과 對句 같은 데 沒頭하지 않을 수 없었을 것이다. (13~14면)

앞서(제4장 2절 2항) "글은 곧 말"이라는 '언문일치'에 관한 인식으로부터 『문장강화』가 시작되었다는 점을 언급한 바 있다. 여기서는 "글은 곧 말"과 동일한 의미를 가진 "문장 곧 말"이라는 문구가 나타난다. "'문장 곧 말'만이 아니라 음악적인 일면이 더 한 가지 필요하게 되었던 것이다"라는 구절은, "문장 곧 말(=글은 곧 말)"+"음악적인 일면"='전고와 과장과 대구 같은 데 몰두한 과거의 문장'이라는 도식을 추출하게 한다. 여기에서 '언문일치' 문장이 과거의 문장과 현대의 문장의 대비를 선명하게 해주는 기준점이 된다는 것을 알 수 있다. 그렇지만 거꾸로, "전고와 과장과 대구 같은 데 몰두"한 과거의 문장에서 "음악적인 일면"을 제거한다고 했을 때 '언문일치' 문장이 나오는 것은 아니므로, 이태준의 도식에는 오류가 있다고 할 수 있다. "전고"·"과장"·"대구"를 사용했기 때문에 부수적으로 '음악성'이 형성된 것이 아니라, 기본적으로 독서의 형태상 '음악성'이 필요했기 때문에 "전고"·"과장"·"대구" 등의 수사가 문장 안에 포함되었던 것이다.

다만, 이태준이 이러한 그릇된 판단을 내리게 된 원인이, 낭독(朗讀)에서 묵독(默讀)으로의 변화, 다시 말해 청각성에 얽매인 독서 방식에서 시각성을 위주로 하는 독서 형태로의 변화로 말미암은 것이라는 점에 대해서는 깊이 생각해 보아야 한다. 그가 생각하기에 과거 문장을 아우르는 하나의 특색은 음조(音調) 혹은 음률(音律)에 얽매어 있다는 점이었다. 그런 의미에서 이태준이 "전고"·"과장"·"대구"의 공통점을 '음악성'이라 판단한 것은, 원인과 결과를 혼동하고 있는 발언이지만, '음악성'의 중요성을 감지했다는 점에서는 중요한 발언이었다고 할 수 있다.

③ 民譚과 이야기冊은 모다 朗讀과 唱하기 爲하여 記錄된 것이라 純粹한 散文은 아니다. (316면)

④ 이것은 歌詞들이라 音樂의 半面이 함께 가초어야 그 價値의 全部가 表現

되는 것으로 獨立한 文章으로서 取扱은 애초에 當치 않다. (317면)

　"순수한 산문" 혹은 "독립한 문장"은, 문장으로서의 고유한 특성만을 갖춘 문장을 일컫는다. 다시 말하면, '과거의 문장—음악적인 면＝순수한 산문, 독립한 문장'이다. 과거의 문장과 현재의 문장을 가르는 가장 중요한 기준은 '음악성'이다. "전고"·"과장"·"대구" 등을 사용했는지, 사용하지 않았는지는 완성된 문장이 품게 되는 요소라는 점에서 사후(事後)적인 문제에 해당하지만, 그 시대의 문장이 존재했던 근원적인 방식, 즉 입으로 낭송하기 위한 것인가 아니면 눈으로 읽기 위한 것인가의 문제는 가장 기본적인 문제였다. 문장을 쓰는 데 있어 음악성의 문제를 고려하게 되면, 그 이후에 음악성이라는 목표에 도달하기 위한 방법적 측면에서 "전고"·"과장"·"대구" 등이 개입된다. 그런데 문장이 완성된 사후적인 지점에서 "전고"·과장"·"대구" 등을 살펴보면, 그것들이 담고 있는 내용은 '실제'로부터 거리가 멀어진, '실제'를 명확하게 지칭하지 않는 '이미지'로 얽어져 있다.

　따라서 과거에 문장이 쓰이던 과정을 시간적인 순서로 정리해 보면, 낭독조의 운율이 들어가는 문장을 써야 하는 근본적인 원인이 있고 이를 실현하기 위해 "전고"·"과장"·"대구" 등이 포함되며 그 결과 문장이 지닌 '사실성'이 감소하는 것이다. "'산문이란 오직 뜻에 충실한다'는 의식을 가지지 않으면 어느 틈엔지 음조에 관심이 되고 만다. 글을 쓸 때는 누구나 속으로 중얼거려 읽으며 쓴다. 읽으며 쓰다가는 읽기 좋도록 음조를 다듬게 된다. 음조를 다듬다가는 그만 '뜻에만 충실'을 지키지 못하게 된다"(97~98면)라는 말은 위와 같은 바탕에서 이루어진 발언이다. 이러한 문제로 인해, "전고"·"과장"·"대구" 등이 제거되어야만 현대의 문장이 이루어질 수 있다는 오해를 빚어내기도 한 것이다.

　이태준이 『문장강화』에 사용하고 있는 고전의 예들 중 긍정적인 태도로 다루었던 것은 『한중록』『인현왕후전』『조침문』, 작자 미상의 제문 등의 산문이었으며, 부정적인 방식으로 다루었던 것은 『장화홍련전』 『춘향전』 『심청전』 등의 판소리계 소설, 즉 율조가 나타나는 낭독체의 문장이었다.[76] 표면적으로는 운율이 개입하느냐 그렇지 않느냐의 문제로 비치지만, 그 이면에는 '한문식 수사를 사용할 때 나타나는, 현실과의 거리'와, '한글 위주의 문장으로 드러나는, 현실에 대한 밀착'이라는 문제가 가로놓여 있다. 이는, 다음의 구절을 통해 보다 명확하게 드러난다.

⑤ 東洋에 있어 修辭理論의 發祥地인 中國에서도 胡適은 그의 「文學改良芻議」에서 다음과 같은 여덜 가지 條目을 들은 것이다.

一. 言語만 있고 事物이 없는 글을 짖지 말것.(즉 空疎한 觀念만으로 꾸미지 말라는 것)

二. 病 없이 呻吟하는 글을 짖지 말 것.(空然히 오! 아!類의 哀傷에 쏠리지 말라는 것)

三. 典故를 일삼지 말 것.(우에서 例든 丹楓구경 가자는 편지처럼)

四. 爛調套語를 쓰지 말 것.(허황한 美辭麗句를 쓰지 말라는 것)

五. 對句를 重要視하지 말 것.

六. 文法에 맞지 않는 글을 쓰지 말 것.

---

76) 이태준과의 상관관계가 논해졌던 이희승은 해방 이후 이 지점(음조 반대)에 대해 반대의 입장을 피력하였다. "내가 여기서 傳統 云云하는 것은 特히 文學傳統에 對하여서다. 우리 古典으로부터 배울 것이 많다. 위선 語彙고 다음이 韻律이다. 現代人의 作品에서 이 韻律이 生硬한 點은 우리로 하여금 恒常 失望하는 때가 많게 한다. 그도 그럴 것이 現代作家의 大部分은 그 創作活動의 出發點이 外國文學에 있었고 우리 文學古典에 通하지 못한 탓이 아닐까, 우리의 古典을 某氏의 文章講話에서 모양으로 酷評만 할 것이 아니다."(이희승, 「창작과 문장론─문학자에게의 진언」, 『백민』, 1948.10, 161면) 일제강점기에 이숭녕 등 경성제대 출신 대부분이, 조선어학회의 어문운동이 지닌 민족적인 색채가 비과학적이라는 점에 대해 비판하면서 거리를 취했지만, 이희승만은 조선어학회의 일원으로 어문운동에 활발히 참여하였다. 그러나 해방이후 국한문혼용을 주장하며 최현배의 한글파와 첨예한 대립을 벌이기도 하면서, 차별적인 지점이 드러나기 시작하였다. 이희승을 조선어학회의 일원으로 활동하게 한 것은 식민지라는 정치적인 현실이었을 것이다.

七. 古人을 模倣하지 말 것.

八. 俗語, 俗字를 쓰지 말 것.

　이 八個項目 中에 一, 二, 三, 四, 五, 七의 여섯은 直接間接으로 舊修辭理論에 對한 抗議라 볼 수 있는 것이다. (12~13면)[77]

　호적의 제시한 위의 8가지 항목들은, 모두 무언가를 '부정'하는 방식을 통해 이루어져 있다는 점에서 일명 '팔불주의(八不主義)'라 불린다.[78] 이것은 '문언'이 아닌 '백화'의 문학을 짓는 데 필요한 규범들을 제시하고 있다. 이태준이 이를 인용한 이유도, 구어와 분리된 한문이 아닌 구어를 재현할 수 있는 한글 문학의 건설을 염두에 두고 있었기 때문이다. 배개화는 '팔불주의'의 첫째 항목인 '言之無物'에 대한 이태준의 해석이 특이하다는 점을 지적한다. "'物'은 보통 '내용'으로 번역되고 있다. 호적의 문학개량추의를 우리나라에 처음 소개한 양백화는 제1항을 '내용의 공허함을 지적한 말이니'라고 하여 '物'을 내용으로 해석하고 있음을 확인할 수 있다. '物'을 '내용'으로 번역한 용례가 있었음에도 불구하고, 그것을 무시한 채 '物'을 '사물'로 번역한 것에는 이태준의 나

---

77) 이태준은 '팔불주의' 항목에서 마지막 8번째 항목을 잘못 인용하였다. 호적은 '속어, 속자를 회피하지 말 것' 즉 '속어, 속자를 쓸 것'이라고 말했다.

78) 호적의 '팔불주의'는 1920~21년 양건식에 의해, 그리고 1923년 이윤재에 의해 조선에 소개된 바 있다. 양건식이 소개한 것은 1917년 『신청년』이란 잡지에 실린 「문학개량추의」라는 글이며(「호적씨를 중심으로 한 중국의 문학혁명」, 『개벽』, 1920.11~1921.2), 이윤재가 소개한 것은 「문학개량추의」이후에 쓰인 「건설적 문학혁명론」이다(「호적씨의 건설적 문학혁명론」, 『동명』, 1923.4.15~1923.5.6). '팔불주의'는 「문학개량추의」에서 처음 제창된 것이었고, 「건설적 문학혁명론」의 도입부에 이를 다시 한 번 열거하면서 환기시키는 방식을 취하고 있다. 두 글의 '팔불주의'는 물론 같은 내용이되, 언급의 순서가 다르다. 이태준이 인용한 순서는 이윤재가 소개한 「건설적 문학혁명론」에서와 같은 것인데, 그 출전은 「문학개량추의」로 밝히고 있다. 이윤재의 글에서 따오면서 '팔불주의'의 원래 출처인 「문학개량추의」라고 표기해 놓은 것일 수 있지만, 이윤재의 번역을 그대로 따오지 않고 자신의 번역을 덧붙인다는 점에서 호적의 원문을 참고했을 수도 있다. 그러나 명확하지 않다.

름의 관점이 관철되었기 때문인데, 그것은 '묘사'에 대한 그의 관심과 연관이 있다."[79] 그리고 이에 대한 구체적인 실증으로 호적이 문학창작 방법으로 묘사의 중요성을 강조하고 있다는 점을 언급한다.

「건설적 문학혁명론」을 살펴보면, 호적은 모범적인 백화문학을 창조하기 위한 '방법'으로 크게 세 가지를 제시하고 있다. 그 첫째는 재료 수집의 방법이고, 둘째는 결구(結構)의 방법이고, 셋째는 묘사의 방법이다. 재료 수집의 방법으로 들고 있는 것이 '재료의 구역을 확대할 것' '실지의 관찰과 개인의 경험을 주중(注重)할 것' '주밀한 이상(理想)으로써 경험을 관찰하는 보조(補助)를 삼게 할 것'이다.[80] 이는 모두 문언의 표현 방식으로부터 벗어나, 실제에 있는 것을 스스로 보고 관찰함으로써 재료를 얻으라는 의미이다. 따라서 '결구(結構)'는 그 재료들을 잇는 구성의 문제에 해당하며, '묘사'는 이를 문장으로 풀어낼 때 중점을 두어야 하는 문장 기술의 방법 혹은 관점을 의미한다. 그만큼 '묘사'는 단순한 창작방법상의 문제가 아니라, 근대적인 문장을 형성하는 데 중요한 기준이 되는 것이다. 이태준이 '묘사'에 관해 언급하고 있는 구절이다.

⑥ 描寫란 그린다는, 워낙 繪畫用語다. 어떤 物相이나 어떤 事態를 그림 그리듯 그대로 그려냄을 가리킴이다. 歷史나 學術처럼 條理를 끄러나가는 것은 記述이지 描寫는 아니다. 實景, 實況을 보혀 讀者로 하여금 그 境地에 스사로 들고, 雰圍氣까지 스사로 맛보게 하기 爲한 表現이 이 描寫다.

아름다운 風景을 보고 「아름답구나!」 하는 것은 自己의 心理다. 自己의 心理인 「아름답구나!」만 써가지고는, 讀者는 아모 아름다움도 느끼지 못한다. 讀者에게도 그런 心理를 이르키기 爲해서는 그 風景의 아름다운 所以를, 즉 天, 雲, 山, 川, 樹, 石 等 風景의 材料를 風景대로 調合해서 文章으로 表現

---

79) 배개화, 「『문장강화』에 나타난 문장 의식」, 『한국현대문학연구』 16집, 한국현대문학회, 2004.12, 422~ 423면.
80) 이윤재, 「호적씨의 건설적 문학혁명론―국어의 문학, 문학의 국어 3~4」, 『동명』, 1923.4.29~5.6 참조.

해 주어야 讀者도 비로소 作者와 同一한 經驗을 그 文章에서 얻고 한 가지로 「아름답구나!」 心理에 이를 수 있는 것이다. (243~244면)

　이태준이 말하는 '묘사'는 '서술'과 대비되는 지점에 위치하는, '말하기(telling)'와 대척적인 의미에서의 '보여주기(showing)'였다. 물론 이는, 이미 근대문학의 중요한 이론의 하나로 자리 잡았다는 점에서 재론의 여지가 없는 것이기도 하다. 하지만, 「조선의 소설들」[81]이나 작품평[82] 등 짧은 글을 통해서 단편적으로 드러나는 사례들에서의 '묘사' 강조가 고스란히 『문장강화』라는 통합적인 글쓰기 이론의 맥락 안으로 들어오면, '묘사'의 의미를 보다 확장해야 할 필요성이 제기된다. 가령, 천정환은 다음과 같이 지적하고 있다. "이태준은 소설의 표현에 대해 언급하는 자리에서 묘사와 서술의 관계에 대해 언급하여, 소설의 표현은 철두철미 묘사라야 하며 '들려주는 건 이야기 책이다. 보여주는 것만이 소설의 표현이다'고 주장한다. 그러나 이러한 주장은 자체로 온전한 타당성을 가진 것이 아니다. 주지하듯이, 묘사(보여주는 것)와 서술은 소설에서 서로 상호보완적인 것이며, 양쪽 중 어느 하나가 우위를 가지는 것도 아니다. 그리고 이태준의 문장이 감각적 묘사에 있어 탁월한 면을 보여주는 것은 사실이지만, 요약적 서술이 사용되지 않은 것도 아니다. 오히려 그의 초기 단편 작품들에서는 서사의 문맥에 걸맞지 않은 요약적 서술이 빈번히 사용되고 있음을 볼 수 있다. 그래서 이태준의 주장은 달리

---

81) 이태준, 「조선의 소설들」, 『이태준문학전집 15-무서록』, 깊은샘, 1998, 65~69면.
82) 「연작소설개평 一」, 『학생』, 1930.3; 「연작소설개평 二」, 『학생』, 1930.4; 「소설선후」, 『문장』 1권 3호, 1939.4; 「소설선후」, 『문장』 1권 4호, 1939.5; 「소설선후」, 『문장』 1권 5호, 1939.6; 「소설선후」, 『문장』 1권 6호, 1939.7; 「소설선후」, 『문장』 1권 7호, 1939.8; 「소설선후」, 『문장』 1권 8호, 1939.9; 「소설선후에」, 『문장』 1권 9호, 1939.10; 「소설선후」, 『문장』 1권 10호, 1939.11; 「소설선후」, 『문장』 1권 11호, 1939.12; 「작가지망생을 위하야」, 『문장』 2권 2호, 1940.2; 「소설선후」, 『문장』 2권 3호, 1940.3; 「소설선후」, 『문장』 2권 5호, 1940.5; 「소설선후」, 『문장』 2권 9호, 1940.11; 「허민君의 「魚山琴」을 추천함」, 『문장』 3권 1호, 1941.1 등등.

해석될 필요가 있다. 그의 사고는 곧 소설에 있어서의 근대적 문장 정신과 그 기술적 내용의 성립과 관련된 것이다. 이태준은 대조나 반복으로 구성된 고전 소설의 묘사법이 아닌, 새로운 감성에 걸맞는 비유와 수사법을 통해 산문적 합리성이 성취될 수 있음을 주장한 것이다."[83)

"전고"·"과장"·"대구" 등의 전근대적인 글쓰기 방식과 대비되는 지점에 위치하는 묘사는, 이태준이 구수사법에서 비판하는 '청중'을 위한 글이 아닌 '독자'를 위한 글을 지을 때 필요한, 일종의 '관점'이다. 즉 묘사는 '진실성'·'현실성'·'자연스러움'이라는 근대적 지향점 속에 포섭되고, "전고"·"과장"·"대구"는 그것들의 결여태의 위치를 차지한다. "어찌하여 사문자(死文字)가 활문학(活文學)을 산출치 못한다는가. 이는 문학의 성질로 그리된 것이다. 일체 어언문자(語言文字)의 작용은 달의(達意)와 표정(表情)에 잇나니, 달의에 달(達)하기 묘(妙)하며 표정에 표(表)하기 호(好)한 것이 곳 문학이다. 여러 사문언(死文言)을 사용하는 사람을 볼 것 가트면, 머처럼 잇는 의사를 가지고도 기천년 전의 전고를 번성(飜成)하며, 머처럼 잇는 감정을 가지고도 기천년 전의 문언을 환역(換譯)하기를 일삼는다"[84)라는 호적의 비판은 우리의 글쓰기의 역사에도 그대로 적용될 수 있다.

⑦ 文例
   …… 犯罪者의 陋名을 쓰고 妻子까지 잃은 이내 신세일망정 十餘 年이나 情을 들이고 살던 四 個月 前의 내 집조차 나를 背反하고 고리에 쇠를 비스듬히 차고 잇는 것을 볼 제 그는 그대로 매달려서 울고 싶었다.
   伯父는 숨이 찬 듯이 씨근씨근하며 쫓아와서 『열대가 예 잇다』
하며 자기 손으로 열고 드러갓으나 그는 어느 때까지 우두커니 섯엇다.

---

83) 천정환, 「이태준 소설론과 『문장강화』에 대한 고찰」, 『한국현대문학연구』 6집, 한국 현대문학회, 1998, 196면.
84) 이윤재, 「호적씨의 건설적 문학혁명론—국어의 문학, 문학의 국어 1」, 『동명』, 1923.4.15.

一個月 이상이나 손이 가지 않은 마당은 이사ㅅ짐을 나른 뒷 모양으로 새끼 부스러기, 조히 조각들이 늘비한 사이에 초하의 雜草가 수채 앞이며 담 밑에 푸릇푸릇하엿다. 그의 叔父도 亦是 이럴 줄이야 몰랏다는 듯이 깜작 놀라며 한 번 휙 돌아보고 나서 신을 신은 채 퇴ㅅ마루에 올라섯다. 몬지가 뽀야케 앉은 퇴 위에는 고양이 발자곡이 여기 저기 山菊花 송이같이 박혀 잇다. 뒤로 쫓아 드러온 그는 뜰 한가운데에 서서 덧문을 첩첩이 닫은 大廳을 멀거니 바라보고 섯다가 自己 書齋로 쓰든 아랫방으로 드러가서 몬지 앉은 褥 우에 엎드러지듯이 벌덕 두러누엇다.(廉想燮氏의 小說 「標本室의 靑개고리」에서)

이 글을 읽어 보면 정말 오래 비엿든 집 마당에 드러서 보는 實感이 난다. 作者가 비엿든 집을 잘 描寫햇기 때문이다. 이 글에서『描寫』만을 집어내 보면

1. 고리에 쇠를 비스듬히 차고
2. 씨근씨근 쫓아 와서
3. 자기 손으로 열고
4. 어느때까지 우두커니 섯엇다
5. 새끼부스러기 종이 조각들이 늘비한 사이에 初夏의 雜草가 수채 앞이며 담 밑에 푸릇푸릇
6. 깜짝 놀라며 한번 휙 돌아보고 나서
7. 신을 신은채
8. 몬지가 뽀야케 앉은 퇴
9. **고양이 발자곡이 여기저기 山菊花 송이같이**
10. 뜰 한가운데 서서
11. 덧문을 첩첩이 닫은 大廳
12. 멀거니 바라보고 섯다가
13. 아래방으로 드러가서
14. 몬지 앉은 褥
15. 엎드러지듯 벌덕 드러누엇다

들이다. 이 짧은 글에 얼마나 본 것이 많은가. 또 얼마나 자세히 보앗나. 이 중에서도 **고양이의 발자곡을 말한 것은 妙를 얻은 描寫다**.『고양이 발자곡』한마디로 그 쓸쓸하게 밤낫비여 잇든 집안의 情景이 보이는 듯 드러난다.[85]

이태준의 「글 짓는 법 ABC」의 일부분이다. 여기서 "문례"로 사용되고 있는 「표본실의 청개구리」는 『문장강화』에도 실려 있는 예문이다. 그러나 위의 인용문은, 예문만이 아니라 '묘사된 부분'을 지적하는 설명을 달고 있어 흥미롭다. 15가지로 짚고 있는 묘사의 부분들은 모두, 그의 언급처럼, "본 것"이다. 그런데 사물의 양태와 인물의 행위를 '바라보는' 데에는 서술자(작가)의 '관점'이 개입되어 있다. 사물들의 경우, 쇠는 고리에 "비스듬히" 달렸고, 먼지는 퇴에 "뽀얗게" 앉았으며, 대청에는 덧문이 "첩첩이" 닫혀있다. 인물들의 경우, 백부는 "씨근씨근" 쫓아오거나, "깜짝 놀라며 한번 휙" 돌아보고, 그는 "우두커니" 서 있거나, "멀거니" 바라보고 섰다가, "엎드러지듯 벌떡" 요에 드러눕는다. 이러한 사례들에서 "큰따옴표"가 쳐진 부분을 빼도 주체와 양태(행위) 사이의 관계는 성립한다. 그러나 이 "큰따옴표"의 부분들을 통해 비로소 모든 정경을 바라보고 있는 서술자의 '관점'을 확인할 수 있다.

단지 묘사가 '바라보는' 것뿐이라면, 이태준은 9의 지적을 '고양이 발자곡이 여기저기 산국화 송이같이 박혀 잇다'라고 했어야 한다. 그러나 그가 "고양이 발자곡이 여기저기 산국화 송이같이"라고까지만 지적한 것은 "산국화 송이같이"에 대해 칭찬하고 싶었던 의도를 무의식중에 드러내고 있는 것이다. 이태준이 말하는 묘사란, 서술자가 혹은 작가가 획득한 '관점'에 관한 것이다. 결국, 한문의 영향 아래에서 성장했던 글쓰기가 한글 위주의 글쓰기로 옮겨오는 것은 자신의 '시선'을 확보하는 과정이자, 현실과 밀착한 '사실'을 재구하는 방식을 획득하는 과정이다. 그리고 이는 사실성을 확보하는 데 따르는 수사법의 분화로까지 이어진다.

이태준이 '묘사'를 강조하는 관점에 대해, 이를 그의 창작방법상의 문제로만 돌리고 "글쓰기의 문제를 문체의 문제로 환원하여 사고하는

---

85) 이태준, 「글 짓는 법 ABC 7」, 『중앙』 2권 12호, 1934.12, 128~129면.

태도"[86]라고 비판하는 결론을 도출하는 경우를 적지 않게 볼 수 있다. 그러나 이는 엄밀하게 말하면, 이태준 개인에게 속한 문제가 아니라, 전반적인 한글 문장의 형성 과정에서 나타난 서술자의 '시각' 혹은 '태도'와 관련되는, 근대적 산문정신과 연결되는 문제라고 할 수 있다. '묘사=사실의 재현'이라는 의미는 아니다. 사전적 의미에서 '사실'은 '실제로 일어난 일' 혹은 '자연계의 객관적인 현상'을 가리키는 말로 사용된다. 그러나 문학에서의 '사실'은 자신의 상상력, 구성력이 개입되어야 한다. 사물을 '어떻게' '어떤 방식으로' 보았나와 관련되는 것이다. 이야기와 소설의 구분[87]은, 가장 기본적으로는 낭독과 묵독의 차이를 내재하고 있는데, 이러한 향유 방식의 차이로 인해 나타나는 것은 '묘사'가 '눈에 보이는 것'에 대한 것뿐이 아니라 '자신의 시선(관점)'을 획득하는

---

86) 천정환, 앞의 글, 198면.
87) "필자는 수년전에 표준어 사정회의에 참석하였던 일이 있었다. 이 회(會)석상에서는 처음부터 끝까지 말로하야 말썽이었다. 즉 갑이란 말과 을이란 말은 그 의미가 전등(全等)이니, 유사니 하며 갑론을박이 한바탕 폭풍처럼 지나가고 나면, 이번에는 병이란 단어와 정이란 단어가 동(同)내용이냐, 각립(各立)이냐 하고, 구각(口角)에 거품을 뿜으며 논쟁하기에 문자 그대로 광태(狂態)를 연출하는 것이었다. 이와 같이 말썽을 일으킨 논제 중에 '소설'과 '얘기책'이란 말이 있었다. 한 편에서는 그 두 말의 의미가 똑같다고 야단이요, 다른 편에서는 그렇지 않다고 눈을 부라리었다. 그런데 이 두 말의 어의(語義)를 가만히 음미하여 보면, 양편의 주장이 다 옳기도 하고 또 다 틀리기도 하다. 아무리 상세한 문학사전을 들쳐가지고 '소설'의 의미를 찾아보아야, 족집게로 집어내듯이, 요렇다고, 어의를 간단명료하게 보여주는 것이 없다. 극히 범박하게 '산문예술이라'고 한 이도 있으나, 산문예술이 소설에만 국한될 리는 만무하다. 극본, 수필, 산문시 등도 운문이 아닌 점은 소설과 마찬가지다. 여러 사람의 정의를 정합하여 얻은 바 '구상, 진실성, 성격묘사, 정서의 네 가지 요소를 배합하여 혼연일체가 된 산문예술이 소설이다'라고 하는 데까지 이르러서도 '소설'과 '얘기책'의 내용의 한계는 확연히 나서지 않는다. 그러나 지금 명성 있는 소설가에게 '당신이 쓴 얘기책은 참 재미있습다' 하여 퍽 칭양(稱揚)하는 찬사를 올리더라도, 곧 불쾌한 나색을 그의 얼굴에서 발견할 것이다. 그것은 마치 현대의 화가한테 환쟁이[畵工]이라는 칭호를 바칠 경우와 같을 것이다."(이희승, 「'소설'과 '얘기책'」, 『박문』 5호, 1939.2, 10면) 표준어 사정회의의 정경이 짐작된다. 여기서 이희승이 격론 끝에 도달했다고 하는 소설의 정의는 이태준이 내세우고 있는 것과 거의 같다고 말할 수 있다. 이태준도 표준어 사정위원의 한 사람이었으므로 명망 있는 소설가의 한 사람으로서 자신의 견해를 피력했을 터이고 위와 같은 정의를 내리는 데 이태준의 의견이 반영되었을 가능성이 높아 보인다.

것이라는 점이다.

현대의 경우 한문의 수사가 받아들여지지 않는 이유는, 자신의 '시선'을 발견했기 때문이다. 한문의 수사는 '실제'나 '사실'과의 연관성을 강조하기보다 언어와 문장끼리의 결합과 조화를 원동력으로 하여 본래 가졌던 의미를 더욱 확장시키는 방식이라는 점에서 근대적인 글쓰기로의 전환을 담보해 줄 수 없었다.

2) 감각의 분할과 '개성'의 구성

글은 발화의 상황에서 동원할 수 있는 몸짓, 표정, 억양, 어조 등과 같은 의미 부여 작용의 도움을 받지 못한다. 그러면서도 말을 받아 적는 부호인 글이 발화의 상황에서 도달했던 의미의 지점을 충실하게 재현해 내지 못할 경우 '잘 쓴 글'이라는 평가를 받기는 어렵다.

> ① 말을 그대로 적은 것, 말하듯 쓴 것, 그것은 言語의 錄音이다. 文章은 文章인 所以가 따로 必要하겠다. 말을 뽑으면 아모 것도 남는 것이 없다면 그건 書記의 文章이 아닐가 말을 뽑아내어도 文章이기 때문에 맛있는, 아름다운, 魅力 있는, 무슨 要素가 남어야 할 것 아닐가 現代文章의 理想은 그 点에 있을 것이 아닐가.
>
> 言文一致는 實用이다. 用途는 記錄뿐이다. 官廳에 被告에 關한, 波瀾重疊한 調書가 山積하였어도 그것들이 藝術이 못되는 点은 먼저 書記의 文章, 個性이 쓰지 않고 事件 自體가 쓴 記錄文章인 것이 重大原因일 것이다.
>
> 言語는 日常生活이다. 演技는 아니다. 그러므로 平凡한 것이요, 皮相的인 것이요, 槪念的인 것이다. ――히 銳利하려, 深刻하려, 高度의 效果로 飛躍하려 하지 못한다.
>
> 藝術家의 文章은 生活하는 器具는 아니다. 創造하는 道具다. 言語가 및이지 못하는 對象의 核心을 찝어내고야 말려는, 恒時 矯矯不羣하는 野心者다. 어찌 言語의 附屬物로, 生活의 器具만으로 自安할 것인가! (327~328면)

①은 215면의 ①과 명백하게 대비된다. 앞에 제시되었던 "문장이란 언어의 기록이다"라는 『문장강화』의 첫 구절은 여기에 이르러 "말을 그대로 적은 것, 말하듯 쓴 것, 그것은 언어의 녹음이다"라는 비판으로, 그리고 "결국 말 이상의 것이나 말 이하의 것을 적은 것은 하나도 없다"라는 첫 구절에 대한 부연 설명은 "문장은 문장인 소이가 따로 필요하겠다"로 뒤집어지고 있다. 결국 "글은 곧 말"이라는 이태준의 명제는, 233면에서 과거의 문장과 현대의 문장을 대비하는 기준으로 사용되다가, 여기서는 '글이 곧 말인 것은 아니다'라는 점을 증명하기 위해 부정되어야 할 처지에 이른다. 그 이유는 언문일치 문장이, 문장만이 가질 수 있는 매력 없이 "평범"하고 "피상적"이며 "개념적"인 것이기 때문이라고 한다. 다른 말로, '언문일치 문장'은 "모체문장, 기초문장이다. 민중의 문장이다"(326면)라는 것이다. 이러한 이태준의 발언에 대해 민중과 예술가를 대비시키는, '문학자로서의 우월적인 지위를 강조'하는 태도이자 '엘리트 의식의 소산'이라는 평가도 있었지만, 이는 오히려 글쓰기 제도로서의 '언문일치'의 문제로부터 벗어나 문장에 관한 담론을 새롭게 구성해야 한다는 의식이 반영된 것이라고 보아야 할 것이다. 그는 문장 쓰기의 지향점을 다음과 같은 방향으로 옮겨간다.

② 여기서 새로 있을 文章作法이란 글을 짓는다는 거기 對立해서

첫재, 말을 짓기로 해야 할 것이다.

글짓기가 아니라 말짓기라는 데 더욱 鮮明한 認識을 가져야 할 것이다. 글이 아니라 말이다. 우리가 表現하려는 것은 마음이요 생각이요 感情이다. 마음과 생각과 感情에 가까운 것은 글보다 말이다. 「글 곳 말」이라는 글에 立脚한 文章觀은 舊式이다. 「말 곳 마음」이라는 말에 立脚해 最短距離에서 表現을 計劃해야 할 것이다. 過去의 文章作法은 글을 어떻게 다듬을가에 主力해 왔다. 그래 文字로 살되 感情으로 죽이는 수가 많았다. 이제부터의 文章作法은 글을 죽이더라도 먼저 말을 살려, 感情을 살려놓는 데 主力해야 할 것이다.

둘재, 個人本位의 文章作法이어야 할 것이다.

말은 社會에 屬한다. 個人의 것이 아니요 社會의 所有인 單語는 個人的인 것을 表現하기에 原則的으로 不適當할 것이다. 그러기에, 言語에 依해서 個人意識의 個人的인 것을 他人에게 傳하기는 不可能하다는, 悲觀的인 結論을 가진 學者도 없지 않은 바다.

아모튼 現代는 文化萬般에 있어서 個人的인 것을 强烈히 要求하며 있다. 個人的인 感情, 個人的인 思想의 交換을 現代人처럼 切實히 要求하는 時代는 일직이 없었을 것이다. 그런데 感情과 思想의 交換, 그 手段으로 文章처럼 便宜한 것이 없을 것이니 個人的인 것을 表現하기에 可能하기까지 方法을 探究해야할 것은 現代文章研究의 重要한 目標의 하나라 생각한다. (…중략…)

셋재, 새로운 文章을 爲한 作法이어야 할 것이다.

산사람은 生活 그 自體가 언제든지 새로운 것이다. 古典과 傳統을 無視해서가 아니라 「오늘」이란 「어제」보다 새것이요 「내일」은 다시 「오늘」보다 새로울 것이기 때문에, 또 生活은 「오늘」에서 「어제」로 가는 것이 아니라 「오늘」에서 「내일」로 나아가는 것이기 때문에 비록 意識的은 아니라 하더라도 누구나 精神的으로, 物質的으로 작고 「새것」에 부드쳐 나감을 어쩌는 수가 없을 것이다. (…중략…)

言語는 이미 存在한 것이다. 旣成의 單語들이요 旣成의 토들이다. 그러기 때문에 생전 처음으로 부드처보는 생각이나 感情을 이미 經驗한 單語나 토로는 滿足할 수 없다는 것이 成立될 수 있는 理論이다. 繪畫에서처럼 제 感情대로 線이나 色彩를 絶對의 境地에서 그어버릴 수는 없지만 第三者에게 通해질 수 있는 限에서는 새로운 用語와 새로운 文體에의 意圖는 必然的으로 要求되며 있다. (15~17면)

"글은 곳 말"이라는 명제는 2에 이르러 "'글 곳 말'이라는 글에 입각한 문장관은 구식이다. '말 곳 마음'이라는 말에 입각해 최단거리에서 표현을 계획해야 할 것이다"로 바뀌었다. 이태준의 글은 그다지 논리적으로 명쾌하지 않은 모호함을 어느 정도 지니고 있는데, 여기에서도 같은 구절이 다른 의미를 지칭하는 데 쓰이는 오류가 존재한다. 먼저 "글은 곳 말"이라는 명제는, 글이 가지고 있는, 말을 받아 적는 부호로서의 성격을 강조한 구절이다. 그러나 이 예문에서의 "'글 곧 말'이라는 글에 입각한 문장관"이라는 구절은 표현의 방식을 글로부터 따오는, 그리하여 글과 글이 어우러져 새로운 글이 나타나는 과거의 문장 쓰기 방식을 가리킨다. 그러므로 앞의 "글은 곧 말"은 '글＝말'임에 비해, 과거 문장 작법으로서의 "글 곧 말"은 '글→말'을 의미한다. 결국 "말 곧 마음"에 입각한 문장을 써야 한다는 궁극적인 주장에는, 문어 체계의 제도로서의 보편성을 지닌 '언문일치 문장'으로부터 자신(마음)을 반영하는 스타일을 창조해야 한다는 의미와 함께, 전해오는 구절을 잇는 식의, 현실과 동떨어진 구식의 문장을 배격해야 한다는 두 가지의 의미가 함께 담겨있다. "개인본위의 문장작법"과 "새로운 문장을 위한 작법"은 이를 뒷받침하는 것으로서, 새로운 사태와 현실을 지칭하는 자신만의 언어를 발견하는 것이 곧 "말 곧 마음"이 담고 있는 의미이다. 자신이 느낀 바를 글로 충실히 옮기는 최선의 방법, 즉 진실을 찾는 방법은 자신의 감각에 주의를 기울이는 것이다.

③ 누구나 눈이 흰 줄을 안다. 눈이 히다는 것은 눈에 對한 槪念이다. 눈이란 힌 것이라고 아는 것은 우리의 知識이다. 우리가 槪念에서만 즉 知識에서만 눈이 온 벌판을 그린다면 그야말로 힌 조이를 그대로 늫고 보는 수밖에 없다. 글도 그렇다. 우리가 머리속에 記憶해 넣은 槪念, 知識만으로는

『검은 옷은 검으니라』
『눈 온 벌판은 히니라』

밖에 더 쓰지 못할 것이다. 무론 『눈 온 벌판은 히니라』 하는 것도 글자로 썼으니 글은 글이다. 그러나 맛이 없는 글이다. 精神이 들지 안은 글이다. 主觀이 들지 안은 즉 그 글을 쓴 사람의 感情과 아모런 交涉이 없이 나온 글이다. 『눈 온 벌판은 히니라』 이 말은 누구나 할 수 잇다.

金某도 할 수 잇고 李某, 朴某, 누구나 다 할 수 잇는 말이다. 눈이 힌 줄은 누구나 다 아는 知識이기 때문에.

槪念이나 知識으로만 글을 써서는 안 된다. 눈이 히다거나 불이 뜨겁다는

概念, 知識은 다 내여 버려도 좋다.

　눈이 한 벌판 가득히 덮엿으니 보기에 어떠한가. 힐 것은 무론이다. 눈이 히
다 검다가 문제가 아니다. 힌 눈이 그러케 온 벌판을 덮어 놓앗으니 보기에
어떠하냐 어떠한 情緖가 일어나느냐 즉 눈 덮인 벌판에 對한 感覺이 어떠하
냐 그 感覺되는 바를 적을 적이다.

　모름직이 먼저 感覺해볼 것이다.

　感覺하는 데도 남의 干涉을 받기가 쉽다. 옛 사람들이 나무가지에 앉은 눈
을 보고 『가지마다 梨花로다』 했다고 自己도 얼른 그 생각이 나서 『참말 가
지마다 梨花같구나』 하고 남이 感覺해 놓은 것을 그대로 同感하지 말고 남
이야 무어라 느끼엇든 무어라 햇든 어대까지 自己의 神經으로 느끼어 보고
自己에게서 솟아나는 情緖를 찾어 그것을 글로 만들 것이다.[88]

　흰 눈이 온 벌판에 대한 "지식"과 "개념"을 동원해 표현한 글은 누구
나 알고 있는 일반적인 속성을 이야기할 수밖에 없다. 그리고 옛 사람
들식으로 "가지마다 이화로다"라고 표현하는 것도 공통감각의 세계 속
으로 자신의 감각을 밀어 넣는 일이다. 이 두 가지 방식의 공통점은 세
계를 바라보는 새로운 언어를 찾지 못했다는 데 있다. "정확한 표현이
란 가장 구체적인 표현이다"(64면)라는 이태준의 발언은 시각·청각·후
각·촉각·미각 등의 감각기관을 통해 자신에게로 유입된 무엇인가를
표출해야 한다는 것이다. 즉 세계에 대한 인식을 개별적으로 표현하는
방식을 찾아야 한다는 의미이다. 그런데 이는 다음과 같은 지점에서 생
각할 거리를 던져준다.

　④ 假令 「봄은 왔다」할 때 이 말만으로도 봄이 왔다는 事實은 表明된 것이다.
　그러나 다시 「봄은 고양이같이 왔다」고 한다면 봄이 올 때의 情況이 우리에
　게 얼마나 더 또렷하게 印象되느냐? 여기에서 「고양이같이 왔다」라는 不過
　다섯 자의 形容詞를 붙이는 데 따라서 이만큼 더 印象的이라는 것은 이 봄과

---

88) 이태준, 「글 짓는 법 ABC 6」, 『중앙』 2권 11호, 1934.11, 132면.

고양이의 語感上의 調和로 말미암아 그 事實이 分明해진다는 것의 가장 적은 한 개의 實例인 것이다. 그러므로 이렇게 생각한다면 言語란 그 依存하는 社會의 生産關係에 따라서 그 語彙는 느러가나 이것은 文學의 素材에 끄치는 만큼 이러한 素材가 느러가면갈사록 그 文學이 더 發展할 可能性이 있다고 하였지마는 또한 그 語彙가 한번은 文學的 形式을 通하지 아니하면 그 말의 共感的 語感이 생기지 못하는 同時에 그 語彙는 言語로서의 完全普遍性을 띄지 못하는 것이다.[89]

이원조는 새롭게 나타나는 어휘와 표현이 한국어 개발의 문제와 이어지기 위해서는 문학이라는 프리즘을 통과할 필요가 있다고 하였다. 이 프리즘을 통과하고 나면 새로운 방식의 표현은 한국어의 체계 안에 자기의 자리를 차지하게 된다. 이는, 문학적인 표현의 분화가 그 나라의 언어를 더 풍부하게 확장하는 역할을 맡고 있음을 알려준다. "봄은 왔다"와 "봄은 고양이같이 왔다"라는 두 가지 표현은 같은 의미를 지칭하지만, 두 문장에서 받는 느낌은 전혀 다르다는 점에서 같은 의미의 문장이라고 보기는 어렵다. 이는 공통적인 지식과 개별적인 감각 사이의 차이를 드러내 주는 것이면서, 동시에 자신의 감각을 동원해 외부의 상태와 내면의 느낌을 미세하게 가르는 문학적 표현의 장기(長技)를 여실히 보여주고 있는 예이다. 문학자 개인이 새로운 표현의 방식을 찾는 것은, 그 자체로 우리말 표현의 가능성을 넓히는 일과 연결된다.

그런데 우리는 "봄은 고양이같이 왔다"는 문학의 표현을 접하고 그것이 자신이 받았던 인상을 매우 적확하게 지적하였다고 생각할지 모른다. 즉 우리가 봄에 대해 느꼈던 감정이 '먼저' 있었는데 "봄은 고양이같이 왔다"라는 문장을 통해 그 감정을 드러낼 좋은 표현을 발견한 것이라고 생각할지 모른다. 그러나 사실, 그 표현을 접하게 된 '이후' 우리가 느낀 바가 좀 더 정확히 인지되었다고 말하는 것이 맞다. 다시 말

---

89) 이원조, 「언어와 문학」, 『조선문학』 2권 6호, 1936.5, 124면.

해, 감각의 분할을 통한 문학적인 표현의 분화는, 말해지지 않았을 때 느낄 수 없었던 생각이나 감정이나 인식을 의식의 표면 위로 끌어올려 준다는 것이다. 자신의 감정이나 생각을 표현할 만한 문장을 발견했을 때 비로소 자신의 느낌은 명확하게 재구성될 수 있다.

이태준에게 '개성적 문장'은, 표면적으로는 '일반적 문장'과 구분되는 '예술적 문장'으로 설명되고 있다. 또한 『문장강화』의 문례들 중 문학작품의 비율이 높다는 점은 이 책을 문학창작방법을 논의한 것으로 인식할 빌미를 준다. 그러나 문학적인 글들은 말과 글을 최대치까지 다르게 만든, 즉 말과 글의 다름을 입증하는 데 가장 유효한 예이다. 따라서 그에게 문장의 '개성'은 '글'의 독립적인 특징을 추려내는 데 중요한 기준이 된다. 이는 문학이 당대에 맡았던 역할, 즉 국문체의 발달을 주도했었던(주도해야 한다고 자임했던) 바를 반영하고 있다. 즉 자신이 느낀 바를 가장 정확하게 쓰려는 의지는 자신의 스타일을 개척하는 일이지만, 이것은 당시의 국문체의 개발 방식을 보여주는 것이기도 하다. 이태준이 바람직한 국어 문체의 발전 방향으로 생각했던 것은 독특한 개인 문체들의 '합(+)'이다. 다음과 같은 식이다. 국문체⊃개인문체+개인문체+개인문체……

5 닭은 그래도 새벽, 낮으로 울기나 한다. 그러나 이 洞里의 개들은 짖지를 안는다. 그러면 모두 벙어리 개들인가? 아니다. 그 證據로는 이 洞里 사람 아닌 내가 돌팔매질을 하면서 威脅하면 十里나 달아나면서 나를 돌아다보고 짖는다.

그렇것만 내가 아무 그런 危險한 짓을 하지 않고 지나가면 千里나 먼 데서 온 外人, 더구나 顏面이 이처럼 蒼白하고 蓬髮이 鵲巢를 이룬 奇異한 風貌를 처다보면서도 짖지 안는다. 참 이상하다. 어째서 여기 개들은 나를 보고 짖지 않을까? 世上에도 稀貴한 謙遜한 겁쟁이 개들도 다 많다.

이 겁쟁이 개들은 이런 나를 보고도 짖지를 않으니 그럼 大體 무엇을 보아야 짖으랴?

그들은 짖을 일이 없다. ①旅人은 이곳에 오지 안는다. 오지 않을 뿐만 아니라, 國道沿邊에 있지 않은 이 村落을 그들은 지나갈 일도 없다. ②가끔 이웃마을의 金서방이 온다. 그러나 그는 여기 崔서방과 똑같은 服裝과 皮膚色과 사투리를 가졌으니 개들이 짖어 무엇하랴. ③이 貧村에는 盜賊이 없다. 人情 있는 盜賊이면 여기 너무나 貧寒한 새악씨들을 爲하야 훔친바 비녀나 반지를 가만히 놓고 가지 않으면 안되리라. 盜賊에게는 이 마을은 盜賊의 盜心을 盜賊맞기 쉬운 危險한 地帶리라.

그러니 實로 개들이 무엇을 보고 짖으랴. 개들은 너무나 오랫동안―아마 그 出生當時부터―짖는 버릇을 抛棄한 채 지내왔다. 몇 代를 두고 짖지 않은 이 곳 犬族들은 드디어 짖는다는 本能을 喪失하고 만 것이리라. 인제는 돌이나 나무토막으로 얻어맞아서 견딜 수 없을 만큼 아파야 겨우 짖는다. 그러나 그와 같은 本能은 人間에게도 있으니 特히 개의 特徵으로 처들 것은 못 되리라.

개들은 大槪 제가 길리우고 있는 집 門간에 가 앉아서 밤이면 밤잠, 낮이면 낮잠을 잔다. 왜? 그들은 守衛할 아무 對象도 없으니까다.

崔서방네집 개가 이리로 온다. 그것을 金서방네집 개가 發見하고 일어나서 迎接한다. 그러나 迎接해본댓자 할 일이 없다. 良久에 그들은 헤어진다.

설레설레 길을 걸어 본다. 밤낮 다니던 길, 그 길에는 아무것도 떨어진 것이 없다. 村民들은 한여름 보리와 조를 먹는다. 반찬은 날된장 풋고추다. 그러니 그들의 부엌에조차 남는 것이 없겠거늘 하물며 길가에 무엇이 足히 떨어져있을 수 있으랴.

길을 걸어본댓자 所得이 없다. 낮잠이나 자자. 그리하여 개들은 天賦의 守衛術을 忘却하고 낮잠에 耽溺하여 버리지 않을 수 없을 만큼 墮落하고 말았다.

슬픈 일이다. 짖을 줄 모르는 벙어리개, 직힐 줄 모르는 겔름뱅이개, 이 바보개들은 伏날 개장국을 끓여 먹기 爲하여 村民의 犧牲이 된다. 그러나 불상한 개들은 陰曆도 모르니 伏날은 몇 날이나 남았나 全然 알 길이 없다.

　　　　　　　　　　　　　　　―李箱의 「倦怠」의 一部(229~231면)

⑤의 첫 단락은 '짖지 않는 개'를, 마지막 열 번째 단락은 '개로서 쓸 모없는 개'를 이야기한다. 그 사이의 단락들은 '짖는 본능을 상실한 개'

로 "타락"하기까지의 이유들을 서술하고 있다. ①그 첫째 이유는, 타지로부터 오는 여행객들이 이곳을 지나가지도, 지나갈 일도 없기 때문에 외지 사람들을 볼 기회가 없다는 것, ②둘째로, 옆 동네의 김서방이 오기는 하지만 그는 이 동네의 최서방과 복장도, 피부색도, 말투도 똑같다는 것, ③그리고 셋째, 도둑들도 훔쳐갈 곳이 없는 이 가난한 동네에는 오지 않는다는 것이다. 결국 개를 짖지 못하게 만든 것은, 개의 탓이 아니다. 모든 원인은 이 마을에 있는 것이다. 길에 떨어진 곡식 한 톨도 주워 먹을 수 없을 정도로 개를 '할일 없게' 만드는 것은 마을의 가난함에 기인한다. 그럼에도 그 책임은 개들이 진다. 본능을 상실한 "바보개들"이기 때문에 "복날 개장국을 끓여 먹기 위하여 촌민의 희생"이 되는 것이다.

이상(李箱)은 글의 처음부터 끝까지 진술의 초점을 '개'에게 맞춰놓고 있다. '개'에 대한 관찰은 그의 사색과 결합되는데, 그의 사색을 이끌어 나가는 것은 위에서 열거했던 동네의 '구체적인' 사례들이다. '짖지 않는 개'라는 하나의 대상을 구성하는 데 동원되는 다각적인 사례들은, 이상이 대상을 사유하는 데 있어 섬세한 분할을 가하고 있다는 점을 보여준다. 그리고 '개'에 대한 서술은 일종의 비유가 되어 그 동네 사람들의 삶의 모습을 구성해 낸다. 그러나 이 이야기는 거듭, '개'에 관한 실제적인 관찰로 돌아온다.

자신의 보고 느낀 바를 구체적인 사례들로, 다각도의 분석으로 분할해 나가며 글을 쓰는 과정을 통해 나타나는 것은, 작가 이상의 개성이다. 이 동네의 개들이 '짖지 않는 개'라는 사실을 가장 명백하게 증명해 줄 사례로 이상이 들고 있는 것은, 그 개들이 "창백하고 봉발이 작소를 이룬 기이한 풍모"인 자신을 쳐다보면서도 짖지 않는다는 것이다. "이 겁쟁이 개들은 이런 나를 보고도 짖지를 않으니 그럼 대체 무엇을 보아야 짖으랴?"라는 설의법을 구사하면서, 자신에 대한 사례를 개가 결코 짖을 일이 없다는 증거로 제시하고 있다. 이 예문은 몇 군데에서 '튀는'

한문을 사용하고 있는데, 그것이 집약적으로 모여 있는 부분이 바로 자신의 모습을 형용한 이 구절에서다. 이상이 글을 써나가는 과정에서 드러내는 특이함은 결국 그의 개성을 구성하는 일로 모이게 된다.

글을 짓는 것은, 자신의 개성을 '반영'하는 일이 아니다. 조선어로 글을 짓는 방식을 개발해 내는 일로부터 글을 쓰는 이의 개성이 '구성'되어 나가는 것이다. 우리말의 결에 맞는 글을 쓰는 작업은, 우리말로 인식되는 새로운 자아를 창조하고 획득하는 길이다.

4. 문장론과 문학-『문장론신강』과의 비교

문학자의 대표적인 문장론으로 꼽히는 이태준의 『문장강화』(1940)와 김기림의 『문장론신강』(1950)은, 이태준과 김기림이 신문과 잡지에 기고했던 작품에 대한 월평과, 문장에 관한 담론을 다룬 글에서 단편적으로 드러냈던 조선어 / 한국어 문장에 대한 인식을 심화시킨 저작이자,[90] 간행된 시기뿐만 아니라 그 이후로도 한국어 문장을 짓거나 이해하려는

---

90) 이태준의 문장에 관한 인식은 일제강점기의 작품 단평과 선후감→「글 짓는 법 ABC」 →『문장』에 10회에 걸쳐 연재된 「문장강화」→연재 내용을 수정하고 보완한 『문장강화』(문장사, 1940)의 순서를 통해 보다 명확해진다. 해방 이후, 시대 현실에 맞게 예문 7개를 교체하고 1개를 첨가한 『증정 문장강화』(박문서관, 1947)를 발행하지만(예문이 변화된 원인에 대해서는 이혜령, 「이태준 『문장강화』의 해방 전 / 후」, 『이태준과 현대소설사』, 깊은샘, 2004를 참조할 것), 해방 이전의 체재와 서술 방식을 그대로 유지한다는 점에서 이태준의 문장에 대한 관점이 변했다고 말할 수는 없다. 김기림의 문장에 관한 인식은 일제강점기의 작품 단평과 시론 등에서의 단편적인 언급→해방 이후 신문에 발표한 말에 관한 의견들(『문장론신강』의 부록으로 수록됨)→『문장론신강』(민중서관, 1950)의 순서를 거치면서 한층 명징해진다. 이 부분은 1940년판 『문장강화』와 1950년판 『문장론신강』을 비교·분석의 대상으로 삼았음을 밝혀둔다.

학생, 작가 지망생들, 일반인들에게 중요한 참조점이었다고 할 수 있다.[91]

이태준과 김기림의 주요한 활동 시기가 1930년대로 서로 겹치며, 더욱이 둘 다 1933년에 결성된 구인회의 멤버였다는 점에서 그들의 문장론에 공통적인 측면이 많을 것이라는 손쉬운 예상을 할 수 있다. 그러나 두 책은, 가장 직접적으로 책의 간행 시기가 해방 이전과 이후라는, 다시 말해 우리말글이 처했던 위치가 완전히 다른 상태에서 집필되었다는 큰 차이를 지니고 있다. 이는 이태준이나 김기림의 개인적인 취향의 문제를 넘어선, 『문장강화』와 『문장론신강』이 취하고 있는 문장론의 형태를 낳게 한 근본적인 원인이 된다.

『문장강화』와 『문장론신강』을 비교한, 이제까지의 2편의 연구 성과역시 두 책의 차이점에 집중하고 있다.[92] 김윤식[93]은 『문장강화』와 『문장론신강』을 각각 '민족어' 추구와 '인공어' 추구라는 관점에서 설명하였다. 김윤식에 따르면, 고도의 의식적인 행위인 언문일치운동은 '인공

---

91) 『문장론신강』은 김기림이 해방 이후 대학 강단에 서게 되면서 준비했던 원고이다. "표제와도 같이 애초에 강의서로 기획된 것으로, 이보다 앞서 간행된 이태준의 『문장강화』(문장사 간)와 함께 그 당시 문장론의 지침으로 널리 읽혀진 것이다."(김학동, 『김기림 평전』, 새문사, 2001, 226면)

92) 제4장의 서두에서 다루었듯이, 『문장강화』에 대해서는 비교적 풍부한 논의가 이루어져 왔다고 할 수 있다. 이태준의 '구인회' 좌장으로서의 위치와 『문장강화』에서 다루어진 예문들을 기준으로 모더니즘 계열의 문장을 대표하는 문장론, 즉 문학적인 부분에 치우친 문장론으로 다루는 연구에서부터, 이태준이 당대에 행사하였던 영향력을 감안하여 조선어 문장이라는 보다 넓은 범위에 관한 것에 대한 연구 등이 있다. 특히, 최근 들어 『문장강화』는 근대어와 근대적 문학어의 성립과 관련된 다양한 담론들을 끌어내는 거점의 구실을 해왔다. 이에 비해 『문장론신강』은 김기림의 시평(론)이나 문학론에 대한 조명에 비해 상대적으로 의아할 만큼 조명이 이루어지지 못했다. 수사학에 대한 관심(이미순, 「김기림의 문장론신강에 대한 수사학적 연구」, 『한국현대문학연구』 20집, 한국현대문학회, 2006.12), 그리고 『문장론신강』에 자주 언급되는 I. A. Richards와의 영향 관계를 논하는 연구가 있었다(이재선, 「문장론 성립에 있어서의 서구의 영향 1」, 『어문학』 통권 17호, 1967.12; 박성창, 「근대 이후 서구수사학 수용에 관한 고찰」, 『비교문학』 41, 한국비교문학회, 2007).

93) 김윤식, 「민족어와 인공어」, 『문학동네』 15, 문학동네, 1998년 여름.

어’ 추구에 관심을 두는데, 우리나라의 경우 국권상실로 인해 ‘인공어’
보다 ‘민족어’로서의 기능이 증대되는 현상이 나타났다. 그러나 시대의
상황이 ‘인공어’의 성립도, ‘민족어’의 성립도 여의치 않게 만들었기 때
문에, 문학의 영역에서 ‘인공어’와 ‘민족어’의 추구를 반복해 왔다고 한
다. 구인회(『삼사문학』)를 중심으로 한 모더니즘 문학이 ‘인공어’ 추구와
연결된다면, 이태준의 『문장』지와 『문장독본』은 ‘민족어’ 추구와 연결
되는 사례였다. 그리하여 김기림이 지향했던 투명한 ‘인공어’는 말의 전
달을 중시하는 『문장론신강』의 기저가 되며, 그와 대비되어 이태준의
‘민족어’는 민중과는 거리가 먼, 귀족적이며 고답적이며 관념적인 세계
를 『문장강화』를 통해 드러낸다고 한다. 다시 말해 김기림의 『문장론신
강』은 기능 위주의 ‘있는 그대로의 문장론’이었다면, 이태준의 『문장강
화』는 ‘연기로서의 문장론’이었다는 것이다.

박성창94)은, 이태준과 김기림에게 문학언어는 ‘말과 글’이라고 하는
보다 포괄적인 언어의 틀 속에서 규정되고 논의된다는 점을 전제한다.
특히, 김기림에게는 말(또는 쓰여진 말)의 기능을 강조하는 수사학이, 이태
준에게는 글(또는 말짓기)의 표현으로서의 문체를 강조하는 문체론이 중
요하다는 점에서 두 작가의 문장론은 그 지향점이 사뭇 다르다고 지적
한다. 이러한 차이를 통해 김기림의 경우에는 ‘무엇을’ 말할 것인가(전
달)에 중점을 두고 이른바 근대적 관찰의 정신, 과학적 묘사의 태도를
중시하는 문장론으로 이어지며, 이태준의 경우는 ‘어떻게’ 말할 것인가
(표현)에 중점을 두고 대상이 주는 감각적 특질의 파악이나 예술적 묘사
의 태도를 중시하는 문장론으로 이어진다고 말한다.

위의 연구사는 공통적으로, 『문장강화』와 『문장론신강』이 근대어의
형성 과정과 문학과의 밀접한 관련을 드러내준다는 인식을 가지고 있

---

94) 박성창, 「말을 가지고 어떻게 할 것인가」, 『한국현대문학연구』 18집, 한국현대문학
회, 2005.12.

다. 때문에 이태준과 김기림이 드러내었던 차이가 개인적인 성향을 넘어서는 조선어 / 한국어 문장의 성립과 연결된다는 점을 염두에 두어야 한다. 『문장강화』와 『문장론신강』 사이에는 해방 이전과 이후라는 시대의 차이와 더불어, '국어'와 '국문'이라는 표상을 가지지 못했던 시기의 어문운동과 '국어'와 '국문'의 재건을 기치로 내걸었던 시기의 어문운동과의 차이도 개재되어 있다는 점에서, 두 책은 조선어문 / 한국어문에 대한 사고의 변화 과정을 드러내는 중요한 자료가 될 수 있다. 따라서 이 두 가지의 문장론을 비교하는 것은, 두 문학자의 문장에 대한 태도를 통해 한국어 문장 성립이라는 거시적인 맥락을 탐구하는 일이자, 해방 이전과 이후의 문학어의 기능과 역할을 고찰하는 일이 된다.

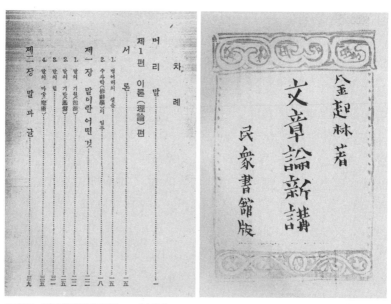

그림 23 __ 김기림의 『문장론신강』. 표지와 목차.

1) 개인의 작법, 사회의 화용론

『문장강화』는 글(문장)에 대한 이야기로 시작되는 데 비해, 『문장론신강』은 말(언어)에 대한 이야기로 시작된다는 점이 첫째로 지적할 수 있는 차이점이다.

① 勿論, 누구나 文字만 알면 쓸 수 있는 것이 글이다.

그러면 왜 一般으로 말은 쉽사리 하는 사람이 많되, 글은 쉽사리 써내는 사람이 적은가?

거기에 말과 글이 같으면서 다른 點이 存在하는 것이다.

이 말과 글이 같으면서 다른 點은 여러 角度에서 發見할 수 있다. 말은 聽覺에 理解시키는 것, 글은 視覺에 理解시키는 것도 다르다. 말은 그 자리 그 時間에서 사라지지만, 글은 空間的으로 널리, 時間的으로 얼마든지 오래 남을 수 있는 것도 다르다. 그러나 여기서 더 緊切한 指摘으로는,

먼저, 글은 말처럼 절로 배워지는 것이 아니라 일부러 배워야 單字도 알고, 記事法도 알게 되는 點이다. 말은 外國語가 아닌 以上엔 長成함을 따라 거의 意識的 努力이 없이 배워지고, 意識的으로 練習하지 않아도 날마다 지꺼리는 것이 절로 練習이 된다. 그래 말만은 누구나 自己生活만치는 無慮히 表現하고 있다. 그러나 글은 배워야 알고 練習해야 잘 쓸 수 있다.

또, 말은 머리도 꼬리도 없이 불숙 나오는 대로, 한마디, 혹은 한두 마디로 씨이는 境遇가 거이 全部다. 말은 한두 마디만 불숙 나오되 第三者에게 理解될 環境과 表情이 있이 지꺼려지기 때문이다. (…중략…)

그러니까 글은 아모리 小品이든, 大作이든, 마치 개아미면 개아미, 호랑이면 호랑이처럼, 머리가 있고 몸이 있고 꼬리가 있는, 一種 生命體이기를 要求하는 것이다. 한 句節, 한 部分이 아니라 全體的인, 生命體的인 글에 있어서는, 全體的이요 生命體的인 것이 되기 爲해 말에서보다 더 設計와 더 選擇과 더 組織, 發展, 統制 等의 공부와 技術이 必要치 않을 수 없는 것이다. 이 必要되는 공부와 技術을 곳 文章作法이라 代命할 수 있을 것이다.[95]

---

95) 이태준, 『문장강화』, 문장사, 1940, 4~8면.

2 말은 첫째 사람의 발성기관에 근거해야 하는 까닭에 사람의 생리작용에 얽매여 있을 밖에 없다. 따라서 그것은 성음(聲音)상의 법측에 복종하게 된다.

둘째 그것은 소리의 뒤죽박죽이 아니라 어느 정도 질서와 조직이 정연한 체계이므로 문법(文法)상 형태(形態)상의 법측을 쫓아야 할 밖에 없이 된다.

셋째로 소리와 뜻과 연합(聯合)하는 의미(意味)의 법측에, 말은 복종해야 한다.

이러한 여러 갈래의 법측을 쫓으며 또 맨들어 가는 동안에 그것이 제멋대로 뿔뿔이 달아나지 않고 한 통일된 말의 체계로 어울려 가는 것은 어떻게 되어선가? 그 통일 작용을 하는 것은 다름 아닌 사회 그것인 것이다. 그러므로 말이 개인의 목소리에 얽매여 있으면서, 그 문법 체계가 널리 통하는 보편성을 가지며, 의미 연합과 성음 조직이 심리적 생리적 제한 안에서도 또한 어떤 일반성을 가지게 되는 것은 개인의 생활이 곧 사회생활에 연이어 있고 거기 포섭되어 있고 접해 있는 때문이다. 말의 사회성을 말할 적에 자칫하면 말은 사회의 산물이라는 뜻으로 알기 쉬운데, 그런 의미의 연약한 관련이 있는 게 아니라 말이야말로 사회를 성립시키는 요인(要因)의 하나라 하는 게 더 옳겠다.96)

『문장강화』의 제1강은 '문장작법의 새 의의'이다. "문장이란 언어의 기록이다"라는 『문장강화』의 첫 내용에 이어지는 1은 '문장(글)'과 '언어(말)' 사이의 차이점을 지적하는 내용이다. 문장이란 언어처럼 쉽게 익히고 내뱉을 수 있는 것이 아니기 때문에 문장을 쓰는 그것만의 방식을 배워야 한다는 것이다. 이에 반해, 『문장론신강』은 서론의 뒤를 잇는 1장에서 '말이란 어떤 것'인지를 다루면서 책을 시작한다. 김기림 역시 말과 글의 차이점을 다루기는 하지만, 그에게 '글'은 말을 받아 적는 시각적인 기호로서의 의미만을 가질 뿐이다. 말과 글 사이에서 "글만이 소중하다는 미신을 버려야" 하며, "글은 말의 번역인 까닭에 그 존재가치가 있는 것"(40면)임을 바로 인식해야 한다는 점을 강조한다. 이태준과

---

96) 김기림, 『문장론신강』, 민중서관, 1950, 27면.

김기림의 논의의 시작이 이러한 차이점을 밑바탕에 깔게 되는 이유는 그들이 중시했던 문장론의 지향점이 다르기 때문이다.

이태준이 '글'에, 김기림이 '말'에 집중함으로써 나타내는 차이를 명확하게 이해하기 위해서는 '글'과 '말'을 다루는 이태준과 김기림의 대조적인 방식을 함께 살펴보아야 한다. 1의 뒤를 이어 이태준은, 문장작법이라는 것이 이미 예전부터 있어왔지만 현대에 걸맞은 새로운 문장작법이 필요하다는 점을 이야기한다. 이는 이전의 문장작법의 폐해를 지적하면서 도출되는 결과였다. 이태준에 의하면, 이전 동양에서는 문장작법이란 것이 거의 논의된 적이 없지만, 그것이 현재의 글과 가장 다른 점은 '음악성'에 얽매여 있었다는 것이었다. 한 사람이 소리를 내어 읽고 여러 사람이 그것을 듣는 형식의 독서가 이루어졌으므로, 문장은 낭독조로 쓰이는 것이 유용했다. 이로 인해 전고·과장·대구 등의 수사법이 개입되면서 개인의 '마음'이나 '생각'을 담는 문장은 나올 수가 없었다고 하면서, 이를 "자기를, 개성을 몰각한 그릇된 문장정신"(10면)이었다고 평가한다. 때문에 새로운 문장작법은, ① 글 짓기가 아닌 말 짓기라는 인식을 가져야 하며, ② 개인 본위의 문장작법이어야 할 것이며, ③ 새로운 문장을 위한 작법이어야 할 것이라는 결론을 내린다(15~17면). 이태준은 공동의 독서에서 벗어나 독립된 시간과 공간에서 활자를 대한다는 점에서, '글'이라는 것 자체를 근대적인 것으로 파악하고 있음을 알 수 있다. 그러므로 다른 무엇보다도 음악성을 탈각한 문장으로서의 독립을 일차적으로 강조하는 것이다. '소리' 내어 말하고 호응하는 방식이 아니라 시각적으로 재현된 '문자(문장)' 자체에 중요성을 부여하기 때문에, 이전의 작법은 부정적인 것으로 인식된다. 정리하자면, 이태준의 '글'에 대한 관심은 '작법'에 관한 것에 집중되어 있으며, 그가 강조하는 '작법'은 과거의 작법을 거부하면서 '개인'의 특수성(개성)에 중점을 두는 것이었다.

이에 반해 김기림은 '말'에 대해 다루되, 원시인이 최초에 어떤 식으로 발성을 하였으며, 그것이 지금과 같은 의미 분절적인 음성으로 변모

되어왔는지를 고찰함으로써 말의 역사성을 복원하고자 한다. 그리하여 ②에서는 그러한 역사적인 축적을 통해 말이 지니게 된 '사회의 산물'로서의 위치를 강조하고 있다. 말은 첫째로는 '성음상의 법칙'을, 둘째로는 '문법상 형태상의 법칙'을, 셋째로 '의미의 법칙'을 좇아야 하는데, 이러한 것들을 '법칙'이 될 수 있도록 테두리를 만들어준 것은 말이 역사와 사회의 맥락 안에 위치했던 경험이었다. 이태준이 '글'에서 동시대성을 강조한 것에 비해, 김기림에게 있어 '말'은 역사적인 시간이 개입되어 있는 산물이기 때문에 사회적인 통용이 가능한 것이다. 김기림이 특히, 신문, 라디오, 텔레비전의 대중매체를 강조하는 것 —"오늘 이 선전의 방편으로 제일 많이 씨어지는 것에 둘이 있다. 하나는 신문이요 다른 하나는 라디오다. 영화도 물론 적지 아니 이 방면에 씨어지며 어떤 나라에서는 「테레비쥰」이 차츰 이용되어 가는 모양이다. 그러나 여기서 우리의 관심을 끄는 것은 특히 신문과 라디오를 통한 말과 글에 의한 선전이다. 그것은 적극적인 목적을 가진 의식적인 행동이오 조직인 까닭으로 해서 말과 글의 가진 효과를 다 자각하고서 이용하려 든다. 그런 의미에서 문장론의 입장에서도 등한히 할 수 없다."(193~194면) —은 '말'이 사회적으로 전파되고 소통되는 것이라는 점에 착안한 것이다. '말'은 애초에 사회적인 것이기 때문에, 김기림은 말을 '개인'의 특수성을 증명하기 위한 방식으로 사용하는 것에 큰 관심이 없다. '말'이 다른 사람에게 가 닿았을 때 나타날 수 있는 효과와 힘에 좀 더 비중을 둔다.

이태준과 김기림이 드러내는 이러한 차이점은 그들이 『문장강화』와 『문장론신강』 안에서 취했던 문학에 대한 입장과 긴밀한 연관이 있다. 두 책의 제목에는 공통적으로 '강의'의 의미가 들어가 있다. '문장강화'에서의 '講話'는 '강의하듯이 쉽게 풀어서 이야기한다'는 의미이고, '문장론신강'에서의 '新講'은 '새로운 강의'라는 의미이다. 문장 혹은 문장론에 대해 강의를 하는 형식의 두 책은, 그 체제와 서술 방식이 상당히 다르다. 첫째로, 『문장강화』는 특정인(특정 작가)이 쓴 다양한 장르의 글들에 책의 많은 분량을 할애하고 있으며, 인용한 예문들의 제목을 '문범(文範)'의 형식으로 책의 말미에 제시하고 있다.

그러나 『문장론신강』에서는 어느 나라 사람에게라도 두루 통용될 수 있을 예문들이 몇 개 들어가 있을 뿐이다. 예를 들어, '집'이라는 단어가 들어 있는 4개의 문장에서 '집'이 각각 "가정, 큰댁(형제 간의 집을 구별하는), 감옥, 구체적인 집 등"(68면)의 의미로 사용되고 있는 경우를 보여주며 낱말의 진정한 의미는 문맥을 통해 나타난다는 점을 입증한다든지, "서울로 가고 싶은데―"라든가 "과자보다 과일을 많이 먹는 게 좋겠지"와 같은 예를 가지고 서로 다른 문장의 형태라 할지라도 모두 '누군가(주어)' '～하길 원한다'라거나 '～라고 생각한다'는, 즉 무엇에 대해 알게 하는 진술이라는 점을 입증하는 경우 등이다. 그렇기 때문에 김기림의 예문들은 이태준처럼 구체적이거나 특수한 전제를 필요로 하지 않는, 보편적이고 일반적인 것들이다.

그리하여 둘째로, 『문장강화』에서는 일기문·서간문·감상문·서정문·기사문·기행문·추도문·식사문(式辭文)·논설문·수필문 등으로 장르에 따른 글 쓰는 방식과 그것을 다듬는 방식을 가르치면서 문학이 그 근거로 사용되지만, 『문장론신강』은 보고문·기행문·르포르타주·시·신문기사·편지·일기·방송·연설·강의·강연의 특징을 기술할 뿐, 글을 지을 때의 유의사항 같은 것은 언급하지 않는다. 『문장강화』에서 상당한 분량을 차지하던 문학의 예문들과 문학적인 글쓰기의 방식은 『문장론신강』에서는 글 이외의 다른 형식과의 연관 관계 하에서만 그 특징이 기술되는 것으로 비중이 대폭 축소되어 있다.

'～강화'라는 제목이 붙은 글은 일제강점기, 특히 이태준과 김기림이 활동했던 1930년대에 많이 발표되었다. 이러한 책들은 『문장강화』에서처럼 강의 → 예문 → 강의 → 예문으로 이어지는 방식을 취하고 있다. 천정환은 『문장강화』에 대해 "문청을 대상으로 씌어진 소설 작법으로서의 의미를 넘어서는 내용과 규모를 가지고 있"으며, "개화기 이래의 신문학운동으로부터 비롯된 우리말로 된 근대적 글쓰기의 양상과 의식을 그 인식과 실제의 측면에서 규범화하여 종합하고 있는 것"이라는 평가를 내린 바 있는데,[97) 이는 『문장강화』뿐만 아니라 1930년대의 강화류의 글(책)들이 공유했던 목표, 즉 문학을 통해 조선어 문장의 규범을 가르치겠다는 공통의 인식에 대한 지적이라고 보아도 무방하다. 그리고 범위를 더 넓혀, 이는 강화류의 앞선 단계이자, 강화류와 함께 공존했던 독본류가 지향했던 목표이기도 하다.

1930년대에 작법 혹은 작문법이 유행했던 것은 단지 문학을 지망하는 사람들이 많았다는 것을 의미하지 않는다. 모범이 될 만한 예문들만을 묶어 놓은 독본류나 그 예문들에 대한 필자의 견해를 함께 적어 놓은 강화류, 그리고 단편적으로 문장작법을 이야기하던 글들이 조선어 문장을 어떻게 써야할 것인가의 문제와 긴밀하게 연결되고 있었는데, 이는 일제강점기에 조선어 문장에 대해 가르쳐줄 수 있었던 역할을 문학(혹은 조선문단)이 감당할 수밖에 없었던 시대적인 상황을 반영하는 것이기도 했다. 1930년대가 다른 시대에 비해 문학어의 다양한 실험이 나타났던 이유도, 이상이 그의 수필에서 언급하듯, "기능어·조직어·구성어·사색어로 된 한글문자 추구실험"[98)에 관한 문인들의 의지와 관련되지 않을까 한다.

이러한 점들에 비추어 보았을 때 김기림이 자신의 책에 붙인 '신강'이

---

97) 천정환, 「이태준의 소설론과『문장강화』에 대한 고찰」, 『한국현대문학연구』 6집, 한국현대문학회, 1998, 182면. 이에 대해서는 좀 더 상세하게 다음과 같이 언급하고 있다. "『문장강화』의 근저에 있는 글쓰기의 근대정신은 계몽적 의도를 가지고 자생적으로 기획된 것이라는 데 또 다른 의의가 있다. 이는『문장강화』의 채재 자체에서 드러난다. 대중에게 강의하듯이 쉽게 풀어서 이야기한다는 제명 '講話'가 우선 그 계몽적 성격을 말해준다. 그리고 이광수로부터 이상·박태원에 이르는 작품들에서 예문을 골라 글쓰기의 범례로 제시했다는 것에서 신문학 20년의 성과를 종합하여 한국적 글쓰기를 창안하려는 의도를 읽을 수 있다. 또한『문장강화』가 가진 규범적 성격과 이에 값하는 완결적이며 민족주의적인 성격이 후대에 끼친 폭넓고 지속적인 영향력에 대해서도 주목하지 않을 수 없다."(같은 글, 183면)
98) 김윤식 편, 『이상문학전집 3-수필』, 문학사상사, 1998, 231면.

라는 제목은, 단순히 대학의 강의용으로 준비했기 때문에 붙여진 제목이라기보다는, 이전의 '강의'와는 다른 방향의 것을 추구하고 있다는 점을 강조하기 위한 제목이라고 할 수 있을 것이다. 『문장강화』는 일제강점기의 문장론의 방식을 포괄적으로 흡수하고 있지만, 『문장론신강』은 그때까지 없었던 새로운 양상을 보인다. 박성창은 "김기림의 문장론은 표현과 작법 위주의 경향에서 벗어나 재래의 문장론에서 소홀히 다루어졌거나 아예 배제된 전달의 측면과 분석과 해석의 측면을 동시에 강조함으로써 새로운 문장론의 가능성을 충분히 보여주고 있다"[99]라는 지적을 한 바 있다. 물론 해방 이후, 모범이 될 만한 문학 작품들을 모은 문예'독본', 문장'독본', 문학'독본' 등의 독본류 간행이 증가하지만,[100] 이는 교재 편찬의 시급성으로 인해 일제강점기 문장론의 방식을 그대로 이어받는 것이면서, '문학'이 가지는 역할에 대한 인식이 그 시기(해방 이후~전쟁 전후) 정도까지 유지되고 있었음을 알려주는 사례이다. 해방이 되면서 조선어가 '(한)국어'로서의 지위를 보장받고, 전쟁이 끝난 후 정부 주도로 국어과의 개편이 이루어지면서, 읽기 교범의 단골 재료였던 문학은 국어 교과의 하위 영역으로 편입된다.[101] 이때부터 어학자의 어문운동과 문학자들의 호응, 실천의 간격은 멀어진다고 생각된다. 이러한 전후의 사정을 반영하는 것이 김기림의 『문장론신강』이다.

2) 표현과 묘사, 소통과 기술(記述)

『문장강화』는 언문일치의 중요성, 표준어와 방언의 문제, 문장부호의

---

99) 박성창, 앞의 글, 378면.
100) 이에 대해서는 이혜령, 「이태준 『문장강화』의 해방 전 / 후」, 『이태준과 현대소설사』, 깊은샘, 2004, 350~365면 참조.
101) 윤여탁 외, 『국어교육 100년사』, 서울대 출판부, 2006, 386~396면 참조.

문제 등 일제강점기에 조선어학회를 중심에 둔 어문운동의 지향점에 공감하는 진술들을 포함하고 있을 뿐만 아니라, 어학자들이 여러 사안들에 대해 주장했던 것과 거의 같은 입장을 취하고 있다. 그러나 궁극적으로 보았을 때, 이 책의 결론은 그러한 진술들을 배반한다. 다시 말하면, 『문장강화』는 보편적이고 평균적인 문장의 보급보다는 필자의 개성이 가미된 문장을 궁극적으로 도달해야 할 지점으로 삼는 것이다. 이에 비해 『문장론신강』은 일반적이고 대중적인 문장, 말하는 사람과 듣는 사람의 상호 작용을 중시하면서 내용의 올바른 이해와 해석을 갖출 것을 요구한다.

> ① 말을 文字로 記錄한 것은 文章이라 하였다. 勿論 文章이다. 言文一致의 文章이다.
>
> 그러나 말을 그대로 文字로 記錄한 것이 文章일 수 없다. 이것도 勿論이다. 民衆에 있어서는 文章이나 文藝에 있어선 文章일 수 없단 말이 「現代」에선 성립된다.
>
> 말을 그대로 적은 것, 말하듯 쓴 것, 그것은 言語의 錄音이다. 文章은 文章인 所以가 따로 必要하겠다. 말을 뽑으면 아모것도 남는 것이 없다면 그건 書記의 文章이 아닐가 말을 뽑아내어도 文章이기 때문에 맛있는, 아름다운, 魅力있는, 무슨 要素가 남어야 할 것 아닐가 現代文章의 理想은 그 点에 있을 것이 아닐가.
>
> 言文一致는 實用이다. 用途는 記錄뿐이다. 官廳에 被告에 關한, 波瀾重疊한 調書가 山積하였어도 그것들이 藝術이 못되는 点은 먼저 書記의 文章, 個性이 쓰지 않고 事件 自體가 쓴 記錄文章인 것이 重大原因일 것이다.
>
> 言語는 日常生活이다. 演技는 아니다. 그러므로 平凡한 것이요, 皮相的인 것이요, 槪念的인 것이다. ——히 銳利하려, 深刻하려, 高度의 效果로 飛躍하려 하지 못한다.
>
> 藝術家의 文章은 生活하는 器具는 아니다. 創造하는 道具다. 言語가 및이지 못하는 對象의 核心을 찝어 내고야 말려는, 恒時 矯矯不羣하는 野心者다. 어찌 言語의 附屬物로, 生活의 器具만으로 自安할 것인가!102)

② 그(글을 쓰는 사람—인용자)는 목전에 듣는 사람 즉 읽는 사람을 마조 보지 않기 때문에 읽는 사람의 존재를 아주 잊어버리거나 무시하기 쉽다. 따라서 읽는 사람에게 대하여 깊은 책임감을 가지지 않고, 글의 전달성이라는 주요한 사회적 기능을 돌보지 않는, 쓰는 사람만의 독선적인 자기도취에 빠지기 쉽다. 그리하여 글은 그 본래의 문화적 사명을 저버린 쓰는 사람 한 사람만의 자기 만족에 타락하고 말기 쉽다. 「다다이즘」의 시가 필경 쓴 사람 혼자의 붓장난에 끊지고 만 것 같은 것은 그 한 예라 하겠다.

또 말에서는 한마디 한마디가 현장에 격발되는 자극 또는 그 반응으로서 순간순간 일어나는 긴박한 것임에 대해서, 글은 서서히 생각하며 지우며 바꾸어 놓으며 써가므로 쓰이는 글이 유달리 쓰는 사람의 손아귀에서 느체진다. 그러므로 글로서는 말에서보다 다듬고 깎고 기교를 부릴 기회가 훨씬 많이 허락되어 있다. 즉 목적보다도 수단이 유난히 눈에 띠인다. 그리하여 드디어는 목적을 떠난, 「수단을 위한 수단」이 「클로-쓰·옆」되기 한창이다. 기교주의(技巧主義)가 침노할 틈아귀가 아니라 대문이 여기 준비되어 있는 것이다. 글이 전달하려는 「의미」는 이 경우에 외부 장식 때문에 유실되고 만다. 우리의 큰 목적은 상대편에 「무엇」인가를 말하려는 데 있을 터이다. 상대편도 잊어버리고 말하려는 「무엇」도 행방불명이 되면 남는 것은 말하는 편의 속없는 말치레뿐이 된다. 회화로서의 말에는 그런 일이 일어나기 어려우나 글에서는 그리 될 경향이 매우 짙은 것이다.[103]

『문장강화』가 문학을 지망하는 사람들을 위한 지침서가 아님에도 불구하고 줄곧 그러한 의심을 받아온 이유는, 앞 절에서 서술하였듯이 대부분의 예문이 문학적인 것이라는 점과, 그중에서도 박태원·이광수·이상·정지용 등의 작품이 빈번한 횟수로 인용되고 있다는 점에 있다. 그리고 ①에서처럼 이태준이 직접적으로 "예술가의 문장"을 추구하고 있었다는 점도 크게 작용했다. 이로 인해 『문장강화』는 언문일치와 표준어의 문제, 문장부호의 문제 등을 논하고 있으면서도 "실용성과 심미

---

102) 이태준, 『문장강화』, 문장사, 1940, 327~328면.
103) 김기림, 『문장론신강』, 민중서관, 1950, 56~57면.

성, 창조와 규범, 대중과 예술가 사이의 모순"104)을 담고 있다는 평가를 받았다.

이에 반해 김기림은 ②에서 드러나듯이, 글 쓰는 사람들에게는 독자가 눈에 보이지 않기 때문에 "독선적인 자기도취" 혹은 "기교주의"에 빠질 위험이 크다고 하면서, 언제나 문장의 겉치레보다는 자신이 전달하고 있는 것이 "무엇"인지를 인식하고 있어야 한다고 말한다. 그가 보기에 "종래의 수사학이나 작문 교과서가 하려고 한 일은 주장 수단만을 떼어서 치레시키는, 말과 글의 화장술(化粧術)을 궁리해 내서 그것을 기계적으로 배우는 사람의 머리에 쑤셔 넣으려 드는 일이었다."(104면) 이태준은 '필자'의 역할을 중요시하는 반면에, 김기림은 '화자'와 '청자' 사이의 관계를 중요시하는 것이다.

때문에 『문장강화』와 『문장론신강』에서는 뷔퐁의 '글은 곧 그 사람이다'라는 명제와 플로베르의 '일물일어설'이, 주장의 논거로서 공통적으로 사용되면서도 서로 다른 방식으로 인용된다. 먼저, 뷔퐁의 '글은 곧 그 사람이다'에 대한 것을 살펴보자. 이태준은 여기서의 '글'을 '스타일(문체)'로 설명한다. '스타일(문체)은 그 사람'이기 때문에 글을 쓸 때에는 문장의 체재나 형식을 통해 필자의 면모가 드러나야 한다는 것이다. 그런데 김기림은, 글에는 글 쓴 사람의 인격이 드러나는 것이기 때문에 "말 재주나 글 재주"(105면)에 의존하지 말고 자신의 '인격'을 닦기 위해 노력해야 한다는 의미로 이해한다.

또한, 플로베르의 '일물일어설'을 해석하는 데 있어서 이태준은 어떠한 상태나 사물을 가리키는 데 가장 적합한 "오직 한 가지 말, 유일한 말, 다시 없는 말"(81면)을 찾기 위해 노력을 경주해야 한다고 말한다. 예를 들어, 이광수가 「우덕송」에서 "토끼를 보고 방정맞아는 보히지마는 고양이처럼 표독스럽게는 아무리해도 아니 보히고 수닭은 걸걸은 하지

---

104) 천정환, 앞의 글, 203면.

마는 지혜롭게는 아니 보히며 뱀은 그림만 보아도 간특하고 독살스러워 舊約作家의 咀呪를 받은 것이 과연이다—해 보히고 개는 얼른 보기에 험상스럽지마는 간교한 모양은 조곰도 없다. 그는 충직하게 생기었다. 말은 깨끗하고 날래지마는 좀 믿음성이 적고 당나귀나 노새는 아무리 보아도 경망구레기다. 쪽저비가 살랑 살랑 지나갈 때 아무라도 그 요망스러움을 느낄 것이오 두꺼비가 입을 넙적넙적하고 쭈구리고 앉은 것을 보면 아무가 보아도 능청스럽다"(83면)와 같이 표현했을 때, 각각의 동물을 묘사하는 어휘들 중 어느 하나라도 다른 어휘로 대체된다면 그 때까지 눈에 보이며 손에 잡힐 듯하던 감각은 힘을 잃어야 하는 것이다. 이에 비해 김기림은 "사실주의의 원조 「플로베르」가 「Un mot …」(「한마디 말…」)하고 부르짖으며 찾은 말은 그 한 마디가 그것대로 값진 말을 찾은 게 아니라, 그 전후 문맥으로 보아서 그 경우에 꼭 들어맞는, 「바로 그 한마디」를 찾지 못하야 내뿜은 탄식인 것이었다"(84면)라고 하면서 전후 문맥에 들어맞는 것이 유일어라고 말한다. 작가는 자신의 개성이나 주관을 표현하는 도구로서 단어(어휘)를 사용하는 것이 아니라, 자신이 전달하려는 생각과 내용을 적합하게 연결해 줄 수 있는 단어를 찾는 것이다.

개인의 '표현'을 중시하는 『문장강화』에서는 '묘사'가 표현 방식으로서 가장 중요한 위치를 점한다. "묘사란 그린다는, 워낙 회화용어다. 어떤 물상이나 어떤 사태를 그림 그리듯 그대로 그려냄을 가리킴이다. 역사나 학술처럼 조리를 끄러나가는 것은 기술(記述)이지 묘사는 아니다. 실경, 실황을 보혀 독자로 하여금 그 경지에 스사로 들고, 분위기까지 스사로 맛보게 하기 위한 표현이 이 묘사다."(243면) 필자가 본 것을 독자들의 눈에 보이도록 그림을 그리듯이 표현하는 방식인 '묘사'는 이태준에게는 기술(記述)보다 중요한 것이다. 그런데 김기림에게 기술(記述)과 묘사는 동등한 위치를 차지한다. '묘사'는 가상과 전형을 만들어내는 문학의 형상성(형상화)과 연관되는 글쓰기의 방식이라면, '기술'은 사실을 붙잡아 서술하는, 서로 다른 영역에 속해 있는 것이다. 이 두 가지는 "대상을 똑바로 노려보는" 관찰의 시선을 확보해야 한다는 점에서, 근대의 "산문정신 또는 사실정신"(124면)이 반영된 것이다.

『문장강화』에는 일제강점기 민족어로서의 조선어와 표현어로서의 문학어를 성립시키려는 문학자들의 고심이 담겨 있다. 모더니즘, 혹은 기교주의라고 비판받았던 문학자들의 문학어는 말단에 치우친 것이라는 비판이 있을 수 있지만, 사후(事後)의 관점에서 보았을 때 한국어의 확장과 심화에 기여했다고 말할 수 있다.

이와 마찬가지로『문장론신강』에서 문학의 역할을 축소하면서 화자와 청자의 소통 문제를 제기했던 이유 역시 시대의 문제와 긴밀하게 연관된다. 곳곳에 드러나는 다음과 같은 진술, 가령 "세상에는 보람 있는 싸움, 피하지 못할 싸움도 있지만 또 부질없는 싸움 않아도 좋은 싸움을 굳이 하고 있는 경우가 적지 않다. 그런데 그런 실속 없는 싸움의 대부분은 기실은 무슨 큰 이해 충돌이나 의견 대립에서 오는 것이 아니라, 주고받는 말의 오해에 연유하는 경우가 많다"(머리말)라든가 "글을 해석할 적에 우리가 가장 조심해야 되는 것은 글에서 속지 말 일이며 좋지 못한 글의 피해를 받지 않도록 한다는 일이다. 오늘과 같이 그 기능과 목적과 본심을 잘 분간해서 쓰이지 않고 있는 동안은 읽는 편에서 정신을 바짝 차려서 글로 하여금 가령 가면을 썼을 적에는 그것을 벗고서 그 실제를 스스로 고백하도록 해야 할 것이다"(209면)와 같은 진술은, 해방 후 '삐라'라고 불렸던 좌익 팸플릿이 난무하던 시절[105)]을 거치면서 경험한 좌우익의 대립으로부터 얻은 깨달음일 가능성이 높다. 글의 기교에는 적극적으로 반대하는 입장을 취했으면서도 말의 '기교'에 해당하는 '선전'에 대해서는 따로 장을 할애하여 설명하면서, "민중은 선전의 진실성과 속임수를 잘 분간해서 받아 드릴만치 지혜로워져야 할 것

---

105) 이에 대해서는 이중연,『책, 사슬에서 풀리다』, 혜안, 2005, 47~58면 참조할 것.

이다"(195면)와 같은 당부를 하는 것도 이와 관련된다. 김기림은 『문장론 신강』 전체에 걸쳐, 듣는 사람의 주체적인 입장과 올바른 해석의 중요성에 대해 끊임없이 언급하면서, 종국에는 능동적 존재가 되어야 하는 함을 강조하면서 본론을 끝맺고자 한다. "과거의 문장론 또는 수사학은 주장 「어떻게 말할가?」에 치우친 느낌이 없지 않다. 이러한 의미에서 우리는 이 책의 전권을 통해서 특히 「어떻게 말하고 쓸가?」를 다룬 대목에서도 늘 이 「어떻게 듣고 읽을가?」의 문제를 배경에 두고 적어 왔다. 입의 훈련, 손끝의 훈련 못지 않게 「귀의 훈련」(듣는 것과 읽는 것을 아울러)은 건전한 전달 관계를 말에 있어서 확립하는 의미에서 필요하고도 긴급한 일이다. 말하는 일에만 일방적으로 치우친 그러한 전달관계는 결코 건전한 상태라 할 수 없다"(200면)라는 발언을 통해 김기림이 이전의 문장론에 대해 민감하게 인식하고 있음을 알 수 있다.

이태준은 『문장강화』를 통해 글의 작법과 그것을 쓰는 필자의 개성을 중시하였다. 일상적인 문장보다는 표현의 기교를 중시하는 문학적인 문장을 소개하고 보급하는 데 중점을 두면서, 작법적인 '실천'을 강조한다. 이에 비해 김기림은 『문장론신강』에서 말의 소통과 말을 올바로 알아듣는 청자의 역할을 무엇보다 중요하게 다루었다. 필자의 개성보다는 소통과 이해에 중점을 둔 대중적인 문장을 강조하면서, 말하기의 '이론'에 집중한다. 그런데 이태준과 김기림의 이러한 차이는 개인적인 취향을 넘어서는 것이다. 이태준이 추구한 해방 이전의 '조선어' 문장론과 김기림이 시도한 해방 이후의 '한국어' 문장론은, 두 사람의 취향을 넘어 각 시대의 고유한 맥락 안에 놓여 있다.

두 문학자가 보여주는 문장론 사이의 간격은 '민족'의 존립 문제와 밀접하게 연관된다. 일제강점기에는 민족의 존립을 곧 조선어의 존립으로 생각하는 경향이 강했기 때문에, 조선어로 글을 쓰는 문인들은 자신들의 문학적 성취를 조선어문의 발전과 연결 지었다. 그러나 해방 이후에는, 민족어의 발전과 연결시키는 관점이 여전히 존재함에도, 문학은 식민지 때와 같은 의무감에서는 벗어나 자족적인 길을 걸어갔다고 볼 수 있다. 다시 말해, 해방 이전의 문학이 조선어 문장의 형성 과정과 직접적으로 연결되어 있었다면, 해방 이후의 문학은 적어도 일제강점기에 강조되었던 '국어로 된 문학' 그리고 '문학으로 이루어진 국어'에 대한 의무감과는 거리를 두게(둘 수 있게) 되었다는 것이다. 이러한 문학의 위상 변화가 『문장강화』와 『문장론신강』에 여실히 반영되어 있다.

〈표 2〉『문장강화』(문장사, 1940) 인용 작품 목록[106]

저 자	제목(수록 위치)	장 르	발표지, 발표년도
강경애	「어둠」(6강5)	소설	『여성』, 1937.1
김기림	「여행」(2강7) 「고 이상의 추억」(4강7)	수필 수필	『조선일보』, 1937.7.25,27 『조광』, 1937.6
김기진	「청년 김옥균」(2강4)	소설	한성도서, 1936
김동인	「감자」(2강3) 「태형」(8강2)	소설 소설	『조선문단』 4호, 1925.1 『동명』, 1922.12.17~1923.4.22
김두봉	『조선말본』 머리말(2강1) 『조선말본』 본문(2강1) 『조선말본』 머리말(9강2)	서문 논문 서문	신문관, 1916 신문관, 1916 신문관, 1916
김상용	「그믐날」(4강10)	수필	『신가정』 4권4호, 1936.4
김소월	「예전엔 미처 몰랐어요」(2강9) 「가는 길」(3강2)	시 시	『개벽』, 1923.5 『개벽』, 1923.10
김 억	일기문(4강1)	수필(일기)	
김용준	「머리」(6강2)	수필	
김진섭	「우송(雨頌)」(1강1) 「창」(4강10) 「체루송」(8강2)	수필 수필 수필	『삼사문학』 4집, 1935.8 『문학』 1권, 1933.12 『삼천리문학』 2, 1938.4
나도향	「그믐달」(6강2)	수필	『조선문단』 4호, 1925.1

106) 이 표는 수록 작가의 양상과 수록 작품의 경향을 살피기 위한 것으로서, 서지사항을 찾아 밝히지 못한 것도 있다. 이태준이 인용할 때 붙인 제목이 잘못되었을 경우는 수정하였으며, 중복되는 작품도 인용 횟수를 파악하기 위해 모두 넣었다. 인용 횟수가 많은 작가의 순서는 정지용 16회 → 이광수 10회 → 이상 8회 → 박태원 7회 → 이병기 4회 순이다. 잡문을 포함한 수필류와 소설 등의 '산문'이 '운문'에 비해 월등히 많다.

저 자	제목(수록 위치)	장 르	발표지, 발표년도
	「그믐달」(8강2)	수필	『조선문단』 4호, 1925.1
모윤숙	일기문(4강1)	수필(일기)	
	일기문(4강1)	수필(일기)	
	일기문(4강1)	수필(일기)	
文壇人	「한글 철자법 시비에 대한 성명서」(4강9)	성명서	『동아일보』, 1934.7.10
	고 김유정·이상 양씨 추도회의 청장(4강2)	청첩장	
문일평	영주만필(永晝漫筆) 中 「전원의 낙」(2강6)	수필	『조선일보』, 1938.7.16
민태원	「청춘예찬」(8강2)	수필	『별건곤』 21, 1929.6
박영희	일기문(4강1)	수필(일기)	
박종화	「경원선 기행」(4강6)	수필(기행)	
	『금삼의 피』(7강3)	소설	『매일신보』, 1936.3~12
박태원	「소설가 구보씨의 일일」(2강4)	소설	『조선중앙일보』, 1934.8.1~9.19
	「거리」(2강4)	소설	「소설가 구보씨의 일일」, 문장사, 1938
	『천변풍경』 한약국집 내외 대화(2강4)	소설	『조광』, 1936.8~10, 1937.1~9
	『천변풍경』 민주사와 취옥 대화(2강4)	소설	『조광』, 1936.8~10, 1937.1~9
	「축견 무용의 변」(6강2)	수필	『문장』 1권4호, 1939.5
	「윤초시의 상경」(7강3)	소설	『家庭の友』, 1939
	「우산」 中 아름다운 풍경(8강2)	수필	
방정환	「어린이 찬미」(4강3)	수필	『신여성』 6호, 1924.6
백 철	생일 초대 편지(4강2)	수필(서간)	『여성』, 1938.7
변영로	「도막생각」 中 시선(施善)에 대하야(4강10)	수필	『조선의 마음』, 평문관, 1924
	「도막생각」 中 시선(施善)에 대하야(6강2)	수필	『조선의 마음』, 평문관, 1924
안재홍	「춘풍천리」(4강6)	수필(기행)	
	「독서개진론」(4강9)	수필	
	「백두산등척기(序)」(8강2)	서문	『백두산등척기』, 유성사, 1931
양주동	「한문학의 재음미」(2강6)	논문	『조선일보』, 1937.1.5,7
	「다락루 야화」(4강10)	수필	1937.9
	「노변잡기」(6강2)	수필	1936.1
염상섭	「전화」(2강6)	소설	『조선문단』 5호, 1925.2
	「제야」(2강6)	소설	『개벽』, 1922.2~6
	「표본실의 청개구리」(6강5)	소설	『개벽』, 1921.8~10
유길준	『대한문전』 서문(8강1)	서문	필사본, 1895
유광렬	「행주성 전적」(4강6)	수필(기행)	
유진오	일기문(4강1)	수필(일기)	
이광수	『애욕의 피안』(1강1)	소설	『조선일보』, 1936.5.1~12.21
	『단종애사』(2강4)	소설	『동아일보』, 1928.11~1929.12
	「우덕송」(2강9)	수필	『조선문단』 4호, 1925.1
	「무명」(3강3)	소설	『문장』 1권1호, 1939.1

저 자	제목(수록 위치)	장 르	발표지, 발표년도
	「인생의 은혜와 사」(4강4)	시	『조선문단』 5호, 1925.2
	「묵상록」 中 의(義)의 인(人)(4강4)	수필(기행)	『신생활』, 1922.3~6
	「금강산 유기」(4강6)	수필(式辭)	『삼천리』 7권3호, 1935.3
	「봉아제문」(4강8)	수필	『인생의 향기』, 홍지출판사, 1936
	「오동」(6강2)	소설	『동아일보』, 1932.4~1933.7
	「흙」(9강2)		
이기영	「초춘(初春)」(1강1)	수필	『신동아』, 1936.6
이병기	일기문(4강1)	수필(일기)	
	「매화옥」(4강3)	수필	
	「건란」(7강2)	수필	
	「승가사」(8강2)	수필(기행)	
이병도	「서화담 及 이연방에 대한 소고」(2강6)	논문	『진단학보』 4권, 1936.4
이 상	「날개」(2강4)	소설	『조광』, 1936.9
	「산촌여정」(2강9)	수필(기행)	『매일신보』, 1935.9.27~10.11
	「산촌여정」(4강6)	수필(기행)	『매일신보』, 1935.9.27~10.11
	「권태」(4강10)	수필	『조선일보』, 1937.5.4~5.11
	「권태」(6강1)	수필	『조선일보』, 1937.5.4~5.11
	「산촌여정」(6강5)	수필(기행)	『매일신보』, 1935.9.27~10.11
	「권태」(6강6)	수필	『조선일보』, 1937.5.4~5.11
	「권태」(7강2)	수필	『조선일보』, 1937.5.4~5.11
이선희	「계산서」(6강5)	소설	『조광』, 1937.3
	「곡예사」(8강2)	수필	
이여성	「갓」(6강2)	수필	
이원조	「눈 오는 밤」(4강4)	수필	
이은상	「탐라기행」(4강6)	수필(기행)	『탐라기행』, 조선일보사, 1937.11
이태준	「색시」(2강4)	소설	『조광』, 1935.11
이효석	「돈」(7강3)	소설	『조선문학』, 1933.10
이희승	「사상 표현과 어감」(2강4)	논문	『한글』 49호, 1937.10
장영숙	「지변의 신화」(4강4)	수필	
정인보	「고산자의 대동여지도」(8강2)	해제	『동아일보』, 1931.3.9,16
정인섭	「애급의 여수」(4강6)	수필(기행)	『사해공론』 3권1호, 1937.1
정인택	일기문(4강1)	일기	
정지용	「촉불과 손」(1강1)	시	『신여성』 10권11호, 1931.11
	「바다」 / 「바다 2」(2강5)	시	『詩苑』 5,1935.12 / 『정지용시집』, 1935
	「해협」(2강9)	시	『카톨릭청년』 1호, 1933.6
	「다시 해협」(2강9)	시	『조선문단』 24호, 1935.7
	이태준에게 보낸 엽서(4강2)	수필(서간)	
	「서왕록 上下」(4강7)	수필	『조선일보』, 1938.6.5~7
	「수수어─비 2~3」(4강10)	수필	『조선일보』, 1937.11.7,9

저 자	제목(수록 위치)	장 르	발표지, 발표년도
	「수수어 2」(6강6)	수필	『조선일보』, 1937.2.11
	「수수어-비 2」(6강6)	수필	『조선일보』, 1937.11.7
	「수수어-비 2」(6강7)	수필	『조선일보』, 1937.11.7
	「녹음애송시」(6강7)	수필	
	「수수어-비 2」(6강8)	수필	『조선일보』, 1937.11.7
	「화문행각-평양4」(6강8)	수필(기행)	『동아일보』, 1940.2.10
	「남유편지-체화」(7강2)	수필(기행)	『동아일보』, 1938.8.17
	「남유편지-때까치」(7강2)	수필(기행)	『동아일보』, 1938.8.19
	「구름」(7강2)	수필	『동아일보』, 1938.6.5
조윤제	『조선시가사강(綱)』(1강1)	논문	동광당서점, 1937
주요섭	「사랑 손님과 어머니」(2강8)	소설	『조광』, 1935.11
	「미운 간호부」(4강3)	수필	
	「미운 간호부」(6강2)	수필	
주요한	「샘물이 혼자서」(3강2)	시	『학우』, 1919.1
채만식	「정거장 근처」(6강8)	소설	『여성』, 1937.3~10
최남선	「거인국표류기 一」에 붙인 말(9강2)	서문	『소년』, 1권1호, 1908.11
최명익	「무성격자」(6강5)	소설	『조광』, 1937.9
	「역설」(6강6)	소설	『여성』, 1938.2~3
	「심문」(7강1)	소설	『문장』, 1권5호, 1939.6
최재서	「비평의 형태와 기능」(4강9)	논문	『조선일보』, 1935.10.1~17, 20
	「정가표 인간」(4강10)	수필	
최정희	「정적기」(4강1)	소설(일기체)	『삼천리문학』, 1938.1
최학송	「담요」(2강4)	수필	『조선문단』 16호, 1926.5
	조규원에게 보낸 엽서(4강2)	수필(서간)	
현진건	『지새는 안개』(7강1)	소설	『개벽』, 1923.2~10 / 박문서관, 1925
胡 適	「문학개량추의」(1강2)	논설	
홍기문	「문단인에 향한 제의」(2강4)	논문(비평)	『조선일보』, 1937.9.18~26
홍명희	「임꺽정」(6강8)	소설	『조선일보』, 1928.12.21~1939.3.11
	「온돌과 백의」(8강2)	수필	『시대일보』
無 名	신문 기사-산책지 특집기사(2강1) 신문 기사-「함남북청에서 대호포살(大虎捕殺)」(4강5) 신문 기사-「홍등가에 넋을 잃은 탕자 그 안해가 경찰에 설유원(說諭願)」(4강5) 신문 사설-「일초일목(一草一木)에의 애(愛)」(4강9) 잡지 권두언-「인생」(4강9) 순한문 이중환의 『택리지』를 현토한 문구(9강2) 선풍기의 작동원리에 대한 설명 문구(2강1) 학생들의 작문들(곳곳)		
古 典	시조-황진이, 「동지달 기나긴 밤을」(2강5) 시조-이개, 「방안에 혓는 촉불」(3강2)		

저 자	제목(수록 위치)	장 르	발표지, 발표년도
	시조-길재, 「오백년 도읍지를」(5강1)		
	잡가-「유산가」(2강5)		
	중국소설-『수호지』의 한 구절 (2강4)		
	판소리계소설-장화홍련전(1강2)		
	판소리계소설-장화홍련전(6강7)		
	판소리계소설-춘향전 「옥중화」(3강3)		
	판소리계소설-춘향전(6강7)		
	판소리계소설-춘향전(6강7)		
	판소리계소설-춘향전(9강1)		
	서양서간-안톤 체호프가 누이동생에게 보낸 편지(4강2)		
	서간-어느 척독대방(단풍구경 가자는 편지)(1강2)		
	서간-선조대왕이 정숙옹주에게 보낸 편지(4강2)		
	서간-인목왕후의 전교(9강1)		
	내간-한중록 서문(9강1)		
	내간-한중록 본문(9강1)		
	제문-제문(9강1)		
	제문-제침문(9강1)		

제5장
근대 문학어의 지평

    우리 어문의 근대화 과정에서 '한글을 사용하여 글을 쓴다'는 것은, 한문을 중심으로 한 글쓰기의 방식에서 벗어나 새로운 문어의 체계를 건설하는 일을 의미했다. 국문체의 개발에는 표기 체제의 정비 문제, 어휘 선택의 기준 문제, 통사 구조의 인식 문제 등이 복합적으로 얽혀 있었으므로, 문체 의식의 전환은 지속적이며 단계적인 과정을 거쳐야만 했다.

    1920년대 후반~1930년대는 어학적으로 보았을 때 한국어문(語文)의 수준을 한 단계 끌어올린 중요한 규범들이 산출되면서 국문체의 안정이 이루어진 시기였으며, 문학적으로는 작품의 양적인 팽창과 더불어 표현 방식에서의 질적인 심화가 이루어진 시기였다. 국문체의 진전이라는 큰 틀에서 각 부분의 성과는 서로 연결된다. 다시 말해, 일상적인 언어생활과 작가의 특수한 영역인 문학적 표현이, 언어의 장(場)이 재편되어가던 당대의 상황을 긴밀하게 반영하면서, 두 영역 사이의 상호관련성을 추출할 만한 지점들을 드러내고 있었다는 것이다. 이 연구는 국어 정비의 과정에서 재편된 '사회 언어의 장'과, 작가 개성의 표출이라고 여겨지는 '문학 언어의 장'이 맞닿는 지점을 탐색함으로써, 국문체의 전반적인 정착 방식과 문학어의 분화 방식을 살피려는 시도에서 출발하였다.

우선, 본론의 1장(제2장)에서는 1920년대 후반~1930년대 조선어문이 처해 있던 역사적인 상황을 조감하면서, 어학자와 문학자가 조선어문에 관련된 당대적 문제를 해결하기 위해 취했던 태도와 방향에 대해 살펴보았다.

1920년대 후반~1930년대는 어문운동이 활발히 벌어지고 있던 시기이며, 근대계몽기로부터 제기되어온 미해결의 과제들이 국문체 확립을 위한 중요한 성과들로 산출되고 있던 시기이다. 그런데 이 시기의 간과할 수 없는 문제는 우리말이 '국어'의 자리를 '일본어'에 내어주어야만 했던 상황이었다는 점이다. 근대계몽기는 국어와 국문의 존재 자체가 다른 민족과의(다른 국가와의) 변별을 가져다주는 상징적인 역할을 맡고 있었기 때문에 국어와 국문을 정비하는 일이 '민족국가의 건설'이라는 과제와 동일한 의미를 지닐 수 있었다. 그러나 이러한 과제가 사라진 시대의 어문운동은 '문화의 발전'으로 그 지향점을 옮겨두고 있었다. 1920년대~1930년대의 어문운동은, 언어가 정비된 정도를 문화 발전의 수준과 동일한 것으로 파악하는 경향을 지님으로써, 어문의 규범화(표준화) 문제에 과도하게 집중하는 근거가 되기도 하였다. 특히, 언어와 민족의 긴밀한 관계를 강조함과 더불어, 언어를 '통하여' 사회가 변화하고 민족이 발전할 수 있다는 언어관이 퍼져 있기도 했던 때이므로, 어문운동은 그 실현의 방향으로 조선어문의 표준화를 지향하였다.

이때의 문학인들은 '국어의 문학(국어를 사용하여 쓰인 문학)'과 '문학의 국어(문학을 통하여 이루어진 국어)'를 이루는 일에 동참하고 있었다. 사실, 그 당시 어문운동에 종사했던 사람들이 문학 작품을 쓰거나, 유명한 문인이 어문운동에 종사하는 일은 그리 이상한 것이 아니었다. 두 부분은 서로 영향을 주고받으며 국문체를 확립하는 일에 기여하고 있었다. 문학자들이 창작의 과정에서 무엇보다 먼저 맞닥뜨리게 되었던 것은 맞춤법과 표준어의 불통일로 인한 글쓰기의 어려움이었다. 문학자들은 표준화를 지향하는 어문운동의 대의에 공감한다는 점을 여러 지면을 통해 적극적으로 발언하면서, 조선어학회의 활동에 든든한 후원자가 되고 있었다. 또한, 자신들이 문학적인 실천을 통해 국문체를 안정적으로 정착시킬 능력과 의무를 지녔다는 점을 인식하고 있었다. 어문운동이 제기했던 한자 사용 문제, 문법에 맞는 문장 구사 문제, 문장 부호 도입 문제 등을 구체적인 글쓰기의 과정에서 실천해야 한다는 점을 자각하고 있었으며, 이러한 문학적인 노력이 국문체를 발전시키는 데 기여한다는 점도 잊지 않았다.

본론의 2장(제3장)에서는 1920년대 후반~1930년대 어문운동의 실질적인 내용을 통해 어문운동이 지향했던 국문체의 모습을 파악하고자 하였으며, 어문운동에 직접 참여하거나 이에 영향을 주고받은 문학자들의 의식을 추적해 나가면서 조선어 글쓰기 의식이 어떻게 발전되어 나갔는지 살펴보았다. 그리고 이러한 지향을 가장 집약적으로 파악할 수 있는 두 텍스트, 『시문독본』과 『문예독본』을 통해 국문체의 두 가지 상(像)을 짚어 보았다.

말을 글로 받아 적을 수 있는 '한글' 위주의 글쓰기로 전환되는 과정에서 가장 전면에 드러난 문제는 '언문일치'에 관한 것이었다. 이 용어는 한문의 뜻 그대로 풀이하면 '말[言]과 글[文]의 일치'이지만, '말과 글이 일치한다는 것이 무엇인가'로 그 논의가 이어지면 '쓰기'의 형식 문제와 관련된 매우 복잡한 문제들과 맞닥뜨리게 된다. 근대계몽기 '한글'은 한문과의 대비 속에서 표음문자로서의 우수성이 강조되고 있던 터라, 음성(혹은 내용)을 받아 적을 수 있는, 말과 글의 일치에 관한 문제가 주요한 논의 대상이 되었다. 그런데 주시경의 이후 세대는 말과 글의 일치보다는 말과 글의 분리 혹은 글의 독립을 강조하는 경향이 나타났다. 음성과 문자의 분리를 당연한 것으로 여기면서 문어의 체계로서 언문일치를 논의하고자 하였다. 그런데 이러한 두 가지의 흐름은 시대적 '주류'가 있을지라도 '언문일치'를 논하는 과정에서 언제나 공존하는 지향들이었다.

1930년대 내내 지속되었던 조선어학연구회와 조선어학회의 맞춤법 논쟁은, 말을 받아 적는 것을 중요시했던 조선어학연구회의 표음주의 표기와 글자에 뜻을 부여하는, 즉 어원의 형태를 드러내고자 한 조선어학회의 표의주의 표기가 대립한 것이었다. 표면적으로 볼 때 이 두 학회 사이의 대립은 표기법의 문제인 듯 보이지만, 그 이면에는 두 학회가 지향했던 국문체의 서로 다른 모습이 존재한다. 조선어학연구회가 한글에서의 표음식 표기를 주장하던 바탕에는, 한문의 혼용 혹은 한문의 훈독을 허용하기도 하는 국어 문체에 대한 지향이 있었으며, 조선어학회의 표의식 표기는 한글 전용에서의 한자어 동음이의어 문제를 해결하기 위한 나름의 방책을 담고 있는 것이었다. 또한 조선어학연구회가 기본적인 호흡의 단위마다 띄어쓰기를 시행했다면 조선어학회는 문법적인 요소를 구분 짓는 방식으로 띄어쓰기를 사용하였다. 이러한 문제들이 결합하여 국문체 형성 방향을 논하는 두 가지의 구도가 나타났던 것이다.

국문체를 형성하려는 시대의 지향은, 문학에서도 '한글'문학에 관한 논의를 불러일으켰다. 이 시대의 문학인들은 한글을 사용하여 글을 써야 한다는, 조선문학의 성립 기반에 대한 토론(혹은 설문조사)을 빈번히 행했는데 이 역시 조선어학회의 국문 위주의 에크리튀르 건설에 대한 공감을 바탕으로 했을 것이라 여겨진다. 한글문학만이 조선문학이다, 라고 주장했던 철저한 속문주의 견해는 조선문학의 개념을 선(先)규정 지어 둘 필요가 있다는, 원인과 결과가 전도된 논리를 드러내고 있었다. 즉 조선문학의 개념을 '한글로 된 문학'으로 미리 규정해 두어, 거기서 벗어나는 문학은 '조선문학이 아니다'라고 구별하고 배제할 필요가 있다는 점을 말하고 있었던 것이다. '한글로 쓰인' 문학에 관해 논하는 일은, 당시 조선이 처했던 역사의 특수한 국면을 노출하고 있다. 즉 '조선' 문학의 조건을 한글 사용 여부로 제한하면서 '한글'이란 문자에 민족의 위상을 짊어지게 하는 것이다. '조선'문학이 건설되기 위한 조건이 '한글' 사용 여부로 모아지면서, 문학의 내용과 형식을 분리하여 형식의 문제에 집중할 수 있는 여지가 나타났다.

문학의 내용과 형식을 가르고, 그 형식인 언어와 문자로 관심을 집중하면서 문장 쓰기에 대한 감각이 한층 분화되었다. 한글 문장에 대한 인식이 심화되었다는 것은, 말과 글의 다름을 인식하고 글이 글로써 갖추어야 할 것에 대해 사고함을 의미한다. 이는 작문법의 규범에 관한 글과 책이 다량으로 생산되게 된 배경이었다. 1930년대에 작문법에 관한 글과 책들이 많이 나타난 것은 문학이 가지고 있던 당대의 역할을 말해주는 것이기도 하다. 문학 혹은 문학적인 글쓰기의 방식을 통해 '한글을 사용하여 글을 쓴다'는 의식을 구축해 나가려고 한 것이다. 이러한 의식이 형성될 수 있었던 기반에는 조선어문의 정비와 조선문학의 건설을 함께 이루려는 시대의 기획이 자리 잡고 있었다.

최남선의 『시문독본』과 이윤재의 『문예독본』은 국문체의 구도를 실제적으로 살펴볼 수 있는 집약적인 텍스트였다. 『시문독본』은 어휘와 통사의 수준에서 한글과 한문을 혼용하는 방식의 문장을 구사하고 있는데 반해, 『문예독본』은 한글을 위주로 한 문장을 쓰기 위해 노력하고 있다. 이 두 가지의 문체는 시간적인 선후(先後)의 문제로 파악될 수 있는 것이 아니라, 조선어학연구회와 조선어학회의 문체 지향이 공존했듯, 국문체 형성 과정의 동시적인 단면에 해당한다.

본론의 3장(제4장)에서는 국문체의 형성이라는 시대의 기획을 실천한 『문장강화』를 중심에 두고 문학어가 분화·발전해간 양상을 살펴보았다. 그리고 『문장강화』가 문학을 통해 국문체 기획에 이바지하려 했던

측면은, 해방 이후의 『문장론신강』과의 비교를 통해 그 특이점을 찾고
자 하였다.

첫째로, 어휘의 선택에 있어 화자의 감각을 중시하면서 문학어는 발
전을 이룬다. ①어휘는 한 시대의 모습을 반영하는 지표이다. 하나의
어휘가 생성 혹은 도입되어 무난히 정착하거나, 한때의 유행이 지난 후
도태되는 과정은 '사회의 요구와 필요'에 따라 이루어진다. 새로운 사
상, 인식, 제도, 문화 등에 대한 체험이 거듭되었던 1930년대에는 이 새
로움의 양상들을 지목하고 언급하기 위한 새말들이 요구되고 있었다.
그러나 급변한 현실의 양태들과 조선어의 어휘 목록 사이에 대응이 이
루어지지 않음으로써, '조선어의 어휘가 부족하다'는 일반적인 관념이
퍼지게 되었다. 따라서 문학 작품 속에 작가 자신의 언어 감각에 의존
한 외래어와 새로 도입된 한자들이 다량으로 들어가기도 하였다. 그런
데 이로 인해 오히려, 이상(李箱)의 경우처럼 서로 다른 범주에 속해 있
는 단어들을 연결시키는 새로운 수사(修辭)의 방식이 나타나기도 하였
다. ② 다른 언어와의 관계망 속에서 새롭게 발견·강조된 조선어의 특
징은, 미묘한 어감의 차이를 만들어내는 어음의 다양성에 관한 것이었
다. 조선어는 자음과 모음의 명암에 따라 같은(혹은 비슷한) 의미를 가진
단어를 다양하게 분화해 낼 수 있다. 의성어, 의태어, 색채어의 경우가
그 대표적인 예에 해당한다. 문학자들은 이러한 어음의 다양성으로부터
표현의 세분화를 이루어 내는 일에 능하고자 하였다. 이는 우리말이 훌
륭한 문학어가 될 장점 중의 하나로 꼽을 수 있지만, 때로 여기에 과도
하게 집중하는 경우, 전하려는 뜻은 상실한 채 미문 구사에 치중하는
결과가 나타나기도 하였다.

둘째로, 사회어의 장(場)과 교섭하면서 문학어는 새로운 형식의 발견
을 이룬다. ①1930년대 조선어문의 표준화에 대한 열망은 비단 어학자
들의 노력에서만 그치지 않고, 작가들 역시 작품을 창작할 때 표준어의
자장 안에서 어휘를 선택해야 한다는 인식을 갖는 것으로까지 발전하

였다. 표준어를 '의식'하고 그것의 사용을 '강조'하던 문학자들의 태도는, 문학의 본질에 입각해 보았을 때 아이러니의 면모를 갖는 것이 사실이다. 문학자의 임무가 자신이 사용하는 언어의 가능성을 더욱 넓히는 데 있다면, 표준어는 언어의 입체성을 평면적으로 축소시키고, 언어 내부의 격차를 없애려는 지향으로부터 태어났기 때문이다. 그러나 오히려 표준어와 방언 사이에 설정된 위계구도로 인해 표준어의 인공성에 대비되는 방언의 자연성이 두드러진 효과를 갖게 된다. 방언을 사용할 때 인물의 리얼리티가 확보된다고 믿는 것은, 표준어라는 영역이 성립되어 있을 때 방언이 '차별화된 표지'의 역할을 맡기 때문이다. ② 문장에 대한 가장 기본적인 자각은 언문일치에 관한 것이다. 그런데 문장 단위에서 언문일치를 논하는 것은, 말(음성)을 전사(轉寫)하는 능력에 관한 것이 아니라, 조선어로 이루어진 가장 표준적이고 기본적인 문장을 만들어내는 일과 관련된다. 언문일치운동의 역사를 통해 발견해 낸 조선어 기본 문장은, 한자어가 가미되더라도 우리말의 음에 따라 자연스럽게 읽히며, 조사나 어미 등의 토에 '언문일치되었음'을 알리는 표지가 삽입되는 형식을 취하고 있다. 외국어 직역투의 문장과 비교할 때 우리말 문장의 기본적인 속성이 잘 드러난다. 이러한 표준을 세워 놓았을 때 그로부터 표현 방식의 다양한 분화가 이루어질 수 있다.

셋째로, 화자(필자)의 관점과 개성은 언어라는 직조물을 통해 드러나며, 이는 문학어의 가장 중요한 특성이다. ① 한문의 문화 안에 구축되었던 문장 쓰기의 방식이 한글 위주의 것으로 재편되기 위해서는, 한문의 체계 내에서 성장한 수사법들과의 분리가 필요하다. 전고, 과장, 대구와 같은 한문식의 수사는, 현실과의 밀접한 관련성을 상실하고 하나의 글로부터 또 다른 글을 생산하는 방식을 취하고 있었다. 이로부터 벗어나고자 할 때, '묘사'는 작가의 관점을 형성한다는 점에서 중요한 글쓰기의 방식이 된다. 이는 외부의 사실을 텍스트 안으로 끌어들여오는 데 있어 사실성을 구축하는 문제와 맞닿는다. ② 표준적인 문장으로부터 작가의 개성이 가미된 문장으로 나아가는 것은 자신만의 표현 방식을 발견해 내는 일이다. 외부의 사태를 시각·청각·후각·촉각·미각 등의 감각을 통해서 경험하는 일은 표현의 구체성을 보장한다. 그런데 이는 무엇보다 자신이 느낀 바를 미세하게 분할해 나가는 방식으로부터 가능하다. 즉 전체적인 통째의 감정이나 느낌은, 문장으로 그것을 잘라내는 방식을 통해서만 발견될 수 있는 것이다. 이러한 글쓰기에 익숙해지는 것은, 자신의 개성을 구성해 내는 일과 동의어이다.

위의 예에서 드러나듯이, 1930년대 문학자 개개인의 글은 국어의 표현 영역을 넓히는 데 이바지하였다. 이를 여실히 반영하고 있는 것이 이태준의 『문장강화』로서, 이 책은 일상적인 문장보다는 표현의 기교를 중시하는 문학적인 문장을 소개하고 보급하는 데 중점을 두면서, 작법적인 '실천'을 강조한다. 이에 비견될 수 있는 사례인 김기림의 『문장론신강』은 필자의 개성보다는 소통과 이해에 중점을 둔 대중적인 문장을 강조하면서, 말하기의 '이론'에 집중한다. 그런데 이태준이 추구한 해방 이전의 '조선어' 문장론과 김기림이 시도한 해방 이후의 '한국어' 문장론은, 두 사람의 취향을 넘어 각 시대의 고유한 맥락 안에 놓여 있다. 해방 이전의 문학이 조선어 문장의 형성 과정과 직접적으로 연결되어 있었다면, 해방 이후의 문학은 적어도 일제강점기에 강조되었던 '국어로 된 문학' 그리고 '문학으로 이루어진 국어'에 대한 의무감과는 거리를 두게(둘 수 있게) 되었는데, 이러한 문학의 위상 변화가 『문장강화』와 『문장론신강』에 반영되어 있는 것이다.

이 책은 '문학어'에 대해 다루기 위해 국어의 문장이 형성되고 변천되어간 상황과 방식에 관심을 기울였다. 이는, 현재의 관점에서 '문학'이라 명명할 수 있는 텍스트로부터 '작가'의 특수한 개성을 찾기 위해 언어 구조물을 분해하는 것이 아니라, 한국어 문장이 형성되었던 과거의 시점으로 되돌아가 새로운 표현의 가능성을 발견하고 그로부터 '문학어'라고 여겨질 만한 것을 추출해 내고자 하는 것이었다. '문학적인 글쓰기'에 대한 연구는 시나 소설에 대한 장르적인 탐색을 목표로 하지 않지만, 시적인 글 혹은 소설적인 글, 그리하여 보다 넓은 범주의 문학적인 운문과 산문의 문장에 관심을 가져야만 한다. 그런데 지금 이 책은, 문학적 문장의 형성을 국문체의 형성 문제와 연결시키면서, 구체적인 '문학적' 텍스트에 대한 분석은 별로 가미하지 못하였다. 연역적인 가정보다 시대의 텍스트를 훑는 귀납적인 접근이 필요한 이러한 연구일수록, 일반화시킬 수 있을 만한 의미의 망을 찾아내는 데까지는 많은 자료와 시간이 필요하다. 때문에 이 책의 주제와 연결되어야 했으나 다루어지지 못했던 많은 맥락들, 연결되었더라면 더 풍성한 장면들을 보여주었을 중요한 역사들은, '곧' 그리고 '거듭' 써야 할 후속 과제로 남겨두고자 한다.

참고 문헌

1. 기본 자료

김기림, 『김기림 전집 4-문장론신강』, 심설당, 1988.

_____, 『문장론신강』, 민중서관, 1950.

김두봉, 『조선말본』, 신문관, 1916; 영인판, 『역대한국문법대계 ① 22』, 탑출판사, 1983.

박승빈, 『조선어학』, 조선어학연구회, 1935.

양백화, 「호적씨를 중심으로 한 중국의 문학혁명」, 『개벽』 5~8호, 1920.11~1921.2.

이윤재 초역, 「호적씨의 건설적 문학혁명론」, 『동명』 33~36호, 1923.4~1923.5.

이윤재, 『문예독본』 上, 한성도서, 1932.

_____, 『문예독본』 下, 한성도서, 1933.

이태준, 「글 짓는 법 ABC」, 『중앙』, 1934.6~1935.1.

_____, 「연작소설개평(一)~(二)」, 『학생』, 1930.3~4.

_____, 『가마귀』, 한성도서주식회사, 1937.

_____, 『무서록』, 박문서관, 1941.

_____, 『문장강화』, 문장사, 1940.

_____, 『이태준 문학전집 17-상허문학독본』, 서음출판사, 1988.

_____, 『이태준 문학전집 17-아버지가 읽은 문장강화』, 깊은샘, 2004.

_____, 임형택 해제, 『문장강화』, 창작과비평사, 2003.

주시경, 『주시경전집』 下(이기문 편), 아세아문화사, 1976.

최남선, 『시문독본』, 신문관, 1918.

최현배, 『우리말본』, 연희전문대 출판부, 1937.

하동호 편, 『역대한국문법대계 ③ 06 국문론집성』, 탑출판사, 1985.

_____, 『역대한국문법대계 ③ 22 한글논쟁논설집』 上, 탑출판사, 1986.

_____, 『역대한국문법대계 ③ 23 한글논쟁논설집』 下, 탑출판사, 1986.

『계명』, 계명구락부, 1921.5~1921.6, 1932.7~1933.1.

『동광』, 동광사, 1926.5~1933.1·2 합병호.

『문장』, 문장사, 1939.2~1941.4; 영인판, 한강문화사, 1981.

『박문』, 박문서관, 1938.10~1940.10.

『사정한 조선어 표준말 모음』, 조선어학회, 1936.

『사해공론』, 사해공론사, 1935.5~1939.11.

『삼천리』, 삼천리사, 1929.6~1940.7.

『신동아』, 신동아사, 1931.11~1936.9.

『신생』, 신생사, 1929.1~1929.10.

『정음』, 조선어학연구회, 1934.2~1941.4; 영인판, 반도문화사, 1978.

『조선문단』, 조선문단사, 1925.9, 1935.2~1936.1; 영인판, 역락, 2002.

『조선문학』, 조선문학사, 1936.5~1939.7.

『조선어문학회보』, 조선어문학회, 1931.7~1933.2.

『학등』, 한성도서주식회사, 1933.12~1935.12.

『한글』, 조선어학회, 1927.2~1942.5; 영인판, 박이정, 1996.

『한글모죽보기』, 『한힌샘연구』 1, 한글학회, 1988.

『동아일보』, 『조선일보』, 『조선중앙일보』

2. 국내 논저

강명관, 「근대계몽기 출판운동과 그 역사적 의의」, 『민족문학사연구』 14, 민족문학사
　　　연구소, 1999.

＿＿＿, 「한문폐지론과 애국계몽기의 국·한문논쟁」, 『한국한문학연구』 8, 한국한문
　　　학회, 1985.

고길섶, 『스물한 통의 역사진정서』, 앨피, 2005.

고영근, 「1930년대의 유럽 언어학의 수용 양상」, 『한국의 언어연구』, 역락, 2001.

＿＿＿, 「개화기의 한국어문운동」, 『한국의 언어연구』, 역락, 2001.

＿＿＿, 「공리적 언어관의 형성·발전과 훔볼트 언어관의 수용양상」, 『강신항교수화
　　　갑기념국어학논문집』, 태학사, 1992.

＿＿＿, 「국어학 체계의 형성과 발전」, 『한국의 언어연구』, 역락, 2001.

＿＿＿, 「주시경의 문법이론」, 『국어문법의 연구』, 탑출판사, 1994.

＿＿＿, 『최현배의 학문과 사상』, 집문당, 1995.

＿＿＿, 『한국어문운동과 근대화』, 탑출판사, 1998.

＿＿＿, 「'한글'의 작명부는 누구일까」, 『새국어생활』, 국립국어원, 2003년 봄.

고종석, 『국어의 풍경들』, 문학과지성사, 2002.

＿＿＿, 「한자에 대한 단상」, 『문학동네』 17, 문학동네, 1998년 겨울.

구인모, 「국문운동과 언문일치」, 『국어국문학논문집』 18, 동국대 국어국문학부, 1998.2.

구자황, 「근대 독본의 성격과 위상 2-이윤재의 『문예독본』을 중심으로」, 『상허학
　　　보』 20집, 상허학회, 2007.6.

권보드래, 『연애의 시대』, 현실문화연구, 2003.

＿＿＿, 『한국 근대소설의 기원』, 소명출판, 2000.

권영민, 『국문 글쓰기의 재탄생』, 서울대 출판부, 2006.

＿＿＿, 「근대소설의 기원과 담론의 근대성」, 『문학동네』 17, 문학동네, 1998년 겨울.

권용선, 「1910년대 '근대적 글쓰기'의 형성 과정 연구」, 인하대 박사논문, 2004.

권혁준, 「『문장강화』에 나타난 이태준의 글쓰기에 대한 의식」, 『문학이론과 시교육』, 박이정, 1997.

김교봉・설성경, 『근대전환기소설연구』, 국학자료원, 1991.

김동식, 「한국의 근대적 문학 개념 형성 과정 연구」, 서울대 박사논문, 1999.

김동인, 『동인전집』8, 홍자출판사, 1967.

김미형, 「한국어 문체의 현대화 과정 연구」, 『어문학연구』7, 상명대 어문학연구소, 1998.

_____, 「한국어 언문일치의 정체는 무엇인가?」, 『한글』265, 한글학회, 2004.9.

김민수, 『국어정책론』, 고려대 출판부, 1973.

_____, 「조선어학회의 창립과 그 연혁」, 『주시경학보』5, 주시경연구소, 1990.7.

_____, 「주시경 「국문문법」 역주」, 『주시경학보』1, 주시경연구소, 1988.7.

_____, 『주시경연구』, 탑출판사, 1986.

김민정, 「이태준론」, 『한국학보』91・92, 일지사, 1998.

김병문, 「말과 글에 대한 담론의 근대적 전환에 관한 연구」, 연세대 석사논문, 2000.

김병익, 『한국문단사』, 문학과지성사, 2003.

김상태, 「한국어와 한국문학」, 『시학과언어학』1, 시학과언어학회, 2001.6.

김상태・박덕은, 『문체론』, 법문사, 1994.

김석봉, 「개화기 국문 관련 담론의 전개 양상 연구」, 『한국문학과 계몽 담론』, 새미, 1999.

김수림, 「방언―혼재향의 언어」, 『어문논집』55, 민족어문학회, 2007.4.

김승열, 「근대전환기의 국어 문체」, 『근대전환기의 언어와 문학』, 고려대 민족문화 연구소, 1991.

김영민, 『한국근대문학비평사』, 소명출판, 1999.

_____, 『한국근대소설사』, 솔, 1997.

_____, 『한국 근대소설의 형성 과정』, 소명출판, 2005.

김영실, 「문장파의 문학의 고전 수용 양상 연구」, 서울대 석사논문, 1999.

김완진, 「한국어 문체의 발달」, 『한국어문의 제문제』, 일지사, 1983.

김완진・안병희・이병근, 『국어연구의 발자취』1, 서울대 출판부, 1990.

김용직, 「방언과 한국문학」, 『새국어생활』6권 1호, 국립국어원, 1996년 봄.

_____, 「특집 문장론―한국의 시문장」, 『월간문학』, 월간문학사, 1971.1.

김우창, 「언어・사회・문체―토착어를 중심으로 한 성찰」, 『시인의 보석』, 민음사, 1993.

김욱동, 『은유와 환유』, 민음사, 1999.

김윤경, 『조선문자급어학사』, 조선기념도서출판관, 1938.

김윤식, 「『문장』지의 세계관」, 『한국근대문학사상비판』, 일지사, 1978.

_____, 「민족어와 인공어―상허의 『문장강화』와 편석촌의 『문장론신강』」, 『문학동

네』15, 문학동네, 1998년 여름.

김윤식, 「상상의 공동체와 매체의 공동체」, 『발견으로서의 한국현대문학사』, 서울대 출판부, 1997.

_____, 『일제 말기 한국 작가의 일본어 글쓰기론』, 서울대 출판부, 2003.

_____, 「체험으로서의 한국 근대문학사론」, 『문학동네』17, 문학동네, 1998년 겨울.

_____, 『한국근대문예비평사연구』, 일지사, 1995.

_____, 『한·일 근대문학의 관련양상 신론』, 서울대 출판부, 2001.

_____, 『해방공간 한국 작가의 민족문학 글쓰기론』, 서울대 출판부, 2006.

김윤식·김현, 『한국문학사』, 민음사, 1973.

김은희, 「자산 안확의 국어 연구에 대한 비판적 고찰」, 연세대 석사논문, 1995.

김인환, 『기억의 계단』, 민음사, 2001.

_____, 『다른 미래를 위하여』, 문학과지성사, 2003.

_____, 『문학과 문학사상』, 한국학술정보(주), 2006.

_____, 『상상력과 원근법』, 문학과지성사, 1993.

_____, 『언어학과 문학』, 고려대 출판부, 1999.

김진송, 『서울에 딴스홀을 허하라』, 현실문화연구, 2002.

김채수 편저, 『한국과 일본의 근대언문일치체 형성 과정』, 보고사, 2002.

김택호, 「이태준의 언어관과 근대주의의 관계 연구」, 『새국어교육』69, 한국국어교육 학회, 2005.

_____, 『이태준의 정신적 문화주의』, 월인, 2003.

김하수, 「'한글마춤법통일안'의 사회언어학적 의미 해석」, 『주시경학보』12, 주시경 연구소, 1993.12.

김학동, 『김기림 평전』, 새문사, 2001.

김현 편, 『수사학』, 문학과지성사, 2000.

_____, 『장르의 이론』, 문학과지성사, 1994.

김현주, 『한국 근대산문의 계보학』, 소명출판, 2004.

김혜정, 「일제강점기 '조선어 교육'의 의도와 성격」, 『어문연구』119, 한국어문교육 연구회, 2003년 가을.

노영택, 「일제시대의 문맹률 추이」, 『국사관논총』51, 국사편찬위원회, 1994.

대동문화연구원 동양학학술회의 자료집, 『근대어의 형성과 한국문학의 언어적 정체 성』, 2007.2.

류준필, 「구어의 재현과 언문일치」, 『문화과학』33, 문화과학사, 2003.3.

_____, 「'문명'·'문화' 관념의 형성과 '국문학'의 발생」, 『민족문학사연구』18, 민족 문학사연구소, 2001.

_____, 「이병기 국문학 연구의 체계와 특성」, 『한국문학논총』22, 한국문학회, 1998.6.

_____, 「형성기 국문학연구의 전개양상과 특성」, 서울대 박사논문, 1998.

리원길, 『한국어 표현방식의 체계-국어 문체론 연구』, 일월서각, 2002.

문학과사상연구회, 『이태준 문학의 재인식』, 소명출판, 2004.

문혜윤, 「1930년대 국문체의 형성과 문학적 글쓰기」, 고려대 박사논문, 2006.

_____, 「1930년대 어휘의 장과 문학어의 계발」, 『상허학보』 17집, 상허학회, 2006.6.

_____, 「문예독본류와 한글 문체의 형성」, 『어문논집』 54, 민족어문학회, 2006.10.

_____, 「조선어 / 한국어 문장론과 문학의 위상」, 『한국문예비평연구』 23, 한국현대
　　문예비평학회, 2007.8.

미쓰이 다카시, 「식민지하 조선에서의 언어지배」, 『한일민족문제연구』 4, 한일민족
　　문제학회, 2003.6.

민족문학사연구소 기초학문연구단, 『탈식민의 역학』, 소명출판, 2006.

_____, 『한국 근대문학의 형성과 문학 장의 재발견』, 소
　　명출판, 2004.

민충환, 『이태준 소설의 이해』, 백산출판사, 1992.

_____, 『이태준 연구』, 깊은샘, 1988.

박갑수 편저, 『국어문체론』, 대한교과서, 1994.

박광현, 「언어적 민족주의 형성에 관한 재고」, 『한국문학연구』 23, 동국대 한국문학
　　연구소, 2000.

박명규, 「지식 운동의 근대성과 식민성」, 『사회와역사』 62, 한국사회사학회, 2002.12.

박병채, 「1930년대의 국어학 진흥운동」, 『민족문화연구』 12, 고려대 민족문화연구원,
　　1977.

_____, 「일제하의 국어운동 연구」, 『일제하의 문화운동사』, 현음사, 1982.

박붕배, 『한국국어교육전사』 上, 대한교과서주식회사, 1987.

박성의, 「일제하의 언어 문자 정책」, 『일제의 문화침투사』, 민중서관, 1970.

박성창, 「근대 이후 서구수사학 수용에 관한 고찰」, 『비교문학』 41, 한국비교문학회,
　　2007.

_____, 「말을 가지고 어떻게 할 것인가」, 『한국현대문학연구』 18집, 한국현대문학
　　회, 2005.

_____, 『수사학』, 문학과지성사, 2004.

박영준, 「정열모, "주선생과 그 주위의 사람들" 역주」, 『주시경학보』 7, 주시경연구
　　소, 1991.7.

박영준·시정곤·정주리·최경봉, 『우리말의 수수께끼』, 김영사, 2004.

박정우, 「일제하 언어민족주의」, 서울대 석사논문, 2001.

박진수, 「한일 근대소설과 언문일치체-『부운』과 『무정』의 시점」, 『아세아문화연
　　구』 7, 경원대 아시아문화연구소·중앙민족대학 한국문화연구소, 2003.2.

박진숙, 「동양주의 미술론과 이태준 문학」, 『한국현대문학연구』 16집, 한국현대문학

　　　　　회, 2004.

_____, 「이태준 문장론의 형성과 근대적 글쓰기의 의미」, 『시학과언어학』 6, 시학과
　　　　　언어학회, 2003.12.

_____, 「이태준 문학 연구─텍스트와 내포독자를 중심으로」, 서울대 박사논문, 2003.

_____, 「이태준의 「까마귀」와 인공적인 글쓰기」, 『현대소설연구』 16, 한국현대소설
　　　　　학회, 2002.6.

박헌호, 「식민지 조선에서 작가가 된다는 것」, 『상허학보』 17집, 상허학회, 2006.6.

_____, 『이태준과 한국 근대소설의 성격』, 소명출판, 1999.

박현수, 「과거시제와 3인칭대명사의 등장과 그 의미」, 『민족문학사연구』 20, 민족문
　　　　　학사학회, 2002.

배개화, 「1930년대 후반 전통담론의 탈식민성 연구」, 서울대 박사논문, 2004.

_____, 「1930년대 말 '조선' 문인의 '조선어'를 바라보는 관점 두 가지」, 『우리말글』
　　　　　33, 우리말글학회, 2005.4.

_____, 「『문장강화』에 나타난 문장의식」, 『한국현대문학연구』 16집, 한국현대문학
　　　　　회, 2004.12.

_____, 「『문장』지의 내간체 수용 양상」, 『현대소설연구』 21, 한국현대소설학회,
　　　　　2004.

_____, 「백화 양건식과 근대적 문체의 실험」, 『한국현대문학연구』 18집, 한국현대
　　　　　문학회, 2005.12.

_____, 「이병기를 통해 본 근대적 '문학어'의 창안」, 『어문학』 89, 한국어문학회,
　　　　　2005.9.

배수찬, 「근대적 글쓰기의 형성 과정 연구」, 서울대 박사논문, 2006.

백지운, 「근대 중국 언어운동의 스펙트럼」, 『역사비평』, 역사문제연구소, 2005년 봄.

상허학회 편, 『근대문학과 이태준』, 깊은샘, 2000.

_____, 『이태준 문학연구』, 깊은샘, 1993.

_____, 『이태준과 현대소설사』, 깊은샘, 2004.

송기섭, 「표현 우위의 정신적 원천─이태준론」, 『한국언어문학』 44, 한국언어문학회,
　　　　　2000.

송하춘, 『1920년대 한국소설연구』, 고려대 민족문화연구소, 1995,

_____, 『탐구로서의 소설독법』, 고려대 출판부, 1996.

신명직, 『모던� 이 경성을 거닐다』, 현실문화연구, 2003.

신용하, 「주시경의 애국계몽사상」, 『한국근대사회사상사연구』, 일지사, 1987.

신지연, 「근대적 글쓰기의 형성과 재현성」, 고려대 박사논문, 2006.

신창순, 『국어 근대표기법의 전개』, 태학사, 2003.

_____, 『국어 정서법연구』, 집문당, 1992.

심재기, 「국한자혼용의 타당성에 관한 연구」, 『관악어문논집』 23, 서울대 국어국문학

과, 1998.

_____, 『국어 문체 변천사』, 집문당, 1999.

안대회, 「한문학에서의 민족적인 것과 세계적인 것」, 『국문학과 문화』, 월인, 2001.

안미영, 「『문장강화』에서 문장론의 배경과 문학적 형상화」, 『작가세계』, 2006년 겨울.

안병희, 「이병기」, 『주시경학보』 4, 주시경연구소, 1989.12.

와타나베 나오키, 「임화의 언어론」, 『국어국문학』 138, 국어국문학회, 2004.12.

_____, 「'조선문학'이란 무엇인가」, 『한중인문학연구』 9, 한중인문학회, 2002.

윤대석, 『식민지 국민문학론』, 역락, 2006.

윤여탁 외, 『국어교육 100년사』 I~II, 서울대 출판부, 2006.

이기문, 『개화기의 국문 연구』, 한국문화연구소, 1970.

_____, 「소월시의 시어에 대하여」, 『백영정병욱선생화갑기념논총』, 신구문화사, 1982.

_____, 『신정판 국어사개설』, 태학사, 2000.

_____, 「안자산의 국어 연구-특히 그의 주시경 비판에 대하여」, 『주시경학보』 2, 주시경연구소, 1988.12.

_____, 「한국어 표기법의 변천과 원리」, 『한국어문의 제문제』, 일지사, 1983.

_____, 「현대적 관점에서 본 한글」, 『새국어생활』, 국립국어원, 1996년 여름.

이남호, 「시대에 대한 미학적 간접화법」, 『문학의 위족』 2, 민음사, 1990.

_____, 「오래된 것들의 아름다움」, 『이태준문학전집 15-무서록』, 깊은샘, 1998.

이명희, 「『문장』이 보여준 '전통'의 의미와 의의」, 『1930년대 후반문학의 근대성과 자기성찰』, 깊은샘, 1998.

이미순, 「김기림의 『문장론신강』에 대한 수사학적 연구」, 『한국현대문학연구』 20집, 한국현대문학회, 2006.12.

_____, 「이태준의 『문장강화』에 대한 수사학적 연구」, 『우리말글』 35, 우리말글학회, 2005.12.

이병근, 「애국계몽주의 시대의 언어관-주시경의 경우」, 『한국학보』 12, 일지사, 1978.

이병근 외, 『한국 근대 초기의 언어와 문학』, 서울대 출판부, 2005.

이병렬, 「이태준 소설의 창작기법 연구」, 숭실대 박사논문, 1993.

_____, 「이태준의 소설관 연구」, 『현대소설연구』 7, 한국현대소설학회, 1997.

이병혁, 「일제하의 언어생활」, 『일제의 식민지 지배와 생활상』, 한국정신문화연구원, 1990.

이병혁 편저, 『언어사회학 서설-이데올로기와 언어』, 까치, 1986.

이보경, 『근대어의 탄생』, 연세대 출판부, 2003.

이보경, 『문과 노벨의 결혼-근대 중국의 소설이론 재편』, 문학과지성사, 2002.

이석주, 「개화기 국어 문장 연구」, 『한성대 논문집』 14, 1990.12.

_____, 「현대 국어 문자 생활의 변천」, 『어문연구』 84, 한국어문교육연구회, 1994.12.

이연숙, 「디아스포라와 국문학」, 『민족문학사연구』 19, 민족문학사연구소, 2001.

_____, 「일본에서의 언문일치」, 『역사비평』, 역사문제연구소, 2005년 봄.

이영훈, 「이태준의 『문장강화』와 수사학-연구서설」, 『수사학』 3집, 한국수사학회, 2005.

이윤표, 「주시경 「국어와 국문의 필요」·「필상자국문언」 역주」, 『주시경학보』 4, 주시경연구소, 1989.12.

이응호, 『개화기의 한글운동사』, 성청사, 1975.

이익섭, 「한국어 표준어의 제문제」, 『한국어문의 제문제』, 일지사, 1983.

_____, 『국어표기법연구』, 서울대 출판부, 1992.

이인모, 「특집 문장론-한국어·한국문학·한국문장」, 『월간문학』, 월간문학사, 1971.1.

이재선, 「문장론 성립에 있어서의 서구의 영향 1」, 『어문학』 통권 17호, 1967.12.

이정민·배영남·김용석, 『개정증보판 언어학사전』, 박영사, 2000.

이정찬, 「근대 전환기 작문론 연구」, 서울대 석사논문, 2006.

이준식, 「외솔과 조선어학회의 한글운동」, 『현상과인식』, 1994년 가을.

_____, 「일제강점기의 대학제도와 학문체계」, 『사회와역사』 61, 한국사회사학회, 2002.5.

_____, 「일제침략기 한글운동 연구」, 『사회변동과성·민족·계급』, 문학과지성사, 1996.

이중연, 『책, 사슬에서 풀리다』, 혜안, 2005.

_____, 『'책'의 운명-조선~일제강점기 금서의 사회·사상사』, 혜안, 2001.

이지원, 「1930년대 전반 민족주의 문화운동론의 성격」, 『국사관논총』 51, 국사편찬위원회, 1994.

이청원, 「언문일치운동의 재검토」, 『한국언어문학』 20, 한국언어문학회, 1981.12.

이현희, 「쥬상호 「국문론」 역주」, 『주시경학보』 1, 주시경연구소, 1988.7.

_____, 「쥬시경 『대한국어문법』 역주」, 『주시경학보』 3, 주시경연구소, 1989.7.

이혜령, 「언어=네이션, 그 제유법의 긴박과 성찰 사이」, 『상허학보』 19집, 상허학회, 2007.

_____, 「언어 법제화의 내셔널리즘」, 『대동문화연구』 58, 2007.6.

_____, 「한글운동과 근대어 이데올로기」, 『역사비평』, 역사문제연구소, 2005년 여름.

이희승, 「창작과 문장론」, 『백민』, 1948.10.

임상석, 「근대계몽기 신채호의 글쓰기 방식」, 고려대 석사논문, 2002.

임상석, 「근대계몽기 잡지의 국한문체 연구」, 고려대 박사논문, 2007.

임형택, 「근대계몽기 국한문체의 발전과 한문의 위상」, 『민족문학사연구』 14, 민족문
　　　학사연구소, 1999.
_____, 「소설에서 근대어문의 실현 경로」, 『대동문화연구』 58, 2007.6.
_____, 「한민족의 문자생활과 20세기 국한문체」, 『창작과비평』 107, 2000년 여름.
임　화, 「언어와 문학—특히 민족어와의 관계에 대하야」, 『문학창조』 1, 1934.6.
_____, 「언어와 문학—특히 민족어와의 관계에 대하야」, 『예술』 1, 1935.1.
_____, 『문학의 논리』, 학예사, 1940.
_____, 『임화 신문학사』(임규찬·한진일 편), 한길사, 1993.
장소원, 「문법연구와 문어체」, 『한국학보』 43, 일지사, 1986년 여름.
장영우, 「개성적 글쓰기를 위하여」, 『이태준문학전집 17—아버지가 읽은 문장강화』,
　　　깊은샘, 1997.
전광용, 「특집 문장론—한국어문장의 시대적 변천」, 『월간문학』, 월간문학사, 1971.1.
정백수, 「식민기 작가의 이중 언어 의식—김사량의 경우」, 『비평』 1, 비평이론학회,
　　　1999년 상반기.
_____, 『한국 근대의 식민지 체험과 이중언어 문학』, 아세아문화사, 2000.
정순기 외, 『조선어학회와 그 활동』, 한국문화사, 2001.
정진배, 「한·중 근대 언어운동과 보편성 논리의 재고」, 『말』 20, 연세대 한국어학당,
　　　1995.
정한기, 「우리 현대문장의 형성 과정 고」, 『한국언어문학』 25, 한국언어문학회,
　　　1987.5.
정한모, 「특집 문장론—한국의 소설문장」, 『월간문학』, 월간문학사, 1971.1.
정한숙, 「한국문장변천에 관한 소고」, 『고려대학교60주년기념논문집』, 고려대 출판
　　　부, 1965.
_____, 『현대한국문학사』, 고려대 출판부, 1997.
조남현, 「이태준의 이론과 실천의 틈」, 『새국어생활』 11권 4호, 국립국어원, 2001년
　　　겨울.
조성윤, 「외솔과 언어 민족주의—한문의 세계에서 한글의 세계로」, 『현상과인식』,
　　　1994년 가을.
조영복, 「1930년대 신문 학예면과 모국어 체험」, 『어문연구』 117, 한국어문교육연구
　　　회, 2003년 봄.
_____, 「1930년대 신문 학예면과 문인기자 집단」, 『한국현대문학연구』 12집, 한국
　　　현대문학회, 2002.
조은숙, 「한국 아동문학의 형성 과정 연구」, 고려대 박사논문, 2005.
조태린, 「계급언어, 지역언어로서의 표준어」, 『당대비평』 26, 2004.6.
_____, 「일제시대의 언어정책과 언어운동에 관한 연구」, 연세대 석사논문, 1998.
조희정, 「1910년대 국어(조선어) 교육의 식민지적 근대성」, 『국어교육학연구』 18, 국

어교육학회, 2003.12.

주승택, 「국한문 교체기의 언어생활과 문학활동」, 『대동한문학』 30, 대동한문학회, 2004.6.

차현실, 「『조선어학』의 화용론적 관점에 대한 고찰」, 『주시경학보』 5, 주시경연구소, 1990.7.

천소영, 「학범 박승빈 연구」, 고려대 석사논문, 1981.

천정환, 『근대의 책 읽기』, 푸른역사, 2003.

_____, 「이태준의 소설론과 『문장강화』에 대한 고찰」, 『한국현대문학연구』 6집, 한국현대문학회, 1998.

최경봉, 『우리말의 탄생』, 책과함께, 2005.

최시한, 「국문운동과 『문장강화』」, 『시학과언어학』 6, 시학과언어학회, 2003.12.

최재서, 『문학과 지성』, 인문사, 1938.

최현배, 『조선민족 갱생의 도-1930판 번각본』, 정음사, 1962,

최화인, 「근대일본의 국민국가 형성과 언어 내셔널리즘」, 『학림』 21, 연세대 사학연구회, 2000.2.

한국기호학회 편, 『은유와 환유』, 문학과지성사, 1999.

한국역사연구회, 『우리는 지난 100년 동안 어떻게 살았을까』 1, 역사비평사, 2002.

한글학회 50돌기념사업회, 『한글학회 50년사』, 한글학회, 1971.

한기형, 「근대어의 형성과 매체의 언어전략」, 『역사비평』, 역사문제연구소, 2005년 여름.

한기형 외, 『근대어·근대매체·근대문학』, 성균관대 대동문화연구원, 2006.

허 웅, 「특집 문장론-한국어 문장과 외래어 문제」, 『월간문학』, 월간문학사, 1971.1.

_____, 「한자는 폐지되어야 한다-그리고 그것은 어려운 일이 아니다」, 『한글』 143, 한글학회, 1969.5.

허재영, 「근대계몽기 어문문제와 어문운동의 흐름」, 『국어교육연구』 11, 서울대 국어교육연구소, 2003.

_____, 「근대계몽기의 어문 정책」, 『국어교육연구』 10, 서울대 국어교육연구소, 2002.

_____, 「일제강점기 일본인을 대상으로 한 조선어(한국어) 교육」, 『조선문 조선어 강의록』 上, 역락, 2004.

호테이 토시히로, 「일제 말기 일본어 소설의 서지학적 연구」, 『문학사상』, 1996.4.

_____, 「일제 말기 일본어 소설 연구」, 서울대 석사논문, 1996.

홍종선, 「개화기 시대 문장의 문체 연구」, 『국어국문학』 117, 국어국문학회, 1996.11.

황종연, 「노블, 청년, 제국-한국 근대소설의 통국가간 시작」, 『상허학보』 14집, 상허학회, 2005.2

황종연, 「문학이라는 역어」, 『한국문학과 계몽 담론』, 새미, 1999.

_____, 「한국문학의 근대와 반근대」, 동국대 박사논문, 1992.

황호덕, 「경성지리지, 이중언어의 장소론」, 『대동문화연구』 51, 2005.9.

_____, 「국어와 조선어 사이, 내선어의 존재론」, 『대동문화연구』 58, 2007.6.

_____, 「한국 근대 형성기의 문장 배치와 국문 담론」, 성균관대 박사논문, 2003.

_____, 「한국 근대에 있어서의 문학 개념의 기원(들)」, 『한국사상과문화』 8, 한국사
상문화학회, 2000.

3. 국외논저

龜井秀雄, 김춘미 역, 『메이지 문학사』, 고려대 출판부, 2006.

柄谷行人, 조영일 역, 『근대문학의 종언』, 도서출판b, 2006.

_____, 이경훈 역, 『유머로서의 유물론』, 문화과학사, 2002.

_____, 박유하 역, 『일본근대문학의 기원』, 민음사, 2002.

_____, 송태욱 역, 『일본정신의 기원』, 이매진, 2003.

_____, _____, 『트랜스크리틱』, 한길사, 2006.

三浦信孝・糟谷啓介 편저, 이연숙・고영진・조태린 역, 『언어 제국주의란 무엇인
가』, 돌베개, 2005.

小森陽一, 정선태 역, 『일본어의 근대』, 소명출판, 2003.

李姸淑, 고영진・임경화 역, 『국어라는 사상』, 소명출판, 2006.

李孝德, 박성관 역, 『표상공간의 근대』, 소명출판, 2002.

Shirane, Haruo & Suzuki, Tomi[鈴木登美] 편, 왕숙영 역, 『창조된 고전』, 소명출판,
2003.

Amossy, Ruth & Herschberg-Pierrot, Anne, 조성애 역, 『상투어』, 동문선, 2001.

Anderson, Benedict, 윤형숙 역, 『상상의 공동체』, 나남출판, 2004.

Auerbach, Erich, 김우창・유종호 역, 『미메시스 고대・중세편』, 민음사, 1987.

_____, _____, 『미메시스 근대편』, 민음사, 2003.

Bakhtin, Mikhail, 이득재 역, 『바흐찐의 소설미학』, 열린책들, 1988.

_____, 전승희・서경희・박유미 역, 『장편소설과 민중언어』, 창작과비평사,
1998.

Barthes, Roland, *Writing Degree Zero*, Trans by Annette Lavers & Colin Smith, New York :
Hill and Wang, 1980.

Benjamin, Walter, 반성완 편역, 『발터 벤야민의 문예이론』, 민음사, 2003.

Bourdieu, Pierre, 하태환 역, 『예술의 규칙』, 동문선, 2002.

Coward, Rosalind & Ellis, John, 이만우 역, 『언어와 유물론』, 백의, 1994.

Crary, Jonathan, 임동근 외역, 『관찰자의 기술―19세기의 시각과 근대성』, 문화과학사, 2001.

Darnton, Robert, 주명철 역, 『책과 혁명』, 길, 2003.

Derrida, Jacques, 김성도 역, 『그라마톨로지』, 민음사, 1996.

_____, *Monolingualism of the Other; or, The Prosthesis of Origin*, Trans by Patrick Mensah, Stanfoed University Press, 1998.

Foucault, Michel, 장은수 역, 「계몽이란 무엇인가」, 『모더니티란 무엇인가』, 민음사, 1994.

Hauser, Arnold, 백낙청·염무웅 역, 『문학과 예술의 사회사―현대편』, 창작과비평사, 1997.

Jakobson, Roman, 신문수 편역, 『문학 속의 언어학』, 문학과지성사, 1997.

Jauβ, Hans Robert, 장영태 역, 『도전으로서의 문학사』, 문학과지성사, 1998.

Jouve, Vincent, 하태환 역, 『롤랑 바르트』, 민음사, 1998.

Kristeva, Julia, 김인환 역, 『시적 언어의 혁명』, 동문선, 2000.

Lakoff, George & Johnson, Mark, 노양진·나익주 역, 『삶으로서의 은유』, 서광사, 2004.

Le Goff, Jacques, *History and Memory*, Trans by Steven Rendall & Elizabeth Claman, New York : Columbia University Press, 1992.

Masini, Federico, 이정재 역, 『근대 중국의 언어와 역사』, 소명출판, 2005.

Ong, Walter J, 이기우·임명진 역, 『구술문화와 문자문화』, 문예출판사, 1995.

Robinson, Michael, 김민환 역, 『일제하 문화적 민족주의』, 나남출판, 1990.

Rousseau, Jean-Jacques, 주경복·고봉만 역, 『언어 기원에 관한 시론』, 책세상, 2002.

Saussure, Ferdinang de, 최승언 역, 『일반언어학 강의』, 민음사, 1990.

Todorov, Tzvetan, 신동욱 역, 『산문의 시학』, 문예출판사, 1995.

Watt, Ian, 전철민 역, 『소설의 발생』, 열린책들, 1988.

Wellek, Rene & Warren, Austin, 김병철 역, 『문학의 이론』, 을유문화사, 2000.

Zima, Peter V, 김태환 편역, 『비판적 문학이론과 미학』, 문학과지성사, 2000.

_____, 허창운·김태환 역, 『텍스트사회학이란 무엇인가』, 아르케, 2001.

Žižek, Slavoj, 이수련 역, 『이데올로기라는 숭고한 대상』, 인간사랑, 2002.